Rosa Laner

Mordsgewinn

Originalausgabe – Erstdruck

Rosa Laner

Mordsgewinn

Schwaben-Krimi

Schardt Verlag Oldenburg

Bibliographische Information der Deutschen Bibliothek:

Die Deutsche Bibliothek verzeichnet diese Publikation in *Der Deutschen Nationalbibliografie*; detaillierte bibliographische Daten sind im Internet über *http://dnb.d-nb.de* abrufbar.

Titelbild: Rainer Griese, Troisdorf

1. Auflage 2009

Schardt Verlag
Uhlhornsweg 99 A
26129 Oldenburg
Tel.: 0441-21 77 92 87
Fax: 0441-21 77 92 86
E-Mail: kontakt@schardtverlag.de
www.schardtverlag.de
Herstellung: Fuldaer Verlagsanstalt

ISBN 978-3-89841-445-6

1

Am Frühstückstisch teilte Albert ihr mit, dass er sie verlasse. Das sagte er einfach so, mehr zu seiner Kaffeetasse als zu ihr. „Lina, ich werde dich verlassen“, sagte er, das waren genau fünf Worte. Albert redete so gut wie nie bei Tisch. Er redete überhaupt wenig. Und nun diese fünf Worte am frühen Morgen. Sie saßen sich gegenüber. Nach diesem knappen „Lina, ich werde dich verlassen“ verschluckte sie sich an ihrem heißen Kaffee und konnte gar nicht antworten. So, dachte sie verzweifelt und erleichtert, jetzt ist es also soweit. Er hatte sich so sehr verändert, so typisch. Wie oft hatte sie ihm in den letzten Jahren Gardinenpredigten gehalten, dass er sie vernachlässige, dass ihm die Firma und seine Geschäftspartner wichtiger wären als das Zuhause. Jedes Mal, wenn sie ihm das vorgehalten hatte, erklärte er überzeugend, sie müsse schon Vertrauen zu ihm haben. Lina dachte an sein Seminar von vergangenem Freitag bis Montag, ja, bis einschließlich Montag. Sie wäre gerne mitgereist, aber sie hätte ihn nur gestört. Er meinte, er könne in ihrer Nähe nicht arbeiten. Und all die Wochenenden, an denen er ausnahmsweise nicht in der Firma Winter war, verbrachte er längst lieber mit allen möglichen Menschen als mit ihr. Golfen mit der Ehefrau war uncool, den Golfball schlug man mit Leuten, mit denen man Abschlüsse und sonst was machte. Noch gar nicht lange her, da hatte seine Kleidung extrem nach Tabakrauch und Essensfett gerochen. Sie hatte energischer nachgehakt. Er hatte wieder einmal irgendwo eine Besprechung gehabt, seine Erklärungen waren wie immer verbunden gewesen mit dem ärgerlichen Vorwurf wegen ihres Misstrauens.

Flüchtig war dieser Gedanke der Trennung auch ihr schon gekommen, so alleine, wie sie in dieser Ehe war. Ihre beiden Töchter Jutta und Leonie und Sohn Joachim waren bereits ausgezogen, sie studierten und arbeiteten, sie hatte seit langem mehr Zeit für sich, als ihr lieb war. Sie war Anfang fünfzig, ging vormittags einkaufen, putzte am Nachmittag das Haus und wartete am Abend vergeblich auf den Mann. Doch Lina hatte derartig aufkeimende Trennungsideen nie bis zur letzten Konsequenz zu Ende gedacht, eine Scheidung nie wirklich verinnerlicht. Hirngespinste, hatte sie sich oft genug gesagt. Nichts als Hirngespinste. Jenen Unmut über interesselose Gatten hatten viele andere Frauen, deswegen musste man nicht gleich auseinandergehen. Es war ja fast schon normal, Midlife-Crisis gerade bei Männern zwischen fünfzig und sechzig war nichts Besonderes, sie wollten es noch einmal wissen, das hörte und las sie oft genug. Doch nun, da dieser böse Fünfwortsatz ausgesprochen war, schwebte er überm Kaffeetisch wie ein Atompilz.

„Wie heißt sie?“ brachte Lina endlich hervor.

„Das tut nichts zur Sache.“

„Du gibst es also zu?“

„Ach Lina“, antwortete er, sein Blick schweifte bereits davon, und sie wusste, dass er nichts weiter sagen würde. Sein Blick eilte ihm stets voraus, weg, in die Ferne. Er schaute ihr nur selten in die Augen, wenn sie miteinander sprachen. Seine Abwesenheit war sichtbar, auch jetzt.

Albert stand auf, fuhr ihr mit der Hand über den Kopf und ging.

„Du kannst doch jetzt nicht einfach zur Arbeit gehen!“ schrie sie ihm hinterher.

„Wir reden ein andermal“, sagte er. Die Tür fiel hinter ihm zu. Lina warf die beiden Tassen auf den Fußboden, doch im selben Moment tat es ihr schon leid, denn es waren die schönen Tassen von ihrer Mutter. Völlig unnötig zerdeppert. Albert würde sie niemals verlassen. Er hatte sie gerade über ihren Kopf gestreichelt, und zwar sehr liebevoll. Sie kehrte die Scherben auf. Wären ihre Eltern noch am Leben, wäre sie jetzt zu diesen gegangen. Doch beide waren vor Jahren nacheinander gestorben. Sie könnte bei Jutta anrufen, vielleicht wäre sie noch zu Hause. Seit die Geschäfte die halbe Nacht geöffnet hatten, arbeiteten die Verkäuferinnen im Schichtdienst. Jutta, ihre älteste Tochter, war 28, hatte wechselnde Freunde und wollte so schnell kein Kind. Sie wohnte in Ravensburg und verdiente ihren Lebensunterhalt als Floristin in einem Gartencenter. Floristin war ihr Traumberuf gewesen. Schon als kleines Mädchen hatte Jutta eine Hand für alles Grünzeug gehabt, hatte Ableger großgezogen von Lilien, Sträuße gebunden aus Hortensien und Zweigen, sie hatte sich zu jedem Geburtstag eine Pflanze gewünscht. Jedes der Kinder war anders. Jutta war wie eine Pfingstrose, ein blühendes, üppiges Geschenk der Natur, an dem sich alle Menschen freuten. Ihre jüngere Schwester Leonie war ein ganz anderer Typ, in der Pflanzenwelt am ehesten vergleichbar mit einem stolzen Kaktus. Leonie war 24, hatte ein brillantes Abitur mit einem Schnitt von 1,4 abgelegt, nun studierte sie in Konstanz Betriebswirtschaft. Sie interessierte sich für Marketing und Bilanzen und würde gewiss Karriere machen in einem großen Unternehmen. Der Jüngste, Joachim, war 23. Lina war damals unerwartet schnell wieder schwanger geworden, so dass Leonie und Joachim altersmäßig nur ein Jahr auseinander waren. Er studierte in Frankfurt Medizin, kam zwar selten nach Hause, doch telephonierten sie öfter miteinander. Lina liebte alle drei gleichermaßen. Nach Juttas Geburt hatte sie mit ihrer Arbeit als Bürokauffrau aufgehört und war zu Hause geblieben. Für ihre Kinder da zu sein, war die Erfüllung ihres Lebens. Sie verstand diese ewigen Diskussionen nicht, dass Frauen gleich nach der Geburt wieder arbeiten wollten. Lina sagte immer, wer arbeiten müsse, aus finanziellen oder welchen Gründen auch immer, der solle das tun. Wer das aber nur wolle, um sich zu verwirklichen, der sollte zuerst schauen, dass die Kinder gut versorgt wären. Für Lina und Albert jedenfalls war das Thema Frau und Karriere nie eins gewesen, denn Lina brauchte diese Anerkennung nicht. Albert verdiente genug, er hatte es bis zum Geschäftsführer gebracht. Hätte Lina erklären müssen, worin exakt seine Aufgabe lag, hätte sie passen müssen. Für sie war alles Technische eins, und wenn jemand sie fragte, was Albert arbeite, antwortete sie stets: „Etwas mit Computern."

Das letzte Wort war noch nicht gesprochen. Es war überhaupt noch nichts besprochen. Albert hatte gerade mal mit fünf Worten erklärt, dass 28 Jahre beendet wären. Lachhaft war das, man entledigte sich einer Ehe dieser Dauer nicht mit fünf Worten. Es war an der Zeit, die Fenster gründlich zu putzen. Lina machte das stets im Frühling und im Herbst. Wenn die Sonne schien, musste sie früh beginnen, denn wenn diese auf die Scheiben traf, bekamen alle Fenster Schlieren. Es gab immer noch Leute, die das nicht wussten. Die könnten ihre Fenster genauso gut nicht sauber machen, dann wären sie wenigstens nur von den üblichen Tropfen und Partikeln verunstaltet und nicht von schmierigen Streifen durchzogen. Sie hatten ein viel zu großes Haus, so viele unnötige Fenster! So viele unnötige Stunden Abstauben, Saugen, sie hätten längst in eine kleinere Wohnung umziehen sollen. Die paar Tage im Jahr, wenn die beiden vom Studieren da waren, hätten sie auch in einer Wohnung überbrücken können. Jutta kam gar nicht mehr zum Übernachten, ihre Besuche beschränkten sich längst auf einen Kaffeenachmittag am Sonntag oder wenn sie freihatte. Doch andererseits war dieses Haus ein Stück Heimat, hier waren die Kinder aufgewachsen, hier wurden Feste gefeiert und Verstorbene betrauert, mit diesem Haus war Lina verwurzelt, und sie brächte es trotz der vielen Putzerei niemals fertig, es zu verkaufen.

„Albert verlässt mich nicht." Selbstgespräche beim Putzen taten gut. Der März zeigte sich von seiner besten Seite, sie hatte sogar schon auf der Terrasse ihren Nachmittagskaffee getrunken. Lina erinnerte sich an Jahre, da lag um diese Zeit Schnee, und es herrschte Eiseskälte. Sie holte den

Eimer und das Fensterleder aus der Putzkammer, gab einen Schuss Spiritus ins Wasser, in einer Stunde musste sie die Südseite fertig haben, die Sonne hockte bereits im Startloch. Deshalb warf sie die Vorhänge achtlos auf den Boden, die konnte sie später in die Waschmaschine füllen. Eins nach dem andern. Was taten Frauen, deren Männer so was machten. Sie rubbelte weitaus heftiger als nötig. So ein Fensterleder war eine praktische Erfindung. Erleichterte die Arbeit ungemein. Wenn Albert am Abend käme, könnte sie ihm eines seiner Lieblingsessen hinstellen. Wild, Fisch oder ein Wiener Schnitzel. Sie sollte sich endlich ein neues Kochbuch kaufen. Mit völlig unbekannten Rezepten. Neues wagen.

Es gab Rubbelgeräusche, so fest putzte sie. Zum Glück waren die Fenster nicht so hoch, nur für die im Wohnzimmer brauchte sie die Leiter. Nach dem Nassputz kam das Sidolin. Sie hatte zu viel auf die Scheibe gespritzt und musste lange reiben, bis alles verschwunden war. Noch immer lagen die Vorhänge auf dem Fußboden verstreut. Lina sammelte sie in den Korb ein und ging in den Keller. Sie hatte eine kleine Putzkammer neben der Küche, darin befanden sich Schrubber, Eimer und die nötigen Putzmittel. Im Keller war eine Waschküche, darauf hatte sie einst bestanden. In einem fünfköpfigen Haushalt gab es täglich Wäsche, regelrechte Berge türmten sich auf, ganz zu schweigen von der Menge, wenn sie die Betten abzog. Manchmal hatte sie den Verdacht gehabt, ihre Kinder würden frisch Gewaschenes wieder in den Schmutzkorb werfen, weil sie schlichtweg zu faul zum Aufräumen waren. Sie hatte dann immer unter den Ärmeln gerochen und die Teile in die Zimmer zurückgelegt. Jeder hatte einen festen Platz, wo sie die frische Wäsche hingelegt hatte. Sie mussten sie nur noch in die Schränke verstauen, das konnte man verlangen. Natürlich hatte sie Alberts Wäsche aufgeräumt, er musste soviel arbeiten, dass er gar keine Zeit gehabt hätte. Als sie die Vorhänge in die Waschmaschine stopfte, kullerten die ersten Tränen. „Albert verlässt mich nicht.“ Er hatte einen dummen Scherz gemacht. Sie gehörten zueinander, auf immer und ewig. In guten und schlechten Zeiten.

Sie schüttete das Gardinenpulver in die Einfüllkammer. Tränen tropften darauf, das sah absonderlich aus. Die Kügelchen des Waschpulvers zogen sich zu kleinen Klümpchen zusammen. Sie schaltete die Waschmaschine ein und setzte sich auf einen Hocker davor. Das Wasser wurde langsam sichtbar. Es erstaunte sie, wie schnell sich der Pegel im Sichtfenster erhöhte. Sie hatte kein Taschentuch, putzte die Nase in ein herumliegendes Unterhemd von Albert. Ausgerechnet. Sie hatte schon oft an seiner

Schulter geheult. Wenn ein Kind hohes Fieber hatte oder damals, als Jutta ausgezogen war. Albert konnte es gar nicht verstehen. Er hatte gesagt, dass Jutta doch nicht verloren ginge, nur weil sie eine eigene Wohnung nehme. Und jetzt wollte er einfach auch nur eine eigene Wohnung, das hatte gar nichts mit einer anderen zu tun. Nur mit dieser Lebenskrise, die alle Mitte fünfzig durchmachen mussten. Schließlich war Albert schon 58. Höchste Zeit für diese Krise. Das stand in jeder Zeitung, egal ob beim Zahnarzt oder Friseur. Erst neulich hatte sie wieder eine frische Dauerwelle legen lassen. Da hatte sie in einem Heft gelesen, dass der männliche Hormonhaushalt auch die Wechseljahre durchmache. In zwei Wochen hätte er ausgerappelt. Sie schnäuzte noch einmal kräftig und stapfte entschlossen die Kellertreppe hoch. Da sie sich für Wiener Schnitzel zum Abendessen entschieden hatte, ging sie zum Metzger. Als sie die Haustür zuzog, blendete sie die Sonne. Welch ein Glück, dass die Fenster fertig waren. Frau Blümer, ihre Nachbarin, fegte den Kehrweg.

„Guten Morgen, Frau Pohl. Auch schon unterwegs?“

„Guten Morgen, Frau Blümer“, sagte Lina.

„Diese Tannen geben das ganze Jahr über nichts als Dreck“, schimpfte Frau Blümer.

Das fand Lina auch, der Wind fegte die Nadeln von Blümers Tannen ständig auf all die umliegenden Grundstücke, vor allem auf ihres. Doch sie wollte keinen Streit und beklagte sich nicht. Frau Blümer hatte schon genug mit ihrem eigenen Weg zu tun. Da konnte man nicht erwarten, dass sie den nachbarlichen auch fegte.

„Ich geh dann mal einkaufen“, sagte Lina höflich.

„Was gibt’s denn Feines?“ rief Frau Blümer ihr hinterher.

„Wiener Schnitzel mit selbstgemachten Pommes frites und Kartoffelsalat.“

„Ach, unter der Woche?“

„Ja. Schönen Tag noch“, sagte Lina und lief eilig weiter. An manchen Tagen war es ganz nett, sich auf ein Gespräch einzulassen. Doch nicht heute. Nicht mit Frau Blümer.

Lina kaufte das Fleisch schon seit Jahren in einer kleinen Metzgerei. Da wusste sie, dass es von heimischen Tieren kam, zudem schmeckte es sehr gut, auch Albert, der sich mit den Jahren zu einem Gourmet entwickelt hatte. Oft wusste sie nicht, was sie kochen sollte. Suppenfleisch brauchte sie schon lange nicht mehr zu kaufen, da er keine Suppen mochte. Als die Kinder noch daheim waren, hatte sie öfter Gerichte wie Gaisburger Marsch oder Kartoffelsuppe zubereitet. Aber Albert war kein Freund von Derartigem. Früher hatten sie stets viertel nach zwölf zusammen warm gegessen, da war Albert über Mittag nach Hause gekommen. Die Kinder hatten zu verschiedenen Zeiten die Schule aus und machten sich ihre Speisen in der Mikrowelle warm. Oft genug konnte sie die Küche erst nach zwei fertigmachen. Nun wollte Albert lieber abends etwas Warmes, mittags kam er gar nicht mehr, und Lina kochte immer so viel, dass sie sich am nächsten Mittag einen Rest aufwärmen konnte.

Nach dem Einkauf hängte Lina die feuchten Vorhänge auf. Sie fing beizeiten an zu kochen. Normalerweise aßen sie am Küchentisch, doch an diesem Tag deckte sie im Esszimmer. „Weißes Tuch, das gute Geschirr von Mama, Kerzen, Servietten und ein Fläschchen Wein, das wird ihm gefallen", trällerte sie vor sich hin. „Er verlässt mich nicht."

Und dann begann das Warten. Albert kam nicht. Gegen neun rief sie auf seinem Handy an. Nicht einmal die Mailbox war eingeschaltet. Im Büro erschien die Bandansage mit dem üblichen Wortlaut.

Er hatte gewiss eine Besprechung. Sie würde nicht hungrig zu Bett gehen. Nicht wegen einer Besprechung. Nach einem halben Schnitzel und einem Schöpfer Kartoffelsalat war sie satt. Den Wein rührte sie nicht an. Wein bringt Weinen, hatte ihre Mutter immer gesagt. Eine Stunde später versuchte sie es erneut auf seinem Handy. „Lange Besprechung", seufzte sie. Sie deckte den Tisch wieder ab, räumte die Küche auf und ging zu Bett.

Sie wachte so alleine auf, wie sie irgendwann eingeschlafen war. Ihr Wecker zeigte halb acht. Wie gelähmt blieb sie liegen. Halb acht, und er war noch nicht zu Hause. Sie fühlte Tränen aufsteigen, aber sie wollte nicht heulen. Mit großer Anstrengung stieg sie aus dem Bett. Es war ein wunderbares, breites Ehebett, Kirschholz, edel, was fürs Leben, hatte sie damals beim Kauf gesagt. Sie schlurfte ins Bad und beugte sich übers Waschbecken, spritzte sich eiskaltes Wasser ins Gesicht und fühlte sich danach etwas besser. Um halb elf saß Lina immer noch im Nachthemd am Küchentisch, die Tasse Kaffee längst ausgetrunken, nachgeschenkt und wieder geleert. Ein Berg zerknüllter Papiertaschentücher türmte sich neben ihr auf dem Fußboden. Gestern die Gardinen, heute die Taschentücher, morgen liege ich da, ging es ihr durch den Kopf. Ohne Albert könnte sie nicht weiterleben, soviel stand fest. Er hatte immer gewusst, was zu tun war. Er ließ Kostenvoranschläge für ein neues Dach machen, bestellte regelmäßig den Kundendienst für die Heizung, Albert brachte den Mercedes in die Werkstatt, und Albert kaufte die Getränke ein. Er machte das schon seit sie zusammen waren, sie konnte sich gar nicht vorstellen, wie es anders sein könnte. Sie rief Jutta an.

„Mama, bist du erkältet?“

„Nein. Es geht mir gut.“

„Wirklich, du klingst gar nicht so. Soll ich vorbeikommen? Ich arbeite heute erst ab zwei.“

Lina wollte ihre Tochter nicht belasten, nur weil Albert einmal eine ganze Nacht weggeblieben war. Andererseits hielt sie es beinahe nicht aus. „Ja, das wäre nett. Ich koch uns was, Kleines.“

„Lass mal“, meinte Jutta, „eine Tasse Kaffee genügt völlig.“

Rasch zog sich Lina Rock und Pulli an, puderte das Gesicht und kämmte die Haare. Sie hatte eine Packung fertiger Maultaschen im Kühlschrank, die könnte sie anbraten oder in einer Gemüsebrühe ziehen lassen. Sie wollte Jutta fragen, was ihr besser schmecke. Jutta klingelte. Den Hausschlüssel, den sie noch hatte, benutzte sie nur für Notfälle, also praktisch nie. „Mama, wie siehst du denn aus?“ sagte sie entsetzt, als ihre Mutter die Tür öffnete.

„Komm erst mal rein. Ich mache uns eine Suppe, was meinst du?“

„Ich meine, du solltest mir lieber erzählen, was passiert ist, als ans Kochen zu denken.“ Jutta ging mit ihrer Mutter in die Küche, beide setzten sich an den Tisch.

„Dein Vater spinnt.“

„Das ist ja nichts Neues. Ich dachte schon, es ist ernst.“

Linas Augen füllten sich mit Tränen, die sie jedoch eisern zurückhielt. Ihr fiel das Lied ein „Nur nicht aus Liebe weinen, es gibt im Leben nicht nur den einen“. Früher hatte sie das öfter gehört, ein schönes Lied war das. Sie war sich nicht sicher, doch Hildegard Knef war wohl die Sängerin. Hildegard Knef mit dieser traumhaften Stimme. „Er ist heute Nacht nicht heimgekommen. Gestern hat er gesagt, dass er mich verlässt. Das ist eigentlich alles, was ich sagen kann.“

Ungläubig starrte Jutta ihre Mutter an. „Hat er eine andere?“ fragte sie schließlich.

„Nein. Ja. Ich weiß nicht.“ Die Tränen ließen sich nicht länger halten.

Jutta ging um den Tisch herum und beugte sich von hinten tröstend über sie. „Mama, das ist bestimmt alles nur ein Missverständnis. Papa ist doch nicht so blöd und verlässt eine Frau wie dich.“

Ein Beben erfasste Linas Körper. Jutta war erschüttert, so hatte sie ihre Mutter noch nie erlebt. Sie war drauf und dran, einen Arzt zu rufen. Allmählich wurde Lina jedoch ruhiger, eine Weile lang schluchzte sie noch, Jutta streichelte ihre Mutter, so wie diese das früher immer bei ihr getan hatte, wenn ein Knie geblutet oder jemand auf dem Spielplatz Sand auf ihren Kopf gepfeffert hatte.

Schließlich brachte Lina mit rauer Stimme hervor: „Er haut mir das einfach um die Ohren, das musst du dir mal vorstellen. Gestern Morgen beim Frühstück sagt er, dass er geht. Und sonst nichts, keine Begründung, nicht wohin, nicht zu wem und nicht wie lange. ‚Lina, ich werde dich verlassen'“, äffte sie ihn nach.

Jutta holte das Telephon. „Wir rufen ihn an. Du oder ich, wer soll?“

„Gib her“, meinte Lina. Sie putzte die Nase, dann wählte sie seine Durchwahlnummer im Büro. „Er geht nicht ran. Auch seine Sekretärin nicht.“

„Klar nicht, mit der wird er sich irgendwo vergnügen“, sagte Jutta und hätte sich im selben Moment am liebsten die Zunge abgebissen.

„Weißt du vielleicht etwas, was ich nicht weiß?“ fragte Lina scharf.

„Ach, Mama. Jetzt ist es auch schon egal. Alle Welt wundert sich doch schon seit Jahren, wie du das aushältst mit ihm. Ob es nun die Sekretärin ist oder sonst eine Gretel, ist doch völlig gleichgültig.“

„Das ist keine Antwort auf meine Frage, also was ist?“

„Mama, ich weiß wirklich nicht, mit wem Papa sich herumtreibt. Das ist auch eure Sache, das müsst schon ihr miteinander klären. Aber ich sehe dich, wie du seit nahezu dreißig Jahren hier versauerst und nichts als Haushalt und Putzen im Kopf hast. Mama, sei mir nicht böse, aber die Welt hat mehr zu bieten als saubere Fußböden und desinfizierte Kloschüsseln.“

Lina wurde ganz blass. Das war also der Dank. „Für wen, meine liebe Tochter, glaubst du eigentlich, bin ich zu Hause geblieben?!“

„Mama, ich weiß, dass du das für uns getan hast. Aber wir sind alle groß, du könntest dich schon lange um dich kümmern. Mach doch irgendeinen Kurs oder Urlaub oder eine Bildungsreise. Oder besuche Leonie in Konstanz oder Joachim in Frankfurt.“

„Ja natürlich“, rief Lina, „die werden grade auf mich warten. Mir geht es doch gut hier, ich brauche nicht ständig eine Reise oder einen Trip, wie ihr das nennt.“

„Wer redet von ständig? Wann warst du das letzte Mal am Meer, Mama?“

„Ich weiß gar nicht mehr. Dein Vater muss ja schon beruflich soviel reisen, da verbringt er eben seinen Urlaub lieber hier. Das ist doch schön.“

„Du musst doch nicht mit ihm wegfahren. Geh doch mit jemand anderem, oder alleine.“

„Ach Jutta, was du für Einfälle hast“, sagte Lina. Ich koch uns jetzt erst mal eine Maultaschensuppe.“

„Oh Mama! Lass gut sein!“

Lina stand entschlossen auf und füllte einen Topf mit Wasser. „Das geht doch schnell.“

Jutta sah ihrer Mutter zu, wie sie die Suppe zubereitete. Kindheitserinnerungen stellten sich ein, oft hatte sie helfen dürfen bei der Küchenarbeit. Lina war eine geduldige Mutter gewesen, und sie hatte ihren Kindern beigebracht, wie man Spätzle und Pfannkuchen macht. Wenn die Küche danach klebrig war, hatten sie gemeinsam geputzt und dabei eine Menge Spaß gehabt. Zum Vatertag hatten sie einmal in kindlichem Eifer einen Kuchen gebacken, hinterher hatte die Küche schrecklich ausgesehen, und der Kuchen war hart wie ein Granitblock gewesen. Ihre Mutter hatte sie dennoch in den Himmel gelobt und ein Stück davon gegessen. Vielmehr, sie hatte das Stück in ihren Kaffee getunkt, bis es vollgesogen und weich war, und es dann bis zum letzten Krümel aufgegessen. Ihr Vater hatte sich auch gefreut, wenn auch nicht so überschwänglich, doch der Vater war ohnehin niemals einer gewesen, der große Gefühle gezeigt hatte. Seine Rolle war, wie er oftmals betonte, die des Geldverdieners gewesen, damit sie sich all die teuren Dinge leisten konnten. Er war nicht allzu oft zu Hause gewesen, aber Vater war Vater, und Eltern waren schließlich auch nicht perfekt. Sie konnte sich nicht vorstellen, dass er wirklich eine Trennung wollte. Gewiss war das ein kurzes Intermezzo, dann wären die beiden wieder glücklich vereint. Es gab also keinen Grund zu wirklicher Sorge.

Wenig später löffelten sie die Suppe, Jutta langte tüchtig rein. Lina wusste eben, was anderen gut tat.

Erst spät in der Nacht kam Albert nach Hause. Lina saß vor dem Fernseher, sie hatte die ganze Zeit über nur gezappt und sich vorgestellt, wie sie reagieren würde, falls er käme. Nun, als er sich wie selbstverständlich neben sie setzte, fehlten ihr die Worte.

„Lina“, sagte Albert, „wir sind doch keine Kinder mehr.“

Lina rührte sich nicht. Albert legte seine Hand auf ihr Knie. Lina schlug diese energisch weg.

„Lina, sei nicht so. Wir müssen uns nicht streiten."

„Streiten!" schrie sie auf, „will ich weiß Gott nicht!"

„Schau, unsere Wege sind schon vor Jahren in verschiedene Richtungen gezweigt, das ist ..."

„Gezweigt, wie poetisch! Jetzt gibst du es endlich zu", fegte sie ihn an, „dass du immer ohne mich gegangen bist, hast du ja stets normal gefunden. Wie oft habe ich gesagt, ich will mit auf deine Geschäftsreisen, wie oft!"

„Das ist etwas anderes."

„Nein, das ist genau der Punkt. Wieso hast du so ne Gretl mitgenommen und nicht mich? Ist sie besser im Bett, sag ruhig, was Sache ist!"

„Ich sehe schon, es hat nicht viel Sinn", sagte Albert ruhig.

„Verdammt noch einmal, du siehst einen Dreck! Du zerstörst mein Leben, du siehst dich und dich und nochmals dich und dann lange nichts mehr. Ich sage dir nur das eine, wenn du eine andere hast, dann gib es jetzt zu!"

„Ja. Ich gebe es zu. Ich möchte dich wirklich nicht quälen, also ist es besser, du weißt erst gar nicht so viel."

„Wie lange geht das schon?" fragte sie mit dünner Stimme.

„Das spielt doch keine Rolle. Ich werde zu ihr ziehen, dann kannst du im Haus bleiben. Zumindest vorerst, bis alles geklärt ist."

„Was gibt es noch zu klären?" schrie sie. Sie nahm ihr Glas und schüttete ihm den Rest ihres Mineralwassers ins Gesicht.

„Lina, du solltest in eine Therapie", sagte er, das Gesicht mit dem Taschentuch abtupfend. „Also, ich nehme jetzt ein paar Sachen mit, dann verschwinde ich. Den Rest hole ich später."

Lina blieb sitzen, bis er weg war. Dann ging sie nach oben ins Schlafzimmer, warf all seine Wäsche und Anzüge auf einen Haufen, dabei brüllte sie: „Nur nicht aus Liebe weinen, es gibt im Leben nicht nur den einen ..."

Als sie später erschöpft in ihrem Bett lag, ging ihr noch einmal der vorige Morgen durch den Kopf. Als er diese fünf Worte gesagt hatte, da hatte sie nicht nur diese grausame Verzweiflung gespürt. Da hatte sie nicht nur diesen Schlag in die Magengrube bekommen. Es war auch diese Erleichterung in ihr gewesen. Dieses Gefühl, wenn man weiß, dass etwas passiert, man wartet lange darauf, ständig in Angst und Sorge. Wenn es dann endlich soweit ist, kommt diese unerklärliche Erlösung über einen.

In dieser Nacht schlief Lina wider Erwarten tief und fest. Sie wachte erst nach neun auf, normalerweise stand sie mit Albert um halb sieben auf. Als sie den Kleiderberg in der Ecke sah, fing sie abermals zu heulen an. Sie trank nur eine Tasse Kaffee. Endlich wollte sie wissen, was sie alles nicht wusste und begann systematisch seine verbliebenen persönlichen Dinge zu durchsuchen. Systematisch griff sie in jede Tasche seiner Anzüge, sie suchte und suchte und wusste doch nicht genau, wonach. So dumm, ein Photo seiner Geliebten im eigenen Haus aufzubewahren, wäre er nicht. Sollte es tatsächlich die Sekretärin sein, bräuchte er ohnehin kein Bild, die hatte er die ganze Woche vor Augen, öfter als Lina selbst. Sein Schreibtisch war das letzte Möbelstück, das sie anging. All die vielen Papiere sagten ihr rein gar nichts. Von seiner Arbeit hatte sie nur wenig Ahnung, das bisschen, das er manchmal erzählte, half ihr auch nicht weiter. Seine Firma stellte Werkzeuge her, früher war Albert in der Entwicklung tätig gewesen. Seit er in der Geschäftsführung war, wusste Lina nicht, worin seine genauen Aufgaben lagen. Einmal hatte er etwas von Stellenstreichungen erzählt, doch da Albert nicht davon betroffen war, hatte sie nicht nach Details gefragt. Albert hatte seinen Laptop mitgenommen, der sonst auf seinem Schreibtisch stand. Doch Lina hätte auch hier wenig gefunden, da sie gar nicht gewusst hätte, welche Tasten sie drücken musste. Sie merkte mit jeder Minute mehr, wie wenig sie mit der Zeit gegangen war. Lina heulte während der ganzen Suchaktion, Tränen der Trauer, der Verzweiflung, auch der Wut. Sie hatte nicht nur ihren Mann verloren, sondern ganze dreißig Jahre technische Entwicklung verpasst. Mit Stenographie und einer Olympia-Schreibmaschine mit Farbband, das man auf schwarz oder rot stellen konnte, hatte sie einst ihr Geld verdient. Damals wurden Schreibfehler mit Tipp-Ex verbessert, oft genug kam es vor, dass ein ganzer Brief mehrmals frisch geschrieben werden musste. Vielleicht sollte sie nun ihr Leben neu schreiben. Ein Kapitel beenden. Eine Seite umschlagen.

Am Abend rief sie nacheinander Leonie und Joachim an und teilte den beiden die Hiobsbotschaft mit. Leonie fragte, ob sie kommen solle, doch Lina verneinte. „Dein Studium ist wichtiger, und falls ich jemanden brauche, ist Jutta hier.“

Hinterher überlegte Lina, ob es für Leonie frustrierend wäre, nicht gebraucht zu werden, doch diesen Gedanken verwarf sie genauso rasch wie er sich eingestellt hatte. Jeder hatte seinen Platz im Leben, und Leonies war derzeit an der Universität und nicht bei der ständig weinenden Mutter. Auch Joachim zeigte sich sehr besorgt, er fragte, ob er einmal von Mann zu Mann mit dem Vater reden solle. Ihm sagte Lina dasselbe, er solle sich lieber um sein Studium kümmern, sie käme schon zurecht.

Die Tage darauf kam Lina allerdings überhaupt nicht zurecht. Das Aufstehen am Morgen war das Schlimmste, Linas Bett war eine Höhle, aus der sie nur mit größter Anstrengung hervorkroch. Hätte Jutta nicht täglich vorbeigeschaut, wäre sie gar nicht aufgestanden. Das Bett war ihre Zuflucht, obwohl sie darin kaum schlief, sondern sich wüste Phantasien einstellten. Albert beim Sex mit der anderen. Albert beim Essen mit ihr, beim Spazierengehen, vermutlich beim Golfen, beim Reden, beim Lachen, beim Sex war es am schlimmsten. Am Tag verbrachte Lina die Zeit damit, auf Albert zu warten, auf einen Anruf oder auf das Drehen seines Schlüssels. Weder das eine noch das andere erfolgte. Sie schlief kaum, aß wenig, vernachlässigte ihre Körperpflege. Doch Lina wusste, dass Albert irgendwann Kontakt aufnehmen musste, seine bereits mitgenommene Kleidung reichte nicht ewig. Eine gehässige Befriedigung erfüllte sie, wenn sie an seine Anzüge und Hemden dachte. Er hätte wenig Freude daran, da Lina inzwischen alles in blaue Abfallplastiksäcke gestopft und in die Garage gestellt hatte.

Erst eine ganze Woche später vernahm sie das Scharren seines Hausschlüssels. Es war bereits nach 22 Uhr, Lina fand es unverschämt von ihm. Sie saß auf der Couch im Wohnzimmer und rührte sich nicht. Albert trat ein, keine Spur von Unsicherheit. „Hallo, Lina, wie geht's?“ fragte er. Wenigstens blieb er stehen.

„Gut, danke. Holst du deine restlichen Sachen ab?“ meinte sie kühl.

„Ja. Was machen die Kinder?“

„Ruf sie an, dann weißt du es.“

„Ja dann – geh ich mal nach oben.“

„Das kannst du dir sparen. Es steht alles in der Garage, was dir gehört.“

„Wieso in der Garage?“

Lina blieb sitzen, doch sie richtete ihren Oberkörper eine Spur auf. „Weil ich alles in die Garage geschleppt habe.“

Albert schüttelte ungläubig den Kopf. Sie folgte ihm leichtfüßig wie lange nicht, auf den Anblick seines Gesichtes freute sie sich schon die ganze Woche.

„Wie in aller Welt kommst du dazu!“ schrie er, in einen Sack schauend. „Meine Anzüge sind untragbar, schau dir das an!“ Er riss ein Jackett heraus und schwenkte es tadelnd in der Luft.

„Das lässt sich dämpfen. Oder weiß deine Gretl nicht, wie ein Bügeleisen funktioniert?“

Albert würdigte sie keines Blickes mehr. Er lud alles in den Mercedes, während Lina mit verschränkten Armen daneben stand. Dann brauste er mit Vollgas davon. Mit einem befreiten Gefühl fuhr sie den Polo, ihren Zweitwagen, der seit der Säckebelagerung am Straßenrand parkte, in die Garage mittenhinein. Das Einparken war ein Kinderspiel, und diesen Luxus würde sie nun genießen, bis Albert wieder zurück wäre.

2

Eva schaltete den Computer aus, streckte ihre verspannten Oberarme über den Kopf, dann beschloss sie aus einer spontanen Laune heraus, an diesem Abend nicht selbst zu kochen, sondern sich eine fertige Pizza beim Pizzafritz zu kaufen. Die hatte sie sich verdient. Der Gedanke an warmes Essen beschleunigte ihre Schritte, sie war stets zu Fuß im Büro, da sie nur fünf Minuten entfernt wohnte. Zum Pizzafritz musste sie lediglich einen kleinen Umweg machen, und da es eine laue Märzennacht war, kam ihr das gerade recht. Alleine ging sie ungern spazieren, aber wenn der Weg mit einer Absicht verbunden war, war das kein Spaziergang, dann lief sie oftmals auch weite Strecken mit Vergnügen. Beim Pizzafritz war nicht viel los, es gab drei kleine, runde Tische, da konnte man im Sitzen speisen, doch eigentlich war es ein Mitnehmladen. Sie bestellte eine Vier-Jahreszeiten-Pizza, kurz darauf eilte sie mit einem Karton nach Hause. Es duftete aus der Schachtel, das Wasser lief ihr im Mund zusammen, sie beschleunigte ihre Schritte, es fiel ihr ein, dass sie den ganzen Tag über nichts gegessen hatte. Vor lauter Arbeit. Der Chef hatte sie am Morgen eingedeckt und war dann verschwunden zu irgendwelchen Außenterminen. Sie arbeitete nun schon zehn Jahre in diesem Büro. Jens Weinmann war Personaltrainer, sie war seine persönliche und einzige Assistentin. Coaching hieß das Zauberwort, wenn einer coachte, war das der Garantieschein für volle Auftragsbücher. So zumindest kam Eva es vor. Vor drei Jahren nannte er sich noch Lehrer für Didaktik und Methodik, da war tote Hose im Kalender. Dann entdeckte er das Qualitätsmanagement, fortan konnte er sich vor Aufträgen kaum retten. Oft sagte er zu Eva: „Wenn ich Sie nicht hätte!“ – dann arbeitete sie noch schneller. Sie entwarf seine Präsentationen mit Power Point, das bereitete ihr sehr viel Spaß. Er gab nur

Thema und zeitlichen Umfang vor, den Rest durfte sie selbständig erledigen. Sie verfasste seine Referate, er lieferte die Stichworte, und sie schrieb. Das Einzige, was Eva nicht machte, war die Buchhaltung. Die Honorarabrechnungen und Evas Gehaltsabrechnung war Sache von Jens Weinmanns Ehefrau.

Zu Hause angekommen, schaltete Eva sofort den Fernseher an. Das perfekte Dinner auf Vox hatte bereits angefangen, ein junger Mann bereitete an diesem Abend Krabben in Quark. „Das muss man auch mögen", sagte Eva zu sich selbst und biss herzhaft in ihre Pizza. Wenn jemand zum Essen hier wäre, würde sie sich auch etwas Extravagantes einfallen lassen, aber für sich alleine kochte sie nur bescheidene Gerichte wie Miracoli oder Fischstäbchen. Sie hatte einmal gelesen, dass man ist, was man isst. Doch dem konnte sie nicht zustimmen. Sie hatte keinerlei Ähnlichkeit mit einem Fischstäbchen oder einer Spaghettinudel. Sie war jetzt 31 Jahre, ein Meter achtzig groß, etwas breithüftig, aber nicht dick, eine stramme Frau, so konnte man wohl sagen, schulterlanges, braunes Haar, ein ovales Gesicht und haselnussbraune Haare, eine hohe Stirn und ein zierliches Kinn, die Ohren waren etwas klein, deshalb trug sie gerne überdimensionale Ohrringe. Sie kleidete sich nicht nach der neuesten Mode, war jedoch stets ordentlich und sauber. Röcke im Büro, Jogginghosen zu Hause lautete der vereinfachte Nenner, und so blieb auch ihre bessere Kleidung länger erhalten.

Jens Weinmann machte ihr nie Komplimente zu ihrem Aussehen, doch immer wieder welche zu ihrer Arbeitsleistung. Das steigerte ihren Eifer jedes Mal noch mehr. Natürlich war ihr klar, dass sich Zuverlässigkeit und Schönheit nicht ausschlossen, doch Ersteres war in diesem Büro einfach wichtiger. Sie hatte nach der mittleren Reife eine kaufmännische Lehre in einem Versicherungsbüro absolviert, und sie war anfangs gar nicht verwundert, dass sie abends oft alleine länger blieb, das war eben so, Lehrjahre waren keine Herrenjahre. Sie merkte auch nicht, dass auf ihrem Tisch immer der höchste Aktenberg lag, da Kollegen und Kolleginnen abwechselnd ihre Arbeit auf den Schreibtisch Evas umschichteten. „Damit du alles lernst", sagten sie, und Eva hatte nach ihrer Ausbildung tatsächlich perfekte Kenntnisse. Sie erstellte Statistiken mit Excel genauso schnell wie Serienbriefe in Word, der Computer war ihr Freund. Aber eben nur der Computer. Die Kolleginnen und Kollegen nicht, weil Eva einige Zeit nach der Lehre fand, sie müsse nicht länger anderer Leute Arbeit mitverrichten. Dabei hatte sie es höflich gesagt. Anfangs zu den Herren und Damen persönlich, dann zum Chef. Das Ergebnis war schlimm, sie machten Kaffeepause ohne sie, tuschelten hinter ihrem Rücken, schwiegen, wenn sie das Büro betrat und ließen ihr wichtige Informationen nicht mehr zukommen. Sie ignorierte das alles, so gut sie konnte, doch jedem war klar, dass sie das auf Dauer nicht aushielt.

Dann las sie in der Samstagszeitung die Stellenbeschreibung, Assistentin mit Rundumkenntnissen gesucht, und Eva bewarb sich. Oft dachte sie an den Moment, als sie Jens Weinmann zum ersten Mal sah. Äußerlich nicht unbedingt als schöner Mann zu bezeichnen, besaß er doch eine unglaublich positive Ausstrahlung. Er war ein Zweimetermensch und korpulent, hatte bereits einen lichten Haarwuchs, obwohl er damals erst 28 Jahre war. Seine Stimme war angenehm fest und sein Händedruck auch. Auf diesen Mann konnte man sich verlassen. Der augenblickliche Draht zu ihm und ihre umfassende Ausbildung verschafften ihr diese Assistentinnenstelle. Erst, als sie die anderen siebzig Bewerbungsmappen zurücksenden musste, war ihr klar, dass sie auserlesen worden war.

Das Büro lag im Zentrum Weingartens, in einem zweistöckigen Gebäude im ersten Stock, im Erdgeschoss gab es eine Bäckerei, aus welcher es meist wunderbar durch das Treppenhaus duftete, nur der angesetzte Sauerteig roch unangenehm. Die Geschäftsstelle bestand aus zwei Räumen, dem Vorzimmer und daran angrenzend das Gemach des Chefs, wobei Evas Vorzimmer größer war als Herrn Weinmanns sogenanntes Hauptzimmer. Im Vorzimmer standen zwei Schreibtische, ein normaler für Eva und ein überdimensionaler mit extravagantem Stuhl für Frau Weinmann, die Ende des Monats die Buchhaltung erledigte. Da sie dafür nur ein bis zwei Tage benötigte, saßen die Frauen selten gemeinsam im Büro. Regula arbeitete hauptberuflich als Feng-Shui-Beraterin, somit stand der überdimensionale Schreibtisch meist leer, was Eva für die reinste Verschwendung hielt. Frau Weinmann hieß Regula, er nannte sie immer Regi. Doch zwischen Eva und ihr blieb es beim Sie. Eva wurde von ihm stets mit „Sie, Eva“ angesprochen. Eva wiederum sagte immer „Sie, Herr Weinmann“. Regula arbeitete und lebte mit Feng Shui, entsprechend war auch das Büro ausgerichtet. „Damit sich keine verstockten Energien festsetzten“, pflegte sie zu sagen. „Wir möchten doch die Geister der Luft geneigt machen, nicht wahr, Eva.“ Regula wusste um die Wirkung von Farben, Formen, Maßen und Klängen. Inzwischen hatte Eva sich an das zarte Klirren des Windspiels gewöhnt, das über Regulas Schreibtisch hing. Wenn Regula jedoch von esoterischen Verschmelzungen redete, fühlte

Eva sich unwohl. Sie war mit ihrer Arbeit für Jens Weinmann längst verschmolzen, mehr Verschmelzung wäre bedenklich gewesen.

Die Tage, die Jens Weinmann im Büro verbrachte, wurden immer weniger. Seine Außentermine waren die Regel, oft kam er nur auf einen Sprung vorbei, deckte sie mit Ausarbeitungen ein und verschwand wieder. Seine Seminare wurden immer gefragter, in Firmen und auch in Volkshochschulen, er erzählte was über Persönlichkeitsfindung und Kommunikation, und damit verdiente er eine Menge Geld. Ihr Gehalt war ordentlich, sie konnte davon leben, manchmal wünschte sie sich eine Anerkennung für ihre vielen Überstunden, finanziell oder in Form von Freizeit. Herr Weinmann bekam ihre Mehrarbeit gar nicht mit, und Eva sagte nichts. Sie war ja froh, dass sie nicht mehr im Versicherungssumpf steckte.

Nach dem perfekten indonesischen Dinner aus dem Fernsehen und ihrer perfekten Pizza aus der Schachtel überlegte sie, was sie unternehmen könnte. Kurz entschlossen rief sie Anni an. Sie waren seit der Grundschule befreundet, und sie nannten sich beste Freundinnen.

„Anni", fragte sie kurz darauf, „hast du Lust, was zu unternehmen?"

„Nicht wirklich", meinte Anni, „aber komm doch noch auf ein Glas Wein vorbei."

„Ist Dieter da?"

„Nein, der ist beim Training."

„Gut, dann bis gleich."

Eva war es immer zum Davonlaufen, wenn Annis Freund Dieter anwesend war. Seit die beiden zusammenwohnten, war es nicht mehr wie früher. Dieter war einfach nicht auf Evas Wellenlänge, Eva fand, auch nicht auf Annis, doch Liebe machte wirklich blind. Zudem war Dieter erst 28 und somit drei Jahre jünger als Anni. In dieser Hinsicht war Eva konservativ, sie fand, ein Mann sollte älter sein als die Frau oder gleich alt. Dieter setzte sich zu den Frauen, als sei er eine weitere Freundin, was zur Folge hatte, dass die Gesprächsthemen oberflächlich blieben und eine unerklärliche Distanz im Raum lag, die es früher nie gegeben hatte. Deshalb mochte Eva es eigentlich lieber, dass Anni zu ihr kam, doch dies wiederum fand Anni zu einseitig, sie wollte Dieter nicht so oft alleine lassen. Eva fand es einen wahren Segen, dass Dieter Fußball spielte, da blieben wenigstens die Trainingsabende und die Spielwochenenden „Dieterfrei".

Eva ging zu Fuß, so verdaute die Pizza besser, und außerdem war es immer noch angenehm warm draußen. Sie liebte die abendliche Ruhe in den Straßen. Aus einem geöffneten Fenster ertönte Blasmusik aus einem

Fernseher oder Radio, und sie erinnerte sich an ihre Kindheit. Bei einer Tante war immer Volksmusik zu hören gewesen, entweder von einer Schallplatte oder vom Radio. Es war ein Musikschrank mit vier Füßchen aus dunklem Holz gewesen, vorne bespannt mit grauem Stoff, dahinter waren die Lautsprecher versteckt. Dieser Musikschrank hatte sie stets fasziniert, die vielen Knöpfe in einer Reihe zum Einstellen der Radiosender hatten etwas Fortschrittliches gehabt. Eva hätte damals, als die Tante gestorben und deren Haushalt aufgelöst worden war, diesen Musikschrank gerne gehabt, doch jemand anders war ihr zuvorgekommen, und sie hatte sich mit einem kleinen Kofferradio, das im Schlafzimmer gestanden hatte, begnügt. Eva wusste bis heute nicht, wo dieser Musikschrank hingekommen war, doch immer, wenn sie Blasmusik hörte, musste sie an diesen und an ihre Tante denken.

Wenig später saßen sie zusammen an Annis Küchentisch, ein Glas roten Kressbronner Berghalde vor sich.

Eva sagte: „Es heißt doch immer, es gäbe keine Kinder. Aber seit einiger Zeit sehe ich schwangere Frauen auf Schritt und Tritt.“

„Tatsächlich.“

„Ja. Schwangere und Frauen mit Kinderwagen. Wirklich überall.“

Anni schüttelte den Kopf. „Ist mir gar nicht aufgefallen.“

„Du hast auch keinen Blick für so etwas, für dich gibt es ja nur die Werbeagentur.“ Zudem, dachte sie, war Dieter selbst noch ein Kindskopf und alles andere als geeignet für eine verantwortungsvolle Vaterschaft.

„Na ja, ich brauche keine Kinder, meine Arbeit macht mir soviel Spaß, dass ich nicht aufhören möchte, das stimmt schon. Ich schaffe jetzt schon so lange in der Werbeagentur, da bin ich praktisch die Nummer eins gleich nach dem Chef. Aber wie steht es mit dir, bist du vielleicht interessiert an einem dicken Bauch?“

Eva machte eine wegwerfende Handbewegung. „Du weißt doch, dass ich gerade solo bin.“ Sie rutschte auf ihrem Stuhl nach vorne und drückte den Rücken gerade.

„Hast du wieder Schmerzen?“

„Nicht mehr als sonst. Der Rücken tut mir abends immer weh vom vielen Sitzen.“

„Wie bei Schwangeren. Die haben auch Rückenprobleme.“

Eva lachte. „Ach, was du alles weißt.“

Anni schenkte die Gläser nach. „Was macht denn deine Arbeit?“

Eva kam sofort ins Schwärmen. „Gerade muss ich eine Tabelle erstellen über die vier typologischen Grunddimensionen, also über die Typologie der Persönlichkeit."

„Klingt ja sehr spannend, was genau ist denn das?"

„Willst du das jetzt wirklich wissen?"

„Klar doch", meinte Anni und blickte erwartungsvoll drein.

„Na gut", sagte Eva, nahm einen Schluck und fuhr fort. „Da kannst du sehen, wo du stehst und was du tun kannst, um weiterzukommen."

„Aha. Und was bedeutet das nun konkret?"

Eva stöhnte. „Ja, das habe ich doch gerade erklärt."

„Du hast es erklärt für einen, der sich damit auskennt. Aber ich verstehe nur Bahnhof."

„Weißt du was? Ich bringe nächstes Mal zwei Tests für uns mit, die machen wir, und dann sehen wir gleich, wie wir sind."

Anni lachte. „Prima, für Dieter bringst du am besten auch einen mit, dann machen wir alle drei einen."

Eva verdrehte die Augen, aber sie nickte. „Aber ja kein Wort zu sonst jemandem. Du weißt ja, wie unangenehm es mir wäre, wenn Herr Weinmann wüsste, dass ich seine Tests für den Privatgebrauch verwende."

„Kein Wort, versprochen. Aber wenn er nicht ganz blöd ist, denkt er sich das doch ohnehin."

„Herr Weinmann ist nicht blöd, er ist ein klasse Chef", sagte Eva energisch. „Wie geht es denn mit Dieter so?"

„Na gut, wie immer. Aber du musst nicht vom Thema ablenken. Wir wissen doch längst beide, wie du zu deinem Herrn Weinmann stehst."

„Was willst du damit sagen?"

Anni nahm einen Mundvoll Kressbronner und ließ sich mit der Antwort Zeit. „Ach, Eva, wenn Herr Weinmann nicht wäre, hättest du doch längst wieder einen Freund."

„Spinnst du jetzt vollends?"

„Bring einfach den Test mit, dann siehst du vielleicht selbst, was Sache ist. Ich glaube, für heute lassen wir dieses Thema. Es ist schon spät, und ich muss morgen früh raus."

Sie verabschiedeten sich wenig später mit einer flüchtigen Umarmung. Auf dem Nachhauseweg ging Eva das Gespräch durch den Kopf. Wieso reagierte sie immer so heftig, wenn die Sprache auf ihren Chef kam?

Regula Weinmann schaute zur selben Zeit Fernsehen, ebenfalls das Perfekte Dinner, denn da konnte sie sich wundervolle Anregungen holen. Oft wusste sie nicht, was sie ihrem Mann kochen sollte, da er ein anspruchsvoller Esser war. Er war übergewichtig, sie hätte ihn gerne eine Woche mit Gemüse oder Sauerkraut verköstigt, doch das hätte nichts genutzt. Er wäre sofort nach ihrem Abendessen ins Gasthaus gerannt und hätte sich eine Fleischpfanne servieren lassen. Sie liebte ihn auch dick, doch sie wusste um die Risiken des Herzversagens, des Schlaganfalls und der Altersdiabetes, da sie auch diese Fernsehprogramme mit Eifer verfolgte. Sie fand das Fernsehen eine geniale Erfindung, man war immer bestens informiert und musste dazu keinen Schritt in eine Bücherei oder sonst wohin machen. Sie wusste, dass es zu Vereinsamung führen konnte, wenn man nur noch glotzte, doch davon war sie weit entfernt. Sie hatte viele Freundinnen und Freunde, und sie könnte, so sie wollte, täglich jemanden treffen. Mit Jens war sie nun seit drei Jahren verheiratet. Sie hatte damals darauf gedrängt, weil sie die Sache geregelt haben wollte. Wäre es nach ihm gegangen, hätte sie heute noch keinen Ring am Finger. Jens würde an diesem Abend wieder sehr spät nach Hause kommen, das hatte er bereits beim Frühstück angekündigt. Sehr spät war nach 22 Uhr, spät war nach zwanzig Uhr und früh war nach 17 Uhr. Regula hasste diese Abendseminare, vor allem da sie wusste, dass diese vor jungen Studenten und Studentinnen an der Hochschule stattfanden. „Ich bin nicht eifersüchtig“, sagte sie zu Jens, „aber ich bin auch nicht blauäugig.“ Auf solche Äußerungen hin lachte er meist und drückte ihr einen Kuss auf den Mund.

Regula hatte vor ein paar Tagen das Wohnzimmer mit farbigen Stoffen ausgekleidet, um den Fluss der Lebensenergie anzutreiben. Er war begeistert gewesen. Genauso wie zuvor vom frisch gestalteten Schlafzimmer. Regula hatte mit harmonischen Landschaftsbildern einen Ort der Ruhe und der Liebe geschaffen. Einfache Hilfsmittel mit großer Wirkung, hofften sie. Sie wünschten sich ein Baby, und das seit zwei Jahren. Mit jeder Monatsblutung schmerzte auch Regulas Herz. Jens war da gelassener, er sagte dann immer: „Es wird schon.“ Regula verkrampfte sich jedes Mal bei diesem „Es wird schon“. Vielleicht wollte er nicht wirklich, hatte Angst vor der Verpflichtung. Jens verdiente eine Menge Geld, das war nicht immer so gewesen, doch in den letzten Jahren hatte er sich einen Namen gemacht. Er hatte mit ein bis zwei Kursen in der Woche angefangen, mittlerweile war Jens ein Arbeitstier und eine Fünfzig- bis Sechzigstundenwoche die Regel.

Die Regel hatte sie derzeit auch wieder, sie fühlte sich erbärmlich. Ihr Frauenarzt fand keinerlei körperliche Gründe. Er hatte ihr geraten, den Druck abzulegen. Viele Frauen würden erst schwanger werden, wenn sie es nicht mehr so unbedingt und zwingend wollten, hatte er erklärt. Wie man das allerdings machte, wie man miteinander schlafen sollte, ohne an eine Zeugung zu denken, konnte er auch nicht sagen.

Eva saß am nächsten Morgen wie immer um acht an ihrem Schreibtisch. Sie legte eine Excel-Tabelle an und tippte sodann die Fragen zur Analyse des Persönlichkeitstyps ein. Jens Weinmann hatte ihr schon vor Tagen einige Vorlagen gegeben und jeweils markiert, was sie alles zusammenstellen sollte. Zunächst musste der Befragte sich festlegen, ob der Test beruflich oder privat ausgelegt werden sollte. Danach wurden siebzig Fragen mit jeweils zwei verschiedenen Antwortmöglichkeiten aufgelistet, also ob zutreffend oder nicht. Eva war gerade bei der achten Frage, die lautete: „Ein geselliges Zusammensein erlebe ich eher als erfrischend und erquickend oder als anstrengend und ermüdend“, als Jens Weinmann eintrat. „Schon so fleißig“, grüßte er sie.

Eva spürte eine Hitzewallung. Sie war noch viel zu früh dran, Anfang dreißig und schon im Wechsel! „Guten Morgen, Herr Weinmann“, sagte sie, dabei hob sie kaum den Blick vom Computer.

„Ich hätte da noch eine kleine Aufgabe, wenn Sie fertig sind. Im Juni biete ich mit Freunden Aktionswochen im Allgäu an. Das Programm muss unbedingt diese Woche noch raus. Volkshochschulen, Ämter für Tourismus, Büchereien, das Übliche eben.“ Er legte zwei lose Blatt Papier auf ihren Schreibtisch. „Hier steht alles drauf.“

Eva unterbrach ihre Tipperei und las die Zettel. „Ein Glücksseminar!“ rief sie überrascht aus. „Das klingt toll!“

„Nicht wahr“, sagte Jens Weinmann, „ein absolutes Novum in dieser Form. Wir sind ehemalige Studienkollegen und machen gemeinsame Sache. Eva, Sie sollten mir einen flotten Flyer erstellen, Angebot, Termine, Preis, alles, was ich Ihnen da gegeben habe, muss rein. Es kann nur mit Übernachtung und Vollpension gebucht werden. Es wäre durchaus möglich, dass ich Sie in diesen zwei Wochen vor Ort brauche.“

Eva hatte weder Ort noch Zeit erfasst, einzig die ersten drei Zeilen gelesen. „Ja, natürlich kann ich da mit“, eiferte sie, „wird bestimmt hochinteressant, Sie können auf mich zählen!“

„Am besten lassen Sie alles andere liegen, wenn Sie den Flyer bis heute Mittag fertig haben, kann ich ihn Korrektur lesen und zum Druck geben. Wenn Sie dann wieder so lieb wären?“

„Na sicher doch. Sobald sie gedruckt sind, verteile ich sie wie üblich.“ Eva hatte schon öfter Programme ausgetragen, das war eine angenehme Abwechslung zur Schreibtischarbeit. „Kommt Ihre Frau denn auch mit?“

„Das wissen wir noch nicht. Also dann, an die Arbeit. Ich muss noch einige wichtige Telephonate führen.“ Er verschwand in seinem Arbeitszimmer, streckte kurz darauf den Kopf noch einmal durch die Tür. „Und Eva, können Sie mir noch bitte einen Kaffee machen, danke!“

Eva setzte die Kaffeemaschine in Gang und las sodann alles aufmerksam durch. Das Glücksseminar war ein Angebot von drei Trainern, Jens Weinmann, Konrad Bundschuh und Martina Schwarz. Jeder übernahm einen Teil, ihr Chef den Bereich Selbstfindung, Teamarbeit und Kommunikation. Konrad Bundschuh war anscheinend der praktisch Veranlagte, er war zuständig für Sport und Fitness. Martina Schwarz bot Förderung der individuellen Kreativität an. Veranstaltungsort war ein Hotel am Alpsee im Allgäu, Teilnehmerzahl höchstens dreißig Personen, Preis für Seminar, Übernachtung und Vollpension 2.500 Euro, dazu kamen einzig die Getränke in der Bar. Los ging es am 25. Juni, einem Montagmorgen, Ende war am 8. Juli, einem Sonntag. „Haben Sie schon bedacht, dass diese beiden Wochen in der Hauptreisezeit liegen, Herr Weinmann?“

„Exakt, exakt. Das war unsere Absicht. Das ist doch eine Urlaubsidee mit Esprit, finden Sie nicht?“

Eva nickte. „Ja schon, aber was ist mit Kinderbetreuung?“

„Ach Eva, Sie überlegen einfach zu viel. Wer mitmachen will, bekommt es organisiert. Kinder sind nicht vorgesehen, schließlich soll man dort Kraft tanken können, das ist am besten ohne Verpflichtung, sprich ohne Kinder möglich.“

„Na dann“, meinte sie nicht ganz überzeugt, doch es war nicht ihr Problem. Ihr Problem war ein anderes. Wo würde Jens Weinmann schlafen, wo sie?

3

Anni gähnte. Sie war wirklich müde, doch sie wollte noch auf Dieter warten. Er hatte versprochen, nicht zu spät nach Hause zu kommen. „Dann machen wir's uns gemütlich", hatte er zum Abschied gesagt. Seit einem halben Jahr wohnten sie zusammen, und sie hatten noch nie gestritten. Samstags begann ihr Liebesleben erst nach der Sportschau, das war für Anni in Ordnung, denn während sich Dieter Bayern München, den VfB Stuttgart und ein paar Flaschen Bier gönnte, konnte sie in aller Ruhe kochen und Haushaltsdinge erledigen. Sie arbeiteten beide, Dieter als Schreiner beim Schreinerprofi, einer angesehenen mittelständischen Firma, und Anni als Promotionberaterin. Ihrer beider Verdienst reichte für ein angenehmes Leben, sie teilten die Miete für das kleine Reiheneckhaus, zu dem ein Garten im Handtuchformat gehörte. Im unteren Stockwerk waren Küche und Wohnzimmer, im oberen befanden sich drei weitere Zimmer. In einem hatten sie das gemeinsame Schlafzimmer, die beiden anderen durfte jeder nutzen wie er wollte. Anni hatte einen Schreibtisch mit PC drauf, da sie oft Arbeit mit nach Hause brachte. Auch Bügelbrett und Staubsauger hatte sie bereitwillig in ihrem Zimmer untergestellt. Dieters Zimmer hatte sich zu einer Abstellkammer entwickelt. Da ging Anni so gut wie nie rein, denn es waren hauptsächlich seine Sammelwerke drin, ausgediente Autoradios, alte Sporttaschen, ein Tischfußball und dergleichen. Dieter wäre auch mit einer Wohnung im Hochhaus zufrieden gewesen, doch Anni blieb hartnäckig bei der Suche nach dem perfekten Kleinod für sie beide, und es hatte sich ausgezahlt. Sie wohnten gerne hier, in einem Ausläufer der Lerchenfeldsiedlung. Sie hatten die Felder und Wiesen direkt vor der Haustür, die Nachbarschaft war angenehm, die Lage am Stadtrand sehr ruhig, der Weg zur Arbeit für beide nah. Anni konnte sich gut vorstellen, hier alt zu werden.

Zum ersten Mal gesehen hatten sie sich zwei Jahre zuvor auf dem Wikingerfaschingsball im Kulturzentrum. Das war sehr kurios gewesen, weder er noch sie hatten damals Lust auf diese Veranstaltung gehabt, Dieter war von seinen Kumpels und Anni von ein paar Bekannten überredet und mitgeschleppt worden. Auf jenem Fest hatten sie sich in der Bar kennengelernt, nach dem zweiten Glas Sekt sich scheu auf die Wangen geküsst, dann hatten die Dinge ihren Lauf genommen.

Gemeinsame Hobbys hatten sie keine. Dieter war Fußballer mit Leib und Seele, seine Mannschaft spielte in der Kreisliga A. Zweimal wöchentlich trainierten die jung gebliebenen Männer, und sonntags spielten sie auf den Fußballplätzen in der Gegend. Siege und Niederlagen wurden gleichermaßen begossen. Anfangs hatte sie sich die Spiele angeschaut, aber so richtig euphorisch wurde sie nie, und nach einiger Zeit fand sie es daheim im Liegestuhl mit einem Schmöker schöner. Einmal jährlich reisten die Fußballer für eine Woche an den Ballermann, und Dieter versicherte ihr stets, sie habe keinerlei Grund zur Eifersucht. Sie hätten dort weder Interesse noch Zeit für andere Frauen. Beim ersten Mal wollte Anni mitfliegen, doch Dieter hatte erklärt, dass er sich nicht zum Hanswurst vor seinen Kumpels machen wolle, sie könnten unmöglich als einziges Paar in dieser Männerdomäne rumtanzen. Rumtanzen, genau das hatte er gesagt. Daraufhin überredete sie ihn zu einem gemeinsamen Tanzkurs, doch nach den ersten paar Stunden war klar, dass dies nicht sein Ding war. Ihres ja, wie von so vielen anderen Frauen auch. Sie dachte damals, dass es mehr Frauen ohne Tanzpartner gäbe als ohne Partner fürs Bett. „Lies doch ein Buch, das bringt dir mehr", hatte Dieter damals gesagt, und sie hatten den Kurs nach der Hälfte abgebrochen. Obwohl Anni oft Arbeit aus dem Büro mit nach Hause nahm und sie damit viele Abende verbrachte, spürte sie den Wunsch nach einer anderen Beschäftigung immer stärker.

Einst hatte sie zusammen mit ihrer Freundin Eva nach einer erfüllenden Freizeitbeschäftigung gesucht. Es gab eine Liste in einer Informationsbroschüre der Stadt, die fing an mit den Altdorfer Landsknechtsfähnlein und endete mit dem Verein der Kanarienzüchter. Anni und Eva rollten die Boulekugel, statteten dem Jugendklub einen Besuch ab, sie warfen einen Blick in die akkurate Anlage der Kleingärtner und besuchten den Kneippverein. Aber nichts gefiel ihnen. Erst nach vielen Vereinsproben wurden sie fündig, und sie stiegen in eine Laienspieltheatergruppe ein, die sich aus einem Volkshochschulkurs fort entwickelt und verselbständigt hatte. Die Auftritte fanden in Gemeindehäusern und auch in größeren Kneipen in ganz Oberschwaben statt. Das Theaterspielen machte vor allem Anni sehr viel Spaß. Zwar durften die Anfängerinnen keine Hauptrollen spielen, das hatte jedoch den Vorteil, dass sie nicht soviel Text auswendig lernen mussten. Vor allem Anni wurde ausgeglichener und zufriedener, auch Dieter fand das. Er hielt sie für sehr talentiert. Annis erste Rolle war die einer Dienstmagd auf einem Bauernhof. Sie musste nur dreimal sagen: „Sonst noch was?" Das tat sie mit sehr viel Inbrunst. Anni sah besser aus als die Hauptdarstellerin, welche eine energische Bauersfrau im Erbschaftsstreit spielte. Mit den langen Beinen, perfekten Körperproportionen und idealen Rundungen stahl Anni der Bauersfrau geradezu die Schau. Annis Haar schimmerte und glänzte goldbraun, ihre Augen hatten ein Blau wie Lapislazuli. Anni schminkte sich nur dezent und achtete darauf, nie zu viel Schmuck zu tragen. Ines, die Hauptdarstellerin, dachte, je mehr Künstlergehabe und je mehr Make-up, desto größer der Erfolg, aber dass zu viel auch blättern und aufreißen konnte, hatte ihr wohl niemand gesagt. Eva hatte in diesem Stück eine verwöhnte Cousine gespielt, doch nach ein paar Auftritten hatte sie genug vom Theater, und Anni machte alleine weiter. In der darauffolgenden Theatersaison durfte Anni die Hauptrolle spielen. Ines nahm es ihr nicht einmal übel, Anni hatte sogar den Verdacht, dass Ines sich insgeheim darüber freute. Anni musste die spukende Laura aus der Lauratalsage spielen, vom Gesicht sah das Publikum nichts. Ihr Kostüm bestand aus einem weißen, sackartigen Gewand, und der Kopf war stets verhüllt, so dass nur die Augen aus schmalen Stoffschlitzen schauen konnten. Die Theatergruppe führte ein recht frei inszeniertes Stück auf, Laura heulte und trauerte um ihren Liebsten, der im Lauratal zu Tode gekommen war.

Anni war auf dem Sofa eingeschlafen. Dieter rüttelte an ihrem Oberarm. „Hallo Annimirl, komm schlafen."

Anni kam nur langsam zu sich. Ich schlaf doch schon, dachte sie. Dann roch sie seinen Atem, und mit einem Schlag war sie bei sich. „Dieter, wie viel hast du wieder getrunken?"

„Ein kleines Bier, vielleicht auch zwei. Jetzt komm ins Bett, kleine Annimirl." Mittlerweile hatte Dieter die Schuhe ausgezogen, diese ins Wohnzimmer geschleudert und das T-Shirt über den Kopf gezogen.

Anni wusste, was es geschlagen hatte, wenn Dieter Annimirl sagte, doch sie hatte keine Lust auf ihn. Er stank. Sie hatte sich vorgestellt, wie sie ein wenig kuschelten und sich nette Dinge sagen würden. Aber in seinem Zustand machte das keinen Sinn, da blieb sie besser auf dem Sofa. Innerhalb von fünf Minuten würde er schnarchen und sägen wie ein Waldarbeiter, sie könnte deswegen die halbe Nacht kein Auge zutun, ganz zu schweigen von dem Biergestank, den er ausdünstete. „Geh schon mal vor, ich komme gleich", sagte sie.

Dieter schlappte davon. Nach zehn Minuten schlich sie ins Schlafzimmer, nahm ihr Bettzeug und richtete sich auf dem Sofa ein. An Weiterschlafen war nicht zu denken. Sie wälzte sich von einer Seite zur andern. Irgendwann stand sie auf und las den Text ihres nächsten Theaterstückes. Schade, dass Eva abgesprungen war. Sie hätte lieber mit ihrer Freundin weitergespielt. Noch lieber mit Dieter, doch der hatte keinerlei Interesse. Er war bisher zu den Premieren gekommen, und Anni bekam Lob von ihm, aber mehr war nicht drin. Dieter und der Fußball waren eine zu starke Symbiose, da war keinerlei Raum für weitere Hobbys. Sie legte den Text beiseite, da die Lernerei um diese Uhrzeit wenig brachte. Sie ging nach oben in ihr Zimmer und tüftelte noch eine Weile an einer Werbekampagne herum.

Die Werbeagentur Däubler, in der Anni arbeitete, lag knappe zehn Kilometer außerhalb der Stadt in Kehrenwies nahe dem Dorf Unterankenreute. Bernd Däubler, der Inhaber, hatte das Grundstück mit einem maroden Bauernhof darauf von seinen Eltern geerbt. Er hatte das alte abreißen und ein vollkommen neues Gebäude mit vierhundert Quadratmetern Wohnfläche erstellen lassen. Die dazugehörigen Streuobstwiesen hatte er verpachtet, da er weder mit dem Gras noch mit den Äpfeln etwas anfangen konnte. Im oberen Stock des Neubaus standen ihm sechs Zimmer zur Verfügung. Im Erdgeschoss befanden sich die Atelierräume. Er lebte alleine. Für Beziehungen hatte der Vierzigjährige wenig Zeit, da er mit seiner Arbeit verheiratet war. Was er von sich abverlangte, forderte er auch von Anni ein. Die Agentur hatte einen guten Ruf, die Aufträge kamen von Privatleuten, Firmen und zunehmend von umliegenden Ortschaftsverwaltungen. So gestalteten sie Stelen mit Informationen für Touristen, Tafeln für Wanderwege, sie entwarfen Logos für Firmen, sprayten Aufdrucke auf Firmenwagen, und gerade die Bandbreite der Verschiedenartigkeit war eine ständige kreative Herausforderung. Anni hatte eine volle Stelle, manchmal arbeitete sie mit ihrem Chef fast rund um die Uhr. Dann gab es noch Sabrina, eine Halbtagskraft fürs Büro, und die beiden technischen Außendienstmitarbeiter, die das Handwerkliche ausführten.

„Anni, gut, dass du da bist“, begrüßte Bernd Däubler sie anderntags. Sie duzten sich alle, auch Sabrina. „Wir haben eine Anfrage der Firma Maschenreuter, sie wollen eine neue Identität und somit ein neues Logo. Hier ist das Firmenprofil, kannst du heute noch ein paar Vorschläge ausarbeiten?“

„Eigentlich habe ich jede Menge andere Dinge zu tun“, sagte Anni, „kann das nicht ein paar Tage warten?“

„Kann es nicht. Wenn wir nichts liefern, geht der Auftrag an die Konkurrenz.“

„Aber ...“

Bernd fuhr ihr dazwischen. „Das ist eine Arbeitsanweisung. Oder bist du neuerdings nicht mehr flexibel?“

Anni schluckte. Sie war immer flexibel, hatte stets pünktlich alles fertig, machte Überstunden und meckerte nur selten. Für Bernd war ihr Fleiß selbstverständlich. In letzter Zeit war er öfter so ungehalten, das war nicht das erste Mal.

„Ja gut. Ich schau es mir an.“

„Nicht schauen, sondern machen“, raunzte er, „ich bin auf einem Außentermin. Das Ergebnis bitte auf meinen Schreibtisch.“

Was war dem für eine Laus über die Leber gelaufen, dachte sie, sodann machte sie sich ans Werk. Acht Stunden später war sie zufrieden. Sie hatte auf die Mittagspause verzichtet und beschlossen, durchzuarbeiten und dann zu gehen. Da Bernd noch nicht zurück war, legte sie ihre Vorschläge auf seinen Schreibtisch und verließ um vier das Büro. Als sie den Schlüssel abzog, überkam sie ein befreiendes Gefühl. Feierabend, genau das würde sie nun machen. Vor allem die Feier, und zwar mit Dieter. Er hatte immer großen Hunger, wenn er abends nach Hause kam. Manchmal kochten sie gemeinsam, meist kochte Anni, er sagte immer, er könne nichts außer einem Spiegelei zubereiten, und das wäre auch ohne Garantie. Anni war es längst gewohnt, die Doppelrolle inne zu haben, nur manchmal nagte etwas in ihr, dass sie es Dieter zu einfach mache.

Anni fuhr ins Einkaufscenter, füllte den Wagen mit Köstlichkeiten. Eingelegte Oliven, Datteln, Käsebällchen mit Walnussbezug, getrocknete Früchte, Pumpernickel und Baguette, getrockneten italienischen Schinken, einen Ring Peperoni-Schwarzwurst und eine Dose Ravioli in Tomatensoße. Wie sie Dieter kannte, würde er sich auf Letztere stürzen.

Dieter kam erst spät, Anni hatte bereits das Bad geputzt, die Wohnung durchgesaugt, den Nassmüll rausgebracht, die alten Zeitungen in die grüne Tonne gestopft, eine Maschine mit Wäsche gefüllt und eine bunte Platte mit den Leckereien auf den Tisch gestellt.

„Mann, was bin ich kaputt“, sagte Dieter, nachdem er Anni das Begrüßungsküsschen auf die Wange gehaucht hatte.

„Ich hab uns was Feines zu Essen gemacht. Geh dich rasch umziehen, dann lass dich verwöhnen.“

Dieter hätte sich auch in der staubigen Arbeitskleidung gesetzt, doch das hatte Anni ihm verboten. „Saubere Klamotten und Hände waschen, sonst koch ich nicht mehr“, hatte sie einst gedroht.

„Wie bei Muttern", hatte er gesagt, doch seither verschwand er wirklich erst im Bad, wo er frische Sachen hängen hatte. Wenig später setzte er sich zu Anni an den Tisch. „Gibt es auch was Gescheites?" fragte er nach einem kurzen Blick auf Oliven und Käsebällchen.

„Ravioli aus der Dose", sagte Anni stolz, „sind schon warm."

„Du bist die Beste!"

Wie einfach er doch zufriedenzustellen war, dachte Anni vergnügt. Sie lief rasch in die Küche und brachte ihm einen mit dampfendem Essen gefüllten Teller. „Wir sollten heute noch ausgehen, ins Kino", sagte sie mit vollem Mund.

„Och, wir wollten Fußball schauen, Champions League Viertelfinale, aber ein andermal, versprochen."

„Wo schaut ihr denn?"

„Bei Holger. Ich muss dann auch gleich los." Er stellte seinen Teller auf die Spüle, drückte ihr abermals einen Kuss auf die Wange, sagte „Tschüss denn" und eilte davon.

Nach dem Abwasch rief sie Eva an. „Hättest du noch Lust, was zu unternehmen?"

„Wir könnten ja in die Lupe gehen und einen Schlummertrunk zu uns nehmen", meinte Eva.

„Gute Idee, ich hole dich ab."

In der Lupe gab es einen Theatersaal, in welchem in unregelmäßigen Abständen Kleinkunst geboten wurde. Angegliedert war eine Kneipe, auch wenn kein Programm stattfand, war diese meist voll. Das lag zum einen an der günstigen Lage am Stadtrand Weingartens, wo stets genügend Parkplätze zur Verfügung standen, zum andern an der außergewöhnlichen Atmosphäre und der bizarren Einrichtung. An den Wänden hingen abstrakte Kunstwerke, Tische und Möbel waren auf antik gemacht. In einer Ecke gab es eine Sitzgruppe wie in Omas guter Stube, ein Sofa und Sessel, geblümt gemustert, runde Tischchen mit geschnörkelten Füßen, darüber baumelnd ein ausladender Kristallleuchter. Die Ausstattung der Bar hingegen war streng und geradlinig gehalten, chromfüßige Barhocker mit schwarzen und weißen Sitzen, Spiegel über dem Flaschenregal, eine hypermoderne Kaffeemaschine. Ein Netz aus Halogenlampen überspannte den gesamten Deckenraum über der Bar.

„Ich habe hier immer das Gefühl", sagte Anni, die einen freien Tisch ergattert hatte, „dass ich in einer anderen Welt bin."

„Deshalb kommen hier Manager, Studenten und unsereins gleich gerne her. Die Mischung macht's." Evas Blick schweifte durch die Kneipe.

„Was meinst du mit unsereins?"

„Normale Leute eben."

Die Bedienung kam und nahm die Wünsche entgegen. Sie bestellten ein Pils, Eva einen gemischten Salat mit Putenstreifen, obwohl sie gar keinen Hunger hatte. Anni wählte eine warme Seele mit Tomaten, Schinken und Käse. „Eigentlich habe ich schon mit Dieter gegessen, aber das macht ja nichts."

„Was macht er denn heute Abend?"

„Fußball."

„Gut."

„Nicht gut."

„Ach, Anni, lassen wir das Thema Dieter. Da werden wir nie eins."

„Zum Glück. Das wäre ja noch schöner, wenn du mit ihm eins wärst."

Eva lachte. „Ich meine es nur gut mit dir. Ich will halt, dass du glücklich bist."

Anni sagte laut: „Ich bin glücklich."

„Du könntest noch froher werden. Ende Juni bietet Herr Weinmann ein zweiwöchiges Seminar an, da geht es ausschließlich um das Glück. Stell dir vor, ein schickes Hotel direkt am Alpsee, Seminare und Freizeitangebote kombiniert."

„Das hört sich interessant an. Bring mir doch bei Gelegenheit die Unterlagen vorbei."

„Mach ich. Und jetzt reden wir von was anderem. Was macht das Theaterspiel?"

„Gut, dass du mich erinnerst. Ich melde mich gleich morgen ab. Es bringt mir einfach nichts mehr. Vielleicht finde ich ja doch noch ein Hobby, das ich mit Dieter zusammen machen kann. Dann hätten wir etwas Verbindendes und könnten viel mehr Zeit miteinander verbringen. Das wäre mein größter Wunsch"

„Ach, Anni", seufzte Eva, „essen wir was. Das hilft auch."

4

An jenem Morgen fühlte Lina sich erstmals besser. Nachdem sie eine Kleinigkeit gefrühstückt hatte, begab sie sich auf den Weg ins Feng Shui Geschäft nach Ravensburg. Vor dem Einkauf ließ sie fünfhundert Euro aus dem Bankomat. Sie hatte noch gar nicht daran gedacht, wie sie das in Zukunft mit den Finanzen regeln würden. Entschlossen ging sie noch einmal nach Hause zurück und versteckte ihr Sparbuch, auf dem 50.000 Euro gutgeschrieben waren, zuunterst in ihrem Nähkasten. Es war ein Teil der Erbschaft ihrer Eltern, sie hatten Lina einst 200.000 Euro vermacht. Auf diesem Büchlein hatte sie strikt bestanden, denn ein Sparbuch war für sie einseh- und verstehbar. Albert hatte sie ausgelacht und verspottet: „Das unrentable Sparbuch hat heutzutage kein Mensch mehr!“ Er hatte das restliche Vermögen in Fonds und Aktien verteilt, und Lina wusste nicht einmal, wie viel Geld das mittlerweile insgesamt war. Ihnen gehörte alles gemeinsam, das Haus, die Autos, das Girokonto, die Wertpapiere. Und die Kinder. Aber das Sparbuch gehörte ihr.

Im New Age wurde sie überaus freundlich empfangen von Regula Weinmann. Lina war schon einige Male hier gewesen, hatte bisher aber nur Kleinigkeiten gekauft. Einmal hatte sie jedem ihrer Kinder einen Goldstein zu Ostern geschenkt, und für Albert hatte sie einen Kristall ausgesucht. An diesem Tag wollte sie etwas für sich haben, etwas, das die schlechten Geister vertrieb. Genau dies sagte Lina: „Ich brauche etwas gegen schlechte Geister.“

„Oh weh“, lachte Regula, „das können wir alle gebrauchen.“

„Wie meinen Sie das?“

Regula sah sie nachdenklich an. „Na ja“, meinte sie ernst, „ich denke, bei uns allen herrscht von Zeit zu Zeit schlechte Stimmung. Aber wenn ich Sie so anschaue, ist es wohl mehr als nur eine miese Laune. Sie sehen wirklich danach aus, als sitze Ihnen ein Dämon im Nacken.“

Lina wurde noch eine Spur blasser. „Also, was haben Sie denn in dieser Richtung?“ fragte sie mit brüchiger Stimme.

„Ein Glücksseminar im Allgäu. Ich denke, das wäre genau das Richtige für Sie.“

Sie reichte Lina den Prospekt, und diese steckte ihn achtlos ein. Dann schaute sie sich im Geschäft um und war alsbald gefangen von den vielen hübschen Dingen.

Wieder zurück vom Großeinkauf, brühte Lina sich eine Tasse Kräutertee auf. Sie setzte sich an den Küchentisch und trank in kleinen Schlucken. Der Einkauf war mehr als anstrengend gewesen. Diese Frau Weinmann hatte ihr am Ende allerlei aufgeschwatzt, der ausladende Gartenbrunnen war vielleicht doch etwas übertrieben. Aber auch im Garten musste Harmonie herrschen, wenn der Brunnen erst einmal geliefert und aufgestellt wäre, das Wasser angeschlossen, dann könnte sie stundenlang dem Plätschern zuhören und dabei zur innerlichen Balance finden. Dann käme auch Albert zurück. Ohne Albert war alles nichts, der schönste Quell hätte da keinen Wert. Lina öffnete das Faltblatt mit diesem Glücksseminar. Da würde sie nicht hingehen, ganz alleine, lauter fremde Leute, vermutlich alle solche Künstler und Studierte. Lina wäre völlig fehl am Platz. Aber lesen konnte man ja mal unverbindlich, was die da machten. Ein hübscher Flyer war das. Lina überlegte, weshalb diese Faltprospekte Flyer genannt wurden, konnte man damit vielleicht fliegen? Diese Frau Weinmann aus dem Feng-Shui-Geschäft hatte auch fliegende Ideen. Sie war eine hübsche Person, gewelltes, schulterlanges, schwarzes Haar und ein zartes Gesicht, ebenso zart die gesamte Frau, und doch von starker Energie gefüllt, das hatte Lina beeindruckt. Wenn sie an ihr eigenes Spiegelbild dachte, na ja. Frau Weinmann war gewiss erst um die dreißig, in zwanzig Jahren sähe die auch anders aus, tröstete sie sich. Sie könnte ja mal zum Friseur gehen, die Dauerwelle war zwar frisch, aber womöglich gab es eine bessere Frisur. Sie würde sich jeden Schnitt verpassen lassen, wenn dadurch Albert zu ihr zurückkäme. Überhaupt, sinnierte sie über ihrer Teetasse, wenn sie wüsste, wie seine Geliebte aussah, könnte sie sich auch so aufstylen, dann wäre der Rest ein Leichtes. Sie müsste ihm nachspionieren, um das herauszufinden, sich abends vor seinem Geschäft verstecken, und dann wie im Krimi verfolgen. Am besten noch heute. Dieser Gedanke wärmte mehr als der Kräutertee. Endlich wusste sie, was zu tun war. Sie war blöd, dass ihr das nicht gleich am ersten Tag eingefallen war. Zufrieden las sie weiter, und alleine schon das Lesen über Glück bescherte ihr eine frische Brise.

Später füllte sie Wasser in eine Trinkflasche und strich ein Butterbrot. Proviant war immer gut, sie konnte ja nicht wissen, wie lange ihr Beschattungseinsatz dauern würde. Eine Zeitung steckte sie ebenfalls in ihre Tasche, so hatte sie was zu lesen, und gleichzeitig war es eine prima Tarnung. „Ich hole dich zurück“, sagte sie zu seiner Photographie. Es war ihr Hochzeitsbild, das im Schlafzimmer über ihrer Kommode mit der Unterwäsche hing. Wie beneidenswert sie darauf aussahen, glühende Blicke, lachende Münder, frohe Ausstrahlung. Es war eine wundervolle Hochzeit gewesen, Lina ganz in Weiß, Albert im schwarzen Anzug. Er hatte ihr einen Strauß roter Rosen binden lassen. Wann hatte sie zuletzt Rosen von ihm bekommen, wann überhaupt Blumen? In guten wie in schlechten Zeiten, hatte der Pfarrer gesagt, jetzt waren schlechte Zeiten. Doch sie würden bald wieder mehr als gut sein. Damals war Albert noch schlank gewesen, von Geheimratsecken keine Spur. Nur den Schnauzbart, den trug er schon, seit sie sich kannten, davon hatte er sich nie getrennt. Sie hatte ihn immer wieder darum gebeten, die Fliege weg zu rasieren, ohne hätte sie einmal sein ganzes Gesicht sehen können. Albert jedoch sagte immer: „Wenn der Bart ab ist, ist alles ab.“

„Was ist alles?“ hatte sie einmal gefragt.

„Alles ist alles, dann hast du keinen vollständigen Mann mehr.“

Lina seufzte. Mittlerweile trug Albert eine Brille und hatte einen Bauch. Sie selbst hatte auch einige Konfektionsgrößen zugelegt. Albert monierte manches Mal, sie solle doch weniger essen und Sport treiben. Der musste grade reden, vom Golfen wurde sein Bauch auch nicht weniger. „Ich hole dich zurück“, sagte sie abermals und drückte einen Kuss auf die Photographie. Um Viertel nach vier setzte sie sich ins Auto und fuhr los. Entscheidend war, dass sie bei Winter einen günstigen Parkplatz fand, weit genug vom Mercedes entfernt, so dass Albert sie nicht sehen, aber so nah, dass sie ihm problemlos folgen konnte.

Der Firmenparkplatz war unbewacht. Sie hatte einen idealen Standort nahe der Ausfahrt, von dort aus sah sie seinen silbergrauen Wagen, ohne selbst aufzufallen. Lina richtete sich auf eine längere Wartezeit ein. Sie hatte nicht mit ihm gerechnet, so schnell, so eng, Seite an Seite mit einer Unbekannten, einer schönen, jungen, schlanken, wohlgeformten, lachenden Schwarzhaarigen. Sie hatte ein wenig was von dieser Frau Weinmann aus dem Feng-Shui-Geschäft, aber nur ein wenig. Frau Weinmann war eine fürsorglich, liebevolle Person. Die hier war wie ein schwarzes Rennpferd, derzeit vermutlich sein bester Gaul im Stall. Eine neue Sekretärin oder eine aus einer anderen Abteilung. Das spielte keine Rolle. Den größten Stich versetzte ihr seine Gangart, diese Leichtigkeit, diese Lässigkeit. Daheim war er ein ältlicher Mann, jammerte gerne über Zipperlein, war schlapp, wenn sie mit ihm einen Sonntagsspaziergang machen wollte. Hier hüpfte er über den Parkplatz, neben dem infantilen Gaul, als sei er ein junges Fohlen.

Lina bekam eine Hitzewallung wie noch nie, sie spürte Wasserbäche den Rücken hinunterfließen. Ihr Kopf glühte, später hätte sie nicht mehr sagen können, wie sie es geschafft hatte, hinter den beiden herzufahren, ohne einen Unfall zu bauen. Albert fuhr flott, durch die Ravensburger Weststadt Richtung Markdorf, bis nach Meersburg, dort hielt er auf dem Parkplatz vor der Fähre. Lina folgte. Sie löste ebenfalls einen Parkschein, glücklicherweise gab es mehrere Automaten, so dass sie unentdeckt blieb. Sie schlich hinterher, mit jedem Schritt ging es ihr schlechter. Albert und die Schwarzhaarige hatten die Arme gegenseitig um die Rücken gelegt, sie schienen einfach durch die Innenstadt bummeln zu wollen. Lina war froh über ihre Tarnung, wenn die Verliebten vor einem Schaufenster stehen blieben, blieb sie in sicherer Entfernung und versteckte ihr Konterfei hinter dem Schwäbischen Tagblatt.

Es dunkelte. Die Verliebten verschwanden in einer Pizzeria an der Uferpromenade. Lina setzte sich auf eine Parkbank und packte ihr Butterbrot aus. Der erste Bissen blieb ihr im Halse stecken, nur mit Mühe brachte sie ihn hinunter. Sie spürte Schmerzen, ob körperlich oder seelisch wusste sie nicht, alles, was einem Menschen wehtun konnte, tat weh. Was machte sie hier bloß, war sie eine solche Masochistin? An eine Jacke hatte sie nicht gedacht. Sie fror, doch sie blieb sitzen. Sie sah die beiden aus der Pizzeria kommen, die Zeitung kam flugs zum Einsatz. Sie schlenderten zurück Richtung Auto. Lina war erleichtert, nun würden sie wieder heimfahren, dann wüsste sie endlich, wo Albert jetzt wohnte. Doch sie gingen nicht bis zum Parkplatz. Kurz davor schwenkten sie in ein Restaurant, das direkt am Ufer des Bodensees lag. Lina war kurz verdutzt, sie hatten doch gerade gegessen, was sollte das jetzt? Konnte das Pferd zwei Portionen verdrücken? Wie könnte sie die beiden sehen, ohne entdeckt zu werden? Unentschlossen stand sie etwa zehn Minuten auf dem Gehweg, ging einige Schritte hin und her. Dann hörte sie die Musik. Tanzmusik. Eindeutig. Die beiden waren in einem Beatschuppen. Mitten unter der Woche. Schwofen. Albert, der Lahme. Mit dem Ross. Lina hielt es nicht mehr aus, pfeilgerade marschierte sie den beiden ins Lokal hinterher. Es war nicht sehr voll, zwei Paare bewegten sich ergeben auf dem Parkett. Eins davon war Albert mit der Schindmähre. Lina wären beinahe die Beine weggesackt. Dann ging alles sehr schnell. Im selben Moment, als Albert und Lina sich in die Augen sahen, kam ein Kellner mit einem Tablett voller Gläser vorbei. Lina wankte auf den Kellner zu, das Tablett kippte, Lina machte auf dem Absatz kehrt und preschte hinaus. Sie rannte wie um ihr Leben, erst, als sie in ihrem Wagen saß, fühlte sie sich halbwegs sicher. In einem Affenzahn raste sie nach Hause, sie rechnete fest damit, irgendwo unterwegs geblitzt zu werden.

Sie duschte im Wechsel heiß und kalt, bevor sie zu Bett ging. An Schlafen war nicht zu denken. Alle halbe Stunde schaute sie auf den Wecker, wälzte sich von einer Seite zur anderen. So hatte sie sich die Konkurrentin nicht vorgestellt. Die musste ungefähr in Juttas Alter sein, höchstens Mitte dreißig. Die ganze Zeit über hatte Lina das Bild des tanzenden Paares vor Augen. Ihr Mund war trocken, und ihr Hals schmerzte beim Schlucken. Sie ahnte, wie Albert auch im Bett aufblühte. Im Ehebett passierte schon lange nichts mehr. Aber was sollte das Pferd können, was sie nicht auch konnte? „Wie auch immer", sagte sie zu sich selbst, „ich muss ihn zurückhaben."

Am nächsten Morgen holte sie den Schlaf der Nacht nach. Erst kurz vor eins wachte sie auf. Lina dachte an ihre drei Kinder. Im Jugendalter waren sie an den Wochenenden und in den Schulferien auch erst um diese Zeit aufgestanden. Albert hatte das nie gemocht, doch Lina verstand es gut. Wenn man die halbe Nacht in der Disco verbrachte, war das logisch. Augenblicklich sah sie die beiden aneinandergeschmiegt auf der Tanzfläche. Albert und das Rennpferd. Lina würde niemals einen Namen für dieses Frauenzimmer verwenden. Sie zwang sich nach einer Tasse Kaffee und einem Stück Marmeladenbrot zum Einkauf. Frau Blümer fegte wie jeden Tag den Gehweg. Lina nickte ihr zu und wandte sich rasch dem Garagentor zu.

„Hallo, Frau Pohl", rief Frau Blümer, „man sieht Sie ja gar nicht mehr!"

Lina wandte ihren Kopf, während sie das Garagentor öffnete. „Immer viel zu tun, wie es halt so ist."

„Sie sehen gar nicht gut aus, sind Sie krank?"

„Alles bestens." Sie beachtete ihre Nachbarin nicht weiter und fuhr davon.

„Lässt sogar das Tor auf", murmelte diese, während sie weiterfegte, „der Mann ist auch nie da, da stimmt doch was nicht. Ich werde es schon noch herausfinden."

Wenig später stand Lina im Vorzimmer zum Büro ihres Mannes. Er war noch ihr Mann, fand sie, deshalb konnte sie ihn jederzeit besuchen.

Sie kannte die Dame nicht, die dort am Schreibtisch saß. „Guten Tag, kann ich Ihnen helfen?“ fragte sie freundlich.

„Pohl, ich möchte gerne zu meinem Mann.“

„Aber Frau Pohl“, sagte die Dame erstaunt, „er ist doch heute Morgen in aller Früh geflogen.“

Lina starrte ungläubig auf die verschlossene Tür. „Mein Gott aber auch“, stammelte Lina, „was bin ich vergesslich. Entschuldigung und auf Wiedersehen.“ Sie wandte sich zum Gehen.

„Frau Pohl“, sagte die Dame, „er kommt in einer Woche wieder zurück. Er ist in Italien.“

„Danke.“ Linas Gesicht hatte sich mittlerweile rot verfärbt, ihre Hände waren feucht.

„Es wird nicht lange gutgehen. Ihr Mann ist nicht ihr Erster.“

„Weshalb erzählen Sie mir das?“ Lina machte noch einmal einen Schritt zurück auf die Unbekannte zu.

„Weil wir Betrogenen zusammenhalten müssen.“

„Das tut mir leid“, sagte Lina, dann stürzte sie aus dem Zimmer. Sie wollte die Geschichte dieser Frau nicht hören. Für den Bruchteil einer Sekunde fürchtete sie, dass die auch ein Verhältnis mit Albert gehabt haben könnte. Aber das war unmöglich. Albert war bis zum Auftauchen dieses Pferdes treu gewesen.

Am Abend kam Jutta vorbei. Lina öffnete erst auf das zweite Klingeln, und eigentlich wäre sie lieber alleine gewesen. Sie war in Trauer, und da wollte sie keine Gesellschaft. Aber sie brachte es nicht fertig, ihre Tochter wegzuschicken. So setzte sie sich mit ihr an den Küchentisch, auf dem noch der Teller mit Marmeladenklecksen und die benutzte Kaffeetasse standen.

„Soll ich uns etwas kochen?“ fragte Jutta.

„Egal, wie du willst.“

„Oder sollen wir ausgehen, was meinst du?“

„Dein Vater ist für eine Woche in Italien. Mit seiner Geliebten.“

„Mama, du solltest ihn zu den Akten legen.“

Lina schüttelte müde den Kopf. „Ich will ihn wiederhaben. Und jetzt Schluss mit dem Thema.“

„Dann“, meinte Jutta, „gehen wir jetzt aus in ein Gasthaus und essen was Feines. Ich lade dich ein. Zieh dir was Schickes an und pudere dein Gesicht.“

Lina gehorchte widerwillig. Eine halbe Stunde später kringelte sie eine Ladung Spaghetti Carbonara um ihre Gabel. Sie aß apathisch und lustlos, sie hätte genauso gut ein trockenes Brot mit einem alten, verhutzelten Apfel hineinstopfen können. Sie aß, weil ihre Tochter es angeordnet hatte. Verkehrte Welt. Eigentlich müssten doch Mütter liebeskranke Töchter trösten.

Es war die schlimmste Woche in Linas Leben. Italien, Albert und das Rennpferd waren die ersten Gedanken beim Aufwachen und die letzten vor dem Einschlafen. Lina wurde von Albträumen geplagt, bei Tag und bei Nacht. Sie hatte nur ein einziges erquickliches Erlebnis, das war die Lieferung des Gartenbrunnens. Regula Weinmann rief sogar an, ob alles nach ihrer Vorstellung sei. Lina bejahte. Dann fragte sie noch, ob sie es sich mit diesem Seminar überlegt habe.

„Ja“, sagte Lina, „ich melde mich heute noch an.“

Und schon während sie das Anmeldeformular ausfüllte, spürte sie eine eigenartige Erleichterung. Vielleicht half ja dieser Kurs dabei, Albert wiederzubekommen.

Nachdem diese elenden sieben Tage vorüber waren, bezog Lina wieder Stellung auf dem Firmenparkplatz. Sie hatte drei Kilo abgenommen und fühlte sich nun, da Albert wieder zurück war, besser. Diesmal musste sie länger warten, erst um 19 Uhr verließ er, wieder gemeinsam mit dem Gaul, das Gebäude. Lina kutschierte hinterher, diesmal ging die Fahrt nach Baindt, den Berg hoch in eine Wohnsiedlung. Albert parkte vor einem rosaroten Haus mit Garten. Lina trat blitzschnell auf die Bremse, sie hätte einen Auffahrunfall verursacht, wenn einer hinter ihr gewesen wäre. Albert ließ den Mercedes am Straßenrand stehen, die Garage neben dem rosaroten Haus war entweder belegt mit dem Pferdeauto, oder die beiden wollten noch einmal weg. Doch vorerst war Lina zufrieden, sie wusste jetzt, wo Albert wohnte. Ob noch mehr Leute in diesem Haus lebten oder nur die beiden, könnte sie am nächsten Tag mühelos erforschen. Sie hatte schließlich alle Zeit der Welt.

Bevor sie am darauffolgenden Vormittag abermals nach Baindt fuhr, wollte sie Geld vom gemeinsamen Girokonto holen. Da der Bankomat eine Störung zu haben schien, ging sie an den Schalter. Dort teilte ihr ein junger Schnösel mit, dass das Konto aufgelöst worden sei.

„Wie kann das sein?“ fragte sie vorwurfsvoll, „es gehört doch uns beiden.“

„Tut mir leid, Sie sehen ja, dass das Girokonto nicht mehr existiert. Sämtliche Abbuchungen wurden gekündigt. Sie werden gewiss demnächst Post von der Telekom, der Stromversorgung und der GEZ bekommen, die wollen ihr Geld ja weiterhin."

„Wo geht denn das Gehalt meines Mannes jetzt hin?"

„Das kann ich beim besten Willen nicht sagen. Am einfachsten fragen Sie ihn selbst."

Die Fahrt zum rosaroten Haus musste warten. Schnurstracks begab sie sich zu Winter. Hier erwartete sie der zweite Schock des Tages: Diesmal saß sie im Empfang.

„Ich will zu meinem Mann", sagte Lina. Sie lief einfach durch das Vorzimmer hindurch und öffnete ohne anzuklopfen seine Bürotür. Das Pferd trabte hinter ihr her, doch Lina war schneller.

Albert telephonierte gerade. „Ich rufe gleich zurück", sagte er erschrocken.

„Schick sie raus", forderte Lina ihn auf.

„Sabine, es ist schon gut. Lass uns bitte kurz alleine." Dieser bittende Blick war zum Heulen und Lachen zugleich. Folgsam schloss Sabine die Tür.

„Was ist mit unserem Konto?" sagte Lina.

„Bitte setz dich doch."

„Das wird nicht nötig sein. Sie soll uns doch nur kurz alleine lassen, oder", sagte Lina giftig.

„Wie du willst." Albert erhob sich ebenfalls, er blieb jedoch hinter seinem Schreibtisch stehen.

„Tja, es ist so, dass unsere Kinder groß sind und ich nicht mehr für dich aufkommen muss."

„Aber du kannst mich doch nicht einfach kaltstellen. Joachim und Leonie studieren noch, und die laufenden Rechnungen müssen bezahlt werden, wie stellst du dir das vor!"

„Ich stelle es mir so vor, dass ich vorerst Leonie und Joachim einen monatlichen Betrag überweise und dass du wieder arbeiten gehst."

„Ich bin seit dreißig Jahren aus dem Beruf!"

„Ja und?"

Lina setzte sich nun doch. „Oh Albert, das Beste für uns alle ist, wenn du wieder heimkommst." Sie sah ihn flehend an.

Auch er nahm wieder Platz. „Lina, mach es uns doch nicht so schwer. Ich komme nicht wieder zu dir, es ist vorbei."

„Das heißt, du willst die Scheidung?“ fragte sie leise. Tränen standen in ihren Augen.

„Wir können meinetwegen auch nur getrennt leben, das ist steuerlich günstiger.“

Lina stand wieder auf. „Was ist nur los mit dir? Ich kenne dich nicht mehr.“

Albert sagte in kühlem Ton: „Ich fürchte, wir müssen das Haus verkaufen. Du solltest dich nach einer Wohnung umschauen.“

„Was!“

„Lina, es ist so. Ich habe mich verspekuliert in Aktien. Es ist praktisch alles futsch.“

„Wie, alles futsch?“

„Fonds, Aktien, dein Erbe, alles weg. Tut mir leid.“

„Aber das ist unmöglich! Das Geld von meinen Eltern, es war meins!“

„Lina, da ist nichts mehr zu machen. Ich werde wegen des Hausverkaufs einen Makler beauftragen, damit du dich nicht wunderst, wenn jemand vorbeikommt.“

Sie starrte ihn fassungslos an. Er hatte ihr Geld durchgebracht, und jetzt wollte er das gemeinsame Haus verkaufen.

„Ach, Lina. Da ist noch etwas.“

Sie sah ihn erwartungsvoll an.

„Du hast doch noch dieses Sparbuch. Das Geld sollte ich dringend haben, mir sitzen noch einige Schuldner im Nacken.“

Lina brachte kein Wort heraus. Er musste verrückt geworden sein. Von diesen fünfzigtausend Euro würde er keinen Cent bekommen. Sollte er doch sein Pferd anzapfen.

5

Keiner hatte erwartet, dass dieses Glücksseminar solchen Andrang fände. Kaum hatte Eva die Prospekte in Geschäften, Volkshochschulen, Verkehrsämtern und Büchereien in Weingarten und Ravensburg ausgelegt, gingen die ersten Anfragen und Anmeldungen ein. Offensichtlich fehlte es vielen Leuten am Glücklichsein, anders konnte Eva sich diesen Zuspruch nicht erklären. Ihre Sorge, dass Frauen mit Kindern keine Betreuungsmöglichkeit fänden, schien unbegründet, es waren sehr viele Teilnehmerinnen. Anni hatte sich auch angemeldet. Sie hatte erwogen, Dieter mitzunehmen, doch eine innere Stimme warnte sie davor. Es wäre nicht Dieters Welt, und er würde ihr diese zwei Wochen womöglich vermiesen. Regula Weinmann kam als Assistentin des Chefs mit, wobei Eva immer gedacht hatte, sie wäre seine Vertreterin. Die beiden anderen Ausbilder hatte sie mittlerweile bei einer Vorbesprechung im Büro ebenfalls kennengelernt. Konrad Bundschuh, schätzungsweise Ende zwanzig, war ein ganz bodenständiger Kerl, er war eine zweite Ausgabe von Luis Trenker. Seine braunen Cordhosen und das karierte Hemd fand Eva recht lustig. Er würde gewiss jeden Berg erklimmen. „Mitgehangen, mitgefangen" lautete vermutlich die Devise, wenn man sich ihm anschloss. Martina Schwarz war eine sympathische, zierliche Frau Mitte dreißig, sie war so dünn, dass Eva sich neben ihr wie eine dicke Tonne vorkam. Bei jeder Gelegenheit lachte sie herzlich, das war richtig erfrischend. Eva nannte sie im Stillen „Frau Tsutsu, die anmutige Japanerin."

Zu jener Besprechung war auch Regula erschienen, als Assistentin hatte sie große Verantwortung. Eva fragte am Besprechungstisch, ob sie selbst eigentlich als Teilnehmerin bezahlender oder verdienender Art mit von der Partie wäre, worauf Jens Weinmann lachte. „Guter Scherz, ach, Eva, es gibt dort soviel zu tun, ich glaube nicht, dass Regi das alleine bewältigen kann. Ohne Sie, liebe Eva, geht gar nichts. Ihr beide müsst schließlich in allen Kursen nach dem Rechten schauen, fehlendes Material beschaffen, unterstützen, motivieren, ihr seid die guten Geister, sozusagen."

Ab diesem Moment konnte Eva sich nicht mehr konzentrieren. Er hatte *liebe* Eva gesagt, er hatte sie in einem Atemzug mit seiner Frau genannt, *ihr* müsst beide, damit hatte er zum ersten Mal quasi du gesagt, wenn auch indirekt.

„Ich brühe frischen Kaffee", sagte Eva, sie musste sich einfach bewegen und ihre Aufregung in den Griff bekommen. Während sie Wasser in die Maschine kippte, sah sie sich deutlich in diesem Hotel am Alpsee. Sie saß mit ihrem Chef beim Essen, festlich gedeckte Tische, Blick auf das Wasser, Bergpanorama, würzige Luft, Kühe mit Schellen und Frau Weinmann krank zu Hause. Es war erst Anfang April, bis zum Seminar gingen noch einige Wochen ins Land. Eva kannte den Spruch, Vorfreude ist die schönste Freude. Doch dieses Seminar würde gewiss noch aufregender als jede Vorfreude, es würde gewiss das sinnlichste Ereignis seit Ewigkeiten.

Regula verabschiedete sich gleich nach der Besprechung. Sie drückte ihrem Mann einen auffällig langen Kuss auf den Mund. Das hatte sie im

Büro noch nie getan, zumindest hatte Eva noch nie dergleichen gesehen. Eva verspürte einen Stich in die Brust, als sie die beiden unter der Tür sah. Frau Tsutsu und Herr Bundschuh hatten es sehr eilig, sie alle würden sich noch einmal zwei Wochen vor Tagungsbeginn hier treffen. Auch Jens verließ alsbald das Büro. Eva riss sämtliche Fenster auf und atmete tief durch, als sie endlich alleine war. Nachdem sie, wie beauftragt, alle Termine des Chefs, die in den beiden Seminarwochen lagen, verschoben beziehungsweise abgesagt hatte, machte sie sich daran, das Besprechungsprotokoll zu erstellen. Sie hatte alle Mühe, dabei sachlich zu bleiben. *Liebe* Eva, das war ungeheuerlich, das sprengte alles, was er jemals zu ihr gesagt hatte. Das war nicht wie sonst, das betraf nicht ihre Arbeit, sondern ihre Fraulichkeit. Sie war derselbe gute Geist wie Regula. Ein Atemzug, ein Gedanke, ein Mann und zwei Frauen. Eine zuviel, eindeutig.

Am Abend besuchte Eva ihre Eltern in Vogt. Zuvor rief sie stets an, denn oft war niemand zu Hause. Paula, ihre Mutter, arbeitete als Redakteurin für das Schwäbische Tagblatt. Da war sie oft abends und an den Wochenenden unterwegs. Ihr Vater war Ingenieur bei Rohberger. Ein leidiges Dauerthema war sein Wunsch nach der Rente. Paula fand, dass es mit sechzig noch zu früh wäre, daheim Däumchen zu drehen. „Arbeit hält jung“, sagte sie immer, wenn Ernst zu jammern anfing, dass in der Firma nichts mehr wie früher wäre und der Chef ein Idiot sei. Auch an diesem Abend fing er mit diesem Thema an. Sie saßen zusammen am Esstisch, Paula hatte Tee gekocht und eine Packung Schokoladenkekse auf einen Teller geschüttet. „Ich bin einfach nicht zum Einkaufen gekommen“, entschuldigte sie sich, „und Ernst schicke ich nicht gerne, der bringt immer das Falsche.“

„Wenn ich nicht in unserer Werkskantine essen könnte, würde ich in diesem Haus verhungern“, sagte er, „ich frage mich, wie das einmal werden soll, wenn ich in Rente bin.“

„Red nicht daher!“ fuhr Paula dazwischen, „du bist noch lange nicht beim alten Eisen. Fünf Jahre sind dir auf alle Fälle noch sicher!“

„Ihr habe ja keine Ahnung“, eiferte er, „Ich arbeite schon seit dreißig Jahren bei Rohberger. Mein Wissen als Ingenieur war stets gefragt. Aber seit der Junge das Sagen hat, ist es unerträglich geworden. Frisch von der Uni, keine praktische Erfahrung, alles umstrukturieren, und sei es der größte Quatsch.“

„Ach Papa“, sagte Eva mit vollem Keksmund, „beachte den doch einfach nicht.“

„Genau“, stimmte Paula zu, „das sage ich auch immer. Aber man kann deinem Vater ja sagen, was man will, er tut es eh nicht!“

„Du nimmst ja auch nur Aufträge an, die dir Spaß machen, das nenne ich nicht unbedingt schaffen“, sagte Ernst. Er sah Paula finster an.

„Jetzt kommt diese Tirade wieder! Ich kann es nicht mehr hören. Evakind, pass bloß auf, dass es dir nicht auch mal so ergeht. Dein Vater behauptet immer, er alleine würde wirklich arbeiten, ich hätte keinen Beruf, sondern ein Hobby gelernt. Keine Ahnung hat der, nicht den blassesten Schimmer!“

„Müsst ihr euch unbedingt streiten, wenn ich da bin“, sagte Eva.

„Wer streitet denn, ist doch alles im Lot auf dem Boot“, lachte Ernst.

Paula verdrehte die Augen. Sie nahm einen Schluck Tee und spülte jegliche Antwort hinunter. „Evakind, was macht denn dein Herr Weinmann?“ sagte sie mit freundlicher Stimme.

„Herr Weinmann ist nicht meiner, und die Arbeit ist toll. Wir machen ein Glücksseminar im Juni.“

„Ein Glücksseminar“, sagte Paula, „das hört sich ja spannend an. Erzähl doch mal, vielleicht kann ich einen Artikel darüber schreiben.“

„Wir brauchen keine zusätzliche Werbung, der Kurs ist schon fast voll.“ Sie gab sodann in knapper Ausführung den Inhalt des Flyers wieder.

„Toll“, meinte Paula, „was ihr da macht. Ich glaube, das wäre auch etwas für mich.“

Eva sah sie perplex an. Sie liebte ihre Eltern sehr, zu ihrer Mutter hatte sie eine wirklich positive Verbindung. Aber den Gedanke, dass diese mit zu diesem Seminar käme, fand sie beängstigend. Paula war klug, liebenswürdig und hilfsbereit. Doch sie konnte auch spitz, dominant und rechthaberisch sein. Eva dachte oft, ihre Mutter sei ein Relikt der Achtundsechziger-Bewegung. Den Erzählungen Paulas war deutlich zu entnehmen, welche Vorzüge die damaligen Wohngemeinschaften hatten. Freie Liebe, nannte sie einen davon. Soziales Lernen einen anderen. Über dieses soziale Lernen wusste Eva eine Menge. Es hatte in den diversen Wohngemeinschaften ihrer Mutter Haushaltsdienste gegeben, Einkaufspläne, sogar ein Auto, das unter vier Benutzern geteilt wurde. Die Schilderungen über die freie Liebe blieben begrenzt, obwohl Eva diese am meisten interessiert hätten.

„Man muss auch eine Intimsphäre wahren“, pflegte Paula zu sagen. Sie redete viel lieber über den Zeitgeist und all die Veränderungen in der Gesellschaft. „Die Studenten waren laufend bei Demonstrationen anzutreffen, nicht wie heute in gemütlichen Gaststätten." Paula war 58, niemand sah ihr dieses Alter an. Ihre energiegeladene Ausstrahlung kaschierte jede Falte im Gesicht. Paulas Augen führten geradezu ein Eigenleben, waren stets auf der Jagd. Jeder kulturelle Besuch, jeder Ausflug, jedes Gespräch, sie hatte immerzu die Schreiberei im Hinterkopf. „Daraus könnte man was machen", sagte sie oft. Die Themen für ihre Artikel fand sie häufig im wahrsten Sinn des Wortes auf der Straße, andere wurden in der Redaktion besprochen und unter den Mitarbeitern verteilt.

Paula war gefragt und gut im Geschäft. Ihre Artikel waren gegenüber früher zahm geworden, ihre Kulturkritiken milde, ihre politischen Reportagen sachlich. „Meine Leser wollen das so", sagte sie, wenn jemand sie darauf ansprach. Paula verfügte über eine große Allgemeinbildung. Bedingt durch ihre Arbeit war sie stets informiert über das politische Geschehen. Sie bezeichnete sich selbst als liberal, doch Eva nannte ihre Mutter rot-grün.

Einmal war Alice Schwarzer in die Stadt zu einer Lesung gekommen. Paula war damals ganz aus dem Häuschen gewesen, sie schrieb einen flammenden Bericht über Alice und deren Leben. Wochenlang hing dieser an der Pinnwand in Paulas Arbeitszimmer. Eva war stolz auf ihre Mutter, manchmal jedoch fand sie deren Auftreten auch peinlich. Paula kleidete sich nach Lust und Laune schick, sportlich oder verrückt. In ihrem sogenannten Ersatz-Kleiderschrank auf dem Dachboden hingen etliche Latzhosen, Russenkittel, Folkloreröcke und geblümte Blusen aus der Jugend. „Die hebe ich alle auf, vielleicht passen sie mir irgendwann wieder." Ab und zu quetschte Paula sich in einen alten Wickelrock oder in eine ausgebleichte braune Cordhose. „Das sieht kein Mensch, wie alt die Sachen sind", sagte sie gerne, wenn Ernst lästerte.

„Ich weiß nicht", meinte Eva endlich, „ob so ein Glücksseminar dir viel bringt. Du bist doch schon glücklich."

„Ach, das Glück", sinnierte Paula, „das ist von kurzer Dauer. Es ist eine Momentaufnahme, niemand kann jemals zu viel davon haben."

„Aber du kannst Papa doch nicht zwei Wochen alleine lassen."

„Unsinn", brummte er, „nimm sie mit, es tut ihr gewiss gut. Und mir auch."

In jener Nacht hatte Regula Sex mit Jens. Es fing schön an, sie gingen zusammen zu Bett. Jens schob sich auf ihre Seite unter ihre Zudecke, nahm sie zärtlich in seine Arme, sie ließ sich nicht lange bitten und schlief mit ihm in angemessener Erregung. Als sie hinterher eng aneinandergeschmiegt dalagen, sagte Regula: „Vielleicht hat es ja diesmal geklappt."

„Was?", fragte er knapp. Seine Oberarmmuskeln spannten sich an.

„Du weiß schon", flüsterte sie.

„Verdammt", platzte Jens unbeherrscht heraus, „kannst du denn an gar nichts anderes mehr denken!"

Beleidigt rückte sie an die äußere Kante ihres Bettes und drehte ihm den Rücken zu.

„Sei nicht gleich eingeschnappt, ich bitte dich."

„Ph", machte sie nur.

Jens lag auf dem Rücken, den Blick zur Zimmerdecke gerichtet. „Ich glaube so langsam", sagte er mit kühler Stimme, „dass du nur noch deines Kinderwunsches wegen mit mir schläfst."

Regula drehte sich ihm zu und sah ihn böse an. „Du selbstgefälliges Arschloch. Jetzt hast du endlich die Wahrheit gesagt. Du willst überhaupt kein Baby! Du hast noch nie ernsthaft diesen Wunsch verspürt. Und genau aus diesem Grund werde ich nicht schwanger!"

Jens rührte sich nicht, blieb unbeweglich liegen. „Du weißt, dass es nicht so ist. Redest halt mal wieder, dass geredet ist."

„Ich!" rief sie empört, dabei setzte sie sich auf. „Ich bin hier gewiss nicht die, die redet, dass geredet ist. Du hast doch keine Ahnung, was in mir vorgeht. Du siehst doch nur dein eigenes Leben, alles darüber hinaus interessiert dich gar nicht wirklich!"

„Ja ja, jetzt haben wir es mal wieder. Typisch ins kindliche Ich verfallen, sagt die Transaktionsanalyse."

Er lag da, hatte die Hände hinter seinem Kopf zu einer Schale gefaltet.

Regula saß inzwischen aufrecht. „Schon, wie du daliegst! Herablassend, überheblich, eingebildet!"

„Du hast so schöne Brüste."

Das brachte sie vollends zur Rage. „Es macht mich wahnsinnig, wie du dich über mich lustig machst!" schrie sie ihn an. „Ein bisschen positive Verstärkung, und das Weibchen gibt Ruhe! Was glaubst du eigentlich, wer du bist! Du und deine saublöden Tests und Seminare! Und übrigens, wir haben ausgemacht, dass diese in unserem Privatleben ausgeblendet bleiben, wenn ich dich erinnern darf."

„Ach, Regi", Jens richtete sich ebenfalls auf, schob sich ganz nah neben sie, „das Einzige, was mir wirklich wichtig ist, bist du. Mit und ohne Kind liebe ich dich, das ist eigentlich alles, was ich sagen wollte."

Ihre Augen füllten sich mit Tränen. „Ich möchte auch nicht streiten. Ich sehne mich nur so sehr nach einem Kind, dass es fast schon weh tut. Verstehst du das denn nicht?"

Er wandte sich ihr zu, strich zärtlich eine Haarsträhne aus ihrem Gesicht. „Weiß du was, wenn wir erst einmal im Allgäu sind, dann klappt es bestimmt. Das Glücksseminar wird uns beiden ganz gewiss das erhoffte Glück bescheren."

„Ja", sagte sie, „das wird es." Ihre Tränen nahmen den Streit mit fort, liefen über ihre Wangen, über seine Brust, tropften auf den Kissenbezug und versickerten in den Federn.

6

Es war Mitte Mai. In diesem Frühling gab es so viel Sonnenschein, als wäre Italien ein Stück nach Norden gewandert. Anni saß an ihrem Schreibtisch und blickte aus dem Fenster. Die Werbeagentur in Kehrenwies lag idyllisch inmitten oberschwäbischer Natur. Die meisten Kunden, die herkamen, beneideten den Chef um diese phantastische Lage und um sein gelungenes Haus. Anni konnte von ihrem Arbeitsplatz aus hinüber zum Rösslerweiher sehen. Der See lockte im Sommer viele Badegäste an, die sich jedoch auf der anderen Seite des Gewässers tummelten. Anni schaute gedankenverloren auf die löwenzahngelben Wiesen und sattgrünen Baumgruppen. Sie beobachtete ein paar Wanderer, die querfeldein über das Gras stapften. Der Bauer hätte keine Freude, wenn er zum Mähen käme. So wenig Freude wie sie derzeit hatte. Anni öffnete das Fenster und sog eine Brise würziger Luft ein. Sie war schon seit drei Tagen alleine in der Agentur. Ihr Chef war auf der Messe mit Sabrina. Mit der Halbtagskraft für das Büro. Mit der Göre, die Rechnungen schrieb und Buchhaltung machte. Die Rotznase, die keine Ahnung vom kreativen Geschäft hatte. Annis Magen rebellierte, wenn sie daran dachte.

„Sabrina wird nach der Messe voll mitarbeiten", hatte Bernd Däubler beiläufig erklärt, „hier im Kreativbereich. Die Abrechnungen macht sie nebenher."

Anni schloss das Fenster wieder, schaltete ihren PC aus und rief einen der Monteure an. „Ich bin bei einem Kunden", sagte sie, „und für den Notfall auf dem Handy erreichbar." Dann lief sie los. Sie atmete tief durch, steigerte rasch das Tempo und verfiel in einen zügigen Rhythmus. Mit jedem Schritt fiel etwas Druck von ihr. Sie musste sich das nicht bieten lassen. Sie war bisher noch auf jeder Messe dabei gewesen. Rund um den Weiher führte ihr Weg, über knorrige Wurzeln und ausgetrocknete Erde. Anni streifte das wogende Schilf, das für ein kurzes Stück den Weg säumte. Es raschelte darin, hoffentlich käme keine Schlange heraus. Sie hatte einmal gelesen, dass die Schlangenphobie vergleichbar wäre mit einer Penisphobie. Da konnte man nur lachen. Wer sich solche Sachen ausdachte, hatte doch selbst eine krankhafte Furcht. Sie jedenfalls mochte nur die Schlangen nicht. Rennen war eine wunderbare Ablenkung. Man konnte seinen Gedanken denselben freien Lauf lassen wie den Beinen. Sie würde das ab jetzt täglich machen, in der Mittagspause oder nach Feierabend einmal um den Rösslerweiher. Sie wollte Dieter fragen, ob er nicht herauffahren und sie begleiten wolle.

Nachdem sie den ganzen Weiher im Laufschritt umrundet hatte, war sie immer noch nicht bereit, in die Agentur zu gehen. Sie hatte leichtes Seitenstechen und zügelte ihr Tempo. Laut und schwer atmend, ging Anni am Stillen Bach entlang. Der Weg führte durch den Wald, und Anni musste an ihre letzte Theaterrolle denken. Die weinende Laura. In Säcke gewandet. Unsichtbar und doch vorhanden. Ein schwebender Geist mit einer verletzten Seele. Ob es in diesem Wald wirklich jemals Spukgestalten gegeben hatte? Allmählich übertrug sich die Ruhe des Baches auf Anni, und sie verfiel in einen gemütlichen Spaziergängerschritt. Sie dachte an die Welfensage, sah sich als Gräfin auf der Welfenburg, umgeben von Dienern und Mägden. Eine Magd war Sabrina. Wie hatten die Menschen es früher mit dem Gang zur Toilette gehalten? Sie hätte im Geschichtsunterricht besser aufpassen sollen. Egal, wie auch immer es gewesen sein mochte, ob es ein Loch zuzuschaufeln oder Eimer zu leeren gäbe. Sabrina wäre jedenfalls für die Entsorgung der Exkremente zuständig. Die Magd Sabrina dürfte auch eine Messe besuchen, eine Messe für Klos!

Erst nach drei Stunden kehrte Anni zur Agentur zurück. Sie dachte nicht daran, sich noch einmal an ihren Schreibtisch zu setzen. Ihr fiel ein, wie sie unlängst einen Rüffel von Bernd, dem gnädigen Herrn, bekommen hatte. Sie hatte keine Mittagspause gemacht und war dafür früher gegangen. Er war wohl noch aufgetaucht und hatte einfach behauptet, sie würde ihre Stunden nicht arbeiten. Das war ungeheuerlich. Anni hatte daraufhin begonnen, jede Überstunde aufzuschreiben. Und diese nahm sie sich nun frei. So einfach war das. So einfach, wie er mit Sabrina zur Ausstellung fuhr.

Die Messe war nur der Auftakt gewesen. Sabrina bekam einen neuen Schreibtisch, der an den Platz von Annis Tisch gestellt wurde. Annis Arbeitsplatz wiederum wurde verlegt auf die gegenüberliegende Seite des Zimmers. Anstatt des Ausblicks in die Natur hatte sie jetzt die weiße Wand vor Augen. Was Anni am meisten schmerzte, waren die Worte ihres Chefs: „Stell dir vor, ich konnte Sabrina dafür gewinnen, voll einzusteigen. Jetzt sind wir endlich leistungsfähig und bringen hundert Prozent Power."

Fortan arbeiteten Bernd und Sabrina sehr eng zusammen. Sabrina hatte, das musste Anni zugeben, Talent. Sie brachte tatsächlich neue Ideen ein, und die Kunden mochten ihre Vorschläge. Anni wurde von Tag zu Tag einfallsloser. An diesem Vormittag saß sie seit zwei Stunden an einem Entwurf für eine große Metzgerei. Sie wollten ihre Papiertüten für die Wurstwaren neu bedrucken lassen. Doch Anni fiel nichts anderes ein als ein quiekendes Schwein, das gerade zur Schlachtbank geführt wurde.

„Na, wie läuft es?" fragte Bernd. Er stand hinter ihr und schaute mit gerunzelter Stirn auf die Sau.

„Es ist schwierig", sagte Anni.

„Das sehe ich. Du hast noch eine halbe Stunde. Wenn dann nichts Gescheites herausgekommen ist, soll sich Sabrina mal dranmachen."

Anni schwieg. Sie hätte ihren Stift weglegen und den Computer auf der Stelle ausschalten und nach Hause gehen können. Ihr war jetzt schon klar, wer die Tütenaufdrucke entwerfen durfte. Anni fühlte sich wie eine Batterie ohne Saft. Sie konnte nur hoffen, dass das anstehende Glücksseminar ihren Tank wieder füllte. Bis dahin würde sie täglich um den See laufen. Alleine. Dieter hatte gesagt, ihm reiche die Rennerei auf dem Sportplatz.

Anni lief in jener Zeit oft in der Mittagspause und am Abend noch einmal ihre Runden. Hinterher fühlte sie sich stets besser, zudem steigerte sie auf diese Weise ihre Kondition. Auch Eva schloss sich immer öfter an, nachdem Anni ihr erzählt hatte, wie entspannend das war. Auf einer der abendlichen Rundtouren sagte Anni: „Weißt du Eva, ich bin ja wirklich tolerant. Aber diese Sabrina macht sich breit und breiter, Bernd lobt sie über den Schellenkönig, und ich zähle überhaupt nicht mehr. Und Dieter haut jeden Abend ab, wenn er spät in der Nacht kommt, stinkt er nach Bier und Schweiß, das killt jede Erotik, sage ich dir."

„Schmeiß Dieter raus und such dir eine neue Arbeitsstelle. Oder sei so ekelhaft zu dieser Sabrina, dass sie von alleine das Feld räumt."

„Dieter rausschmeißen kommt nicht in Frage. Sabrina steht unter dem persönlichen Schutz von Bernd. Und wie der Stellenmarkt derzeit aussieht, muss ich dir wohl nicht erzählen.“

„Na, dann musst du eben noch mehr laufen, da hilft alles nichts.“

Es kam soweit, dass Anni für Sabrina Kaffee kochen und ihr diesen auch noch an den Schreibtisch bringen musste. Die größeren Aufträge gingen alle an Sabrina, Anni bekam, was übrig blieb. Sie wurde mit jedem Tag unzufriedener. Einmal beklagte sie sich bei Bernd. „Ich habe all die Jahre hier geschuftet, Arbeit mit nach Hause genommen, Überstunden gemacht, nie gemeckert, und jetzt werde ich behandelt wie eine Praktikantin, die von Tuten und Blasen keine Ahnung hat! Bernd, so geht das nicht weiter!“

„Ich habe schon hundertmal gesagt, man muss heutzutage kreativ und offen für Neues sein. Jetzt stell dich nicht so an.“

„Das hat nichts mit sich anstellen zu tun. Ich bin degradiert, und das passt mir nicht. Wenn Sabrina wenigstens die gleiche Behandlung wie ich erhielte, wäre es in Ordnung. Aber ich bin für dich der letzte Dreck, seit sie da ist!“

„Du kannst gerne kündigen, wenn es dir hier nicht mehr passt“, antwortete er lapidar, „schriftlich unter Einhaltung der Kündigungszeit. So, jetzt habe ich noch zu tun.“ Er ließ sie einfach stehen und wandte sich einem Papier auf seinem Schreibtisch zu.

Mit großer Mühe brachte sie die Arbeitszeit um. An Kreativität war nicht zu denken, dazu war sie viel zu versteinert und verhärtet. Wenn nur der Stellenmarkt rosiger aussähe, dachte sie immerzu, würde ich sofort woanders anfangen. Aber sie hatte die ständigen Bewerbungen unzähliger Leute vor Augen, die bei Däubler nach einer Arbeit suchten. Damit könnte man ein ganzes Haus tapezieren. So galt es, gute Miene zu machen und so zu tun, als wäre alles in Ordnung.

Punkt 17 Uhr verließ Anni die Agentur. Sie trug eine bequeme Stretchhose, ihre Laufschuhe hatte sie auch dabei, und sie hätte direkt von der Agentur aus losrennen können. Doch dann hätte sie noch einmal zurück zur Agentur kommen müssen, wo ihr Auto parkte, und das wollte sie keinesfalls. Deshalb fuhr sie bis zum Städtischen Freibad Weingarten, stellte ihren Wagen dort auf den Parkplatz und rannte los, den Wald hinab zum Lauratal. Ich könnte Däubler glatt umbringen, oder, noch besser, diese doofe Sabrina, dann wäre alles wieder gut, dachte sie grimmig. Sie hetzte inzwischen in einem Tempo, als wäre Luzifer höchstpersönlich hinter ihr her. Vielleicht war er das ja auch tatsächlich, damals, bei jenem Lauf durch den Altdorfer Wald. Vielleicht pflanzte ein böser Dämon jenes vergiftete Pflänzchen in Annis Herz, das mit der Zeit zu wachsen beginnen würde.

7

Treffpunkt war der Festplatz in Weingarten. Von hier aus wurden Fahrgemeinschaften gebildet, die zuvor bereits im Groben telephonisch abgeklärt worden waren. Der Kurs war mit dreißig Teilnehmern ausgebucht. Es war eine altersmäßig recht gemischte Gruppe, manche grüßten sich herzlich, andere nickten sich nur zu. Die drei Dozenten gingen zu jedem Eintreffenden, schüttelten Hände und stellten sich vor. Lina wurde von Regula so überschwänglich begrüßt, als seien sie gute Freundinnen. Jens, Regula, Konrad Bundschuh und Martina Schwarz wollten gemeinsam fahren, damit sie unterwegs noch ein paar letzte Dinge besprechen konnten. Eva, ihre Mutter Paula, Anni und Lina fuhren zusammen in Evas Wagen.

„Ich heiße Paula", sagte Evas Mutter. Sie saß auf dem Rücksitz neben Lina.

„Lina. Lina Pohl." Sie wäre am liebsten wieder ausgestiegen. Musste sie ausgerechnet in einem Auto mit drei anderen landen, die sich alle kannten! Das war ihr sehr unangenehm, sie wäre garantiert überflüssig wie ein Kropf.

Eva, das Lenkrad sicher in der Hand, warf einen Blick in den Rückspiegel. Diese Lina schien eine ganz schüchterne Person zu sein. Sie war ihr auf Anhieb sympathisch. „Ich bin Eva. Ihre Anmeldung ist sozusagen auf meinem Schreibtisch gelandet."

„Dann sind Sie gar nicht als Teilnehmerin dabei?" fragte Lina.

„Nein. Ich bin die Assistentin von Jens Weinmann. Wenn Sie irgendetwas benötigen, wenden Sie sich an mich."

Paula sagte: „Und ich bin Evas Mutter."

„Das ist ja schön. Daran habe ich gar nicht gedacht, sonst hätte ich ebenfalls meine Tochter fragen können."

„Ich bin Anni. Wir sind Freundinnen, Eva und ich." Annis Ton hatte etwas Trauriges an sich, obwohl sie recht freundlich dreinschaute.

„Wollen wir uns nicht alle duzen?" meinte Paula

„Gerne“, sagte Lina. Offensichtlich war ihre Sorge, das fünfte Rad am Wagen zu sein, unbegründet. Die Frauen schienen sehr unkompliziert zu sein, und sie redeten mit ihr, als wäre sie eine alte Bekannte. Sie entspannte sich und schaute aus dem Seitenfenster. Es war ein strahlender Tag, die Sonne meinte es schon seit Wochen gut, und Lina wurde von einer monotonen Behaglichkeit erfasst. Diese Eva fuhr sehr ruhig und zuverlässig. Das Allgäu fängt dort an, hatte Linas Vater immer gesagt, wo die Kühe schöner sind als die Mädchen. Lina lächelte. Solche Witze hatte er gerne gemacht, darin war er ein Meister gewesen. Sie selbst konnte überhaupt keine Witze erzählen. Aber das hatte ihre Mutter auch nicht gekonnt. Die Landschaft wurde zunehmend hügeliger. Gefleckte Kühe standen in Gruppen auf den Wiesen, manche hatten sich unter den Schatten von Bäumen verkrochen. Bauernhöfe tauchten auf, eine Wiese wurde gemäht. Eva öffnete das Fenster, so dass sie das duftende, frische Gras riechen konnten. Die Bauernhöfe hatten hier im Allgäu einen völlig anderen Charakter als jene in Oberschwaben. Langgezogene Dächer mit dunklen Holzbalken, an den Fenstern Läden zum Auf- und Zuklappen, Blumenkästen mit Geranien, Lobelien und Petunien an den typischen Holzgeländern der Balkone, das alles erweckte den Eindruck von Friede und Unberührtheit, und Lina dachte, alleine schon dieses Bildes wegen lohnte sich die Fahrt.

Nach einer Dreiviertelstunde waren sie im sogenannten Paradies, der Blick von hier aus in die Allgäuer Berge war so schön, dass Eva den Parkplatz ansteuerte. „Die Kolonne hat sich ohnehin längst aufgelöst, und das Hotel finden wir alleine“, sagte sie.

Die vier Frauen stiegen aus und standen nebeneinander vor einer halbhohen Brüstung. Von hier aus übersahen sie ein ausladendes Tal mit vereinzelt liegenden Ferienhäusern und Gehöften. Wiesen und Baumgruppen wurden durch geschlängelte Wege verbunden und luden zum Wandern ein. Im Hintergrund erhoben sich imposant die Alpen, das Panorama wurde abgerundet durch eine davorliegende sanft auslaufende Bergkette. Diese Stelle wurde zu Recht Paradies genannt, fanden die Frauen einhellig. Anni seufzte und sagte. „Schade, dass Dieter nicht hier ist.“

Eva legte einen Arm um ihre Freundin und meinte: „Du hast ja uns alle.“

Es war dieses „uns alle“, was Lina zutiefst berührte. Uns, das war ein Pronomen, das in ihrem Leben schon lange keine Rolle mehr spielte. Uns, das waren einmal ihre drei Kinder, Albert und sie gewesen. Uns, das waren einst ihre Eltern und sie gewesen. Mit Freundinnen konnte Lina nicht aufwarten. Freundschaften hätte sie pflegen müssen, dafür hatte die Familie ihr keine Zeit gelassen. Als die Kinder größer waren, hatte sie den Anschluss verloren gehabt. Und nun stand sie da, mit ihr völlig fremden Frauen, und eine davon sagte „uns alle". Lina hätte Eva am liebsten in den Arm genommen. Seit Wochen war es das erste Mal, dass sie so ein positives Gefühl in sich trug.

Paula sagte: „Hier könnte ich glatt eine Zigarette rauchen, obwohl ich vor zwanzig Jahren damit aufgehört habe."

„Das wäre aber dumm", meinte Lina, „nach zwanzig Jahren wieder damit anzufangen."

„Stimmt", lachte Paula, „es ist ja auch nur, weil ich rauchen mit jung und unbeschwert sein verbinde."

„Jung und unbeschwert sein", sagte Eva, „können wir in den kommenden zwei Wochen alle wieder, dazu sind wir schließlich hier."

„Ja", wiederholte Lina leise, „dazu sind wir hier."

Sie ließen Oberstaufen links und den Hochgrat rechts liegen, fuhren vorbei an Thalkirchdorf, zu beiden Seiten der Straße erhoben sich sattgrüne Bergwiesen und Tannenwälder. Lina betete im Stillen und dankte Gott für diese wunderschöne Welt, die er für die Menschen erschaffen hatte.

Dann tauchte linkerhand in Fahrtrichtung der Teufelsee auf, er wurde von einem dichten Schilfgürtel umfasst. Fast nahtlos folgte der große Alpsee, sanft eingebettet ins Tal und doch eine imaginäre Kraft ausstrahlend, wie große Gewässer es oft tun. An einer Stelle parkten sehr viele Autos entlang der Straße, das musste das Schwimmbad sein, von dem sie gehört hatten. In Bühl bogen sie ab, folgten der Hauptstraße, fanden den See mit den kleinen Booten einfach entzückend und schön. Als Erstes sah Anni das Schild mit dem Hinweis „Edelweiß zweihundert Meter links".

„Hier ist die Tafel, fahr mal langsam", sagte sie aufgeregt, „da vorne kommt schon der Parkplatz." Eva hielt an. Einige Teilnehmer luden bereits ihre Koffer aus.

„Also, wenn es innen hält, was es von außen verspricht", sagte Paula, „dann ist es wirklich klasse." Das Edelweiß war im Allgäuer Stil gehalten, es schien aus zwei Teilen zu bestehen, einem älteren Gebäude, hier befand sich der Eingang, darüber zog sich ein Balkon mit dem typisch massiven Holzgeländer und den daran angebrachten Holzkästen. Aus diesen quollen rote Hängegeranien und Petunien in sattem Violett, Rosa und Weiß hervor. Verbunden im rechten Winkel war ein moderner, zweistöckiger Anbau mit ausladenden Glasfronten im Erdgeschoss und einem kleinen Balkon an jedem Zimmer. Obwohl diese Front dem Parkplatz zugewandt lag, hatte ein geschickter Planer alles dafür getan, dies raffiniert zu kaschieren. Büsche, Bäume und große Blumenkübel verzauberten das Ganze in eine Art Park.

Am Empfang hatte sich eine schnatternde Menschentraube gebildet. Jens und Regula fuchtelten mit den Amen, Jens hatte einen knallroten Kopf. „Eva, gut, dass Sie endlich hier sind“, rief er aufgebracht, „das reinste Chaos herrscht hier!“

„Aber was ist denn los?“

„Die haben die Zimmer falsch eingeteilt. Sie haben doch die Vorbestellungen gemacht, und jetzt stimmt gar nichts.“

Eva hatte sämtliche Reservierungen schriftlich bestätigen lassen und diese erfreulicherweise dabei. Sie drängte sich vor zum Empfang. „Guten Tag, gibt es ein Problem?“

Die junge Frau im strammen Dirndl hinter der Theke sagte: „Es ist nur alles ein wenig durcheinander geraten, weil heute Morgen noch eine weitere Reisegruppe eingecheckt hat. Also, jetzt gehen wir noch einmal die Reservierungen durch, dann sehen wir schon.“

Rasch stellten sie fest, dass einige der Zimmer bereits vergeben waren. Dafür waren andere noch frei. Die Schwierigkeit war allerdings, dass die gebuchten Doppel- und Einzelzimmern nicht aufgingen. Nach einigem Hin und Her musste das Familienstudio dazugenommen werden. Widerwillig und nur durch Zusage eines starken Preisnachlasses ließen sich Eva, Anni, Paula und Lina in diesem gemeinsam unterbringen.

Das Studio bestand aus zwei Schlafzimmern, eins davon gedacht für die Eltern mit einem zusammenstehenden Doppelbett, das andere mit zwei Einzelbetten, offensichtlich das Kinderzimmer. Verbunden waren die Räume durch ein kleines Vorzimmer mit Sitzecke sowie einer winzigen Küchenzeile mit Kühlschrank und Herd. Sie ließen das Los entscheiden, wer in welchen Betten schlafen durfte. Eva und Anni landeten im Kinderzimmer, Lina und Paula im Elterngemach. Die Frauen bugsierten ihr Gepäck an die entsprechenden Plätze, Lina und Paula mussten sogar den Kleiderschrank teilen. „Es tut mir wirklich leid“, sagte Lina, „dass du mit mir Vorlieb nehmen musst.“

Paula räumte ihren Koffer aus. Sie hielt inne, schaute Lina freundlich an und sagte: „Wieso tut dir das leid? Erstens können wir beide nichts dafür, das ist alleiniger Pfusch vom Hotel. Zweitens haben wir beide doch Glück, dass wir zusammen sind. Was da so alles im Empfang rum gestanden ist, also wirklich!“

„Das ist sehr nett, dass du das sagst."

Paula schüttelte den Kopf und räumte weiter ihre Kleidung in ein Schrankfach. „Oh Lina. Du musst dich nicht dafür entschuldigen, dass du existierst."

Die ganze Gruppe versammelte sich um ein Uhr zum Mittagessen im Speisesaal. „Das Gute an Vollpension", sagte Anni, „dass schon alles bezahlt ist. Das Schlechte, dass ich zu viel esse."

„Ja", meinte Lina, „diese Gefahr besteht bei mir auch. Aber ich denke, wir sind mit diesem Problem nicht alleine."

Die vier Frauen setzten sich gemeinsam an einen Tisch, obwohl Eva eigentlich lieber neben Jens Platz genommen hätte. Doch dies war ja nur der Anfang, das würde sich ohnehin noch alles mischen. Für die Vollpensionsgäste wurden verschiedene Gerichte zur Auswahl geboten. Lina und Paula nahmen Kässpätzle, Eva und Anni teilten sich einen Grillteller.

Nach dem Essen machte sich die Gruppe auf zur Hotelbesichtigung. Im Untergeschoss lagen die Fitnessräume, da konnte man die Pfunde wegstrampeln. Es gab eine Kegelbahn, Sauna, Whirlpool, ein Schwimmbad mit Liegestühlen und einer zusätzlichen Liegewiese im Freien mit Zugang zum Alpsee. Alle waren begeistert. Des Weiteren gab es eine kleine Bibliothek mit Sofas und Sesseln, ein Kaminzimmer sowie diverse Aufenthaltsräume. Das Schönste war die Außenanlage. War schon der Parkplatzbereich hübsch gestaltet, die Rückseite war geradezu traumhaft. Die Gartenwirtschaft war durch grüne und blühende Pflanzen unterteilt in gemütliche Nischen. Weiße Holztische und weiße Holzstühle mit geblümten Polstern verbreiteten mediterranes Flair. Man hatte den Alpsee und die dahinterliegenden Berge direkt vor sich. Zudem waren etliche Holzbänke ohne Tische aufgestellt, hier wurde offensichtlich nicht bedient.

„Das ist wie im Märchen", sagte Lina, „an solch einem schönen Ort sein zu dürfen, ist allein schon großes Glück."

Nach der Besichtigungstour wurde in einem der Konferenzräume offiziell das Seminar eröffnet. Bestuhlt war in Hufeisenform, am oberen Tisch weilten die drei Dozenten mit Regula und Eva. Erwartungsvolle Stille wie vor einem Gottesdienst lag in der Luft. Jens schaute alle der Reihe nach an, ließ sich dabei viel Zeit, sodann meinte er mit einem Zwinkern: „So, und wer kann nun einen guten Witz erzählen?"

Daraufhin lachten einige bereits, als sei das einer gewesen. Eine Frau meldete sich durch Handzeichen. Jens nickte ihr lächelnd zu.

„Darf ich Sie zu einer großen Fahrt in meinem Sportwagen einladen, mein Fräulein? Ich habe den Tiger im Tank. Sagt diese: Was nützt mir das, wenn ein Kamel am Steuer sitzt.“

„Hohoha“, juchzte eine Frau, die sich später als Melitta vorstellte, „ich kenne auch einen. Also, Männer wachen genauso gutaussehend auf, wie sie zu Bett gegangen sind. Frauen dagegen scheinen sich über Nacht irgendwie zu verändern. Was sagt die Frau dazu: Das gönn ich ihm.“

Jetzt wieherten alle lauthals, und ein Witz jagte den anderen. Irgendwann meinte Jens: „So Leute, ihr merkt ja selbst, wie positiv es ist, wenn man lachen kann.“

„Aber wenn man nichts zu lachen hat!“ rief eine, worauf wieder gequiekt wurde.

Jeder musste sich nun reihum mit ein paar Sätzen vorstellen. Jens schrieb bei jedem eifrig mit. Die Jüngste der dreißigköpfigen Gruppe war 22, die Älteste siebzig, zehn Männer und zwanzig Frauen, davon waren drei Ehepaare. Rasch wurde allen klar, dass Jens Weinmann die Seminarleitung innehatte.

„Wir möchten natürlich zuerst einmal wissen, was Glück für jeden einzelnen hier bedeutet“, sagte er. „Meine Frau Regula und meine Assistentin Eva werden jedem einen Stift und Papier austeilen, dann schreiben Sie auf, was Ihnen spontan einfällt. Ich würde sagen, eine Viertelstunde. Sie können sich überall verteilen. In 15 Minuten kommen wir wieder hier zusammen.“

Natürlich strömten alle hinaus in die Gartenwirtschaft, die Schnellsten erwischten einen Platz auf einer der Holzbänke direkt am See. Das war alles ziemlich viel für den Anfang, fand Lina. Sie hatte sich weder Namen noch Gesichter einprägen können, und nun sollte sie innerhalb einer Viertelstunde solch elementare Gedanken über die Bedeutung von Glück niederschreiben, wo sie sonst gar nie etwas schrieb. Erschwerend kam hinzu, dass sie nicht die einzigen Hotelgäste waren. Diese andere Reisegruppe, ein Wangener Kegelklub, war im ganzen Haus verteilt, die meisten von denen gebärdeten sich so laut wie die Affen im Dschungel. Es waren einfach zu viele fremde Menschen und Eindrücke auf einmal.

Paula bemerkte Lina erst, als diese sich an einen etwas entfernt stehenden Tisch setzte. „Na, dann wollen wir mal“, rief sie ihr aufmunternd zu. Sie fing sofort an zu schreiben, hob nicht einmal mehr den Blick, war völlig vertieft. Lina hingegen wusste nicht, was sie aufzählen sollte. Sie wollte sich vor den anderen keinesfalls offenbaren. Albert zurück, seine Geliebte tot, Kinder noch einmal klein, Enkelkinder bekommen, Eltern noch am Leben, zwanzig Jahre jünger sein, dies wäre so ungefähr ihr vermeintlicher Glückszustand gewesen. Wobei sie bei dem Punkt mit den Enkelkindern nicht sicher war. Doch darüber könnte sie sich den Kopf zerbrechen solange sie wollte, wenn es soweit wäre, würde keiner danach fragen, ob sie das wollte oder nicht. Zudem sah es auch nicht danach aus, dass dieser Fall in Bälde eintreffen könnte. Wie auch immer, keiner der Punkte war zur Veröffentlichung geeignet. Lina nagte an ihrem Bleistift, betrachtete die anderen, dachte an Konrad Bundschuh, er war ihr auf Anhieb sympathisch gewesen. Sie hatte den Eindruck, dass dieser Jens Weinmann gerne im Mittelpunkt stand. Ganz anders dieser Konrad Bundschuh und diese Martina Schwarz. Die schienen sich auf recht charmante Art und Weise im Hintergrund zu halten. Frau Weinmann kannte sie bereits vom Feng-Shui-Geschäft, sie war freundlich und eine gute Verkäuferin, die sich in ihrem Metier auskannte. Mit Paula, Eva und Anni hatte sie großes Glück, so nette Frauen, sie behandelten Lina, als sei sie eine alte Freundin. Doch nun musste sie irgendetwas niederschreiben.

Ähnlich erging es Anni. Auch sie saß unentschlossen vor ihrem weißen Blatt Papier. Sie hatte sich am gestrigen Abend schrecklich mit Dieter gestritten. Der Grund war banal gewesen. Sie hatte ihn nur gebeten, das Haus sauber zu halten und die Blumen zu gießen. Da war er auf einmal ausgetickt, hatte geschrien: „Was glaubst du eigentlich! Du lässt es dir zwei Wochen mit irgendwelchen Typen gutgehen, und ich soll hier auf Hausmann machen!“

„Ich gehe mit meiner Freundin zu einem Seminar, Dieter, ich bitte dich.“

„Hast du mich vielleicht gefragt!?“

„Wie gefragt, ich verstehe nicht?“

„Du stellst mich vor vollendete Tatsachen. Haust einfach ab, das ist doch das Allerletzte!“

Daraufhin hatte sie ihm seinen jährlichen Flug mit den Kumpels zum Ballermann unter die Nase gerieben, diese Freiheit forderte er für sich, schon seit sie sich kannten. Was zickte er da herum wegen einer Bildungsreise. Und für ihren Ärger bei der Arbeit interessierte er sich auch nicht. Es war zu einem scheußlichen Schlagabtausch ausgeartet. Sie hatte ihm bittere Vorwürfe gemacht, dass er sie so oft alleine ließe, dass seine Kumpels und die Kickerei wichtiger wären als die Beziehung zu ihr, dass er doch nur hier wohne, weil sie koche und den Haushalt mache. Er hielt dagegen, dass sie ja auch nie mit auf den Fußballplatz käme, dass sie ebenso wenig Interesse an seinem Hobby habe, dass sie ihn nie frage, wie sein Arbeitstag gewesen sei. Sie brauche ihn doch nur, um Getränkekisten zu schleppen, sonst zu gar nichts. Die halbe Nacht war sie wachgelegen, er hatte selig geschnarcht. Das war unerträglich, diese Schnarcherei, als ob alles in Ordnung wäre. Am Morgen hatten sie sich nur knapp mit „Tschüss denn“ verabschiedet, keine Berührung, kein Lächeln. Nun saß sie da, die Kümmernis in Person, und sollte schreiben, was Glück bedeute.

Als alle wieder beisammen waren, meinte Jens: „Ich sammle nun die Zettel ein, mische, damit niemand bewusst der Erste oder Letzte ist. Die Karten hängen wir dann alle an dieses Flipchart. Es steht jedem frei, ob mit oder ohne Namen. Aber natürlich wäre es viel besser für unser Verständnis und zum gegenseitigen Kennenlernen, wenn der Name dabeistünde.“

Manche setzten daraufhin ihren Namen darauf, andere überkritzelten den bereits geschriebenen bis zur Unkenntlichkeit und sahen danach erleichtert aus.

Er las jeweils eine Karte vor und pinnte diese sodann auf. 35 Wunschkarten hingen am Ende neben- und untereinander:

Jens Weinmann: Dieses Seminar soll ein großartiges, unvergessliches Erlebnis werden;

Konrad Bundschuh: Eine Bergwanderung mit Schweiß und anschließendem Weitblick auf dem Gipfel;

Martina Schwarz: Ich wünsche allen hier die Entdeckung von verborgenen Talenten;

Paula Meinrad: Ich hoffe auf spannende Begegnungen, interessante Menschen, neues Sachwissen, die Verbesserung der Lebensqualität, jede Menge glückliche Augenblicke, Kraft tanken, neue Ideen für die Redaktion, Anerkennung, Trinkgelage am Abend, positive Gedanken;

Lina Pohl: Ich möchte wieder gebraucht werden;

Anni Lindinger: Im Job wieder Anerkennung bekommen, keinen Zoff mit dem Freund;

Eva Mertens: Herausfinden, was ich wirklich will, einen Cappuccino bei Sonne im Garten trinken, abends keine Rückenschmerzen haben;

Waltraud Hauser: Einen Sinn im Leben finden;

anonym: Reichtum;

anonym: Schönheit, schlank sein;

anonym: Meine Ehe retten;

Frank Stein: Eine Arbeitsstelle;

Olaf Merkle: Positive Gedanken und gutes Essen;

anonym: Ein Baby. Damit ist mein Glück perfekt. Gutes Essen. Fließende Energien;

Melitta Birkel: Für mich ist es schon ein Glück, dass ich zwei Wochen nicht kochen muss und an einen gedeckten Tisch sitzen darf;

Lydia: Ich kämpfe seit Jahren mit den Pfunden und meinem Mann. Das soll sich ändern.

So ging es weiter mit den Aufschrieben, einiges wiederholte sich einige Male. Von wem die anonyme Karte mit dem Baby stammte, wusste Jens sofort. „Ich sehe schon alleine an diesen Vorstellungen, dass es eine spannende Geschichte wird. Vieles davon ist Grundlage zum Glücklichsein, einige haben ja schon geschrieben, sie möchten positive Gedanken. Dazu kommen wir noch sehr ausführlich. Doch nun zum Ablauf. Wir frühstücken zwischen halb acht und halb neun, um neun treffen wir uns täglich hier in diesem Konferenzraum. Dann werden Gruppen gebildet, Einen Plan über die Angebote werde ich nachher verteilen. Dem Prospekt ist ja schon zu entnehmen, wer von uns was macht.“

„Kann man denn wechseln“, rief eine Frau dazwischen, „wenn einem etwas nicht gefällt?“

„Nun ja“, sagte Jens, „vorgesehen ist das nicht, aber bevor jemand ein Magengeschwür bekommt, weil er oder sie mit der Seidenmalerei überhaupt nicht klarkommt, darf man natürlich auch in eine andere Gruppe wechseln. Es gibt täglich drei parallele Veranstaltungen, Martina Schwarz wird werken mit verschiedenen Materialien, malen, schreiben, singen. Wer die sportliche Herausforderung sucht, ist bei Konrad Bundschuh richtig. Bergwandern in unterschiedlichen Schwierigkeitsstufen, Schwimmen, Radfahren, man kann hier auch Räder ausleihen, Fitnessraum, ein Schwimmbad, Sauna und eine Kegelbahn können Sie ohnehin jederzeit nutzen. Ich vermute jedoch, dass die Kegelbahn von der anderen Reisegruppe stark belegt sein wird. Apropos, da fällt mir ein, die Hotelleitung bittet noch einmal sehr um Entschuldigung für das Chaos bei der Zimmerbelegung. Die Kegler bleiben nur vier Nächte, danach kann umziehen, wer möchte. Ich nehme an, die vier Damen aus dem Familienstudio werden dann in ein Einzelzimmer wechseln.“

„Prima“, sagte Eva, „darauf kommen wir gerne zurück.“

„So, und nun zu meinem Teil“, fuhr Jens fort. „Ich bin der Mann mit der großen Klappe, deshalb wird in meinen Seminaren geredet, nachgedacht, diskutiert und reflektiert. Auch hier sind die Themen recht unterschiedlich. Aber das steht alles im Programm."

Paula meldete sich zu Wort. „Schön und gut, aber ich möchte vielleicht an einem Tag diese Bergtour machen, und gleichzeitig steht ein spannendes Diskussionsthema auf dem Plan. Wie soll ich mich da entscheiden?"

„Das ist überhaupt kein Problem. Da wir zwei Wochen Zeit haben, wiederholen sich einige Dinge, dann kann man auswählen."

„Und wann gibt's Essen?" fragte ein Mann mit gerundeten Konturen.

Alle lachten.

„Das ist eine sehr gute Frage", antwortete Jens. „Essen ist ein enorm wichtiger Teil. Mittagessen können wir zwischen zwölf und halb zwei. Nachmittags ist Kaffee oder Tee mit Gebäck vorgesehen. Abendessen gibt es zwischen sechs und halb acht. Danach steht der Abend zur freien Verfügung."

„Da werden wir ganz schön zunehmen", meinte Anni, „das wird eine einzige Völlerei."

„Deshalb bietet sich am Abend der Fitnessraum geradezu an", sagte Konrad Bundschuh. „Und meine Wanderungen. Wir nehmen statt des Mittagessens einen Imbiss mit, wenn wir eine große Tour machen. Ansonsten sind wir zur Essenszeit zurück."

„Kann man auch einfach nichts machen?" fragte jemand.

„Ja, selbstverständlich. Alles hier ist ein Angebot. Was Sie mitnehmen, bleibt ganz alleine Ihnen überlassen."

„Dann wird mein Hauptaufenthaltsplatz bestimmt die Liegewiese vor dem Hallenbad", sagte eine braungebrannte Frau.

Dafür, fand Lina, hätte sie dann aber nicht 2.500 Euro ausgeben müssen.

Nun durften Eva und Regula die Programmhefte verteilen. Nach der Kaffeepause bot Martina erste Malversuche mit verschiedenen Techniken an. Konrad lud zu einem zweistündigen Spaziergang ein. Bei Jens stand eine Analyse des Persönlichkeitstyps an. Es war genau derselbe Fragebogen, den Eva für einen anderen Kursus bereits vorbereitet hatte. Damals wollte sie ihn mit Anni zusammen ausfüllen, doch irgendwie hatten sie es versäumt. „Dann analysiere ich mich eben jetzt", sagte Eva. Sie rechnete mit keinem überraschenden Ergebnis. Aber nach der Analyse hätte sie schwarz auf weiß, zu wem sie passte. Und Jens Weinmann sähe es auch.

8

Anni war hin und her gerissen. Sie hätte zu gerne diesen Persönlichkeitstest gemacht. Doch die kleine Wanderung reizte sie ebenso. Ihre Joggingrunden waren ihr dermaßen in Fleisch und Blut übergegangen, dass sie schließlich ihrem Bewegungsdrang nachging. „Den Test mache ich morgen, da steht er nochmals auf dem Programm", entschied sie. Auch Lina schloss sich der Wandergruppe an. Konrad legte ein zügiges Tempo vor. Der große Alpsee war durch einen Weg verbunden mit dem kleinen Alpsee, diesen kleinen konnte man bequem umwandern. Konrad erklärte, dass es vermutlich einst ein einziger See gewesen sei, der durch die Verlandung durchbrochen worden war. Das dichte Schilf entlang des Weges erinnerte Anni an den Rösslerweiher, und sie fühlte sich ein wenig wie daheim. Nachdem sie den See umrundet hatten, wollte Konrad noch ein Stück weitermarschieren. Nun mussten sie ein kurzes Stück im Gänsemarsch am Straßenrand gehen. Das nervte alle, da ein Auto ums andere vorbeiraste. Endlich führte ein schmaler Pfad aufwärts über Wiesen und durch Tannenwald. Ein gutes Stück weiter oben, auf einer eingezäunten Weide, grasten magere Jungkühe, deren Glocken immerzu bimmelten. Die Läufer steuerten die erste Ruhebank an. Sie waren zu zehnt, wer auf der Bank keinen Platz fand, setzte sich einfach auf die Wiese. Die Luft roch würzig und auf undefinierbare Art gesund. „Wie schön", sagte Lina, „ich habe ganz vergessen, wie wundervoll die Berge sind."

Konrad, neben ihr auf der Erde hockend, lachte. „Ja, und hier ist die Bergwelt noch flach gehalten, man könnte sagen, es sind Hügel. Wenn wir erst eine richtige Tour machen, bekommt es einen ganz anderen Charakter. Einmal werden wir uns den Grünten vornehmen. Und wenn wir später die Nagelfluh-Gratwanderung anpacken, müssen Sie unbedingt mitkommen."

„Ich bin leider keine geübte Läuferin, ich fürchte, da muss ich passen."

Konrad lachte abermals. „Wir machen nichts Gefährliches. Und zudem achte ich schon auf Sie, keine Sorge."

Lina schaute ihn von der Seite an. Ein Naturbursche, offen, herzlich, geradeheraus. Sie hatte noch nie einen solchen grundehrlichen Mann kennengelernt. Ihm könnte sie vertrauen, er würde niemals mit einer Geliebten durchbrennen. Konrad erweckte den Eindruck, schon mit Karohemd und Bundhose auf die Welt gekommen zu sein. Er war kein Suchender, er war am rechten Platz, genau da, wo er hingehörte. In die Natur, unter Menschen. Für den Bruchteil einer Sekunde konnte sie verstehen, dass man jemand zwanzig Jahre jüngeren durchaus begehrenswert finden konnte.

Zur selben Zeit wütete Paula mit Aquarellfarben und Pinsel. Martina hatte Staffeleien am Seeufer aufgebaut, Aquarell-, Wachsfarben, Holzstifte und Plakafarbe zur Auswahl ausgelegt. „Sie dürfen malen, was Sie wollen. Die Landschaft hier oder etwas völlig anderes. Das können durchaus Phantasiebilder sein, Muster, lassen Sie einfach alles zu."

Paula wollte gar kein düsteres Bild anfertigen, doch am Ende musste sie zugeben, dass es genau dies geworden war. Sie hatte den See gemalt, finsteres Grün und Schwarz gewählt, brodelnde Gewitterstimmung sprang aus dem Kunstwerk, obwohl der See friedlich vor ihr lag. „Jetzt habe ich 14 Tage Urlaub vor mir und dann so was", sagte sie, als Martina sich das Gemälde besah.

„Das ist in Ihnen. Es ist doch gut, dass es jetzt draußen ist."

„Es ist nicht meine Art, schwarz und pessimistisch zu sehen."

„Wahrscheinlich müssen Sie erst hier ankommen."

„Wahrscheinlich", sagte Paula. „Ich habe eine anstrengende Zeit hinter mir, wissen Sie. Ich arbeite beim Schwäbischen Tagblatt. Seit Anfang Mai fehlt in der Redaktion ständig jemand wegen Urlaub oder Krankheit."

„Wie interessant, bei der Zeitung haben Sie gewiss eine abwechslungsreiche Tätigkeit."

„Ja. Ich liebe meine Arbeit eigentlich sehr, aber wenn man vor lauter Terminen nicht mehr zum Schreiben kommt, ist es nicht mehr lustig."

„Jetzt haben Sie erst einmal Ferien! Und die haben sie sich ganz offensichtlich schwer verdient."

Ja, dachte Paula, das habe ich. Wenn sie ehrlich gewesen wäre, hätte sie allerdings gesagt, dass nicht die Zeitungsarbeit an ihrer düsteren Gehirntätigkeit schuld war. Doch sie mochte gar nicht daran denken, hatte mit niemandem darüber geredet und geglaubt, dass es dadurch nicht wahr wäre. Aber es war so. Ernst hatte vor drei Tagen den Bescheid erhalten. Freudig ihr den Wisch unter die Nase gehalten. „Überraschung!" hatte er gerufen, wie beim Kindergeburtstag. Albern. Aber das war nicht neu, im Alter wurden die Menschen oft wieder zum Kind. Ernst hatte, ohne ihr etwas zu sagen, Frührente beantragt und im Zuge der Umstrukturierung in seiner Firma diese erhalten. Ab September hätte sie einen alten Mann daheim.

Eva und Regula saßen nebeneinander. Sie füllten wie die anderen Gruppenmitglieder ihre Fragebogen aus. Die Kreuzchen sollten zügig und spontan gesetzt werden. Es waren Fragen wie: „Lieber bewege ich mich im gleichen Trott, oder: Lieber gebe ich mich Träumereien hin. Mir ist es wichtiger, meinen Prinzipien treu zu bleiben, oder: auf meine Gefühle zu hören. Ich treffe eine Wahl eher überlegt oder eher spontan. Ich lasse mich in der Beurteilung anderer eher beeinflussen von Gefühlen oder von festen Vorstellungen. Ich finde es schlimmer, ungerecht zu sein oder unbarmherzig zu sein. Ich sehe mich selbst eher als unsentimental oder weichherzig."

In dieser Weise waren alle damit beschäftigt, sich mit sich selbst auseinanderzusetzen. Da Eva den Inhalt bereits kannte, war sie als Erste fertig. Jens machte ihr ein Zeichen, vor die Tür zu kommen.

„Eva, würden Sie nachher bitte bei der Auswertung helfen."

„Klar doch, wenn Ihre Frau nichts dagegen hat."

Jens zuckte mit einem Auge, kaum wahrnehmbar, aber Eva fiel es auf. „Meine Frau kennt sich da nicht so aus. Ich brauche schon Sie, Eva."

Eva hätte ihn am liebsten geküsst. Rein freundschaftlich natürlich. Nicht einmal freundschaftlich, sondern ganz und gar dienstlich.

Beim Betreten des Seminarraumes schaute Regula auf. Eva konnte den Blick nicht deuten, den sie von ihr zugeworfen bekam. Aber fröhlich war er nicht.

„Ein altes Sprichwort sagt: Warte auf das Glück, doch vergiss nicht, ihm die Tür zu öffnen", sagte Jens, nachdem alle Tests ausgefüllt waren. „Jetzt öffnen wir unsere inneren Türen und werten die Resultate aus. Eva und ich werden dabei behilflich sein."

In einer Auswertungstabelle wurden auf die jeweiligen Antworten unterschiedlich hohe Punkte vergeben. Danach musste eine weitere Unterteilung in vier Kategorien unternommen werden. Regula fragte laut, ob Jens mal kommen und sich um seine Frau kümmern könne. Eva fand es unnötig, längst wusste jeder um deren Ehe. Folgsam wandte er sich seiner Gemahlin zu, und sie tuschelten wie Pubertierende. Eva sagte laut und für alle hörbar: „Es ist eigentlich sehr einfach, auf das Endergebnis zu kommen. Das kann jeder, wenn er sich nicht ganz blöd anstellt. Unterm Strich müssen als Ergebnis vier Buchstaben stehen, die wir sodann analysieren können."

„Nun ja", drückte Jens gekünstelt heraus, „es ist noch kein Meister vom Himmel gefallen."

„Eva, Sie sollten sich nicht überschätzen", fauchte Regula leise.

„Sind dann alle soweit?“ rief Eva, Regula ignorierend. Die meisten nickten.

„Jetzt, liebe Leute“, sagte Jens sodann, „wird es richtig spannend. Als Einstimmung auf die Auswertung möchte ich vorab ein kleines Experiment machen. Würden Sie, liebe Frau Birkel, und Sie, Herr Stein, bitte einmal hierherkommen und nebeneinander an diesem Fenster stehen.“ Die beiden standen auf und taten, wie Ihnen geheißen.

„So, jetzt sagen Sie uns bitte nacheinander, was Sie draußen sehen.“

„Bitte, die Dame zuerst“, sagte Frank Stein.

Melitta Birkel, eine lebhafte, etwas korpulente Frau Anfang fünfzig, schwärmte sofort: „Es ist wie im Paradies, ich sehe einen wunderbaren blauen Himmel, nur ein paar Schäfchenwolken, Bäume, Wiesen, Blumen, einen Teil des Gartenrestaurants. Da sitzen ein paar Leute und trinken ein Glas Wein, obwohl es noch relativ früh dafür ist. Ich trinke Wein erst nach der Tagesschau im Ersten. Die haben bestimmt Urlaub und genießen diesen in vollen Zügen. Vielleicht würde die Frau da drüben lieber Ferien in der Toskana machen, aber der Mann mag bestimmt die Alpen lieber, deshalb sind sie hier.“

„Danke, Frau Birkel“, unterbrach Jens sie, „wenn jetzt bitte Sie, Herr Stein, weitermachen würden.“

„Nun gut“, meinte er. Frank Stein war einige Jahre jünger als Melitta Birkel, er trug eine Brille mit Hornbügeln, aus der er mit großen Augen herauslugte. Wenn man ihn eine Weile unauffällig beobachtete, konnte man ein regelmäßiges Zucken des linken Auges erkennen. Sein braunes Haar war leicht schütter, sein Kinn glattrasiert. „Also, ich sehe einen akkurat angelegten Weg, der von der Tür direkt zum Gartenrestaurant führt. Die beiden Kellner gehen auf diesem Weg mit den Tabletts. Insgesamt sehe ich zwölf Tische, vier davon sind besetzt. An einem Tisch sitzen drei Personen, an einem zwei, an einem vier und an dem hintersten Tisch fünf Leute. Es sind also zusammen 14 Gäste im Gartenrestaurant, davon wiederum sechs männliche und acht weibliche.“

„Danke“, sagte Jens, „das war genial. Wir haben nun ein perfektes Beispiel bekommen, wie unterschiedlich Beschreibungen ausfallen können.“

Alle hörten aufmerksam zu. Die Frauen klebten ihm förmlich an den Lippen. Melittas Wahrnehmung wäre sehr emotional. Sie sähe Dinge, die sie intuitiv erfasst habe, also auch Stimmungen, Möglichkeiten, Gefühle. Dies spiele in ihrer Beschreibung eine wesentliche Rolle, man nenne dies intuitive Wahrnehmung. Frank Stein hingegen habe sich auf Details konzentriert, auf Zahlen, auf Fakten. Er habe einzig beschrieben, was tatsächlich sichtbar sei. Dies werde sensitive Wahrnehmung genannt. Eva erinnerte sich daran, wie sie einmal versucht hatte, dies Anni begreiflich zu machen, doch diese hatte überhaupt nichts verstanden. Jens hingegen schaffte es mit wenigen Worten, eine ganze Gruppe aufzuklären. Er war einfach ein talentvoller Prophet.

Nach einer kurzen Pause erklärte Jens die sogenannten Präferenzen. „Präferenzen besagen, wie wir höchstwahrscheinlich handeln und reagieren werden", sagte er. Es seien vier Bereiche. Einmal die Energie und Aufmerksamkeit. Bei wem ein E die höhere Ergebniszahl habe, der sei extrovertiert, also nach außen orientiert. Das I stehe für introvertiert, also nach innen gerichtet. Das zweite wäre die Wahrnehmung. S bedeute sensitive Wahrnehmung, wie Herr Stein demonstriert habe. N hingegen sei die intuitive Wahrnehmung, sehr eindrucksvoll dargeboten von Frau Birkel. Der dritte Bereich drehte sich um die Beurteilung und Entscheidung. T für thinking, also analytisch und logisch. F für feeling, sprich gefühlsmäßig und werteorientiert. Und als viertes ging es um Lebensstil und Organisation. J für judging, das wäre strukturiert und systematisch. P stehe für perceiving, also für flexibel und spontan. „Jetzt schreiben Sie einmal ihre vier Ergebnisbuchstaben hintereinander."

Wer wollte, durfte nun seine vorlesen. Eva hatte keine Lust, es ging hier niemanden etwas an. Vor allem nicht Regula. Diese weigerte sich ebenso. Doch die anderen waren sehr interessiert. Auf diesem Wissen wollten sie schließlich ihr neues Glück aufbauen.

Die Zeit verging wie im Fluge, so dass sie sich zum Abendessen sputen mussten. Alle sagten, sie kämen anderntags auf alle Fälle wieder, wandern und malen könnten sie noch lange.

Im Speisesaal setzten sie sich, wo sie Platz fanden. Es gab kalte Platten mit Käse, Wurst und Fisch. Da einzig die Getränke in der Bar kostenpflichtig, jene zu den Mahlzeiten im Speisesaal jedoch frei waren, löschten alle tüchtig ihren Durst. Auch mit Spirituosen. Offensichtlich stimmte die Behauptung, Schwaben würden nichts verkommen lassen. Die Stimmung war ausgelassen. An allen Tischen wurde auf das „Du" angestoßen, auch die Dozenten schlossen sich an. Eva war das nicht so recht, du Jens, das konnte sie allenfalls hier sagen, doch zurück im Büro wäre das unmöglich. Zudem hatte Regula mit messerscharfem Blick beobachtet, wie sie und Jens die Gläser auf das „Du" erhoben und sich in die Augen geschaut hatten. Regula würde hier noch Probleme bereiten, soviel stand jetzt schon fest.

Die ersten Flirtversuche waren zu beobachten. Richard, Ende fünfzig, graues, schütteres Haar und hageres Gesicht, hatte sich als Single vorgestellt. Er saß am Tisch neben Mona, die ebenfalls alleine war. Sie war auffallend hübsch, hatte dunkle, üppige Locken und ein adrettes Puppengesicht mit großen, grünen Augen. Richard redete ununterbrochen auf sie ein, bestellte ihr nacheinander drei Gläser Rotwein, sie trank folgsam. Alle am Tisch, die das Szenario verfolgten, hatten ein ungutes Gefühl dabei. Erst als der Speisesaal rigoros geschlossen wurde, schwankten die Letzten hinaus.

Lina kroch tief unter ihre Decke. Die fremde Frau in der anderen Betthälfte war ihr unangenehm. Sie hatte immer nur neben Albert geschlafen. Unterbrochen einzig durch die Zeit, in der sie gestillt hatte. Albert wollte nicht jede Nacht gestört werden, deshalb hatte Lina sich damals einen Schlafplatz im jeweiligen Kinderzimmer gerichtet. Sie spürte Tränen aufsteigen, diesmal nicht um den verlorenen Mann, sondern um die wundervolle Familienzeit, die ein für allemal vorüber war. Die Schmerzen der Entbehrung quälten sie körperlich, ihr Magen krampfte sich zusammen, ihre Brust wurde ganz eng. Was hätte sie darum gegeben, noch einmal ein Baby im Arm halten zu können, noch einmal zu erleben, wie sich aus einem winzigen Geschöpf ein fabelhaftes Individuum entwickelte. Lina wusste von allen dreien, wann sie zu laufen angefangen hatten. Sie erinnerte sich an die Taufen und an die Erstkommunionen, an all die Familienfeste. Damals waren ihre Eltern oft zu Besuch gewesen, und umgekehrt hatte sie mit den Kindern diese regelmäßig besucht.

Mit Alberts Eltern hatte sie weniger Kontakt gehabt. Sie hatten, als sie noch lebten, in Münster gewohnt, das war jedes Mal eine halbe Weltreise gewesen. Albert war auch ein Einzelkind, so wie sie. Deshalb hatten sie beide zwei Kinder gewollt, weil sie nie einen Bruder oder eine Schwester gehabt hatten. Joachim war dann einfach noch dazugekommen. Albert war einst aus beruflichen Gründen in den Süden gezogen. Kennengelernt hatten sie sich beim Tanzen. Damals gab es jeden Samstagabend in der Gemeindehalle Obereschach eine Tanzveranstaltung. Albert war ein guter Tänzer, leider hatte sie dies in den letzten Jahren vergessen. Jetzt hopste er mit einem Pferd.

Lina spürte einen heftigen Stich in der Brust. Sie wurde und wurde das Bild nicht los. Die beiden in Meersburg. Oft schon hatte sie bereut, damals hinterhergefahren zu sein. Es tat einfach so weh. Lina verdrängte dieses Erlebnis und holte mit aller Kraft Jutta, Leonie und Joachim zurück. Im Mai war sie mit den Kindern oft spazieren gegangen, sie hatten Schlüsselblumen und Kuckucksblumen gepflückt. Auf eine Kommode hatte sie ein Marienbild und eine Kerze gestellt und die Blumen in einer Kristallvase dazu. Alle hatten das früher, einen Maialtar im Wohnzimmer zu Ehren der Mutter Gottes. Waren die Blumen verblüht, pflückten sie gemeinsam einen neuen Strauß. Vor dem Zubettgehen sangen sie zusammen ein Marienlied.

Albert musste immer sehr lange arbeiten, früher schon. Es wäre unmöglich gewesen, wenn sie auch berufstätig gewesen wäre. Die armen Mütter, dachte Lina wie so oft, die dies Familienglück nur am Rande erleben konnten, weil sie arbeiten mussten und das Kind nur abends oder übers Wochenende hatten. Sie hätte es so nicht haben wollen. Es war schon gut, dass Albert fürs Geld verdienen zuständig war. Wobei, wenn sie daran dachte, dass er 150.000 Euro, hart erarbeitetes und erspartes Geld ihrer Eltern, durchgebracht hatte! Mit dem Erbe seiner Eltern hatten sie eine Sondertilgung für ihr eigenes Haus im Vorderen Ochsen leisten können, so dass es abbezahlt war. Der Vordere Ochsen war eine vornehme Wohngegend. Da lebten lauter anständige Leute. Es war nur gut, dass sie das Sparbuch hatte, sonst hätte sie sich nicht einmal dieses Seminar hier leisten können. Das Büchlein war ihr ständiger Begleiter, nicht dass Albert das auch noch an sich riss. Es ruhte hier sicher im Hotelsafe. Sie hatte gleich nach der Auflösung des gemeinsamen Girokontos ein eigenes angelegt mit einer Einlage von 5.000 Euro. Strom und Wasser mussten schließlich bezahlt werden. Lina seufzte. Ewig würde es nicht reichen, wenn sie monatlich eintausend Euro abhob, machte das 12.000 im Jahr. Vier Jahre, dann wäre es futsch, wobei sie mit tausend im Monat keine großen Sprünge machen konnte. Einmal war ein Makler erschienen, dem hatte sie schnell klargemacht, dass das Haus auf Albert und sie geschrieben war und dass sie ihre Hälfte niemals verkaufen würde. Seither hatte sie Ruhe. Aber vielleicht wandte sich ja doch noch alles zum Besten, Albert käme zurück, und sie wäre diese finanzielle Sorge los.

Paula lag auch noch wach. „Kannst du nicht einschlafen?“ fragte sie ganz leise.

„Mir geht so vieles durch den Kopf.“

„Willst du darüber reden?“

Lina rührte sich nicht. „Vielleicht später einmal. Wir sollten jetzt wirklich schlafen. Morgen gehe ich wieder wandern." Mit diesem netten Konrad Bundschuh, der ihr Sohn sein könnte.

„Ich gehe morgen zu Jens Weinmann", murmelte Paula, „mal sehen, was der so macht. Also dann, gute Nacht."

„Gute Nacht."

Sie drehten einander die Rücken zu und hingen ihren Gedanken noch eine Weile nach.

In jener Nacht war Vollmond. Viele Menschen, so hörte man zumindest oft, schliefen bei Vollmond sehr unruhig. Es hieß auch, dass dann mehr Babys zur Welt kämen als sonst. Und Regula setzte darauf, dass zu dieser Zeit der intensive Energiefluss die Zeugungsrate steigen ließ. Als sie Jens voller Hingabe verführte, schimmerte Luna zwischen den Spalten des Vorhangs herein. Sie liebte ihn in jener Nacht anders als sonst, sie wollte ihn unbedingt und ohne Wenn und Aber. Jens war attraktiv, und die Frauen fuhren auf ihn ab. Vor allem diese Eva. Sie spürte, dass diese eine Gefahr werden konnte. Eva war fleißig, zuverlässig, klug, und zu allem Übel sah sie gut aus. Eva war verliebt in Jens, das hatte Regula schon öfter vermutet, doch nach diesem Tag war sie sich sicher. Ob Jens das allerdings bewusst war, schien fraglich. Männer waren da ja Trampeltiere. Er stöhnte unter ihr liegend auf. „Meine Liebe", murmelte er, „das Glücksseminar scheint schon zu wirken."

„Ja", flüsterte sie ihm ins Ohr. Dabei drückte sie ihre Brüste fest auf seine. Sie lagen da, pulsierende, klopfende Körper miteinander vereint, keiner bewegte sich mehr. Regula spürte die Energien, spürte es fließen, spürte das Leben. Heute hatte es geklappt, dessen war sie sich sicher. Doch diesmal sagte sie nichts.

9

Pünktlich um neun trafen sich die Mitglieder am nächsten Morgen im Seminarraum. Es hatten sich die ersten Cliquen gebildet. Julia, sie mochte um die dreißig sein, hatte zu ihrer linken und rechten Seite einen freien Stuhl. Eva verstand, dass niemand neben ihr saß. Julia hatte beim gestrigen Abendessen ununterbrochen geschimpft. Die Wurst war ihr zu fade gewesen, das Brot zu trocken, das Mineralwasser zu salzig. Ihr Organ war laut, und was sie sagte, hörte man, ob man wollte oder nicht. Dabei konnte sich

Eva gar nicht vorstellen, dass diese Person meinte, was sie sagte, denn alles hatte wunderbar geschmeckt. Es gab an diesem Tisch zwei Menschen, die mit grimmigem Gesicht dasaßen. Diese Julia. Und Regula. Julia sah alle böse an, Regula hingegen wechselte die Miene wie auf Knopfdruck. Sie lächelte und blickte frohgemut drein. Doch wenn sich ihre Augen mit denen von Eva trafen, wurde ihr Blick eiskalt, und Eva war es, als öffne sie den Deckel der Gefriertruhe.

„Heute fahren wir mit dem Bus nach Oberstaufen, von dort aus werden wir eine gemütliche Tour machen“, sagte Konrad. „Wer also Lust hat, um halb zehn ist Treff an der Bushaltestelle.“

„Wir möchten heute noch einmal malen“, meinte Martina, „das Wetter ist so wundervoll, dass es sich einfach anbietet. Ich werde die Staffeleien am See aufstellen.“

„Wir sprechen noch einmal über die Persönlichkeitsprofile. Wer gestern schon den Test gemacht hat und heute dabei ist, bleibt hier im Seminarraum. Wer den Test erst machen muss, kann dies ungestört im Gartenrestaurant tun. Eva wird sich draußen um euch kümmern.“

„Nein“, rief Regula energisch, „ich werde das tun! Wir wollen Eva doch nicht überfordern.“

Für einen Moment war es totenstill. Alle sahen verblüfft auf Regula. Jens schüttelte unmerklich den Kopf, nickte Eva entschuldigend zu und sagte: „Schön, dann wird Regula mitgehen und helfen, wo Bedarf ist.“

„Eva kann sich in die Sonne legen, frische Luft tut dem Teint gut“, sagte Regula schnippisch.

„Was ist denn in dich gefahren“, flüsterte Jens, „ich bitte dich.“

Regula blickte stur geradeaus und schwieg.

„Also ich finde alles blöd“, rief Julia, „das ist doch Quatsch. Was hat denn das mit einem Glücksseminar zu tun, wenn ich mal fragen darf?“

„Es ist wichtig, dass man sich selbst versteht, um die Dinge um sich herum verstehen zu können“, sagte Jens, „nur dann kann der Mensch glücklich sein.“

„Glück“, entgegnete Julia, „ist doch nicht verstehbar. Glück hat man, oder man hat es nicht. Und glücklich ist man, oder man ist es nicht. Was muss ich denn da verstehen?“

Jens meinte in nachsichtigem Ton: „Liebe Julia, der Weg ist das Ziel, nicht wahr? Und deshalb erstellen wir zuerst solch ein Profil.“

Eva fuhr ungeduldig dazwischen: „Ganz genau. Und aufgrund eines derartigen Profils kann ich herausfinden, was ich verändern will, was genau ich erreichen möchte, was ich tun kann, um dieses Ziel zu erreichen. Ich kann überlegen, wie der erste konkrete Schritt dahin aussieht, einen Schritt zum Ziel, den ich sofort gehen kann ..."

„Eva, ist gut", unterbrach Jens sie freundlich. „Ich denke, jeder hat nun verstanden, was der Sinn unserer Profilerstellung ist."

„Da gehe ich lieber mit Eva sonnenbaden", meinte Julia.

„Aber ich ...", wandte Eva ein.

„Eben", sagte Regula abermals, „alle, die das möchten, können sich mit Eva an den See legen."

„So machen wir's", bestätigte Jens diesen Vorschlag.

Eva schaute ihn ungläubig an, sie verstand überhaupt nicht, was hier gerade passierte. Wieso sollte sie sich mit dieser übellaunigen Person ans Wasser pflanzen und den Tag vertrödeln? Doch sie sah ihm an, dass er hier nicht diskutieren würde. Zudem wollte sie ihm eine Blöße vor der Gruppe ersparen, wollte keinesfalls vor allen gegen Regula antreten, für wen hätte er sich da auch entscheiden sollen?

„Na dann, wer kommt sonst noch mit zum Sonnenbad?" fragte sie gekünstelt heiter. Zwei Frauen, Waltraud und Lydia, erhoben sich und meinten, das wäre eigentlich eine gute Idee.

Wenig später lagen sie zu viert am Wasser. „Klar, dass wir hier nur Frauen sind", sagte Julia mürrisch.

„Was hast du denn erwartet?" fragte Eva.

„Ach, nichts." Sie schloss die Augen und stellte sich schlafend.

Auch recht, dachte Eva. „Und wie gefällt es euch bisher?" fragte sie die beiden andern, die nebeneinander zu Evas linker Seite lagen.

„Ich bin froh, dass wir keine Männer hier haben, das wäre mir so peinlich mit meinen dicken Schenkeln", sagte Lydia.

Eva lachte. „Jetzt erinnere ich mich, du hast die Karte geschrieben, dass du seit Jahren mit den Pfunden und deinem Mann kämpfst."

„Genau. Und ich weiß nicht, welcher Kampf der Schlimmere ist."

„Das ist doch nicht wichtig, ob du ein paar Kilogramm mehr oder weniger auf den Rippen trägst. Deine inneren Werte zählen weitaus mehr."

„Das sagt sich immer so leicht", meinte Lydia, dabei patschte sie auf ihre Schenkel. „Du musst aber zugeben, dass das hier wirklich schlimm aussieht, da kann ich ehrlich und moralisch und ich weiß nicht was sein, Dellen sind Dellen, und Werte sind Werte."

„Vielleicht fühlst du dich übel, weil du dich selbst nicht magst", meinte Eva, „ich glaube nämlich, dass man das Innere nach außen spiegelt. Es gibt auch dicke Frauen, die sich schön finden und die deshalb auch auf andere schön wirken."

„Aber ich muss Lydia recht geben", schaltete sich jetzt Waltraud ein, „ich habe nämlich dasselbe Problem. Für dich, Eva, mag es lächerlich erscheinen, weil du keine Figurprobleme hast, aber für unsereins ist das anders."

„Wir könnten vielleicht eine Runde Ernährungslehre in den Kurs einbauen", meinte Eva, „was haltet ihr davon?"

„Prima Idee", sagte Lydia, und auch Waltraud nickte zustimmend.

„Gut, ich werde Jens Bescheid geben. Vielleicht würde Regula das gerne machen, die ist als Feng-Shui-Beraterin bestimmt auch in Ernährungsfragen kompetent."

„Was soll das alles bringen?" schnaubte Julia, ihre Augen wieder öffnend. „Sind wir hier in einer Kochschule, oder was?"

„Julia, das ist eine klasse Idee", rief Eva, „wir fragen im Hotel, ob wir die Küche mitbenutzen dürfen. Praxisnaher Unterricht, das wäre großartig! Ich werde mich gleich mal um die Angelegenheit kümmern!"

Eva schwang sich galant aus ihrem Liegestuhl, wickelte ein Handtuch um die Hüfte und marschierte zum Seminarraum. Ohne anzuklopfen öffnete sie die Tür. Drinnen herrschte bedrückende Stille, so dass Eva sich mit ihrem Bikinioberteil ziemlich daneben fühlte. Gut, dass Regula noch im Gartenrestaurant war. „Jens, könntest du bitte kurz kommen?"

„Klar doch. Eine kleine Pause tut uns allen gut. Wir machen in zehn Minuten weiter."

„Gehen wir einen Kaffee trinken", meinte Jens.

„Gerne."

Wenig später saßen sie vor ihrem dampfenden Cappuccino an der Bar. Eva erzählte voller Begeisterung von der Kochidee. „Ich könnte mir das vorstellen, in der Art wie bei Vox, da kommt immer das Perfekte Dinner. Wir könnten die gesündesten Kochrezepte der Teilnehmer bewerten, und Regula könnte das betreuen, das wäre einfach toll."

„Ein neuer Baustein, klingt sehr spannend", sagte Jens, „wir müssten in der Küche nachfragen, ob das möglich wäre."

„Das kann ich gleich erledigen. Zuerst gehe ich zur Direktion, wir haben ohnehin noch etwas gut für die verplante Zimmerbelegung!"

„Prima. Du hast freie Hand in dieser Angelegenheit."

„Ich kümmere mich um alles und gebe dir dann Bescheid", sagte sie euphorisch.

„Eva, Eva, was täte ich ohne dich!“

Das war eine gute Frage, fand sie.

Sie bekamen die Küche nachmittags zwischen 14.30 Uhr und 16.30 Uhr dreißig an drei Tagen nach Wahl. Diese Zusage hatte Eva dank ihrer Hartnäckigkeit und dem Versprechen, die Küche in sauberstem Zustand zu hinterlassen, bekommen. Gleich am Mittwochmorgen, als sich die Gruppe im Seminarraum traf, verkündete sie die Neuigkeit. Jens klatschte beifällig und rief: „Eva, das haben Sie sehr gut gemanagt. Ich freue mich jetzt schon auf die Kochstunden!“

Eva fragte in die Runde: „Wer kennt sich denn aus mit gesunder Kochkunst? Wir möchten zuschauen, lernen, Tipps und Anregungen für zu Hause mitnehmen und natürlich das Gekochte probieren.“

Einige Frauen und ein Mann meldeten sich bereitwillig.

„Es sollte kalorienarm und schmackhaft sein“, meinte Eva, „könnt ihr da was zaubern?“

„Klar, wenn die Zutaten besorgt werden“, sagte Olaf, „da bin ich mit von der Partie. Ich koche für mein Leben gern!“

Eva sagte liebenswürdig an Regula gewandt: „Hättest du Lust, das Projekt zu begleiten?“

„Hast du jetzt die Organisation inne?“ presste Regula heraus.

Jens sagte schnell: „Ich habe Eva gebeten, sich um alles zu kümmern.“

„Das kann ja wohl jeder, in der Küche herumstehen“, sagte Regula unfreundlich.

„Regula“, eiferte Eva, „ich lasse dir gerne den Vortritt am Herd.“

„Nun ja, ich weiß schon lange, wie wichtig gesunde Ernährung ist“, raunzte Regula.

„Essen sollte nicht nur gesund sein, sondern auch Spaß machen.“ Eva hatte inzwischen Kampfhaltung eingenommen.

Alle schienen vor Interesse das Atmen zu vergessen.

„Das ist nicht gegen dich, Jens. Aber wenn man so gesund kocht, wie Regula sagt, dann muss man doch, entschuldige, etwas schlanker sein als du es bist, oder?“ flüsterte Eva ihm zu, doch natürlich hörten es alle anderen auch.

„Ich denke, wir lassen es jetzt gut sein.“

„Dann ist das also besprochen“, sagte Regula, „ich werde mein Bestes geben, schließlich geht die Liebe durch den Magen.“

„Ich komme darauf zurück“, sagte Jens lächelnd.

Das Schnauben Evas war nicht zu Überhören.

„Vielleicht“, sagte Waltraud Hauser, „können wir ja dann nicht nur Pfunde abbauen, sondern auch unsere Ehen retten.“

„Das wäre wie ein Wunder“, sagte Lina. Dabei schaute sie zu Konrad Bundschuh. Mit ihm hatte sie sich während des gestrigen Abendessens über derartige Themen unterhalten. Er zwinkerte ihr zu, und Lina errötete wie ein Teenager.

„Nun denn“, meinte Eva, „wir können morgen das erste Mal kochen. Wer will denn anfangen?“

„Ich“, rief Olaf.

„Fein, dann werden wir in der Mittagspause alles Weitere besprechen. Die Zutaten besorge ich.“

„Wir sollten jetzt wirklich weitermachen“, forderte Jens auf, „bitte begebt euch in eure Gemeinschaften.“

Die Wandergruppe fuhr an jenem Mittwoch mit dem Bus nach Oberstaufen, Lina hatte einen Fensterplatz erbeutet. Da weder Steigungen noch sonstige Unwegsamkeiten anstanden, konnten auch die schlechten Läufer die eineinhalbstündige Tour bewältigen. 13 Leute hatten sich eingefunden, und Lina war es gar nicht recht, dass die Gruppe an diesem Tag so groß war. Da musste Konrad sich um viele kümmern. Gestern hatten sie sich unterhalten über das Wünschen. Jemand hatte von der Theorie, dass man sich ans Universum wenden und sich von dort etwas bestellen könne, erzählt. Daraufhin hatten einige berichtet, dass dies in der Tat stimme. Melitta hatte behauptet, dass sie sich schon einmal in der Ravensburger Innenstadt einen freien Parkplatz vom Universum gewünscht habe. Als sie die Marktstraße hinaufgefahren sei, hätte sie doch tatsächlich einen bekommen, weil da ein Auto weggefahren sei, gerade als sie zur Stelle war. Lina hatte daraufhin Konrad gefragt, ob er das für Zufall halte oder ob so etwas möglich wäre. Denn wenn es möglich wäre, könnte sie sich ihren Albert vom Universum zurückwünschen.

„Man muss sich das Richtige wünschen“, hatte er geantwortet.

„Was sollte an meinem Wunsch nach Alberts Rückkehr falsch sein?“

„Manchmal sollte der Mensch froh sein, wenn seine Wünsche nicht erfüllt werden. Dass diese Nichterfüllung das Geschenk des Universum sein kann, versteht man oft erst viel später. Lina, du bist hier, um glücklich zu werden. Dazu musst du in dich schauen, deine Seele sprechen lassen, deine Wahrnehmung schärfen.“

„Das ist einfach gesagt.“

„Vielleicht“, hatte er geantwortet, „solltest du nicht immer in die Vergangenheit und in die Zukunft schauen, sondern die Gegenwart genießen.“

Noch jetzt spürte Lina die Wärme, die sie daraufhin erfüllt hatte. Die Gegenwart genießen, das bedeutete, seine Anwesenheit auszukosten. Und nicht nur seine. Ihre drei Zimmerkameradinnen waren so liebevoll und freundlich zu ihr, sie wünschte, dass sie nach dem Kurs noch Kontakt haben könnte. Doch im Moment erhoffte sie vielmehr, dass sie nachher an Konrads Seite wandern durfte. Sie würde mit Konrad überall hin laufen, selbst wenn er die Schwierigkeitsgrade steigerte.

Nach einer kurzen Fahrt versammelten sie sich an der Bushaltestelle um Konrad.

„Wir sollten uns Oberstaufen einmal genauer ansehen“, meinte jemand.

„Ja, und zwar einmal bei Tag und dann bei Nacht“, sagte ein anderer. „Kennt ihr den Spruch: Die Lahmen und Doofen gehn nach Wörishofen. Zum Lieben und Saufen fährst du nach Oberstaufen!“

Alle lachten.

„Na na“, meinte Konrad, „immer schön sauber bleiben! Wir werden heute zum Café am Wald nach Thalkirchdorf laufen. Ich habe gehört, dass es dort gigantische Kuchenstücke gibt.“

„Jo denn“, meinte Anni, „pack mers.“ Einige hatten den urigen Dialekt der Einheimischen aufgegriffen und einzelne Worte übernommen wie zum Beispiel Pfiade für Auf Wiedersehen oder kumsch für kommst du. Konrad war so dicht umlagert, dass Lina die Gesellschaft Annis suchte. Im Gleichschritt liefen die beiden nebeneinander her. Es war schon recht warm, am Himmel standen kleine Schäfchenwolken. Wiesenschaumkraut und Hahnenfuß, blühender Klee und Blumen, die weder Anni noch Lina kannten, säumten den Wegesrand. Irgendwo war gemäht worden, die Luft roch würzig nach Hochsommer. Dichte Baumbestände zogen sich über die satten bergigen Wiesen. Selbst in hohen Lagen entdeckten sie abgelegene Gehöfte und Hütten.

„Laufen ist wie eine Therapie“, sagte Anni, „man kann sich so wundervoll lösen. Ich glaube, ich mache irgendwann bei einem Marathon mit.“

„Ach herrje“, lachte Lina, „das wäre nichts für mich. Da bin ich dann doch zu alt für.“

„Aber nein“, meinte Anni, „du bist doch in den besten Jahren.“

„Mein Mann sieht das anders.“

„Wie meinst du das?“ Anni sah Lina von der Seite an.

„Ach, nur so.“

„Raus mit der Sprache. Hat er vielleicht ne andere?“

„Ja.“ So, jetzt war es heraus, dachte sie. Jetzt würde sie bemitleidet werden. Jetzt würden die anderen die Achtung vor ihr verlieren.

„Scheiße.“

„Ziemlich, ja. Sie ist jung und rassig. Ich nenne sie nur Rennpferd.“

Anni lachte lauthals. „Das ist gut!“

„Er ist ausgezogen, vor ein paar Monaten.“

„Habt ihr Kinder?“

„Drei. Sind alle groß und aus dem Haus.“ Lina erzählte, was die Kinder machten, sie erzählte, wie Albert mit diesen lächerlichen fünf Worten Schluss gemacht hatte, wie er sich verspekuliert hatte, dass ihr ganzes Geld weg sei, sie aber das Schlimmste hinter sich habe und dass sie es einfach nicht glauben könne, dass es für immer aus und vorbei sei. Anni unterbrach Lina nicht einmal. Sie machte nur immer wieder Ausrufe wie „Ach, oh nein!“ Die Frauen liefen so im selben Takt nebeneinander her, als hätten sie seit Jahren geübt.

„Es ist schön, neben dir zu gehen“, sagte Lina schließlich.

„Danke ebenfalls. Es ist nicht selbstverständlich. Neben manchen passt die Schrittlänge nicht, das Tempo ist zu ungleich oder die Kondition zu unvereinbar.“

„Vielleicht ist es mit dem gemeinsamen Laufen wie mit dem Zusammenleben. Entweder es ist harmonisch oder nicht“, meinte Lina.

Anni schwieg nachdenklich. Nach einer Weile sagte sie: „Ich laufe jeden Tag um den Rösslerweiher. Kennst du den?“

„Oh ja, früher war ich da manchmal beim Baden. Aber das ist lange her.“

„Wir wohnen doch beide in Weingarten. Da könnten wir uns gerne öfter mal zu Laufen treffen.“

„Oh ja, sehr gerne“, antwortete Lina fröhlich. Anni hatte völlig anders reagiert, als Lina dies erwartet hatte. Sie hatte keine Sekunde den Eindruck gehabt, weniger Wert zu sein, weil der Mann sie verlassen hatte, ganz im Gegenteil. In diesem Moment dachte sie erstmals, dass sie eigentlich auch ohne Albert sehr gut leben könnte. Zum ersten Mal spürte sie Alberts Schwäche. Er hatte sich stets vor der Verantwortung für die Familie gedrückt, mit dem Geldverdienen alleine war es nämlich nicht getan. Bis zum heutigen Tage hatte er sich vor einer Aussprache gedrückt. Aus Angst. Aus Schwäche. Aus Unfähigkeit. Lina spürte mit jedem Schritt ihre

Stärke und gleichzeitig seine Schwäche wachsen. Die Dinge verkehrten sich. Zu ihrem Glück.

10

Die Seminare bei Jens erfreuten sich großer Beliebtheit. In den Gesprächen mit den anderen wurde klar, dass niemand mit seinen Problemen alleine war. Die meisten hatten inzwischen ein Persönlichkeitsprofil erstellt. Es ging im Wesentlichen darum, andere Typen besser zu verstehen und zu akzeptieren. Wenn also jemand sehr introvertiert war, kaum redete, lieber zuhörte, ein anderer hingegen immerzu lautstark die erste Geige spielte, sollte man dies als mehr oder weniger naturgegeben hinnehmen und respektieren.

Was jedoch in der Theorie recht einleuchtend klang, gestaltete sich in der Praxis mitunter recht schwierig. Die Geschichte mit Richard und Mona hatte sich sehr betrüblich entwickelt. Richard, ein hartgesottener Kerl aus der Baubranche, wollte einfach nicht wahrhaben, dass Mona kein wirkliches Interesse an ihm hatte. Mona wiederum brachte es nicht fertig, Klartext mit ihm zu reden. An jenem Vormittag saß Richard neben Mona im Seminarraum, er war ihr dermaßen dicht auf die Pelle gerückt, dass sie mit ihrem Stuhl an die äußerste Tischkante rutschte. Daraufhin sagte Richard: „Zickenalarm."

„Jetzt ist es aber genug", fuhr Jens ihn an, „lass das Mädel endlich in Ruhe."

Mona wurde ganz bleich. „Oh, es ist schon gut", sagte sie mit dünner Stimme, „es macht mir nichts aus."

„Eben, sie mag meine Körpernähe nämlich", dröhnte Richard.

Jens schüttelte hilflos den Kopf. „Wir werden noch darauf zu sprechen kommen, wie man sich wehrt." Er klatschte kräftig in die Hände und rief mit rotem Gesicht: „So, und wer möchte nun einen Witz erzählen?"

Julia fluchte: „Verdammt noch einmal! Können wir vielleicht endlich anfangen. Ich brauche keine Unsummen für ein idiotisches Lachseminar auszugeben, da ist ein Witzbuch günstiger."

„Gut, machen wir weiter", meinte Jens.

„Ja sakra noch mal", bollerte Richard, „muss denn hier immer alles nach der Pfeife von dieser Motzkuh tanzen. Ich höre die Witze nämlich gerne."

„So, jetzt reicht es aber“, sagte Jens entschlossen, „jetzt schiebe ich einen Beitrag dazwischen, den ich für heute gar nicht vorgesehen hatte. Ich hole jetzt Unterlagen aus meinem Zimmer, gehe kopieren und bin in fünf Minuten wieder zurück. Und bis dahin überlegt sich hier jeder einmal, wie zwischenmenschliche Beziehungen eigentlich gestaltet sein sollten.“ Energisch knallte er die Tür hinter sich zu.

„Nur wegen dir“, sagte Richard zu Julia.

„Halt die Klappe“, entgegnete diese.

„Halt du deine, dein ewig vorlautes Maul geht mir so was von auf den Keks.“

„Du hast wohl einen defekten Hirnkasten!“

„Bitte“, mischte Regula sich ein, „wir sind doch alle erwachsene Menschen hier!“

„Scheiß drauf“, sagte Richard.

Mona war mittlerweile so weit an die Tischkante fortgerückt, dass sie gar keinen Tisch mehr vor sich hatte.

„Und du, wehr dich endlich!“ schrie Julia nun Mona an. „Das ist ja nicht auszuhalten, wie dieser Kotzbrocken mit dir umspringen darf!“

Nun mischten alle mit, und ein wüstes Gebrüll war das Resultat. Als Jens den Raum betrat, gab er einen Schrei von sich. „Ruhe, jetzt ist genug gestritten. Ich teile euch jetzt diese Regeln hier aus. Regula, bist du so lieb und liest sie uns vor?“

„Nichts lieber als das, wenn dadurch der Umgang hier höflicher wird.“

Nach und nach kehrte wieder Ruhe ein, die Atmosphäre war allerdings alles andere als friedlich. Ein jeder verfolgte sodann parallel auf der Kopie, was Regula vortrug.

„Regeln für eine gute Zusammenarbeit auf der Basis einer Partnerschaft.

Erstens: Sprich nicht per ‚man‘ oder ‚wir‘, sondern per ‚ich‘!

Zweitens; Versuche, Fragen dadurch einzuleiten, dass du kurz erklärst, was die Frage für dich bedeutet! Persönliche Aussagen sind normalerweise besser als unechte Fragen. Nicht jede Frage muss begründet werden.

Drittens: Vermeide nach Möglichkeit Seitengespräche. Wenn es dazu kommt, versuche, die Gruppe nachträglich daran zu beteiligen.

Viertens: Es darf jeweils nur einer reden! Einigung auf eine Reihenfolge!

Fünftens: Wenn du nicht wirklich dabei sein kannst, das heißt, wenn du gelangweilt oder ärgerlich bist oder dich aus einem anderen Grund nicht konzentrieren kannst, unterbrich das Gespräch! Störungen haben Vorrang!

Sechstens: Versuche zu sagen, was du wirklich sagen willst, nicht, was du möglicherweise sagen solltest, weil es von dir erwartet wird.

Siebtens: Vermeide nach Möglichkeit Interpretationen anderer und teile stattdessen lieber deine persönliche Reaktion mit. Persönliche Reaktionen auf das Verhalten von Gruppenmitgliedern können produktive Antworten und langfristige Verhaltensänderungen fördern.

Achtens: Beachte Signale aus deinem Organismus (Körpersphäre) und beachte ähnliche Signale bei anderen Gruppenmitgliedern.

Regeln nach Ruth Cohn."

Nach diesem Vortrag herrschte erst einmal ratloses Schweigen. Jens schaute ein wenig schulmeisterlich in die Runde. „Es wäre für uns alle angenehmer, wenn wir uns an diese Regeln hielten." Jens meinte weiter, man müsse laut und deutlich sprechen und auf seine Mimik und Gestik achten. Die Mittel, die zur Kommunikation zur Verfügung stünden, wären weitaus mehr als die Sprache. Mimik, Gestik, Körperhaltung, Bewegungen, all diese Dinge sollten gezielt und bei der richtigen Gelegenheit eingesetzt werden. Man könne durch Blickkontakt zeigen, dass man sich für andere interessiere. Blickkontakt verdeutliche auch, dass der Redner eine Antwort erwarte. Dabei bedachte Jens Mona mit einem ernsten Blick.

Was dann geschah, kam völlig unerwartet.

„Ich möchte nicht mehr neben Richard sitzen", sagte Mona leise. Sie stand auf und ging zur gegenüberliegenden Tischreihe. Richard verließ daraufhin kommentarlos den Raum.

„Dann können wir jetzt fortfahren", sagte Jens. Die Erleichterung in seiner Stimme war nicht zu überhören. „Heute befassen wir uns mit dem sogenannten lösungsfokussierten Arbeiten nach Steve de Shazer."

Julia fand diesen Namen urkomisch, vor allem, wenn man das „a" als „ei" aussprach. Jens hielt allerdings sehr große Stücke auf diesen Mann, und da machte man keine Scherze drüber. Da es mittlerweile auf das Mittagessen zuging, riss Jens das Thema nur noch kurz an. Im Wesentlichen ging es darum, sich nicht mit Aktivitäten aufzuhalten, die man nicht besonders gut konnte. Vielmehr sollte man mehr Zeit für alles aufbringen, was man mochte und beherrschte.

Regula wich in jenen Tagen nicht von der Seite ihres Mannes. Sie nahm geradezu Besitz von ihm, was dazu führte, dass Eva die Gruppen von Martina oder Konrad besuchte. Sie sah Jens nur zu den Mahlzeiten und am Abend, und auch da hockte seine Frau wie angeklebt neben ihm. Da allerdings weder Jens noch sonst jemand daran Anstoß nahm, schwieg auch Eva. Sie ließ es sich allerdings nicht nehmen, mit ihm über sein Seminar zu reden, und das tat er immer sehr gerne und ausführlich. Eva vermutete, dass er es zutiefst bedauerte, Regula mitgenommen zu haben. Er hätte an ihr die weitaus größere Hilfe gehabt, sie kannte sich aus und wusste ohne große Erklärung, was Sache war.

„Na, worüber habt ihr heute gesprochen?“ fragte Eva an besagtem Tag beim Abendessen. Sie saß Jens und Regula gegenüber, schaute jedoch nur Jens an.

„Wir haben kurz über die Lösungsformel nach Steve de Shazer gesprochen.“

„Aha. Die Formel, die da heißt: Mach mehr von dem, was funktioniert. Wenn etwas nicht funktioniert, mach was anderes!“

„Genau“, sagte Regula kühl.

„Eva, was du alles weißt, du warst doch gar nicht dabei“, meinte nun Konrad. „So eine Assistentin wie dich muss man erst suchen.“

Eva wurde ganz rot und Regula ganz steif.

„Ich werde von Jens derzeit nicht gebraucht“, meinte Eva, dabei biss sie herzhaft in ihr Käsebrot.

Jens sah sie erschrocken an. „Aber Eva, ich brauche dich immer, das weißt du doch.“

Eva sah auf ihr angebissenes Brot, dann auf Jens, danach auf Regula. Sie brachte keinen Ton heraus. Dafür fuhr Konrad unbekümmert fort: „Also, ich finde es auch schön, wenn du bei mir mitläufst. Du bist einfach erfrischend, da macht jeder gelaufene Kilometer noch mehr Spaß.“

„Ach?“ meinte Regula spitz. „Tatsächlich?“

Konrad lachte. „Heute zum Beispiel sind wir während der Wanderung von Eva überrascht worden. Sie kramte in der Vesperpause für jeden einen Schokoriegel aus ihrem Rucksack und dazu ein Erfrischungstüchlein. So etwas ist doch nett, oder?“

„Ja, das ist es“, warf nun Paula ein, die am selben Tisch saß und bisher nur zugehört hatte. „Und einmal hat sie einen Ring Schwarzwurst, einen Laib Bauernbrot und ein Vesperbrett dabeigehabt und jedem einen Happen zurechtgeschnitten. Zur Krönung gab es einen Klecks Senf auf die Wurst.“

„Ist schon gut, Mama“, sagte Eva.

„Sia isch halt scho was bsondrs“, sagte Jens, worauf er unterm Tisch einen Tritt gegen sein Schienbein kassierte.

„Sprich lieber gescheit, dein Bayrisch ist katastrophal", giftete Regula.

„Wir hatten heute ein bemerkenswertes Erlebnis", sagte Jens, dabei schaute er nur Eva an. „Stell dir vor, Mona hat sich zum ersten Mal gegen Richard gewehrt." Er schilderte den Verlauf des Vormittages, kam dann zu sprechen auf den positiven Umgang von Partnern und auf die damit verbundene Bedeutung der Kommunikation.

„Meine Güte, das war gewiss hochspannend", sagte Eva, ebenfalls nur Jens betrachtend.

„Habt ihr über den Ausdruck eigener Gefühle geredet?" fragte Konrad mit vollem Mund.

„Menschen", sagte Jens, „die ihren Gefühlen wie Zuneigung oder Abneigung gegenüber anderen offen Ausdruck geben können, verschaffen sich damit zweierlei Vorteile. Sie entlasten sich selbst, müssen ihre Gefühle nicht verstecken, und sie liefern dem Gegenüber klare Informationen darüber, welche gefühlsmäßige Beziehung sie zu ihm haben. Der Partner hat so eine bessere Basis, um nun seinerseits reagieren zu können."

Regula saß wie versteinert da.

Eva sagte leichthin: „Menschen, die Gefühle offen zeigen, werden oft um diese Fähigkeit von anderen beneidet."

„Wie?" fragte Regula.

„Na, zum Beispiel", antwortete Eva, wiederum den Blick fest auf Jens gerichtet, „wenn ich sage: Wenn du so lächelst, dann würde ich dich am liebsten umarmen."

Jens schaute unbehaglich hin und her.

Regula sagte: „Wenn ich ein gegenteiliges Beispiel bringen darf: In dieser Runde fühle ich mich ausgesprochen unwohl."

Klar, dachte Eva, ohne Regula wäre die Runde erquicklicher.

„Wir dürfen uns mit Recht darüber freuen, dass andere etwas an uns mögen", wechselte Konrad das Thema. „Wenn ich beispielsweise einer Frau ein nettes Kompliment mache, dann ist es so, dass ich meiner Freude Ausdruck verleihe. Wenn die Frau dann abwinkt, ist es einfach blöd. Wenn sie aber sagt, das freut mich, danke, dann ist es doch schön für beide."

„Aber du musst aufpassen", erklärte Eva, „dass du ein Kompliment nicht mit falscher Schmeichelei verwechselst."

„Wofür hältst du mich", scherzte Konrad. „Wenn ich ein Kompliment mache, dann meine ich es ehrlich."

„Zurück zu Steve de Shazer“, sagte nun Paula, „also ich finde diesen Mann genial. Wie war das noch einmal, man soll das, was man kann, verstärkt tun und was man nicht kann, ändern, nicht wahr?“

Jens antwortete: „Genau. Dabei musst du dir folgende Wunderfrage stellen: Stell dir vor, es geschieht ein Wunder. Über Nacht tritt das ein, was du dir wünschst. Du wachst auf, ohne zu wissen, dass das Wunder eingetreten ist. Woran bemerkst du als Erstes die Veränderung.“

Eva dachte sofort: Daran, dass Regula verschwunden ist.

Paula antwortete: „Ich wüsste gar nicht, was ich mir für ein Wunder vorstellen könnte.“

Jens meinte, man müsse sich in aller Ruhe etwas überlegen. „Die meisten Frauen“, sagte er mit vollem Mund, „wünschen sich spontan, abzunehmen.“

„Das wäre das Letzte“, meinte Paula, „was mir einfiele.“

„Mama, du bist selbstbewusst, und ein paar Pfund mehr oder weniger sind dir egal“, antwortete Eva. „Aber frage einmal Melitta oder Lydia. Die sind wirklich unglücklich wegen ihres Übergewichts, und ich finde, man muss das ernst nehmen.“

„Da hat Eva recht“, sagte Konrad, „aber man darf es auch nicht überbewerten. Es ist schließlich nur, na ja, ich will es mal äußerlich, nennen. Ein paar Kilos zuviel auf den Rippen sorgen oftmals für ein unangenehmes Selbstwertgefühl in einer Gruppe mit lauter schlanken Menschen. Wenn jedoch vier oder fünf füllige Leute um einen herum sitzen, fühlt man sich nicht schlecht.“

Eva meinte kauend: „Nun ja, die einen empfinden Dicksein unter Dicken als geschickt, andere jedoch fürchten, bei den Mahlzeiten noch mehr zu essen, da ja das leuchtende Vorbild fehlt.“

„Jeder und jede ist seines Glückes Schmied“, meinte daraufhin Jens. „Wenn ihr euch mit dem Thema Zufriedenheit auseinandersetzt, seht ihr mit der Zeit klarer, was ihr wollt. Den ersten Schritt dorthin müsst ihr schon selbst machen. Ergo, wer abnehmen will, soll sich gefälligst mehr Salat als Pudding nehmen. Wer sich mit seinem Hüftpaket abfindet, der soll das tun, dann muss jedoch das ständige Gefasel von wegen ‚oh, was bin ich dick, ich muss abnehmen‘ unterlassen werden. Man kann nur glücklich und zufrieden sein, wenn man es zulässt.“

„Fettpölsterchen sind zwar äußerlich“, erklärte Eva, „doch wenn man sich damit sehr schlecht fühlt, spiegelt man das wider. Deine Mitmenschen sehen auch, was in dir ist, davon bin ich überzeugt.“

„So ist es“, sagte Jens, „vor allem in den Augen sieht man vieles. Die Augen sind der Spiegel der Seele, heißt es immer.“

„Liebe, Eifersucht, Neid, Freude“, sagte Konrad, „alles kommt ans Tageslicht.“

„Früher oder später“, erklärte Eva. „Alles im Leben hat seine Zeit. Alles im Leben dauert seine Zeit.“ Auch dieses Seminar war befristet, bald genug hätte sie Jens wieder im Büro für sich.

„Ich überlege“, sagte Regula, als könne sie Gedanken lesen, „ob ich meine Arbeit im New Age einstellen sollte. Mir würde auch die tägliche Mitarbeit im Büro meines Mannes sehr viel Freude bereiten.“

Eva und Jens verschluckten sich gleichzeitig, sie husteten im Duett.

Paula meinte, es wäre so schön draußen, ob noch jemand Lust auf einen Abendspaziergang habe. Eva schloss sich sogleich an, die anderen bevorzugten noch ein Glas Wein zum Entspannen.

Paula und Eva liefen nebeneinander entlang eines schmalen Weges, der eigens für die Touristen angelegt worden war. Hinweistafeln wiesen auf unterschiedliche Möglichkeiten hin, dabei stand jeweils die Wanderdauer in Stunden. Eine Singdrossel gab ihr Abendkonzert in einer Tanne, und in der Ferne bimmelten Kuhglocken. Eine friedliche Feierabendstimmung lag in der Luft.

„Eva, mein Kind. dir geht es nicht gut“, sagte Paula in mütterlichem Ton, „ich mache mir wirklich Sorgen um dich.“

„Ach was.“

„Jens und Regula sind verheiratet, vergiss das nicht.“

„Wie könnte ich das vergessen. Es wird mir hier täglich demonstriert.“

„Diese Regula hat auch allen Grund zur Sorge.“

Eva blieb abrupt stehen. „Wie meinst du das?“

„Wie ich es sage. Jens und du, da flackert schon was, das merkt ein jeder. Und das spürt natürlich auch seine Frau.“

„Er ist mein Chef. Die Chemie zwischen uns stimmt, das ist alles.“

„Vielleicht solltest du zu dir selbst ehrlicher sein“, sagte Paula. Dabei legte sie behutsam den Arm um Evas Taille.

„Ach Mama, wir sind doch hier zum Glücklichsein, und ich fange gleich an zu heulen.“

„Das liegt oft eng beieinander. Lass uns noch ein paar Schritte gehen.“

„Ja. Laufen wir dem Ganzen davon“, sagte Eva. Sie beschleunigte die Gangart, und ihre Mutter hielt mit. „Daheim jogge ich immer wieder mit Anni um den Rösslerweiher, jetzt laufe ich mit dir um den Alpsee.“

„Und ich werde mit deinem daheim sitzenden Vater bald im Stadtgarten auf einem Parkbänkchen sitzen. Rentnerdasein pur!“

Eva, die inzwischen Bescheid wusste, antwortete: „Unsinn! Ihr werdet das Leben ganz neu genießen! Und außerdem arbeitest du noch ein paar Jahre und bist gar nicht daheim. Dann kann Paps den Haushalt schmeißen und dich entlasten.“

„Jesses Madl“, scherzte Paula, „fui Arbet is so an Haushold, des packt der nemmer, dein older Vatter!“

„Mama, mach dich nicht lustig über mich!“

„Also gut, im Ernst. Wenn Männer etwas im Haushalt machen, halten sie es für ganz wichtig. Man muss sie in den Himmel loben, wenn sie einmal den Staubsauger zur Hand nehmen. Aber ich garantiere dir, dass du hinterher nicht zufrieden bist. Sie übersehen Staubmullen, sie spülen niemals alles Geschirr, immer bleibt ein Topf zum Einweichen stehen. Wenn du einen Einkaufszettel schreibst, kaufen sie trotzdem etwas völlig anderes ein, meist brauchst du das gar nicht. Räumen sie die Küche auf, steht das frische Brot im Korb offen herum, so dass du hinterher grade noch Hasen damit füttern kannst.“

„Hör auf, sonst werde ich im Leben nicht heiraten. Die Männer haben auch ihre Qualitäten.“

„Ja“, meinte Paula nachdenklich, „das ist wohl wahr. Mit der Zeit wird die eigene Wahrnehmung recht eingleisig. Weißt du, ich habe ein Bild geschaffen, einen sabbernden Greis, und diese Vorstellung werde ich einfach nicht mehr los. Ich muss mir wirklich vor Augen halten, was mich an deinem Vater fasziniert. Sein Fleiß, seine Zuverlässigkeit, seine technische Begabung, all diese Dinge. Ehrlich gesagt, ich glaube, er ist mit mir viel geduldiger als ich es mit ihm bin. Wenn ich meinen Blickwinkel erweitere, womöglich ändert sich dann meine Einstellung, und ich bewerte den Rentenwunsch deines Vaters toleranter.“

Sie gingen schweigend weiter, eine jede hing ihren Gedanken nach. „Man versteht das Leben der anderen immer besser als sein eigenes“, philosophierte Paula nach einer Weile, „man sieht die Fehler bei anderen klarer, man sieht Verhaltensweisen, erkennt banale Dinge, zum Beispiel, wie nett jemand mit dem Partner redet. Nur bei sich selbst ist der Mensch wie von Blindheit geschlagen. Darüber muss ich mal einen Artikel schreiben.“

„Tu das! Hier hast du ja jede Menge Musterexemplare.“

„Du bringst mich auf eine Idee. Hier birgt sich Stoff für ein ganzes Buch.“

„Das wär's doch, Mama, einen Roman zu schreiben wäre eine ganz neue Herausforderung", sagte Eva euphorisch.

„Mal sehen."

Am Freitag bot Martina Rückengymnastik an. Der Rücken bereitete offensichtlich vielen Teilnehmern Schmerzen, jedenfalls war der Andrang groß. Auch für Eva, die oft genug Probleme mit den Bandscheiben hatte, war dieses Angebot sehr willkommen. Sie erfuhren vor Beginn der praktischen Übungen, dass man oft Kreuzschmerzen habe, wenn man schwer an Sorgen und Problemen trage. Man durfte den psychologischen Aspekt nicht außer Acht lassen, sagte Martina, wenn man keine Besserung trotz Übungen und guter Körperhaltung habe. Dasselbe gelte auch, wenn man beim Sex keinen Höhepunkt habe.

Eva fragte sich, was das eine mit dem anderen zu tun habe. Sie fragte sich auch, ob sie Kreuzschmerzen habe, da sie seit Ewigkeiten gar kein Liebesleben mehr gehabt hatte. Ihre Schmerzen kamen jedoch viel mehr von Regula als vom enthaltsamen Leben, entschied Eva. Diese Frau war der einzige Wermutstropfen des Seminars. Könnte sie die zweite Woche ohne sie verbringen, würde sie wer weiß was dafür geben. Doch ihre Mutter hatte schon recht, Jens war verheiratet. Andererseits wurde jede dritte Ehe in Deutschland geschieden, das konnte auch Paula nicht schönreden.

Eva dachte über ihre Mutter nach. Sie war mit viel Begeisterung beim Seminar, vor allem liebte sie die Stunden mit Jens. Sie hatten sich selbst analysiert und danach über die persönlichen Träume gesprochen. Ihre Mutter träumte davon zu reisen, die Welt zu entdecken, darüber Reportagen zu schreiben und niemals alt zu werden. Doch die Frage war: Wann war man alt, was war alt, konnte man auch glücklich sein mit Gebrechen und Leiden?

Eva lag auf dem Rücken, hatte die Beine zur Seite geklappt, spürte den ziehenden Schmerz in den Lenden und dachte an Jens. Könnte sie doch nur mit ihm hier liegen. Unter ihm oder auf ihm. Das wäre die perfekte Leibesübung.

Freitagabend im Hotelrestaurant. Die erste Woche neigte sich bereits dem Ende, und einerseits fühlte Lina sich, als weile sie bereits seit Monaten hier, andererseits empfand sie die Zeit so, als wäre sie gestern angereist. Sie waren bei der zweiten Flasche Rotwein, Paula und sie. Zum ersten Mal war Paula redselig, erzählte ausführlich von ihrem Mann. Dieser Ernst wäre ihr gewiss sympathisch, urteilte Lina. Er schien ein häuslicher

Typ zu sein, gewiss war er ebenso intelligent wie Paula und Eva. Eine gescheite Familie, und doch war Paula nicht froh. Ernst war ihr zu langweilig, zu einseitig. Er war ihr zu zufrieden. Das musste man sich einmal vorstellen, Lina war sprachlos, als sie das hörte.

„Ich habe zu Eva gesagt, dass ich die positiven Eigenschaften mehr bedenken werde."

„Ja und", fragte Lina, „hat er keine positiven Eigenschaften, oder warum schimpfst du so über deinen Mann?"

„Lina, er ist zum Einschlafen."

„Unter jedem Dach ist ein ach. Hör dich nur um."

„Du hast ja immerhin Konrad. Er fährt voll auf dich ab, Mädel!"

„Was heißt, du hast Konrad. Ich finde ihn nett, sonst gar nichts."

„Weiß er Bescheid über Albert und dich?"

„Ja, so grob. Er kennt natürlich längst nicht jedes Detail."

„Hauptsache er weiß, dass du zu haben bist."

Sodann diskutierten sie über Kindererziehung, sie malten sich aus, wie das Leben sich als Großmutter wohl anfühlte, sie kamen auf verschiedene Filme und Bücher zu sprechen. Erst mit den Letzten verließen sie das Restaurant. Paula war eine Intellektuelle, aber auch Lina musste sich mit ihrem Wissen nicht verstecken. Ihre Allgemeinbildung war mehr als gut, Relikte aus der Zeit der Hausaufgabenbetreuung ihrer Kinder. Sie hatte vor den Klassenarbeiten in Geschichte, Gemeinschaftskunde, Erdkunde und Biologie stets seitenweise abgefragt, und davon war einiges hängengeblieben.

„Wir müssen unbedingt den Kontakt aufrechterhalten", sagte Paula.

Das wünschte auch Lina. Sie fand es wundervoll, dass eine selbstbewusste Frau wie Paula sich mit ihr abgeben wollte.

Eva und Anni schlummerten tief, als sie ins Studio kamen. Paula schlief ebenfalls ein, kaum dass sie im Bett lag. Nur Lina wälzte sich von einer zur anderen Seite. Wirre Bilder kamen und gingen. Albert und das Pferd beim Beischlaf. Linas einzige Genugtuung war, dass sie dieses Weib zum Pferd degradieren konnte. Mit hemmungsloser Lust trieben sie es überall. Auf dem Fußboden. Auf dem Tisch. Auf der Treppe. Mit Leidenschaft, die Leiden schaffte. Die Wut begann zu wachsen. Was bildete er sich ein, fragte sie sich wieder und wieder. Er stellte Forderungen, die sie nicht erfüllen könnte und auch nie würde. Das Haus verkaufen! Niemals! Er hatte sie schließlich verlassen und nicht umgekehrt. Er hatte ein Pferd, und er hatte sich verspekuliert. Und nun sollte sie dazu beitragen, dass er das restliche Geld mit dieser Schlampe verjubeln konnte. Und wo sollten die Kinder hin, wenn sie in den Semesterferien kämen? In eine Zweizimmerwohnung vielleicht? Er hatte nicht mehr alle Tassen im Schrank. Wenn er glaubte, sie würde seine Forderungen erfüllen, täuschte er sich gewaltig. Sollte er mit dieser Schrapnelle doch machen, was er wollte, sie würde ihn nicht mehr haben wollen. Zeitlebens würde der Geruch der anderen ihm anhaften, und darauf konnte sie sehr gut verzichten. Wenn er tot wäre, könnte sie besser leben. Mitsamt den Kindern. Man wusste nie, was nach dem Studium war, ob sie eine Stelle fänden oder zuerst arbeitslos auf ihrer Tasche liegen müssten. Wenn er tot wäre, bekäme sie die Lebensversicherung ausbezahlt, so gesehen wäre sie dann nicht nur emotional befreit, sondern auch materiell.

Lina betrachtete ihre Bettgenossin. Paula, die würde sich in dieser Situation auf die Hinterbeine stellen und ihm den Scheidungsanwalt auf den Hals hetzen, die würde sich so etwas nicht bieten lassen. Paula würde einen Artikel über Durchgeknallte verfassen und auch noch Geld damit verdienen. Aber Paulas Mann würde so was nicht machen. Rentner, das war doch perfekt, sie verstand gar nicht, weshalb Paula sich darüber so ärgerte. Dann wäre endlich gemeinsame Zeit für schöne Dinge, sie jedenfalls hätte sich gefreut, wenn Albert so drauf gewesen wäre. Anscheinend hatte man es nie recht.

Anni war am Samstagmittag so unruhig, dass sie Eva fragte, ob sie ihr Auto ausleihen dürfe. „Ich muss einfach nach Hause fahren und Dieter besuchen. Anders überlebe ich die zweite Woche hier nicht.“

„Wenn es unbedingt sein muss. Hier sind die Wagenschlüssel.“

Sie hatten zwar zweimal miteinander telephoniert, doch nur ganz kurz und ohne liebes Wort. Dieter würde sich freuen, wenn sie überraschend einen Blitzbesuch einlegte. Sollte er nicht da sein, würde sie sich in sein Bett legen und auf ihn warten. Irgendwann käme er, und dann könnten sie sich versöhnen. Es gab ohnehin keinen besseren Ort für Versöhnungen als ein Bett. Am Sonntag könnten sie gemeinsam frühstücken und danach würde sie wieder zurückfahren. Dieses Seminar war eine gute Geschichte. Sie hatten ein Viererappartement, obwohl die Hotelleitung ihnen angeboten hatte umzuziehen, nachdem die Kegler abgereist waren. Trotzdem blieben sie beisammen. Sie verstanden sich so gut, dass keine ein anderes Zimmer wollte. Diese Lina war eine ausgeglichene Frau, jeder mochte sie, auch die anderen aus der Gruppe. Ihr Mann musste ein schöner Idiot sein, jemanden wie sie zu verlassen.

Über derlei Gedanken verflog die Fahrt geschwind. Nie würde Anni den Anblick vergessen, den das Wohnzimmer bot. Verschmutztes Geschirr auf Tisch und Boden, dreckige Wäsche überall, Bierdosen zu einer Pyramide gestapelt, ein überquellender Aschenbecher und ein Gestank wie auf der Mülldeponie. Das alles wäre noch entschuldbar gewesen. Aber dieser Damenbademantel über dem Sessel, mit Rüschen an den Ärmeln, und diese Pantöffelchen unter dem Couchtisch, das war zu viel. Diese Fremdkörper vor ihrem Auge schlugen in Annis Magen wie eine Boxerfaust. Sie schlich ins Schlafzimmer in der Erwartung, Dieter mit einer anderen beim Sex zu erwischen. Und sie wurde nicht enttäuscht. In ihrem Bett, dachte sie, in ihrem Bett, das war das Allerschlimmste an der scheußlichen Szene. Die Frau saß auf ihm, beide hechelten und keuchten, es war so ekelhaft, dass sie, hätte sie ein Gewehr gehabt, die beiden erschossen hätte. „Raus", brüllte sie, „raus aus meinem Bett!"

Die Frau wandte blitzartig ihren Kopf, und Dieter fuhr mit dem Oberkörper hoch. Das Paar blickte gierig, ungläubig, verärgert. Anni verfiel in einen sirrenden hohen Ton. Sirenengeschrei. Immer ekstatischer.

„Spinnst du!" schrie die Frau, sprang aus dem Bett und riss die Decke mit sich, in die sie sich hüllte. Dieter, entblößt, mit pochendem Glied, machte zwei Schritte auf Anni zu und verpasste ihr eine schallende Ohrfeige. Diese Backpfeife war wie eine Wehe, war, als verließe Anni endlich den Geburtskanal, in dem sie seit langem festgesteckt hatte. Vom Tunnel ins Licht. Ende des Sirenengeheuls. Sie presste einen allerletzten gedehnten Atemzug hervor, sah Dieter felsenhart an.

„Ich komme in einer Woche wieder", röchelte sie, „dann hast du deine Sachen gepackt und bist verschwunden." Bevor er etwas erwidern konnte, rannte sie davon. Ihr letzter Blick galt der Bettdeckenverhüllten, verwurzelt, erstarrt in der Ecke.

Zur selben Zeit standen Jens und Regula hinter dem Herd der Hotelküche. Einige Kursteilnehmer, darunter auch Olaf und Julia, verfolgten aufmerksam deren Kochkünste. Zucchinipuffer mit Zitronenjoghurt stand diesmal auf dem Speiseplan. Es war beim ersten Mal ein voller Erfolg gewesen, Olaf hatte mit Julia gebackenes Fischfilet auf Mangold zubereitet. Julia hatte sich freiwillig bei Olaf als Beiköchin gemeldet, sie war ganz besessen gewesen, Kartoffeln zu schälen und den Mangold zu putzen. Eva vermutete, dass Julia in Olaf verknallt war und ihn so beeindrucken wollte. Die Gruppe hatte nach der Kocherei das Mahl gemeinsam verspeist. Das

Lob war überschwänglich ausgefallen, seither war Julia ständig mit Olaf zusammen.

Und nun kochten also Jens und Regula. Beide hatten eine weiße Schürze umgebunden, was einen professionellen Eindruck erweckte. „Es vergeht fast kein Tag hier“, sagte Regula den Zuschauern zugewandt, „an dem nicht von Übergewicht und Abnehmen die Rede ist. Aber ich sage immer: Gesunde Ernährung und Sport jagen alle Specke fort!“

„Man sieht es an mir“, sagte Jens trocken, dabei klopfte er genüsslich auf seinen gerundeten Bauch.

„Ich kann mir vorstellen“, meinte Regula, das Lachen der Zuschauer unterbrechend, „dass dies hier die Weichenstellung für gesunde Ernährung ist!“

„Man soll die Hoffnung nie aufgeben“, sagte Jens, woraufhin Regula ihn streng fixierte. Er zwinkerte ihr zu und sagte liebevoll: „Regi, gib mir doch bitte mal die Gemüsebrühe“. Regula reichte die Dose, sie strahlte, hatte einen gewaltigen Sieg davongetragen. Dieses zweite Kochen wollte nämlich Eva mit Jens ausrichten, aber da hatte sie energisch Veto eingelegt. Mit dem Schmollen Evas konnte Regula gut leben.

Gemeinsam wuschen sie nun die Zucchini. Regula raspelte diese sodann fein, währenddessen Jens unter Regulas Kommando und unter Tränen eine Zwiebel rieb. Das Ganze wurde mit Gewürzen und frischen Kräutern abgeschmeckt, und dann durfte Jens kleine Puffer goldgelb ausbacken. In dieser Zeit bereitete Regula den Zitronenjoghurt zu. Sie rührte Joghurt, Zitronensaft und fein gehackte Melisse mit Honig fein, würzte mit Kreuzkümmel, Cayennepfeffer, Salz und Pfeffer und schob sodann Jens einen Teelöffel voll zum Probieren in den Mund.

„Köstlich“, schwärmte er mit geröteten Wangen. Dann richteten sie für die hungrigen Zuschauer die Teller an. Auf jeden Puffer kleckste Regula einen Löffel Zitronenjoghurt und garnierte es mit Kräuterzweigen. In einer Ecke des Restaurants ließ sich die Gruppe das Mahl schmecken. „Liebe scheint wahrlich durch den Magen zu gehen“, sagte Jens schmatzend, „schade, dass diesmal nicht alle hier sind, um zu kosten.“

„Tja, da bleibt für uns mehr“, sagte Regula mit vollem Mund. Aber schade fand sie es auch, vor allem, dass Eva nicht hier war. Dann hätte sie gesehen, welch perfektes Duo hier gekocht hatte.

Lina schloss sich an jenem Samstag Martinas Offerte an. Sie schwangen das Tanzbein zu internationaler Volkstanzmusik. Auch Konrad war der Ansicht, man könne auf eine Wanderung verzichten, da Tanzen eine körperliche Herausforderung darstelle. Eva gesellte sich ebenfalls hinzu, sie hatten im Seminarraum Tische und Stühle zur Seite gestellt, und nun standen alle Hände haltend in einem Kreis. Martina zeigte die Schrittfolge, das war sehr leicht zu lernen, fand Lina. Leider hatte sich Konrad weiter vorne eingereiht, unerreichbar, dafür hatte dieser Frank Stein mit der dicken Brille sich ihre Hand gekrallt. Sie tanzten gerade auf eine türkische Musik, als Anni hereinplatzte. Sie sah schrecklich aus, verheulte Augen, feuerrote Wangen, Eva löste sich sofort aus dem Kreis und eilte auf ihre Freundin zu. Auch Lina stürzte hinterher, die drei verließen den Raum. Kaum war die Tür zu, wurde sie von Martina erneut aufgerissen. „Kann ich helfen?“ fragte sie mit besorgtem Blick.

„Danke, meine Freundinnen sind ja da.“

Eva legte den Arm um Anni, zog sie an ihre Brust, und Martina ging zur Gruppe zurück. „Meldet euch, wenn ich was tun kann“, sagte sie, bevor sie wieder verschwand.

„Ich habe ihn in flagranti erwischt“, heulte Anni los, „in meinem Bett!“

Eva stand hilflos da, ihre schluchzende Freundin haltend, erleichtert einerseits, dass die rosarote Brille endlich ab, besorgt andererseits, da Anni so außer sich war.

„Saukerl“, meinte Lina, „nur gut, dass du gleich zu uns zurückgekommen bist.“

„Ja“, sagte Eva, „wir gehen jetzt einen trinken. Dann sieht die Welt gleich besser aus.“

„Vorher können wir noch in der Hotelküche vorbeischauen, da wird von Regula und Jens gerade gekocht“, meinte Lina, „das bringt dich vielleicht auf andere Gedanken.“

„Muaß net sai“, sagte Eva gekünstelt, „kippet mir uns liabar oin hinter d' Binde, aufi Madels.“

Anni fühlte sich, nachdem sie ihr Erlebnis theatralisch und ausführlich erzählt hatte, etwas besser. „Ich werde ihn verlassen. Ohne Vertrauen hat keine Beziehung eine Zukunft.“

„Endlich siehst du es ein“, sagte Eva. „Dieter ist wirklich eine Null, du hast das einfach nie bemerkt.“

„Wir hatten auch eine schöne Zeit, so ist es nicht.“

„Es ist schon so“, sagte Lina, „ich habe die Augen auch lange verschlossen gehalten. Ich habe mir immer eingeredet, unsere Ehe sei in Ordnung. Aber ich frage mich inzwischen, welche Ehe? Ich weiß nicht, wozu außer zum Hemdenwaschen und -bügeln Albert mich überhaupt noch gebraucht hat."

„Ihr habt einen Typen, und es ist schwierig. Ich hab keinen, das ist auch Scheibenkleister."

Sie beschlossen, da sie schließlich Glückssucherinnen waren, die Wonnen für den heutigen Abend im Alkohol zu suchen. Sie ersehnten Traumprinzen, verwünschten Fremdgängerinnen, wobei Eva darauf bestand, dass Ausnahmen erlaubt sein müssten. So verwünschten sie auch noch Ehefrauen, und bald versanken sie in einen Rausch der Wünsche und Verwünschungen. Nach massiven Beschwörungen und Unmengen Caipirinhas kam es, dass drei Frauen betrunken in ihre Betten sanken, noch bevor es dunkel war.

11

Der Sonntag stand zur freien Verfügung. Die Sonne brannte schon in den Morgenstunden hochsommerlich, und das im Monat Juni, welcher in anderen Jahren oftmals kühl und regnerisch war. Die Landwirte klagten über die anhaltende Hitze und Trockenheit. Doch die Menschen, die Urlaub machten, freuten sich, so auch Lina, Paula, Eva und Anni. Paula war allerdings die Einzige, die es an diesem Morgen ohne Sonnenbrille und ohne Hut aushielt. Die Frauen lagen nebeneinander auf den Liegestühlen, der glitzernde Alpsee warf sanfte Wellen, einige Tretboote waren unterwegs, die allerdings nur Paula wahrnahm. „Wir sollten", sagte diese mit Blick auf das Wasser, „etwas unternehmen. Schließlich nennt sich dieses Ganze hier Glücksseminar, also sollte doch eine jede von uns eine Portion Glück mit nach Hause bringen."

„Was sollten wir unternehmen, liebe Mutter?" fragte Eva.

„Im Fernsehen werden diese Plagegeister immer ermordet."

„Im Fernsehen", meinte Lina, „aber nicht in der Realität."

„Das perfekte Dinner ist auch dem Fernsehen entnommen und bei uns hier real geworden, oder?" meinte Paula. „Und diese Kocherei ist hier prächtig angekommen. Nie wieder Tiefkühlpizza auf meinen Teller!"

„So gesehen." Anni setzte sich auf. Sie trank einen Schluck Caipirinha, man sollte schließlich da weitermachen, wo man aufgehört hatte. „Es müsste gehen."

„Was?" fragte Lina

„Jetzt nur mal so im Spaß. Also, wer würde etwas anderes als einen schrecklichen Unfall dahinter vermuten, wenn sich zum Beispiel dieser Albert beim Tanzen das Genick bräche?“ meinte Anni.

„Man müsste im Internet nach Mordtheorien recherchieren“, fügte Paula hinzu.

„Wieso Internet“, sagte Anni entschieden. „Wir sind doch selbst kreativ. Ertrinken im Rösslerweiher, weil sich die zarten Beine in Schlingpflanzen verheddert haben, oder Sturz vom Jägerstand, weil die Bretter angesägt waren, Vergiftung durch Tollkirchen, weil ein paar versehentlich in einen Obstsalat gemischt wurden, oder ...“

„Hör auf“, sagte Lina, „da wird es einem ganz Angst. Du sagst das, als wäre es ernst.“

„Unsinn, also nur so aus Jux. Ich meine jedoch, wenn es sonst keine Möglichkeit gäbe, also quasi als allerletzte Alternative, wäre es immerhin denkbar, dem Erlangen des inneren Friedens ein wenig nachzuhelfen.“ Anni sah die drei anderen fest an. „Oder was meint ihr?“

„Hm“, meinte Paula, da sonst keine etwas sagte, „nur mal rein hypothetisch. Also jede von euch leidet wegen eines Menschen. Du, Anni, wegen dieser Sabrina, die dir im Geschäft vor die Nase gesetzt wurde. Und zu dem Namen Dieter brauche ich kein weiteres Wort hinzuzufügen! Du, Lina, wegen diesem Albert, der ist also wirklich das Allerletzte, wie ich inzwischen mitbekommen habe. Und meine liebe Eva wegen dieser Regula, die ihr neuerdings das Leben zur Hölle macht. Wären diese vier Gestalten von der Bildfläche verschwunden, wäre euer Leben gewiss entspannter. Die Frage ist nur, muss es gleich Mord sein?“

Eine jede besah nachdenklich ihre Füße. Lina schließlich brach das Schweigen. „Wenn Albert tatsächlich tot wäre, wäre ich wenigstens eine Witwe und keine Geschiedene. Das wäre mir lieber. Und ich bekäme das Geld aus der Lebensversicherung.“

„Und wenn Regula nicht mehr wäre, würde Jens merken, für wen sein Herz wirklich schlägt“, sinnierte Eva.

„Und ich wäre im Büro wieder glücklich ohne diese Kuh. Sabrina muss weg. Je mehr ich mir ein Leben ohne sie vorstelle, desto besser geht es mir“, sagte Anni. „Und Dieter werde ich verlassen, vielmehr, ich werde ihn rausschmeißen, sollte er bei meiner Rückkehr noch nicht selbst ausgezogen sein.“

Paula klatschte auf ihre Schenkel. „Mädels, wir müssen es machen wie in diesem alten Krimi von Hitchcock. Jede von uns nimmt sich einen vor. Aber es muss wie ein Unfall aussehen, das ist klar."

„Mama", empörte sich Eva, „dass du so etwas sagst, ich fasse es nicht!"

„Es ist doch nur ein Spiel. Wir entwerfen einen Krimi, was haltet ihr davon?"

„Nun ja", sagte Anni, „zur Gaudi könnten wir das ja mal tun."

„Aber man sollte mit dem Leben keine Späße machen, das ist unchristlich", sagte Lina nachdenklich. „Es entbehrt jeder Moral."

„Als ob Albert und Dieter sich um Moral scherten", entgegnete Anni. „Wir machen ja nur ein geistiges Rollenspiel. Das wird ja noch erlaubt sein."

Eva trank einen Schluck. „Genau, und jetzt zeigt mal, wie fit ihr im Krimientwerfen seid."

Sie nahmen ihre Sonnenbrillen runter und sahen sich an. Aus ihren Blicken sprach verschwörerische Eintracht.

„Geben wir doch eine Party", sagte Paula, „da laden wir alle ein. Wir mischen Rattengift ins Essen und sind mit einem Schlag alle zusammen los."

„An Rattengift stirbt man sehr qualvoll", sagte Anni, „das habe ich in einem Film gesehen. Zudem wäre es auffällig. Was sollen wir mit vier Leichen auf einmal anfangen?"

„Anni hat recht", sagte Eva, „es muss schon nacheinander passieren."

„Wisst ihr, am liebsten würde ich Sabrina im Rösslerweiher ertränken. Aber wie sollte ich das anstellen?" überlegte Anni.

„Du rührst ihr ein Schlafmittel in den Kaffee. Gerade bevor es anfängt zu wirken, lädst du sie zum Schwimmen ein. Quer durch den See, vielleicht als Wette, wenn sie nicht alleine untergeht, hilfst du ein bisschen nach. Das merkt kein Mensch." Eva lehnte sich entspannt zurück. Sie fand ihre Idee gelungen.

„Dann hätten wir mal das. Was ist mit Regula?" fragte Paula.

„Also, muss die wirklich sterben? Sie ist im New Age so freundlich. Sie hat mir einen wunderschönen Brunnen für meinen Garten verkauft", sagte Lina.

„Lina, sei doch keine Spielverderberin", warf Eva ein. „Sie kann in ihrem Feng-Shui-Laden so freundlich sein, wie sie will, zu mir ist sie die reinste Kratzbürste."

„Na ja, sie verteidigt eben ihre Ehe. Das verstehe ich gut.“

Eva schwieg. Im Stillen gab sie Lina recht, doch Phantasien waren schließlich erlaubt.

„Lassen wir Regula vorerst“, sagte Paula, „wenden wir uns Albert und Dieter zu.“

„Albert bricht sich das Genick, er stürzt ab beim Wandern. Und Dieter wird im Suff überfahren“, sagte Lina. „Ich merke mir bei den nächsten Wanderungen die geeigneten Stellen. Dann mache ich die Tour ein zweites Mal mit Albert, push, ein kleiner Stoß, und weg ist er.“

„Wieso sollte Albert mit dir in die Berge gehen?“

„Ich schlage ihm einen letzten Versöhnungsversuch vor. Wenn wir auf dieser Bergtour nicht wieder zueinanderfinden, werde ich zu Albert sagen, dann bin ich einverstanden mit dem Hausverkauf. Ich schwöre euch, dass er daraufhin mitkommt.“

„Gut, dann hätten wir den auch erledigt. Zur Verstärkung können wir ja auf diese Wanderung mitkommen.“

„Das würdet ihr tun?“

„Natürlich“, sagte Paula, „und jetzt zu Dieter. Die Idee, ihn im Suff zu überfahren, finde ich nicht schlecht. Ich könnte ihn interviewen, irgendwas über Fußball. Dabei fülle ich ihn ab bis obenhin. Ich werde ihn nach Hause fahren, aber eben nicht direkt. Ein kleiner Umweg über die Landstraße, übers einsame Lauratal zum Beispiel. Da schmeiße ich ihn aus meinem Auto. Eine von euch folgt mir, und päng, überrollt ist er, so schnell kann der sich gar nicht von der Straße wegbewegen.

„Dann sind alle ihre Plagegeister los. Nur ich muss mich mit Regula ärgern“, sagte Eva. „Fällt denn niemand eine Lösung ein?“

„Wir verkuppeln sie mit einem anderen. Irgendein Feng-Shui-Meister. Dann ist Jens frei für dich, was meinst du?“

„Klasse! Dann müssen wir jetzt nur noch zur Tat schreiten. Wir haben ja gelernt: Es gibt nichts Gutes, außer man tut es!“

„Mädels, unser Krimi ist fast zu schade, um als Geistesfunke zu verpuffen“, sagte Anni.

„Jo pfiade“, sagte Paula, „jetzt hommer dr Salat.“

Montag der zweiten Woche. Eva, Lina und noch einige Laufbegeisterte waren mit Konrad auf Bergtour. Martina bemalte am Vormittag mit ein paar Wenigen Seidentücher, und nachmittags übten sie unten am See richtiges Atmen zur Steigerung des Wohlbefindens. Martinas Gruppen waren meist die am wenigsten besuchten, doch das störte sie nicht. Ganz im Gegenteil, sie genoss den kleinen Kreis und konnte so viel individueller arbeiten. Martina hatte bei den Atemübungen alle um sich versammelt, sie lagen auf Matten und blickten in den Himmel.

„Wir wollen nun durch die Nase ein- und durch den Mund tief ausatmen“, sagte sie. Es klang lustig, die geballte Schnauferei. „Der Atem ist der Fluss des Lebens, und oft wird seine Wichtigkeit unterschätzt oder sogar vergessen. Haltet doch einfach einmal die Luft an, dann wird euch richtig klar, was ich meine.“

„Wenn ich manchmal meinen Mann neben mir schnarchen höre, würde ich ihm am liebsten die Luft abdrehen“, sagte Waltraud.

„Ja“, antwortete Martina, „das kann ich verstehen. Aber du steigerst dich dann gewiss in deinen Ärger über ihn, das lässt dich erst recht nicht weiterschlafen. Beobachte doch einmal, wie du atmest, wenn du dich über etwas aufregst. Ihr alle solltet das übrigens tun.“

„Der Richard, dieser ungehobelte Kerl“, meinte daraufhin Waltraud, „der regt mich auf. Ich frage mich, was ihn zu diesem Seminar getrieben hat. Er ist doch überhaupt nicht offen für das, was hier geschieht.“

Martina fand das auch. Richard war ein Prolet. Doch sie musste sich zurückhalten, durfte sich nicht unqualifiziert über Teilnehmer äußern. „Frage ihn doch einfach, das halte ich für die beste Idee.“

„Wieso sollte ich mich mit ihm unterhalten? Er ist mir egal, aber er nervt mich einfach, das ist alles.“

„Waltraud, welche Erwartungen hast du zu Beginn auf deine Karte geschrieben?“ fragte Martina. Die anderen hörten laut atmend zu.

„Einen Sinn im Leben finden.“

„Möchtest du darüber etwas sagen?“

„Ich sehe einfach keinen Zweck in meinem Leben. Ich frage mich, wozu alles geschieht, wir leben und sterben und hinterlassen nichts.“

„Waltraud, vielleicht solltest du einfach nicht so viel grübeln und die Dinge geschehen lassen. Denke nicht an deinen schnarchenden Mann, wenn du hier im Sonnenschein den Tag genießen kannst. Denke nicht an dein leeres Bankkonto, wenn über dir die Vögel zwitschern. Denke nicht an diesen Richard, denn er ist jetzt nicht hier. Soviel ich weiß, sitzt er in der Bar und gibt sich die Kante. Das Leben ist viel zu kurz, als dass du immer nach Problemen suchen solltest, die du doch gar nicht wirklich hast.“

„Wenn es nur so einfach wäre.“

„Es ist einfach. Wir könnten stundenlang über die Sinnfrage philosophieren, glaube mir. Doch jede Theorie würde dich vermutlich nie zufriedener machen, wenn du nicht etwas Praktisches gegen deine Trübsal tust. Und jetzt legen wir alle die Hände auf unsere Bäuche und spüren den Atem fließen. Er nimmt all unsere schlechten Gedanken mit sich hinfort."

Es wurde Waltraud tatsächlich mit jedem Atemstoß ein wenig leichter. Wenigstens für diese paar Stunden hier würde sie die Ratschläge Martinas befolgen. Vielleicht wäre es ja ein kleiner Anfang für eine große Änderung.

Das lösungsfokussierte Arbeiten war zum zweiten Mal Thema bei Jens. Anni und all die anderen schauten erwartungsvoll drein, auch Julia und Mona. Sie wollten mehr wissen über dieses aufschlussreiche Thema und waren deshalb noch einmal gekommen. Jens schrieb abermals die Lösungsformel auf ein Papier, das er sodann ans Flipchart pinnte. „Mach mehr von dem, was funktioniert. Wenn etwas nicht funktioniert, mach was anderes."

„Wir sind oft ganz nahe dran, am Glück", sagte er in die Runde, „oft greifen wir es nur nicht. Das gilt bei Themen, bei welchen wir selbst aktiv werden können."

Julia maulte sofort los. „So ein Unsinn, wenn das stimmte, wäre doch niemand mehr unglücklich!"

„Das könnte man meinen", antwortete Jens, „aber es ist leider nicht so, Was zum Beispiel kannst du besonders gut?"

„Kochen, vor allem mit Olaf."

„Na also, wenn es so ist, könnt ihr das vielleicht nach diesem Seminar weiter tun. Ihr könntet euch treffen, gesunde Menüs kochen, jemanden dazu einladen oder auch nur für euch am Herd stehen. Ihr könntet die Gruppe einladen, ihr könntet ein Restaurant eröffnen, ihr könntet einfach etwas aus dieser Neigung machen."

Olaf meldete sich zu Wort. „Ein Restaurant zu eröffnen wäre klasse. Vielleicht hätte Frank Lust mitzumachen, dann wäre er nicht länger arbeitslos."

„Ich könnte bedienen lernen", sagte Frank, dabei schaute er aufgeregt hinter seinen dicken Brillengläsern hervor.

„Ich habe eine Arbeit", bullerte Julia.

„Eine, die dir Spaß macht?" fragte Jens.

Julia schwieg.

„Wir reden beim Mittagessen weiter", meinte Olaf, „also ich bin auf jeden Fall begeistert."

„Du hast eine positive Einstellung, das ist schön", sagte Jens. „Genau das braucht das lösungsfokussierte Arbeiten, denn es soll Veränderungen fördern."

„Und wie soll das gehen?" polterte Julia.

„Genau daran arbeiten wir heute. Ihr schreibt euch jetzt folgende Fragen auf. Regula teilt Stifte und Papier aus."

Mit reichlichem Aufheben ging Regula zu jedem hin, um einen Stift und ein Blatt Papier auszugeben. „Bitteschön", „Hier für dich", „Was ist das heute wieder ergreifend hier." Für jeden hatte sie ein paar Worte übrig.

Als alle soweit waren, diktierte Jens: „Erstens: Welchen Zustand möchte ich ändern? Zweitens: War dieser Zustand schon besser? Zwei a: Was habe ich damals gemacht? Zwei b: Wie war die Situation damals? Drittens: Was habe ich schon unternommen, was nicht funktioniert hat?"

Alle brüteten über ihren Zetteln. Auch Anni und Paula saßen in Gedanken versunken da. Die wichtigste Frage für Anni war nicht die Erste. Sie wusste genau, welchen Zustand sie ändern wollte. Bei der Arbeit wollte sie nicht mehr wie ein Lehrling behandelt werden, sondern ihren alten Status zurückhaben. Und Dieter konnte sie nicht mehr vertrauen, er hatte sie betrogen, ihr eine Ohrfeige verpasst, die Trennung war nicht zu vermeiden. Sie bedauerte das sehr, doch, so ruckartig, wie ihre rosarote Brille heruntergerissen worden war, so klar sah sie jetzt. Die beiden waren längst kein Paar mehr. Anni verstand überhaupt nicht, was sie an Dieter so fasziniert hatte. Einzig vielleicht seine Manneskraft im Bett. Viel wichtiger war ihr die Frage, ob dieser Zustand schon besser war. Im Geschäft eindeutig ja. Mit Dieter? Sie konnte es nicht sagen. Wollte auch nicht, denn hätte sie ja gesagt, hätte eine nostalgische Wehmut sie befallen, dass es nun vorbei war. Hätte sie nein gesagt, hätte sie sich selbst eine dumme Gans nennen müssen. Fakt war, dass er mit seinen Kumpels schon seit langem mehr Freizeit als mit ihr verbrachte. Fakt war, dass er unglaublich gestresst hatte, nur weil sie dieses zweiwöchige Seminar machte. Dabei hatte er ein Flittchen, vermutlich schon lange, das haute dem Fass einfach den Boden raus.

Die dritte Frage, was sie unternommen habe, was nicht funktioniert habe, beschränkte sie ganz auf ihre Arbeit. Nichts. Sie hatte ein paarmal mit ihrem Chef gesprochen, mehr nicht. Ansonsten hatte sie knurrend und verärgert die Konkurrentin in Kauf genommen, hatte sich ihren Schreibtisch in eine Ecke schieben lassen, hatte sich zur Kaffeebotin degradieren lassen, ganz zu schweigen von den unwichtigen Arbeiten, die sie erledigte. Alles Reizvolle erledigte Sabrina. Das bedeutete, dass sie kaum noch Kundenkontakte hatte und dass ihre positive Verstärkung gleich null war. Wie also sollte sie diese Lösungsformel auf sich anwenden? Mach mehr von dem, was funktioniert. Das hieß, sei wieder kreativ und voller Tatendrang. Sei offen für Neues, geh auf frische Kunden zu, erzähl doch in der Agentur gar nichts von Neuaufträgen. Was der Chef nicht weiß, macht ihn nicht heiß. Und wenn etwas nicht funktioniert, mach etwas anderes. Dann könnte sie immer noch eine andere Stelle suchen, sie war gut in ihrem Geschäft, das wusste sie. Das versuchte man ihr nur derzeit auszureden. Aber sie war selbst schuld, wenn sie es zuließ.

Auch Paula saß versunken da. Mit Ende fünfzig stand sie noch voll im Beruf als Redakteurin, sie war gesund, unternehmungslustig. Ihr ganzer Stolz war Eva, die einzige Tochter. Sie hätten gerne mehr Kinder gehabt, aber es war bei einer Schwangerschaft geblieben. Sie bewohnten ein hübsches Haus in Vogt, das Eva einmal erben würde. Manchmal wünschte sie sich die Zeit zurück, als sie während ihrer Studienzeit in Wohngemeinschaften gelebt hatte. Das war lange vor Ernst gewesen. Sie hatten unbändige Feste gefeiert, bis in die Morgenstunden getrunken und diskutiert, ständig waren irgendwelche Gäste da, nie hatte jemand Geld, und doch war der Bierkasten meist voll, und im Kühlschrank lagerten eingeschweißte Dauerwürste und Käse. Nachts, wenn der Heißhunger sie überfiel, schnitten sie Landjäger klein und rösteten diese dunkel und knusperbraun. Dazu aßen sie ein Margarinebrot. Sexuell waren die meisten ungezwungen, Aids war noch kein Thema, in diesen Zeiten zählte nur die Gegenwart. Niemand dachte an Renten und Versicherungen oder an Eheversprechen und Geburten. Sie war auch einige Male bei Demos mitgelaufen, aber nie in der ersten Reihe. Heute könnte sie nicht mehr sagen, wofür oder wogegen sie damals demonstriert hatten, schätzungsweise für den Frieden, gegen die Atommacht, gegen den Numerus Clausus und für die Rechte der Frau. Später machte sie ein Volontariat bei einer Stuttgarter Zeitung, wechselte einige Male die Stelle und landete in Oberschwaben. Als sie von Ernst schwanger geworden war, setzte sie einige Jahre mit der Arbeit aus, schrieb jedoch als freie Mitarbeiterin und blieb so im Geschäft. Und nun käme ihr Mann in Rente, das bedeutete für sie das Ende des Lebens. Sie war noch lange nicht soweit, es war unmöglich, jetzt schon den letzten Abschnitt anzutreten. Albert würde immer auf dem Sofa sitzen, wenn sie von der Arbeit käme, in Pantoffeln herumlatschen, Tee sabbern. Also war für sie die Antwort auf die Frage, welchen Zustand sie ändern wollte, ganz eindeutig: Noch nicht alt sein. War dieser Zustand schon besser? Ja. Als das Thema Rente noch nicht aktuell war.

„Wenn ihr jetzt bitte zu einem Ende kommen könntet", forderte Jens sie auf. Erleichtert legte Paula den Stift weg. Sie wollte zuerst einen Kaffee trinken und sich dann mit ihrer Zukunft auseinandersetzen.

Zur selben Zeit kämpften die Wanderer mit der Hitze und der Nagelfluhkette. An diesem Vormittag hatte Konrad nur geübte Läufer mitgenommen, die Nagelfluh-Gratwanderung nach Osten zum Mittagberg stand auf dem Programm. Obwohl sie die Hochgratbahn hinauf zur Bergstation und den Abstieg mit der Mittagbahn beabsichtigten, bedeutete diese Route sechseinhalb Stunden reine Wanderzeit. Vom Hochgrat aus zog sich der Weg über die Brunnenauscharte, weiter zum Rindalphorn, Gründleskopf, Buralpkopf, Sedererstuiben, Stuiben, Steineberg zur Bergstation Mittagbahn. „Ihr werdet nicht enttäuscht sein", sagte Konrad, während sie mit der Hochgratbahn nach oben fuhren. „Bei guter Sicht liegt uns das Allgäuer Alpenvorland bis weit nach Oberschwaben hinein zu Füßen, ihr könnt den Bodensee, die Schweizer-, Vorarlberger- und Lechtaler Alpen sehen. Mit seinen 1832 Metern ist der Hochgrat der höchste Berg des westlichen Allgäus und der markanteste Gipfel der Nagelfluhkette."

Lina war glücklich. Sie hatte immer geglaubt, bei längeren Touren passen zu müssen, doch Konrad hatte sie geradezu ermuntert. Dass auch Eva mit von der Partie war, freute Lina zusätzlich. Des Weiteren hatten sich zwei Ehepaare angeschlossen, so dass sie nun zu siebt waren.

„Es ist eine große Herausforderung für mich", sagte Lina zu Konrad.

„Für mich auch", meinte Eva, „ich hoffe, dass ich nicht schlapp mache und ihr mich tragen müsst!"

„Es ist nicht nur eine körperliche, sondern auch eine mentale Sache, ob man durchhält oder nicht", erklärte Konrad, „wenn man etwas unbedingt will, schafft man es auch."

Eva und Lina sahen sich an. „Hoffen wir es", sagte Eva. „Eigentlich wäre ich lieber im Seminar von Jens, aber wie jeder weiß, wird das nicht mehr gewünscht."

„Eva", Konrad legte kameradschaftlich eine Hand auf ihre Schulter, „mach dir nichts draus. Ich kann dir im Vertrauen versichern, dass Jens genauso unglücklich darüber ist wie du. Aber Regula hat wohl die Hosen an, jedenfalls will er keinen Stress und macht gute Miene zum bösen Spiel, wenn ich es so sagen darf."

„Wirklich?" Eva bekam glänzende Augen.

„Aber psst, ich habe nichts gesagt", meinte Konrad. Dann wandte er sich Lina zu. „Und du bist heute mein Zugpferd, liebe Lina."

„Was?"

„Zugpferd heißt, wenn die anderen ermatten, zeigst du ihnen, was ein starker Wille ist!"

„Du traust mir das zu?"

„Ach, Lina, du warst auf jeder Tour dabei. Und als wir einmal nicht gelaufen sind, haben wir getanzt. Du hast deine Kondition außerordentlich verbessert, und wenn jemand die anderen mitreißen kann, dann du mit deiner unnachahmlichen Art."

Jetzt leuchteten auch deren Augen.

Die beiden Ehepaare schienen für sich sein zu wollen, sie nickten nur dann und wann und zeigten kein weiteres Interesse an einem gemeinsamen Gespräch.

Oben angekommen, blieb die Gruppe gesammelt stehen und genoss den Ausblick. Konrad hatte nicht zu viel versprochen. Steil abfallende Waldrücken zogen sich bis zum Horizont. Harmonisch erhoben sich einzelne Höcker zur anderen Seite, mit unterschiedlichsten Grüntönen durchwirkt. Krass dominierten dahinter die kargen, imposanten Alpen. „Dabei muss ich immer an die Schöpfungsgeschichte denken", sagte Lina andächtig. „So viel Schönheit, das beeindruckt mich zutiefst."

„Ja", antwortete Konrad, „ich begegne den Bergen auch jedes Mal aufs Neue mit tiefer Ehrfurcht."

Sie setzten sich, die Rucksäcke geschultert, in Bewegung. „Ich fühle mich so wohl in Konrads Nähe", flüsterte Lina Eva zu, nachdem sie ein wenig Abstand zu den anderen hatten. „Ich weiß auch nicht, warum."

„Er ist sympathisch. Vielleicht ein bisschen jung für dich, aber nicht abgeneigt."

„Ach Quatsch. Ich will doch nichts von dem, der könnte ja mein Sohn sein!"

„Genieße es und schweige. Und harre der Dinge, die da kommen. Er ist übrigens Junggeselle, falls es dich interessiert."

„Ich weiß, das hat er gleich am zweiten Tag erzählt. Aber wie gesagt, ich mag ihn einfach, weil er so natürlich ist und weil er mir das Gefühl gibt, dass ich zu etwas tauge."

„Sag bloß, du hast Minderwertigkeitsgefühle."

„Na ja."

„Menschenskind Lina, du bist eine klasse Frau. Du strahlst so viel Warmherzigkeit aus, dir würde ich sogar mein Hab und Gut anvertrauen. Das Einzige, was dir fehlt, ist vielleicht ein neuer Haarschnitt und ein paar flotte Klamotten."

„Was?"

„Sei mir nicht böse, aber deine Dauerwelle ist nicht grade der Hit. Und deine karierten Röcke und Hosen könnten auch ausgemustert werden."

„Aber dann wäre ich nicht mehr ich."

„Dann wärst du sehr wohl noch du, nur in einer anderen Verpackung, in einer flotteren. Hast du jemals gehört, dass das von Nachteil ist?"

„Nein, aber ich möchte schließlich keine Werbung für mich machen."

„Das meine ich auch nicht. Ich denke vielmehr, dass du dir selbst damit einen Gefallen tust. Und wer weiß, vielleicht entzückst du ja sonst noch jemanden?"

Lina boxte Eva freundschaftlich auf den Arm. Sie mussten nun hintereinander gehen, da der Weg sich zu einem schmalen Pfad verengte. Auf einmal sagte Lina: „Hier könnte es gehen."

Eva blieb abrupt stehen. „Du meinst?"

Lina nickte. „Den Sturz von hier oben würde er nicht überleben."

Schweigend liefen sie weiter, keine schaute die andere mehr an. Später ergab es sich, dass Konrad und Lina tatsächlich als Zugpferde vorauszogen. Sie hatten eine klare Fernsicht und genossen diese mit jedem Schritt. „Du machst das hier lieber als in einen Seminarraum zu sitzen, nicht wahr", sagte Konrad.

Lina hatte in Anbetracht der Hitze bereits einen Kopf wie eine Erdbeere. Die prompte Verfärbung in kräftiges Zinnoberrot fiel somit nicht auf. „Ja, schon."

„Mir geht es auch so. Mein Glück ist das Erleben der Natur. Ich wandere jedes Wochenende, der Alpverein ist praktisch meine Familie."

„Schön. Wenn man eine Ersatzfamilie findet."

„Wäre das nichts für dich?"

Beinahe wäre sie gestolpert. „Ich, oh, ich bin, also ich weiß nicht, meine Kinder, also ..."

„Deine Familie braucht dich noch rund um die Uhr?"

„Ich habe drei erwachsene Kinder“, begann sie, dabei schaute sie stur auf den Weg, „Jutta, die Älteste, arbeitet in einer Gärtnerei. Leonie studiert in Konstanz und Joachim in Frankfurt.“

„Und was studieren sie?“

„Leonie wollte zuerst auf Lehramt machen, aber nach zwei Semestern hat sie festgestellt, dass es nichts für sie ist. Jetzt hat sie umgesattelt auf BWL, sie möchte in die Wirtschaft. Und Joachim studiert Medizin.“

„Du bist bestimmt stolz auf deine Kinder. Wollte denn die Älteste nicht studieren?“

„Wenn sie gewollt hätte, von den Noten her hätte es gereicht. Aber es war ihre Entscheidung. Sie liebt ihre Arbeit sehr, und das ist doch das Wichtigste.“

„Du bist eine kluge Frau. Du hast neulich gesagt, dass du Hausfrau bist. Nichts gegen Hausfrauen, aber deine Kinder sind erwachsen, da hast du wieder freie Kapazitäten. Lina, ich finde, du solltest irgendeine Herausforderung suchen, eine Aufgabe außer Haus.“

„Jetzt sollen die beiden erst einmal zu Ende lernen. Die Studiengebühren muss man auch erst mal aufbringen, da kann ich nicht irgendeinen teuren Firlefanz anfangen.“

„Ich dachte auch nicht an teuren Firlefanz, wie du das nennst. Ich dachte vielmehr an eine Arbeit, eine Umschulung, Weiterbildung, einfach an etwas Sinnvolles.“

„Ich könnte nicht sagen, meine Arbeit hätte keinen Sinn. Ich putze, koche, wasche, kaufe ein, halte Haus und Garten in Ordnung, also bitte!“

„Schon gut, ich habe es nur gut gemeint. Sag mal, hast du eigentlich, seit du hier bist, etwas von deinem Mann gehört?“

„Der steckt nach wie vor in einer Krise. Aber lass uns nicht davon anfangen, ich will mir nicht den Tag verderben. Albert ist Schnee von gestern. Erzähl lieber, was du machst, wenn du keine Glücksseminare und Wanderungen anbietest.“

„Ich bin wie Jens freiberuflich tätig als Personaltrainer.“

„Kann man davon leben?“

„Ich bin ja ohne familiäre Verpflichtung, da muss ich nur für mich sorgen.“

„Wenn ich fragen darf, wie alt bist du denn, Konrad?“

„Ich bin 36, zwei Jahre jünger als Jens und ein Jahr älter als Martina. Wir haben einst dieselbe Uni besucht, daher kennen wir uns.“

„Wieso bist du Junggeselle?“

„S' isch de Recht no net kummen, s' miast halt eine sei wia du."

„Oh Konrad, ich könnte deine Mutter sein!"

Mittlerweile hatten sie einen solch großen Vorsprung, dass sie stehen blieben, um auf die anderen zu warten. Sie schwärmten gemeinsam von der Bergluft, von der Faszination dieser eigenen Welt, dass es kaum etwas so Ergreifendes gäbe, höchstens noch einen endlosen Sternenhimmel über dem Meer. Als die anderen aufgeholt hatten, wollten sie eine Pause. Konrad überredete sie, noch eine Viertelstunde zu gehen. „Dann kommt ein wundervoller Platz, um zu rasten. Wir werden jetzt auch langsamer treten, Lina und ich."

Eva grinste frech. „So so, hattet ihr's rasant miteinander?!"

„Sei still Eva. Konrad denkt sonst noch Wunder was!"

An diesem Abend saß Eva neben Jens beim Abendessen. Zu seiner anderen Seite hatte Martina Platz genommen. Regula, die etwas später den Speisesaal betrat, ging zielstrebig auf Eva zu und sagte: „Eva, macht es dir etwas aus, dich woanders hinzusetzen?"

„Ja, tut es."

„Weißt du, ich muss noch dringend etwas mit meinem Mann besprechen."

„So, musst du. Ich kann mir vorstellen, dass ihr dazu auch nach dem Essen Gelegenheit habt, nicht wahr."

Martina räusperte sich. „Ich kann mich gerne woanders hinsetzen."

„Ich denke, es wird nicht nötig sein", sagte daraufhin Jens. „Regula, bitte, hier sind genügend freie Stühle, nimm dir irgendeinen davon."

„Aber wir wollten doch noch über den Ablauf des morgigen Tages sprechen", sagte Regula so laut, dass alle in der Nähe Sitzenden es hören konnten.

„Regula, bitte!" sagte Jens mit flehendem Blick.

Martina schob ihren Stuhl nach hinten. Jens legte seine Hand auf ihren Arm und sagte: „Nun, neulich war die Rede davon, wie man sich wehrt und wann es angebracht ist. Ich denke, dass dies eine anschauliche Situation ist. Regula, es ist nicht nötig, dass jemand sich deinetwegen umsetzt. Ich muss darauf bestehen, dass Martina und Eva hier bleiben." Und zu Regula gewandt flüsterte er: „Und du, höre auf, dich wie im Kindergarten aufzuführen, bitte."

Wütend warf Regula ihren Kopf in den Nacken. „Wenn du mich nicht mehr willst, bitte!“ Sie stapfte an einen anderen Tisch und setzte sich erhobenen Hauptes hin.

Eva lächelte in sich hinein. Mit diesem Auftritt war Regula übers Ziel hinausgeschossen. Zum ersten Mal hatte Jens sich gewehrt. Natürlich konnte jeder sehen, dass er lieber an Evas Seite zu Abend speiste. Und das war für Eva ein unbeschreiblicher Glücksmoment.

Leider hielt dieser Zustand dann nicht allzu lange an. Jens war sichtlich nervös, linste ständig zu seiner Frau, beobachtete sie beim Essen, hörte mit einem Ohr, was an ihrem Tisch geredet wurde und schenkte Regula so weitaus mehr Aufmerksamkeit als sonst jemand. Genau genommen redete er weder mit Martina noch mit Eva etwas, er beachtete sie gar nicht. Regula war eine ernstzunehmende Person, ging es Eva durch den Kopf. Regula musste weg. Es half alles nichts.

12

Martina steckte in einer Zwickmühle. Sie hatte vorgehabt, über die geistige und körperliche Harmonie zu sprechen und sodann mit den zehn Anwesenden einige Tai-Ji-Quan-Übungen draußen auf der Wiese zu machen. Vermutlich wären sie längst im Freien und könnten loslegen, wäre nicht diese Julia. Sie war ein echter Störfaktor, das sagten auch Jens und Konrad. Wo immer sie teilnahm, schimpfte sie oder lenkte das Gespräch in eine nicht gewollte Richtung. Beim ersten gemeinsamen Kochen hatte sie mit diesem Olaf zu flirten begonnen, anfangs war sie daraufhin besser gelaunt gewesen, doch mittlerweile hatte man den Eindruck, dass sie noch zänkischer war als vorher. Doch sie hatte für den Kurs bezahlt und ein Recht darauf, genauso wie die anderen behandelt zu werden. Angefangen hatte es damit, dass sie über den Ursprung des Tai-Ji-Quan ein paar Worte gesagt hatte. „Es gibt sehr unterschiedliche Ansichten über den Beginn des Tai-Ji-Quan, auch Schattenboxen genannt. Eine davon ist, dass ein alter taoistischer Priester auf einem heiligen Berg einen Traum hatte, in welchem ihm der legendäre Kaiser Xuan-Wu das Schattenboxen vermittelte. Glaubt man dieser Legende, dann ist es ein Geschenk der Götter. Es gibt aber auch historische Aufzeichnungen, dass die Familie Chen das Ganze entwickelt und verbreitet hat, allerdings in einer Form, die von der heutigen abweicht. Jedenfalls wird es benannt nach dem größten Fluss Chinas, dem Chang-Jiang, besser bekannt als Jangtsekiang."

„Was hat denn das mit einem Fluss zu tun?" hatte Julia unterbrochen.

„Es geht um die dem Fluss gleichenden endlosen Bewegungen." Martina zeichnete Wellen in die Luft und wiegte sanft ihren Oberkörper hin und her.

Daraufhin hatte Julia wie blöde losgekichert.

Martina war nicht darauf eingegangen und hatte weiter gesprochen. „Es ist eine Reihe von chinesischen Körperübungen, die durch sanfte Bewegungen, harmonische Atmung und geistige Konzentration sowie einen bestimmten philosophischen Hintergrund charakterisiert sind. Man sagt, wer es regelmäßig macht, beugt Krankheiten vor und kräftigt seinen Organismus."

„Hahaha, da weiß ich etwas Besseres", platzte Julia dazwischen, „endloser Sex, hahaha!"

Einige lachten solidarisch mit, doch Martina fuhr unbeirrt fort: „Es gibt wie gesagt verschiedene Übungen, wir werden gleich draußen gemeinsam eine oder zwei erlernen. Die wichtigsten Prinzipien sind, das Starke und Harte durch das Schwache und Weiche zu überwinden."

Darauf hatte Julia losgebrüllt. „Also bitte, wenn das nicht sexistisch ist, dann weiß ich auch nicht!"

Und nun stand Martina da und wusste nicht, ob sie auf diese Julia eingehen sollte oder nicht. Da bekam sie unerwartet Unterstützung von Eva. „Man sollte über Dinge, von denen man keine Ahnung hat, lieber nicht reden", sagte sie. Dabei sah sie provokant zu Julia.

„Was willst du damit sagen?"

Es war so still, dass man eine Stecknadel hätte fallen hören.

„Nun ja, ich überlege mir, ob du sexuell frustriert bist", sagte Eva leichthin. So wie sie selbst, dachte sie bitter, doch wozu war sie einst mit Anni in einer Theatertruppe gewesen. Schauspielen jedenfalls konnte sie mindestens genauso gut wie Julia.

„Hast nicht vielmehr du ein Problem?" fragte Julia, ihren Oberkörper in Habachtstellung aufgerichtet.

„Ich nicht. Aber du mit Sicherheit. Und dann kam alles wie von alleine über ihre Lippen: „Julia, du bist eine streitsüchtige Frau. Ich weiß nicht, ob dir jemand soviel Unrecht angetan hat, dass du so geworden bist oder ob du schon so bösartig zur Welt gekommen bist. Du hast vermutlich nicht allzu viele Freunde, und Olaf bleibt dir auch nicht erhalten, wenn du so weitermachst. Keiner hier tut dir was, wir wollen alle zwei schöne Wochen verbringen und ein paar Anregungen für unser Leben mitnehmen. Aber du willst nichts als streiten und unnötige lästige Diskussionen vom Zaun brechen. Ich wäre dir wirklich dankbar, wenn du einfach deine Klappe halten und zuhören würdest."

Tatsächlich sagte Julia darauf nichts mehr, ihre Augen jedoch waren aufsässig hervorgetreten wie die Glupscher eines Frosches. Die anderen schauten erwartungsvoll auf Martina, doch sie hatte offensichtlich keine Lust, dem etwas hinzuzufügen. „Wir gehen jetzt am besten raus", sagte sie mit leichtem Krächzen, „etwas körperliche Bewegung wird allen gut tun."

Der Trupp setzte sich stumm in Bewegung, kurz darauf standen sie in einem Kreis etwas abseits auf der Wiese.

„Das hätte ich dir gar nicht zugetraut", flüsterte Frank und schaute belustigt hinter seiner dicken Brille hervor.

„Man traut mir vieles nicht zu", sagte Eva leise. Auch keinen Mord, fügte sie in Gedanken hinzu.

Zur selben Zeit erfuhren Anni und Paula im Kurs von Jens, was es mit der sogenannten Walt-Disney-Strategie auf sich hatte. „Vielleicht können wir diese Strategie für unseren Krimi brauchen", flüsterte Anni, woraufhin Paula grinste.

Wie immer besuchten die meisten Teilnehmer das Seminar von Jens. Sie saßen im Hufeisen, Jens und Regula an der Stirnseite. Nachdem Ruhe eingekehrt war, sagte Jens: „Im Prinzip ist die Sache einfach. Walt Disney hat in seinem Leben Ziele verwirklicht und Dinge erreicht, die den meisten Menschen völlig unmöglich erschienen sind. Er nutzte dazu eine Strategie, die jeder verwenden kann, um die eigenen Ziele zu realisieren. Disney spielte mit sich selbst drei Rollen, den Träumer, den Realisten und den Kritiker. Er verkörperte jede Rolle hundertprozentig, und er spielte die Rollen nacheinander. Und, liebe Leute, genau in diesem Nacheinander liegt der springende Punkt."

Niemand fragte etwas, so fuhr er fort: „Wir vermischen diese Rollen oft, wenn wir träumen. Da überlegen wir schon, ob das überhaupt machbar ist, und sollten wir einen Plan fassen, stellen wir uns sofort auf Kritik ein, und wenn wir kritisieren, ist es oft krampfhaft konstruktiv, und jeder quatscht dem anderen rein."

„Schade, dass Julia nicht hier ist", sagte jemand leise, woraufhin ein paar andere lachten.

„Na na“, sagte Jens, „also, Walt Disney sagte dazu: Vergessen Sie diesen Mischmasch. Leben sie jede Rolle konsequent.“

„Jesses“, spöttelte Paula, „und denn griagt ma seine Draim erfuit?!“

„Immerhin hat Walt Disney ein Imperium erschaffen. Beginnen wir einmal mit dem Träumer. Es ist euch jetzt mal völlig egal, wie man das jemals umsetzen soll, ob das realistisch ist, inwieweit das klappt, ob sich das lohnt und so weiter. Ihr träumt! Ihr phantasiert! Lasst euren Visionen freien Lauf! – Regi, Liebes!“

Regula sprang hoch und teilte Stifte und Papier aus, wie immer untermalt mit wichtigem Getue und persönlichen Bemerkungen.

„Schreibt ungeniert alle Träume auf“, forderte Jens auf.

Anni und Paula sahen sich an. „Ausgeschlossen“, tuschelte Anni ihrer Nachbarin zu, „ich kann doch nicht schreiben, dass ich von Leichen und Mordplänen träume.“

„Du musst es ja nicht aufschreiben, kannst es ja im Kopf haben“, flüsterte Paula zurück, „schreib halt was Harmloses, das mache ich auch.“

Paula schrieb: Eine Köchin und eine Putzfrau haben, ein erfolgreiches Buch schreiben, einen Ehemann, der noch mindestens zwanzig Jahre in der Blüte seines Lebens steht. Noch einmal das freie Leben in einer Wohngemeinschaft genießen.

Anni nagte eine Weile auf dem Bleistift herum, dann kritzelte sie: Schlank bleiben, jedes Jahr eine große Urlaubsreise, eines Tages eine eigene Familie haben, eine eigene Werbeagentur leiten.

Nach einigen Minuten meinte Jens: „Nun werdet zum Realisten und betrachtet eure Träume. Ihr seid nicht dafür verantwortlich, ob das tolle Träume sind, tut einfach so, als ob nicht ihr das geschrieben hättet, sondern der Träumer. Und jetzt fragt euch, wie ihr das realisieren könnt, also nicht ob, sondern wie!“

„Wenn man ob fragt“, warf Paula ein, „ist man ja schon wieder ein Kritiker, nicht wahr?“

„So ist es. Sehr gut aufgepasst, Paula. Also, macht einen Plan, überlegt, welche Mittel und Möglichkeiten ihr bereits habt und welche Mittel, Möglichkeiten und Menschen ihr benötigt. Macht einen Plan vom Hier und Jetzt zum Erfolg. Geht erst einmal davon aus, dass euer Plan funktioniert. Die Kritik kommt, wie Paula schon sagte, später.“

Anni dachte an den Plan, Sabrina im Rösslerweiher zu ertränken. Sie bräuchte ein Schlafmittel, das zuverlässig wirkte. Ansonsten musste sie nur Regenwetter haben, damit keine Badegäste anwesend wären. Und sie müsste jemanden haben, der Sabrina davon überzeugte, bei Regenwetter schwimmen zu gehen. Paula könnte eine Reportage schreiben, in der Art, wie gut Schwimmen bei Regenwetter für die Psyche sei, und für das Photo dazu müssten Anni und Sabrina herhalten. In der Zeitung zu kommen, das würde Sabrina gefallen. Das Schlafmittel könnte sie in einer Apotheke kaufen, am besten in Oberstaufen oder Immenstadt, da kannte sie niemand.

Paula hing ähnlichen Gedanken nach. Wenn sie diesen Dieter tatsächlich umbringen würde, was bräuchte sie dazu? Ihr Arbeitszeug für ein Interview, Alkohol und jemand, der hinter ihr her fuhr. Eine ihrer neuen Freundinnen. Mehr nicht.

„So", sagte Jens, „jetzt verwandelt ihr euch in den Kritiker und betrachtet den Plan. Zerfetzt ihn, findet die Schwachpunkte, die Fehler, die Illusionen. Haltet nicht zurück, legt einfach los. Bemüht euch nicht, nett oder konstruktiv zu sein. Sagt einfach, was Sache ist."

Alle wandten sich ihrem Aufschrieb zu, Anni und Paula schrieben rasch ein paar belanglose Sätze, um sodann ihren Gedanken nachhängen zu können. Paula überlegte, ob sie den Mut dazu hätte, einen wehrlosen Menschen aus dem Auto zu werfen in der Gewissheit, dass er sodann überfahren würde. Sie wäre gewiss nicht so skrupellos. Sie könnte keine Nacht mehr ruhig schlafen, weder davor noch danach. Ihr Gewissen würde sie ihr Leben lang plagen. Und sollte sie erwischt werden, aus welchen dummen Zufällen auch immer, könnte sie ihre Tage hinter Gitter verbringen, dazu hatte sie keine Lust. Vor allem nicht wegen der Freundin ihrer Tochter. Soweit ging die Liebe dann doch nicht. Die Idee mit diesem Krimi war so idiotisch, dass sie sich als erfahrene Journalistin dafür schämen musste. Sie fragte sich oft, ob sich die Mühe lohnte, etwas zu schreiben oder zu tun. Doch dieses geistige Mordinferno war die reinste Zeitverschwendung. Sie würde sich nicht weiter damit befassen.

Anni kritisierte an ihrem Traum, dass sie gleich zwei Menschen umbringen sollte, einer war schon schwierig genug. Es würde niemals klappen, und wieso sollte ihr jemand dabei behilflich sein, eine Gefängnisstrafe riskieren für so was Abartiges! Und diese irre Idee bei Regenwetter zu schwimmen! Noch komplizierter ging es ja wirklich nicht. Wenn, dann musste es bei gutem Wetter stattfinden. Ganz davon abgesehen, es gab so viele andere Möglichkeiten, es bedurfte keines Mordes. Wenn jede ungeliebte Kollegin und jeder fremdgehende Partner getötet würden, wäre die Weltbevölkerung bestimmt bald zu einem kleinen Häuflein geschrumpft.

Sie sollte sich nicht mit Leuten abgeben, sie solch kriminelle Energien hatten.

„Wir kommen jetzt zum vierten und letzten Punkt", meldete sich Jens abermals zu Wort, „Jetzt werdet wieder zum Träumer. Macht etwas Großartiges, etwas Freches und Überraschendes. Ihr nehmt eure Kritik Stück für Stück und erweitert eure Vision so, dass die Kritik sich auflöst. Wichtig ist, dass ihr erweitert, nicht zurechtschnippelt oder zusammenstutzt! Wenn die Kritik zum Beispiel ist, dass euer Geld sowieso nicht reicht, dann ist euer erweiterter Traum, dass ihr reich seid. Oder wenn die Kritik ist, dass ihr alleine seid und euch sowieso keiner hilft, dann ist eure erweiterte Vision, dass viele begeisterte Menschen mit euch sind. Jetzt wird der Traum völlig unrealistisch! Und das ist richtig! Ihr seid ja auch in der Träumerrolle. Der Realist kommt gleich, verstanden?"

„Nicht so ganz", sagte Melitta, „soll das denn immer so weitergehen?"

„So ist es", antwortete Jens. „Das genau ist der Punkt, Melitta. Ihr erweitert in der Rolle des Realisten euren Plan, um den neuen Traum zu realisieren, dann übt ihr wieder Kritik an diesem neuen Plan, als Nächstes erweitert ihr abermals eure Vision, so geht das immer weiter, bis ihr eine große Vision habt und einen großen Plan und bis euch keine Kritik mehr einfällt."

„Es geht also darum", sagte Paula, „Träumer, Realisten und Kritiker ins Gleichgewicht zu bringen, oder?"

„Ganz genau, Paula. Die meisten Menschen haben viele Kritiker, etwas Realist und kaum Träumer in sich. Diese Übung stärkt euren Träumer, ohne die beiden anderen Rollen zu schwächen. Lebt jetzt jede Rolle hundertprozentig!"

Paula und Anni schielten einander aus den Augenwinkeln zu. Wie gut, dass man hier nicht sagen musste, was man wirklich im Kopf hatte. Walt Disney würde sich im Grabe umdrehen.

13

Jens griff in seinem Seminar einmal mehr das Thema Übergewicht auf. Er sprach über sinnlose Abmagerungskuren und den Jojo-Effekt, meinte, das Abnehmen müsse auf mentaler Ebene und im Kopf geschehen, eine ganzheitliche Ernährungsumstellung und Sport seien sinnvoller als jede Diät. Er respektiere gesundheitliche Gründe, wenn auf ärztlichen Rat hin jemand abnehmen sollte, wäre es natürlich zwingend. „Aber das Problem mit den Pfunden scheint vielen hübschen Frauen die Lebensfreude zu trüben. Essen ist einfach etwas Wundervolles, dass man sich damit so quält, kann ich nicht verstehen.“

Dass ihm das Essen schmeckte, wussten inzwischen alle. Sein Bauch wurde hier in Bayern als „stattlicher Ranza“ bezeichnet, was Jens für eine durchaus positive Bezeichnung hielt. „Genauso solltet ihr das auch sehen, jedes Pfund an euch seid ihr, und wieso solltet ihr euch dafür schämen, nur weil eine Modediktatur das vorgibt“, sagte er. Doch schon den Blicken sah er an, dass keine Frau überzeugt war.

„Deine Meinung in dieser heiklen Frage ist absolut nicht relevant“, sagte Julia barsch. „Jede dicke Frau sieht doch für die Männer unattraktiv aus.“

Hätte sie es freundlicher oder wenigstens objektiv gesagt, hätten ihr alle weiblich Anwesenden zugestimmt. Doch wie meist hatte sie sich im Ton vergriffen, es kam ruppig und ungehobelt rüber, woraufhin die anderen sofort Stellung für Jens bezogen, obwohl inhaltlich eigentlich Julia richtig lag.

„Es heißt doch immer“, sagte Melitta, selbst etwas korpulent, „dass das wahre Glück in der Erkenntnis liegt, dass Gott dich so liebt, wie du bist.“

Daraufhin bollerte Julia: „Das bezieht sich vielleicht auf deine inneren Werte, aber nicht auf dein Aussehen.“

„Ich kann auch nicht sagen, dass ich diese Aussage gut finde“, meinte Paula, „wie ist es mit einem Schwerverbrecher, einem Vergewaltiger, Kinderschänder, was weiß ich. Es kann ja wohl nicht sein, dass Gott diese Menschen liebt, wie sie sind.“

„Wir kommen vom Thema ab“, sagte Jens. Wie immer, dachte er, wenn diese Julia da ist.

„Wir können nicht einfach ignorieren, was im Raum steht“, sagte daraufhin Olaf. Er saß diesmal nicht neben Julia, ob es Zufall oder begründet war, wussten nur die beiden.

„Im Raum steht doch die Frage“, sagte Paula, „ob es einen Unterschied gibt zwischen den Menschen oder ob vor der Schöpfung alle gleich sind. Es ist eine Frage, die wir gewiss nicht zu Ende diskutieren können. Aber wie auch immer, ich meine, es gibt gute Ungesetzliche und wirkliche Kriminelle.“ Was wären sie selbst, überlegte sie während sie sprach, wenn sie ihre Fiktion Realität werden ließen.

„Was bitte sollen gute Ungesetzliche sein?“ fragte Julia.

„Solche wie Robin Hood“, antwortete Paula. „Oder wenn jemand Hitler ermordet hätte.“

„Aber“, warf nun Melitta ein, „nur Gott hat das Recht zu richten.“

Waltraud, die im Seminar mehr zuhörte als von sich gab, meldete sich nun durch Handzeichen.

Jens sagte: „Hier ist eine Wortmeldung. Das sollten wir überhaupt praktizieren, wenn jeder nur rein schreit, bringt es Unruhe und manches geht unter. Denkt an die Verhaltensregeln von Ruth Cohn, die ich euch gegeben habe. Also Waltraud, bitte.“

„Ich habe zu Beginn auf meinen Zettel geschrieben, dass ich einen sinnvollen Lebensinhalt suche. Doch außer Martina hat mich bisher keiner darauf angesprochen. Niemand redet hier überhaupt groß mit mir. Es sind Gruppen entstanden, und keiner will mich dabeihaben. Aber gut, es sind jetzt ohnehin nur noch ein paar Tage, die bringe ich auch noch herum.“

Alle schauten betreten drein. „Aber Waltraud, dann sage uns doch einfach, wieso du keinen Sinn in deinem Leben findest“, meinte Regula. „Wir hören dir gerne zu.“

„Es ist dieses Gefühl, dass ich unnütz bin. Wozu soll es gut sein, dauernd dieselben Dinge zu tun? Ich könnte genauso gut nichts tun, es würde keinen Unterschied machen.“

„Waltraud“, sagte Jens behutsam, „vielleicht solltest du zu Hause einen Therapeuten aufsuchen, ich denke, deine Probleme sind hier nicht zu lösen.“

„Ich bin in therapeutischer Behandlung. Mein Therapeut hat mir ja zugeraten, dieses Seminar mitzumachen, aber ehrlich gesagt, finde ich auch hier nicht das, was ich suche. Doch eigentlich wollte ich vorher etwas ganz anderes sagen, nämlich dass das Üble auf der ganzen Welt ist. Das Böse ist immer und überall, das ist menschlich. Das Schlechte ist in ständigem Kampf gegen das Gute. Und es liegt bei jedem Einzelnen, was davon er in sich siegen lässt. Und niemand braucht sich herauszureden mit schlimmer Kindheit und so’n Scheiß. Niemand. Es kann jeder an sich arbeiten, und keiner muss die anderen für das eigene Versagen und für die eigene Schuld vorschieben.“

Für einen Moment herrschte Sprachlosigkeit. Waltraud hatte einen glutroten Hals, das einzige Zeichen für ihre Aufregung.

„Ja nun“, sagte Jens, „das stimmt doch mit dem überein, was wir hier tun. Wir arbeiten an uns, um uns glücklich zu fühlen. Wir sorgen für unser

Wohlbefinden. Das verwirklicht jeder auf seine Art, die einen mögen das mentale und die anderen das körperliche Training lieber."

„Das meine ich nicht", sagte Waltraud, „ich meine, wenn jemand sozial abrutscht und klaut, prügelt, betrügt und womöglich mordet. Es ist alles böse, es gibt keine Legitimation dafür. Kein schlechtes Elternhaus, keine üble Kindheit, keine verletzten Gefühle, nichts rechtfertigt es, so unmoralisch zu handeln. Und wenn es doch geschieht, was ja nun leider menschlich ist, weil der Mensch schwach ist, dann muss man beichten. Vorausgesetzt, man glaubt an Gott."

„Und du glaubst nicht an ihn?" fragte Julia.

„Ich weiß nicht, was ich glauben soll. Aber lassen wir das."

„Ich denke, wir kehren nun zu unserem Thema zurück", meinte Jens, „der Kampf mit den Pfunden und der Kampf mit dem Mann. Da geht es schließlich nicht um kriminelle Energien." Mit Waltraud müsste er sich noch einmal intensiv unterhalten, aber ohne die Gruppe.

Wenn du wüsstest, dachte Paula. Sie grübelte den ganzen Vormittag darüber nach, was Waltraud gesagt hatte. Das Böse ist immer und überall, das ist menschlich. Eine gewaltige Aussage war das. Nur gut, dass sie diese Morde nicht wirklich ausführen mussten.

Nachmittags begab sich die Gruppe in die Küche. Eva hatte wie jedes Mal im Vorfeld die Einkäufe getätigt. Jens meinte: „Heute Morgen haben wir ja unter anderem über Ernährung gesprochen. Lydia und Frank geben heute eine Kochdemonstration, ganz nach dem Motto: Essen, was schmeckt und schlank hält. Wir sind gespannt."

Regula stand neben Jens, wich keinen Schritt von dessen Seite. Diejenigen, die beim Zuschauen nicht stehen wollten, holten sich einen Stuhl aus dem Restaurant und setzten sich zur Seite, wo sie nicht störten.

„Wir bereiten heute ein Gericht zu, das schnell geht, und zwar Auberginen mit Schinken", erklärte Lydia.

„Und ich bin Lydias Gehilfe", meinte Frank mit einem verschmitzten Grinsen, „so, wie letztes Mal Jens Regulas Hilfskraft war."

Jens zwang sich zu einem Lächeln. „Ja, die Frauen haben in der Küche die Hosen an."

„Nicht nur in der Küche", scherzte Frank. Aber niemand lachte.

Die beiden arbeiteten Hand in Hand. Während Lydia die Auberginen halbierte und aushöhlte, durfte Frank die Zwiebeln würfeln und in Fett dünsten. Dabei beschlug seine Brille.

„Wir putzen mal rasch die Augengläser", sagte Lydia fröhlich. Sie reichte ihm ein sauberes Geschirrtuch, und Frank nahm seine Brille ab. Alle sahen ihn in diesem Moment zum ersten Mal ohne Nasengestell. Er hatte ein hübsches Gesicht, das von diesen dicken Brillengläsern schlichtweg verdeckt wurde.

„Du solltest dir eine feinere Brille zulegen", sagte Julia, die zuvorderst stand und das Geschehen aufmerksam verfolgte.

„Ich habe meine Brille schon seit einer Ewigkeit."

„Eben darum."

„Julia hat recht", erklärte nun Lydia, „du hast ein viel zu hübsches Gesicht, das solltest du nicht verstecken."

„Danke für das Kompliment. Ich denke mal darüber nach."

Während die Zwiebeln dünsteten, durfte Frank Schinken klein schneiden. Lydia häutete Tomaten, was eine schwierige Angelegenheit war, und schnitt diese ebenfalls in Stückchen. Danach wurden die Zwiebeln, der Schinken, die zurechtgemachten Tomaten und Erbsen mit dem ausgehöhlten Auberginenfleisch gemischt und in die Auberginen gefüllt. Das Würzen übernahmen sie gemeinsam, sie scherzten, lachten und alberten die ganze Zeit über, und auch die Zuschauer hatten ihr Vergnügen daran. Lydia setzte alles in eine gefettete Form, Frank verrührte Käse mit einem Ei, dann meinte Lydia: „So Frank, jetzt darfst du noch ein wenig Muskat und Worcestersoße zugeben. Du weißt ja, Muskat müssen wir sparsam verwenden wie Parfum."

Die von Lydia erwählte Wir-Form und ihre ungezwungene Art, Frank anzuleiten, verlieh dieser Kochstunde eine herzliche, warme Atmosphäre. Nachdem Lydia die Auflaufform in den Backofen geschoben hatte, meinte Jens: „Ich bin begeistert. Einmal natürlich von diesem schlichten Rezept, das doch ein tolles Ergebnis erwarten lässt. Und zum andern von euch beiden. Ihr habt das wundervoll gemacht, so stelle ich mir Teamarbeit vor. Niemand fühlt sich besser oder schlechter, jede Arbeit wird gleichermaßen geschätzt. Bravo!"

Die ganze Gruppe klatschte spontan Beifall, nur Regula blickte böse drein. Eva ahnte, was hinter deren Stirn vor sich ging, und dabei wurde sie erfüllt von einer gehässigen Freude. Natürlich hätte Jens dieses Lob seiner Frau auch einmal aussprechen sollen, sie legte sich schließlich schon von der ersten Seminarstunde an mächtig ins Zeug. Aber noch nie war ein Wort der Anerkennung von ihm gekommen, zumindest nicht vor der Gruppe.

Die Auberginen schmeckten wundervoll, und Lydia und Frank wurden mächtig gelobt. Selbst Julia und Olaf sparten nicht mit Gutheißungen. Nur Regula schien es nicht zu munden. Sie probierte eine Gabel voll und ließ sodann ihren Teller demonstrativ unberührt stehen.

An diesem Mittwoch versteckte sich die Sonne erstmals hinter dichten Haufenwolken. Laut Wetterbericht neigte sich die Hitzewelle dem Ende. Schauer und Gewitter waren angesagt, die ersten Tropfen fielen bereits während sie frühstückten. Konrad hatte deshalb die Absicht, den Mindelheimer Klettersteig zu durchsteigen, aufgegeben. Er konnte kein Risiko eingehen, da die Kraxelei über die dortigen Eisenleitern bei Gewitter höchst gefährlich war. „Wenn wir es in dieser Woche nicht mehr schaffen", sagte er zu Lina, „könnten wir mal privat einen Tag ins Auge fassen. Hättest du Lust?"

Lina war verblüfft. „Ich weiß nicht, ob ich so etwas packe."

„Klar doch. Glaub mir, ich würde dich nicht fragen, wenn ich nicht überzeugt davon wäre. Lina, du läufst wie eine Gazelle."

„Das hat auch noch keiner gesagt", lachte sie, „ich überleg es mir."

Alle, die nicht bei Jens waren, fuhren an diesem Tag mit den Autos in Fahrgemeinschaften nach Oberstaufen ins Spaßbad Aquaria. Lina schloss sich Eva und Anni an, obwohl auch bei Konrad und Martina ein Platz frei gewesen wäre. Doch Lina wollte nicht übertreiben, es gab gewiss schon Gerede, weil sie immer nur mit Konrad unterwegs war. Sie hörte sich beim Abendessen stets an, was die anderen in ihren Kursen gemacht hatten, dann wusste sie, dass sie für sich das Richtige ausgewählt hatte.

Die Fahrt zum Aquaria verlief recht schweigsam, eine jede hing ihren Gedanken nach. So auch Lina. Ein Klettersteig mit Albert wäre idealer als ein Wanderweg. Es gäbe dort gewiss weniger Leute und mehr Absturzmöglichkeiten. Und davon abgesehen, einen Tag quasi zur Vorbereitung mit Konrad in den Bergen, ohne die Gruppe, konnte sie sich sehr gut vorstellen. Ihr eigener Sohn Joachim hatte schon seit Jahren keinerlei Interesse mehr an gemeinsamen Ausflügen gezeigt. In den Semesterferien hätten sie durchaus miteinander wandern oder ein Museum besuchen können. Genauso Leonie. Sie hatte, wenn sie zu Hause war, so viele Freundinnen zu treffen, da war kaum Zeit übrig. Und Jutta, die kam zwar regelmäßig zu Besuch – doch darüber hinaus? Eigentlich hatten sie, dachte Lina bitter, alle nur ihr eigenes Dasein im Kopf. Andererseits, alle drei waren erwachsene Leute mit eigenen Interessen, da war es völlig normal, dass sie nicht mehr mit der Mutter durch die Gegend tingelten.

Albert war derjenige, der wirklich schmerzte. Sie musste von Blindheit geschlagen gewesen sein, all die Jahre, die er sie hatte links liegenlassen. Auf dem Golfplatz hätte sie neben ihm durchaus eine gute Figur machen können. Sie hatte sich das nicht zugetraut, hatte sich selbst zur Putzfrau degradiert, aber sie konnte wirklich mehr. Alleine für diese Erkenntnis war dieses Glücksseminar ein Segen. Sie müsste sich tatsächlich überlegen, was sie daheim unternehmen würde. Vielleicht sollte sie zunächst an einer Schulung teilnehmen, um ins Berufsleben zurückzukehren. Aber in ihrem Alter war das ein recht aussichtsloses Unterfangen. Nein, zuerst müsste sie einen Anwalt aufsuchen, um ihre rechtliche und finanzielle Situation zu klären. Vielleicht könnte sie ein paar Zimmer an Studenten vermieten, sie brauchte nicht das ganze Haus für sich. Sollte sie doch noch einmal versuchen, mit Albert zu reden, ihn zurückzugewinnen?

Sie waren da. Lina überlegte für einen Moment, ob sie tatsächlich im Badeanzug vor Konrad aufkreuzen sollte. Er hatte behauptet, sie liefe wie eine Gazelle. Aber das war reichlich übertrieben, und ihre Schenkel hatten mehr Beulen als eine Stoßstange bei einem Auffahrunfall verursachen könnte. Unbekleidet fand sie sich alles andere als sportlich aussehend. Wenigstens konnte sie den Bauch mit ihrem schwarzen Badeanzug kaschieren, und wenn sie sich ständig unter Wasser aufhielte, würde er die körperlichen Makel gar nicht bemerken.

Das Aquaria war tatsächlich ein Paradies für Zwischendurch, wie es auf den Prospekten hieß. Großzügig geschnitten, luden Innen- und Außenbecken zum Verweilen ein. Auf Liegestühlen konnte man sich entspannen, es gab ein Restaurant, und im oberen Stockwerk waren Sauna und Solarium untergebracht. Lina, Anni und Eva ließen es sich gutgehen im Solebecken. Sie lagen gemütlich im warmen Wasser, wussten um dessen heilsame Wirkung auf die Haut. Die Luft wehte frisch um die Nasen, der bedeckte Himmel hing über ihnen wie ein nach oben gestülpter Hut. Am meisten beeindruckte jedoch der direkte Blick zur Kanzelwand. „Das ist wie im Traum“, schwärmte Anni, „am liebsten würde ich hier gar nicht mehr rauskommen.“

„Dann viel Spaß beim restlichen Leben unter Wasser“, frotzelte Eva, „also ich gehe nachher noch einmal in dieses Sprudelbecken rüber. Das Geblubber ist klasse für meine Rückenschmerzen.“

„Hast du immer noch Probleme damit?“ fragte Lina.

„Das Kreuz wird ihr wehtun, solange sie ein Problem mit etwas anderem hat“, sagte Anni.

„Themenwechsel.“ Eva schloss die Augen. Sie hatte an diesem Tag keine Lust auf Regula, wollte einfach nur das Wasser genießen. „Wie ist es denn mit dir, Anni? Hast du dich innerlich befreit von Dieter?“

„Oh mein Gott, lassen wir das Thema Dieter, ich bin es leid. Lina, was macht dein Amor?“

Der eine bespringt vermutlich nächteweise sein Pferd, der andere strampelt nebenan die Bahnen ab, dachte Lina. „Ach nichts“, antwortete sie jedoch gelangweilt, „Eva hat recht, genießen wir einfach den Tag.“

Später verließen sie gemeinsam das Solebassin, um sich noch einmal in das Massagebecken zu legen. Lina hatte stets ein Handtuch neben der jeweiligen Treppe griffbereit. Dieses wickelte sie um die Hüften, sobald sie aus dem Wasser stieg.

Konrad hing am Beckenrand vor einer Düse, wo ein Wasserstrahl auf seine Schulterblätter sprudelte. Lina überlegte sich, ob sie an ihm vorbeischwimmen oder sich neben ihn pflanzen sollte. Da rief Konrad: „Hallo, kommt doch hierher, es ist einfach genial, wenn man verspannt ist!“

„Wir schwimmen erst ein wenig!“ riefen Eva und Anni, doch Lina folgte Konrads Aufforderung bereitwillig.

„Es ist wirklich entspannend“, sagte sie, kaum dass sie neben ihm weilte, stets darauf achtend, ihre Schenkel unter Wasser zu halten.

„Ich könnte dich massieren“, sagte Konrad.

„Das würde aber blöd aussehen, wo es hier so viele Wasserstrudel gibt“, lachte Lina.

Konrad wandte ihr sein Gesicht zu und lächelte: „Ich dachte auch nicht an hier.“

„Ach, Konrad, du bist doch ein Kindskopf.“ Dann stieß sie sich energisch vom Rand ab und schwamm davon. Sie spürte seinen Blick in ihrem Nacken, seine magnetische Wirkung. Sie wollte ihren nassen Körper auf seinen pressen, wollte ihn fühlen, auf sich, in sich, überall, wollte ihn einverleiben, wollte zwischen den Wasserstrudeln das tun, was die Menschen schon seit Urzeiten miteinander tun. Doch sie schwamm zügig hinaus zu den anderen, fort von Konrad, weg von unzüchtigen Phantasien.

Der Abend war nicht einladend für Unternehmungen im Freien. Der Wind peitschte die Wolken vor sich her, und dicke Regentropfen prasselten an die Fensterscheiben. Die Bar war übervoll. Eva und Lina setzten sich mit einem Glas Tee in das Kaminzimmer, wo sie ungestört waren. Hübsche, blau geblümte Sessel und Sofas waren hier zu Sitzgruppen gestellt, und obwohl im Kamin kein Feuer brannte, war die Atmosphäre sehr behaglich.

„Es ist mir in der Bar gerade zu anstrengend", sagte Eva.

Lina, die ihr gegenüber saß, schlürfte von ihrem heißen Tee. „Ja, immerzu die vielen Menschen, ich bin das gar nicht gewohnt."

„Du bist viel alleine, hm?" fragte Eva. Sie hatte ihre Beine auf einen Hocker aufgelegt.

„Ja. Früher war das anders. Da war Leben im Haus!" Linas Augen leuchteten.

„Mit drei Kindern, das glaube ich gerne."

„Ständig waren Freunde und Freundinnen da, es war immer etwas los." Und Lina erzählte unaufgefordert vom Schüler- und Heimatfest, wo die Kinder einst beim Umzug mitliefen als Müller, als Soldat, als Burgfräulein. Sie hatten im Stadtgarten „Das Kränzel im Haar" gesungen, das war lange Zeit ihr Lieblingslied gewesen. Lina sprach vom Festplatz, wo sie sich zur Abfahrt für dieses Seminar getroffen hatten, genau dort war sie mit den dreien auf dem Rummelplatz gewesen. Im Kettenkarussell war es ihr einmal so schlecht geworden, und in einer Geisterbahn hatte sie solche Gänsehaut bekommen, dass sie die Kinder von da an nur noch alleine fahren ließ. Und später waren die Karussells keine Karussells mehr, sondern lebensbedrohliche Maschinen, die ihrer Meinung nach mehr zu einem Schlaganfall als zu einem Kribbeln im Bauch führten. Lina erzählte von den unzähligen Fahrten zur Musikschule, zum Sportverein, zumindest bis die Kinder mit dem Fahrrad fahren durften. Sie sprach von den Ängsten, wenn die Mädchen nachts unterwegs waren, wenn sie in der Disco in Friedrichshafen weilten und sie mit einem Ohr hellhörig wach lag, bis die Haustür aufging. Sie erzählte von den Windpocken und von den unzähligen Infekten.

Eva hörte zu, nickte manchmal ein wenig ein, doch Lina bemerkte es nicht. Bei der Stelle mit den unzähligen Infekten ging die Tür auf, und Jens trat ein. „Oh, hier ist ja jemand", sagte er ein wenig unbeholfen.

Eva fuhr es durch Mark und Bein. „Wo ist Regula?" fragte sie. Welch dummer Gedanke, wieso nur fragte man oder sagte man in bestimmten Situationen so doofe Sachen, aber jetzt war es schon raus.

„Sie hat Kopfschmerzen und ist zu Bett gegangen."

„Zu Bett gehen, genau das werde ich jetzt auch tun", meinte Lina. Sie erhob sich, zwinkerte flugs Eva zu und verschwand mit einem „Gute Nacht!"

„Störe ich?" fragte Jens.

Er stand vor Eva, diese hatte inzwischen ihre Beine von dem Hocker genommen und sich aufrecht hingesetzt.

„Du kennst die Antwort selbst."

Er ließ sich neben ihr nieder. Sie spürte seine Körperwärme, und sie roch ein schwaches Deo oder Aftershave. Beide blickten stur geradeaus auf die gegenüberliegende Wand.

„Wieso fragst du nach Regula?"

„Willst du es wirklich hören?"

„Ja."

„Regula ist dein Schatten, seit wir hier sind."

„Ja, so ist das wohl."

„Wieso?"

„Diese Antwort weiß du", meinte er.

Beide wandten sich einander zu. Wie auf Kommando. Auf Knopfdruck. Sie küssten sich ungeschickt. Ein Mund war etwas höher als der andere, so erwischte er ihre Nase.

Eva zog sich ein wenig zurück, er folgte ihrer Körperbewegung sofort, legte einen Arm um ihren Rücken, mit der anderen Hand begann er ihr Haar zu streicheln. Sie fühlte sich diesem Mann so nah, wusste, dass sie ihn zum Leben brauchte wie die Luft. Sie wusste, dass, sollte Regula jetzt hereinkommen, ihre Kündigung auf dem Tisch läge, so schnell könnte sie nicht bis drei zählen. Sie wusste, dass er verheiratet und sie der Eindringling war. „Jens, wir dürfen das nicht tun." Wieso, wieso, wieso? Was rede ich? Diese Gelegenheit würde nie wiederkommen, schalt sie sich. Seit Ewigkeiten wartete sie darauf. Und jetzt sagte sie den unklügsten Satz, den sie überhaupt sagen konnte.

Sofort ließ er von ihr ab.

„Ich meine", stotterte sie, „also ich meine, weißt du, Regula, sie ..."

Er legte seinen Zeigefinger auf Evas Mund und küsste sie flüchtig auf die Stirn. „Du hast ja recht. Ich gehe besser."

So unerwartet, wie er hereingekommen war, so unerwartet war er draußen. Eva pfefferte ihre Tasse auf den Boden. Nur gut, dass ein Teppich dalag. Nur gut, dass die Tasse bereits leer war. Alles war nur gut. Es war nichts passiert.

14

Am Donnerstagvormittag besuchten die meisten Teilnehmer ausnahmsweise Martinas Seminar. Sie hatte drei ausgebildete Masseure aus einem Gesundheitsinstitut für einen halben Tag gemietet, die nun je nach Wunsch verschiedenste Behandlungen ausführten. Unter dem Motto: „Anreiz oder Gelöstheit für den ganzen Menschen“ konnte man sich eine Aktivierungs- oder Entspannungsmassage verpassen lassen. Vorab hielt einer der Masseure einen kurzen Vortrag. „Durch unsere speziell komponierten Öle werden Körperfunktionen wie Durchblutung, Lymphfluss oder Atmung angeregt, und der Muskeltonus wird erhöht. Sie bekommen Lust auf Bewegung. Diese Sportmassage ist eine regelrechte Fitnessmassage, die hilft, Sportverletzungen und Muskelkater vorzubeugen, Freude an Bewegung zu bekommen, den Kreislauf anzuregen und die Entgiftung nach anstrengendem Sport und bei Fastenkuren zu unterstützen. Die Wiesenkönigin ist ausleitend und löst Verhärtungen. Anregend und hauttonisierend wirkt das Eisenkraut. Wunderbar ist Muskelkatersalbei mit seiner entkrampfenden Wirkung. Und die Zitrone schließlich wirkt erfrischend.“

„Wer keine Fitnessmassage, sondern eine zur Entspannung möchte“, sagte ein anderer Masseur, „der bekommt Öl mit Berglavendel, das wirkt ausgleichend, beruhigend und aufbauend. Oder das Waldmajoranöl, das ist durchwärmend und krampflösend. Wir können auch eine warme Kompresse mit Zimtblätteröl auflegen, die wirkt durchblutungsfördernd und spannungslösend, da entsteht eine ideale Mischung, um Körper und Seele zu lockern.“

Der dritte im Bunde fuhr fort: „Die Wirkung der ätherischen Öle, befreiende Musik und die sanfte Berührung massierender Hände verschaffen Ihnen ein umfassendes Wohlgefühl. Anspannung, Stress und Hektik lösen sich auf. Die Aromarückenmassage ist eine wirkliche Verwöhnmassage, die außerdem hilft bei allgemeiner Belastung, Verspannung in Rücken und Nacken, Schlafstörungen sowie Kopfschmerzen, die durch Verkrampfung und Stress ausgelöst werden.“

Julia kicherte. „Mir ist es egal, ob ich eine Fitness- oder eine Entspannungsmassage kriege, bei den Masseuren tut mir alles gleich gut.“

Martina lächelte ihr zu. Endlich ein Angebot, an welchem diese Person nichts zu mäkeln hatte. Solange man auf seine Massage warten musste, konnte man sich mit Martina bei Wassergymnastik austoben, im Whirlpool liegen, in die Sauna gehen oder sich einfach auf einem Liegestuhl ausruhen. Auch Paula, Eva und Anni warteten auf ihre Behandlung.

Eva sah schlecht aus, sie hatte Migräne und hoffte auf Erleichterung unter den Händen des Masseurs. Regula hieß der Stressfaktor, der die Krämpfe in ihr auslöste. Und es war anzunehmen, dass diese Madame ihre Stelle im New Age tatsächlich kündigen und bei Jens im Büro anfangen würde. Immer wieder hatte sie davon gesprochen. Das bedeutete entweder Evas Kündigung oder Knechtschaft. Doch nach dem gestrigen Erlebnis in der Bibliothek könnte sie mit Jens nicht mehr darüber reden. Eva würde sich lieber die Zunge abbeißen, als die Sprache auf dieses Thema zu bringen. Jens müsste schon Manns genug sein und diese Angelegenheit selbst in die Hand nehmen, um sie zu einem glücklichen Ende zu bringen. Zu einem Ende mit ihr.

Auch Anni sah nicht fröhlich aus. Je näher die Heimreise rückte, desto mehr fragte sie sich, ob sie nicht überreagiert hatte. Sie sollte Dieter eine Bewährung geben, andererseits, so wie die Dinge standen, konnte sie die Beziehung vergessen. Am Montag musste sie wieder arbeiten, das war das nächste Übel. Bestimmt hatte Sabrina ihren Schreibtisch als Müllablage benutzt und alles drauf gestapelt, was sie nicht erledigen wollte. Und jetzt wurde das Wetter auch noch mit jedem Tag scheußlicher, sie müsste ihre Runden um den Rösslerweiher im Regen laufen, das heiterte die Stimmung nicht gerade auf.

Paula blätterte eine Tageszeitung durch. Mit dem Ende des Seminars erwachten ihre redaktionellen Instinkte wieder. Die Urlaubszeit stand bevor, da war vielleicht das eine oder andere Thema zur Überbrückung des Sommerlochs als Idee zu gebrauchen. Dass sie über dieses Seminar schreiben würde, stand ohnehin fest. Da konnte sie was draus machen. Ihren Photoapparat hatte sie öfter im Einsatz gehabt, ein brauchbares Bild war auf jeden Fall darunter. Vielleicht sollte sie noch eine Gruppenaufnahme schießen, oder einen Hotelangestellten darum bitten, sonst würde sie als Einzige darauf fehlen. Auf jeden Fall konnte sie das Thema gesunde Ernährung aufgreifen. Sie könnte sich vorstellen, in einem Gasthaus oder in einer Schulküche schreibenderweise Kochkurse zu begleiten. Vielleicht konnte man etwas aufziehen in der Art, wie im Fernsehen bei Vox. Dieses perfekte Dinner kannten fast alle, und die Kochmittage vom Kurs waren ein voller Erfolg gewesen. Essen war eine wichtige Angelegenheit. Man durfte das nicht unterbewerten. Tütensuppen waren gut und recht, aber nicht für alle Tage.

Donnerstagabend begab sich Jens abermals in die Bibliothek. Vielleicht ein wenig in der Erwartung, Eva wieder anzutreffen. Doch diesmal saß Waltraud da. Ganz alleine, versunken in einen Roman. „Waltraud, das trifft sich gut. Mit dir wollte ich noch reden."

Sie klappte ihr Buch zu. „Ja?"

„Ich mache mir Sorgen. Was du gesagt hast, über diese Sinnlosigkeit, das ist nicht gut."

„Ich bin in Behandlung, keine Angst."

„Ja, das hast du erwähnt. Möchtest du nicht ein wenig erzählen von dir?"

„Was denn?" sie schaute ihn unsicher an.

„Was du willst."

„Ich heiße Waltraud, bin 38, man sagt, hübsch, mein Sohn Sascha ist 14, meine Tochter Susanne 16. Ich lebe getrennt. Mein Ex zahlt, wenn überhaupt, unregelmäßig. Wir wohnen in Bergatreute. Ich arbeite im Empfang bei Strommer Maschinenbau in Friedrichshafen."

„Da fährst du jeden Tag?"

„Ja."

„Entschuldigung, ich habe dich unterbrochen."

„Das war auch schon alles."

„Wie sind deine Kinder?"

„Sie sind wie alle in der Pubertät. Sie gehen noch zur Schule. Machen nicht gerne Hausaufgaben. Hängen lieber mit Freunden herum oder sind im ICQ. Stundenlang chatten sie am Computer, ich frage mich, was die sich dauernd zu erzählen haben. Sie wollen Markenklamotten. Brauchen jede Menge Taschengeld. Helfen mir nicht, obwohl ich voll berufstätig bin."

„Und wieso änderst du nichts daran?"

„Sei mir nicht böse, aber hab erst mal selbst Kids in dem Alter, dann sprechen wir uns wieder."

„Und wie gefällt dir deine Arbeit?"

„Ich sehe keinen Sinn darin. Es ist täglich dasselbe, unnötig und langweilig obendrein. Weißt du, am Empfang sitzen kann jede und jeder, und im Grunde wird man nicht gebraucht."

„Du bist das Gesicht des Hauses."

„Der Chef ist das Gesicht des Hauses, nicht ich."

Jens bohrte weiter: „Was macht dir so richtig Freude?"

„Meine größte Freude ist, wenn im Fernsehen meine Lieblingsserien kommen."

„Die da wären?"

„Der Bulle von Tölz zum Beispiel."

„Muss man den kennen?"

Waltraud lächelte. „Geschmacksache."

„Und was geben dir deine Kinder?"

„Sie fordern nur."

„Waltraud, was geben sie dir?"

„Sie wollen Essen, Kohle und ihre Ruhe."

„Ja, das ist wohl normal. Aber was geben sie?"

„Sie wollen meine Aufmerksamkeit."

„Waltraud, irgendetwas geben sie doch auch, was ist es?"

„Sie wollen meine Liebe."

„Verdammt noch einmal, was geben sie?"

„Ihre Liebe." Jetzt heulte sie. „Sie lieben mich, so wie ich sie auch liebe."

Jens lehnte sich zurück, seine Gesichtszüge entspannten sich. „Na siehst du, wenn du für dich momentan keinen Sinn im Leben siehst, so denke an deinen Sohn und an deine Tochter. Was auch immer du tust. Du gibst es ihnen als Erbe für deren Leben mit, verstehst du?"

„Ja", schluchzte sie.

Jens wartete, bis sie die Nase geputzt hatte. „Das ist doch schon eine Menge. Und jetzt gehen wir in die Bar, was meinst du?"

„Wir beide?"

„Ja, wir beide."

Sie hakte sich bei ihm unter, und Jens ging mit ihr hinunter in die Bar. Sie sah wüst aus, hatte verheulte Augen und rote Flecke um die Nase, doch ihr Gang war leicht und beschwingt. Jens bestellte für sie beide einen Campari Orange. Als er Waltraud zuprostete und deren leuchtenden Blick auffing, fühlte er sich geschmeichelt. Wie gut, dachte er, dass weder Regula noch Eva in der Nähe waren. Wie zwei Kampfhennen gebärdeten die beiden sich. Manchmal war es gerade zum Fürchten, wie sie sich angifteten. Sie waren halt Frauen. Und Frauen, das war nichts Neues, das erlebte er in nahezu jedem Seminar, waren eine komplizierte Spezies.

Freitagmorgen ging Lina zum hoteleigenen Friseur. Es regnete Bindfäden, so dass niemand die Wanderschuhe schnüren wollte. Sie ließ sich die Haare ganz kurz schneiden und blond färben. „Je älter die Frauen, desto kürzer die Haare“, lachte der Friseur, was Lina recht geschmacklos fand. Doch der Schnitt stand ihr gut, und da sie sich zu dieser Erneuerung aufgerafft hatte, fuhr sie am Nachmittag mit einigen anderen Frauen nach Immenstadt zum Einkaufen. Sie erstand einige raffinierte Stücke, heimste von den anderen viele Komplimente ein und besorgte sich daraufhin gleich noch Wimperntusche, Lippenstift und Puder im Drogeriemarkt. Sie dachte dabei immerzu an Konrad, wusste nicht, wie sie ihre Gefühle einordnen sollte. Mütterliche, sagte sie sich, als sie die Kosmetika bezahlte, rein mütterliche. Alles andere wäre viel zu kompliziert.

Zurück im Edelweiß, wusste sie nicht, was tun. Bis zum gemeinsamen Abendessen dauerte es noch eine gute Stunde, die anderen wollten sich noch eine Weile zurückziehen. Lina fand keine Ruhe, so brachte sie ihre Einkäufe aufs Zimmer und ging danach ins Restaurant, wo sie sich einen Kaffee bestellte. Konrad und Martina hatten dieselbe Idee gehabt, sie unterhielten sich munter, und Lina setzte sich zu ihnen an den Tisch, nachdem sie höflich gefragt hatte, ob es erlaubt sei.

„Schön, die neue Frisur“, sagte Martina, „macht zehn Jahre jünger.“

„Mindestens“, meinte Konrad, „obwohl du vorher auch schon blühend ausgesehen hast.“

„Danke“, lachte Lina, „mir gefällt es auch ganz gut.“

„Wir haben gerade bedauert, dass wir nicht drei Wochen zur Verfügung haben“, sagte Martina.

„Noch morgen, und Sonntag nach dem Frühstück heißt es dann Abschiednehmen, leider“, sagte Konrad.

„Wie ist denn die allgemeine Resonanz?“

„Morgen Nachmittag sind wir alle gemeinsam zur Endrunde versammelt, dann darf jeder sagen, wie es für ihn war.“ Martina nahm einen Schluck Tee. „Wir nehmen noch einmal die Karten des ersten Tages und schauen, welche Ziele und Wünsche erfüllt sind und welche nicht.“

„Wir sollten eine Art Stammtisch einrichten“, meinte Lina, „das wäre gewiss nett.“

„Gute Idee“, sagte Konrad mit leuchtendem Blick, „dann verliert man auch den Kontakt nicht so schnell.“

Lina bekam einen roten Hals. Diese lästigen Wallungen.

„Wisst ihr was, zur Feier des Tages gebe ich eine Runde Sekt aus“, sagte Konrad.

„Welche Feier denn?“

„Sagen wir, zur Feier der schönen Frauen“, meinte Konrad mit Blick auf Lina.

Jetzt färbten sich auch ihre Ohren, sie stachen auffallend von der blondierten Haartracht ab.

„Also für mich nicht“, erklärte Martina, „ich geh dann mal. Wir sehen uns zum Abendessen.“

So kam es, dass Konrad und Lina Sekt tranken, und nach dem vierten Glas fragte Konrad, ob sie nach dem Essen einen kleinen Abendspaziergang zur Ausnüchterung unternehmen sollten. Lina nickte. Doch dann kam es ganz anders. Nach dem Abendessen zogen die meisten aus der Gruppe direkt in die Bar. Der Regen hatte so stark zugenommen, dass keiner mehr aus dem Haus wollte. Auch Konrad und Lina nicht. Was draußen als Regen herunterkam, floss in der Bar an Alkohol. Die Stimmung war ausgelassen, zwischendurch tanzten einige sogar inmitten des engen Gewühls. Richard warf mit dem Geld nur so um sich, doch nicht die Seminarteilnehmerinnen, sondern zwei neu angereiste weibliche Hotelgäste bekamen einen Drink um den anderen von ihm spendiert. Zu vorgerückter Stunde verschwanden alle nach und nach, und am Ende saßen nur noch Konrad und Lina an der Bar.

Er legte den Arm um ihre Taille und meinte, dass er ihr gerne etwas zeigen wolle. Sie kam sich vor wie ein Schulmädchen, ihr Herz pochte irre. Wie geschickt, dass sie schon in den Wechseljahren war, da war das Risiko einer Schwangerschaft äußerst minimal. Das Thema Verhütung war längst keins mehr, da Albert sterilisiert und der letzte Beischlaf zudem Schnee von vorgestern war. Konrad führte sie auf sein Zimmer, dort zeigt er ihr eine Postkarte mit irgendeinem Gebirge drauf. „Schön“, sagte sie. „Aber ich muss dringend ins Bad, meine Hände waschen.“

Da saß sie sodann, auf einem Hocker, grübelnd, euphorisch, ängstlich. Was wollte sie hier. In diesem fremden Zimmer. Mit einem Mann, den sie kaum kannte. Und zugleich so gut kannte. Der sie reizte und interessierte, seit sie ihn zum ersten Mal gesehen hatte. Der attraktiv war und in der Blüte seines Lebens stand. Sie konnte die Nacht nicht im Badezimmer verbringen. Sie könnte warten, bis er schlief, und dann hinausschleichen. Aber vermutlich würde das nicht geschehen. Konrad würde auf sie warten. Und wenn es bis in den Morgen hinein dauerte. Und weshalb sollte sie jetzt davonlaufen. Sie hatte auch ein Recht auf Sex. Wie Albert und wie jeder Mensch.

„Willst du bleiben?“ fragte er durch die geschlossene Tür.

„Wo, hier im Bad?“

„Lina. Wenn du bleibst, kann es eine spannende Tour werden. Was heißt kann, wird! Wir beide zusammen, das wird die schönste Tour seit einer Ewigkeit. Der Höhepunkt aller Gipfelerstürmungen!“

Lina sagte durch die immer noch geschlossene Tür: „Ja, Konrad.“ Dann wusch sie sich kurz Hände und Gesicht, spülte in Ermangelung ihrer Zahnbürste einfach nur den Mund aus. Sie atmete einmal tief ein und aus, öffnete die Tür, eine Hitzewallung durchschoss ihren Körper. Das Wasser trat aus allen Poren, ein Rinnsal lief ihren Rücken hinunter. Konrad lag auf dem Bett, ohne Zudecke, nackt. Lina knipste das Licht aus, legte sich zu ihm, er zog mit erstaunlicher Gewandtheit ihre Kleidung aus.

Sie dachte in dieser Nacht weder an dralle Oberschenkel noch an hängende Brüste, weder an faltige Haut noch an erste Altersflecke. In Konrads Armen war sie schön und begehrenswert. In Konrads Armen war sie nicht die verlassene Ehefrau, sie war einfach nur Lina, ohne Vergangenheit und ohne Zukunft. Er war sehr behutsam, streichelte sie immerzu an irgendeiner Körperstelle. Sie küssten sich, als seien sie schon seit Jahren ein Paar, für einen Augenblick dachte Lina an einen Artikel, den sie mal gelesen hatte. Nur Paare, die sich innig küssten, liebten sich. Wer nur auf Sex aus wäre, würde nicht küssen wollen. Was so alles geschrieben stand! Konrad lag auf ihr und bewegte sich rhythmisch. Sie spürte seinen Atem an ihrem Ohr.

Alberts Atem hatte sie auch immer gespürt. Früher. Sie hatten regelmäßig miteinander geschlafen. Im wahrsten Sinne des Wortes. Feste Beischlafwochentage. Vielmehr Nächte. Tagsüber nie. Auch nicht, als die Kinder schon aus dem Haus waren. Albert hatte vermutlich schon seit Jahren Pferde um sich. Sie fluchte in sich hinein, wollte Konrad nicht verletzen, indem sie an Albert dachte. Albert, verpiss dich endlich, befahl eine innere Stimme.

Und plötzlich wurde in ihr ein Schalter umgelegt. Erleuchtung. Erkennen. Verstehen. Lina ließ endlich los, wurde losgelassen. Je heftiger Konrad wurde, desto klarer sah sie. Er würde ihr nicht über den Verlust Alberts hinweghelfen können. Letzten Endes konnte das niemand. Keine Freundinnen, keines ihrer Kinder, kein Liebhaber. Das musste sie mit sich ausmachen, ganz alleine. Sie, und nur sie, war für ihr Glück verantwortlich. Sein Orgasmus und jene klare Erkenntnis fielen zusammen wie ein durchdringender Paukenschlag im Orchester! Lina kam zu keinem körperlichen Höhepunkt, doch sie war angekommen. Sie war genau da, wo sie hin wollte. Deshalb war sie hierher ins Allgäu gereist. Die Suche hatte ein Ende. Sie alleine war für ihr Wohlergehen verantwortlich. Sie, sie und nochmals sie. Sie war eins mit sich, hätte in diesem Augenblick die Welt umarmen können. Hätte die Menschheit in ihr Herz stecken können. Verspürte Liebesströme, unerschöpflich und im Überfluss. Sie war glücklich.

Paula bemerkte erst im Morgengrauen das leere Bett neben sich. Ihr erster Gedanke, Lina könne etwas passiert sein, verflog sofort bei der Erinnerung an den gestrigen Abend. Sie hatte die beiden beobachtet und sich für Lina gefreut. Ein junger, verliebter Freier, das bedeutete überfließende Wonne, die niemand verbergen konnte. Jeder hatte gesehen, wie es um die beiden stand. Wenn aus den zweien ein Paar würde, könnte Lina endlich diesen Albert vergessen. Ein Liebhaber war besser als Mord. Vielleicht sollte sie selbst sich auch nach solch einem Exemplar umschauen. Einen Galan hatten viele, dann könnte Ernst daheim den Senior spielen, und sie würde anderweitig ihren Lebenshunger stillen. Sie wollte sich nicht länger den Kopf zerbrechen wegen eines Problems, das gar nicht ihres war. Sollte er doch verrotten auf dem Sofa, sie würde ihr Ding weitermachen und basta. Ideen für ihre Arbeit hatte sie genug, da würde sie sich reinstürzen.

Lina wachte mit Schädelbrummen auf. Konrad lag in festem Schlaf dicht neben ihr. Sie betrachtete sein Profil, sein Atem ging ruhig, und er strahlte Harmonie aus. Seine große Nase erinnerte an einen Adler. Ein Bergadler. Er war makellos. Und jung. Lina sah ihren Sohn Joachim. Scham kam über sie, und sie konnte nichts dagegen tun. Es war ausgeschlossen, sie konnte keine Beziehung zu einem jüngeren Mann haben. Sie hatte gestern den Verstand verloren, ein zweites Mal gäbe es das nicht. Niemals. Eine Träne kullerte über ihre Wange. Sie konnte nicht gehen, sie konnte nicht bleiben. Was würden Paula, Anni und Eva sagen, sie waren bestimmt längst wach und hatten ihr leeres Bett entdeckt. Und die übrigen vom Seminar, um Gottes Willen, wenn sie nur nichts mitbekommen hatten. Ihre Blase drückte. Wie eine Diebin stahl sie sich aus dem Bett. Sie musste es ihm sagen, gleich nach dem Frühstück. Oder noch besser, sie schrieb ihm einen Zettel. Es war schön, aber einmalig. Es war einmalig schön. Kam ganz darauf an, wie sie die Worte zusammensetzte. Auf dem Tisch fand sie einen Schreibblock. Sie kritzelte auf das oberste Blatt: Lieber Konrad. Bitte vergiss diese Nacht. Wir können gute Freunde sein, aber mehr nicht. Du bist einfach zu jung für mich. Lina.

Als sie die Tür hinter sich zuzog, erwachte Konrad aus einem süßen Traum.

Samstagmorgen stand zur freien Verfügung. Jens sagte beim Frühstück: „Wer will, kann im Seminarraum noch eine Zufriedenheitsskala erstellen. Nach dem Mittagessen kommen wir alle zusammen zu einer Auswertung des Kurses."

Lina saß an einem etwas abseits gelegenen Tisch, sie wollte alleine sein und war fast fertig, hatte nur ein halbes Brötchen und eine Tasse Kaffee genommen, als Konrad den Frühstückssaal betrat. Er ging zielstrebig auf ihren Tisch zu und setzte sich ungefragt hin.

„So geht das nicht", flüsterte er, den Oberkörper über den Tisch gebeugt.

„Bitte, ich habe schreckliche Kopfschmerzen."

„Wieso schläfst du mit mir, wenn du nur eine Freundschaft willst."

„Konrad, bitte. Ich bin, also ich war verwirrt. Mir explodiert gleich der Schädel."

Da gesellte sich Jens zu ihnen. Er nahm den Stuhl neben Konrad, setzte sich, legte eine Hand auf seinen Arm und sagte ganz leise: „Willst du den ganzen Saal unterhalten, Junge. Reiß dich zusammen. Du bist hier als Seminarleiter, vergiss das nicht."

„Aber ..."

„Es gibt kein Aber. Jeder kann seine Gefühle im Zaum halten, ich muss es auch", raunte Jens, stand auf und fegte staksig davon.

Sie sahen sich an, Konrads Lächeln wirkte verkrampft, Lina setzte die leere Kaffeetasse an ihren Mund und tat so, als trinke sie, stellte die Tasse ab. „Konrad", flüsterte sie, dabei legte sie ihre Hand auf seine, „schau, wir wissen doch beide, dass wir zu ungleich sind."

„Weshalb hast du dann letzte Nacht mit mir geschlafen?"

„Es ist passiert. Und es war sehr schön. Aber sieh es doch ein, ich könnte deine Mutter sein, ich kann mich nur wiederholen."

„Umgekehrt findet es niemand außergewöhnlich. Wie viele alte Säcke reißen junge Dinger auf!"

Lina wurde kreidebleich. „Das musst du nicht extra betonen."

„Ich meine ja nur generell."

Sie seufzte. „Ihr lernt uns hier in diesem Seminar, dass man für sich selbst verantwortlich ist", erklärte sie und entzog ihre Hand. „Meine Selbstverantwortlichkeit sagt mir, dass es nicht meiner Natur entspricht, mich auf solch eine ungleiche Beziehung einzulassen. Ich kann nicht anders, ich kann dir wirklich nur meine Freundschaft anbieten."

„Nun ja", murmelte er, „besser als nichts. Aber solltest du es dir jemals anders überlegen, Lina, ich werde auf dich warten."

Lina hätte fast gelacht, so theatralisch klang das. Es hätte aus einem Stück einer Laienspielgruppe sein können. „Danke, Konrad. Du bist wirklich klasse."

Nach dem Frühstück verzog sie sich in die kleine Bibliothek. Viele fuhren nach Immenstadt oder Oberstaufen, um Souvenirs zu kaufen, doch sie wollte einfach ihre Ruhe. Sie griff wahllos ein Buch und setzte sich damit in einen der bequemen Sessel. Was würde sie am Nachmittag für ein Fazit ziehen, überlegte sie. Obwohl sie wenig Theorie gehabt hatte, war sie quasi durch praktische Erfahrungen zu einem gewinnenden Ergebnis gekommen. Sie wusste, dass sie im Alltag rasch wieder der Gewohnheit unterliegen würde, dennoch hatte sich etwas grundlegend geändert. Auch wenn sie wieder Fenster putzen und Wäsche bügeln musste, ihre Einstellung war anders. Ihr Leben lang war sie für ihre Familie dagewesen. Ihre Kinder würden auch immer an erster Stelle stehen. Doch deswegen musste sie sich keinesfalls selbst ganz und gar aufgeben.

Die Tische waren abermals zu einer Hufeisenform gestellt, als die Gruppe nach dem Mittagessen den Seminarraum betrat. Wieder saßen Jens, Konrad und Martina an der Stirnseite, zur linken von Jens thronte Regula. Thronen, dachte zumindest Eva, war das passende Wort. Regula hatte ihre schwarzen Haare mit einer leuchtend gelben Haarspange in die Höhe gesteckt, so dass bei jeder Bewegung ein Haarzipfelchen wippte, ähnlich wie der Schweif bei einem tänzelnden Zirkuspferd. Eva hatte sich erst gar nicht zu den Oberhäuptern gesetzt, sondern zwischen ihre Mutter und Anni, neben der wiederum Lina saß, gefolgt von Julia, Olaf, Frank und Melitta. Für eine Überraschung sorgte Mona. Als Richard, der baggernde Baulöwe, sich neben sie setzte, schob Mona energisch ihren Stuhl zurück, stand auf und sagte laut: „Wo darf ich mich dazusetzen, ohne dass an mir herumgefummelt wird!"

Richard sah perplex aus, es hatte ihm tatsächlich die Sprache verschlagen. Mona gesellte sich zu Lydia, der Stuhl neben Richard blieb frei.

„Kinder, wie die Zeit vergeht", eröffnete Jens die Abschlussrunde. Er hatte die Karten in der Hand, auf denen sie zu Beginn ihre Erwartungen notiert hatten.

„Wir möchten nun die Auswertung durchführen, dazu dürft ihr noch einmal auf einer Karte euren Kommentar abgeben, wer will, mit Namen, wer lieber anonym bleiben möchte, kann das auch."

„Aber", rief Julia, „wenn nur einer anonym bleibt und die anderen alle ihre Namen schreiben, ist das blöd. Dann weiß jeder Bescheid."

„Stimmt auch wieder", meinte Jens. „Aber wie sollen wir es machen?"

„Hast du vielleicht ein Problem damit, zu deiner Meinung zu stehen?" fragte Eva etwas gereizt.

„Ich doch nicht, aber du vielleicht!"

„Wie meinst du das?"

Alle lauschten gespannt.

„Weiß doch jeder hier, was los ist."

Jens fuhr dazwischen. „Kindergarten ist jetzt aber nicht angesagt, meine Lieben. Ich teile die Karten aus und alle bleiben anonym, basta."

„Wieso musst du wegen einer einzigen Person jetzt so autoritär reagieren?" fragte Eva.

„Also bitte, können wir jetzt fortfahren", sagte Martina. „Sonst sitzen wir morgen früh noch da."

Regula stand auf, schnappte einen Stapel leerer Pappkärtchen und teilte diese aus.

Niemand redete mehr, Eva sah nicht einmal hoch, während sie schrieb. Es wäre ihr Part gewesen, die Kärtchen auszuteilen. Aber das war jetzt auch schon egal. Sie war frustriert von diesem ganzen Glücksseminar, das schrieb sie hin. Vor allem, seit Lina ihr berichtet hatte, was Jens am Morgen im Frühstückssaal gesagt hatte. Diese Aussage hatte sie getroffen wie ein Pfeil, mitten ins Herz. „Jeder kann seine Gefühle im Zaum halten, ich muss es auch", hatte Jens zu Konrad gesagt. Das bedurfte wohl keiner weiteren Erklärung. Er ließ sich von Regula beherrschen. Alles Geschwätz über das Glück war leere Schwafelei. Jens war nicht glücklich. Jens liebte Eva, und Regula ließ es nicht zu.

Dann wurden die Pappkärtchen bei Jens abgegeben. „Regula, möchtest du sie vorlesen?"

„Gerne, mein Lieber." Sie erhob sich, stand stramm und dozierte mit erhabener Stimme, als sei sie die Kursleiterin.

Eva rutschte unruhig hin und her. Paula legte eine Hand auf Evas und tätschelte diese sanft. „Reg dich nicht auf, nicht wegen so was".

„Du hast gut Reden, du wirst hier ja auch nicht provoziert."

„Also wirklich, seid ihr jetzt bitte still“, rief Regula, „man versteht ja sein eigenes Wort nicht!“

Alle Blicke wandten sich Eva zu. „Oh“, flötete nun Anni, „das stimmt wirklich, Regula. Wir alle verstehen dich sehr schlecht. Vielleicht sollte jemand mit deutlicherer Aussprache die Karten vorlesen.“

Grabesstille. Jens saß da wie ein Granitbrocken, er verzog keine Miene und hatte offensichtlich auch nicht die Absicht einzuschreiten.

Regula sog hörbar die Luft an und prustete sodann: „Meine Aussprache ist klar und deutlich. Ich kann leider nichts dafür, wenn manche Menschen schwerhörig sind.“

Konrad nahm ihr kommentarlos die Karten aus der Hand, Regula blieb einige Sekunden stehen, setzte sich dann jedoch hin und schwieg beleidigt. Konrad hüstelte, blickte in die Runde und sprach souverän: „Ja dann will ich mal lesen. Oh, diese Kursbeschreibung klingt wirklich fabelhaft, hört mal: Dieses Seminar hat mir gezeigt, dass ich schon immer glücklich war und dass ich es nur nicht bemerkt habe. Wenn ich in Zukunft auf dem Marienplatz in Ravensburg oder auf dem Löwenplatz in Weingarten sitze und eine Tasse Cappuccino bei Sonnenschein trinke, werde ich jeden Moment davon genießen. Und wenn ich sehe, dass eine Blüte an meinem Rosenstock im Garten aufgegangen ist, werde ich nicht nach Läusen suchen, sondern mich daran freuen.“

Konrad lächelte, schob die Karte im Stapel nach hinten und fuhr fort: „Ich habe mir vorgestern einen kleinen gefalteten Zettel in mein Portemonnaie gelegt, darauf steht: Ich habe momentan keine Probleme. Jedes Mal, wenn ich Kleingeld brauche, sehe ich dieses Papierfetzchen, und dann geht es mir gleich besser.“

Beim nächsten stand: „Es war toll, ich habe viele Dinge gehört, die mich nachdenklich gestimmt haben. Und ich weiß jetzt, dass das Glück in jedem selbst liegt.“

Jemand anders hatte geschrieben: „Ich werde in Zukunft das Neinsagen üben. Nicht nur im Alltag werde ich öfter nein sagen, auch an meinen Schrank mit Süßigkeiten werde ich einen Zettel kleben und darauf schreiben: Ich kann nein sagen.“

So ging es fort, das meiste war positiv. „Zu viel Geld zum Fenster rausgeworfen für zu viel unnützes Gesülze.“ Als Konrad das vorlas, ging ein Raunen durch die Gruppe.

„Jeder hat ein Recht auf freie Meinungsäußerung", sagte Konrad, und Jens fügte hinzu: „So ist es. Aber es ist schade, dass diese Aussage nicht konkreter formuliert ist. Es wäre hilfreich."

Alle schauten auf Julia, die einen feuerroten Kopf bekam.

„Du bist ein bedauernswertes Mädchen", sagte Lina freundlich, „ich wünsche dir wirklich, dass du eine positivere Lebenseinstellung bekommst."

„Ich denke", sagte Jens, „es ist Zeit für eine Kaffeepause."

Schwatzend und lachend zog die Gesellschaft rüber ins Restaurant. Nur Julia blieb sitzen, und Lina, die bereits aufgestanden war, setzte sich wieder hin. Mütterlich legte sie einen Arm um Julias Schulter: „Ich wünsche es dir wirklich. Was auch immer dich in der Vergangenheit so verbittert werden ließ, wirf es endlich weg und ziehe einen Schlussstrich. Glaube mir, das geht."

Julia fing an zu heulen, und Lina gab ihr ein Taschentuch. „Kann ich dir irgendwie helfen?"

Julia schüttelte den Kopf.

„Komm, gehen wir auch etwas trinken, es wird uns beiden gut tun."

„Warum bist du so nett zu mir?"

„Warum soll ich es nicht sein?"

„Weil niemand nett zu mir ist außer Olaf."

„Überlege mal", sagte Lina behutsam, „ob du selbst nett zu dir bist. Vielleicht liegt da ja der Hund begraben."

Julia putzte sich geräuschvoll die Nase, wischte die Tränen weg, trompete abermals ins Schnupftuch, sah Lina mit großen Augen an und sagte: „Ja. Vielleicht ist es genau das, was ich hier gesucht habe, mich selbst zu mögen fällt mir wirklich schwer."

„Wenn man sich selbst mögen kann und mit sich selbst im Reinen ist, ich glaube, dann hat man verstanden, worum es geht."

„Es hört sich so einfach an, aber es ist verteufelt schwer."

„Oh Julia, ich habe nicht gesagt, dass es einfach ist. Aber ich habe hier gemerkt, wie schön es ist, wenn man sich selbst mag."

„Hm."

„Sich mögen heißt ja nicht, wie ein selbstverliebter, aufgeblasener Gockel herumzulaufen. Es heißt, dass man gut und freundlich mit sich selbst umgehen sollte. Respektvoll, verstehst du?"

„Hm, ich weiß nicht."

„Weißt du, es war bei mir wie ein Aha-Erlebnis. Wenn andere Menschen an uns glauben, an das, was wir können oder an das, wie wir sind, weshalb sollten wir selbst uns dann verleugnen. Ein Beispiel, also Konrad traute mir zu, auch große Strecken zu laufen und anspruchsvolle Wanderungen mitzumachen, obwohl ich selbst der Meinung war, so was nie im Leben zu schaffen. Aber es war klasse, mit jeder Tour wurde meine Begeisterung größer, und ich traue mir jetzt Schwierigkeitsgrade zu, die vor dem Seminar noch undenkbar gewesen wären."

„Aber ich kann nichts."

„Du hast gehofft, dass hier ein Talent geweckt wird, und genau das ist doch passiert."

„Ach was, gar nichts ist passiert."

Lina sagte mit fester Stimme: „Du hast mit Olaf gekocht wie die Fernsehköche. Dein Essen schmeckt wunderbar, und dieses Talent solltest du unbedingt ausbauen. Ich bin überzeugt davon, dass du eine phantastische Köchin bist, weil du es im Blut hast. Und mit Olaf hast du auch noch eine verwandte Seele gefunden, was willst du mehr!"

„So gesehen, so gesehen hast du recht."

„Wir sollten uns nicht kleinmachen, wir sollten zu dem stehen, was wir können, denn dafür brauchen wir uns nicht zu schämen. Wir sollten dankbar sein für die Begabungen, die wir haben."

„Und du meinst, wenn man seine Begabung erkennt und annimmt, dann mag man sich auch selbst, oder?"

Lina nickte. „Genau. Und wenn du selbst dich magst, dann mögen dich auch die andern. So einfach ist das."

„Klingt wie ein gutes Kochrezept", sagte Julia. Ein Lächeln huschte über ihr Gesicht.

„Ist es. Und jetzt trinken wir einen Kaffee, komm."

Als sie schon unter der Tür standen, sagte Julia ganz leise: „Danke, Lina. Du wärst eine tolle Mama."

Lina schloss sie spontan in ihre Arme und drückte sie eng an sich. „Und du wärst bestimmt eine ebenso tolle Tochter."

Nach der Pause sagte Jens. „Jetzt kommen wir zur Endrunde. Was man vor Augen hat, haben wir ja gehört, geht in den Kopf über, und irgendwann wird es wahr. Mentales Training, sozusagen. Deshalb darf nun jeder eine Zufriedenheitsskala erstellen. Ihr zeichnet eine Graphik, hängt sie bei euch zu Hause irgendwo auf und schaut sie immer wieder an. Ihr werdet staunen, was sich alles tun wird.“

Als jeder Papier und Stifte hatte, sagte er: „Ihr zeichnet nun eine Linie, die euer Leben darstellen soll, und ihr markiert den Punkt, wo ihr jetzt steht. Die Linie kann gerade, schräg, gebogen, gewellt oder spiralförmig sein, ganz wie es euch gefällt. Es kommt nicht auf Objektivität an, sondern darauf, wie ihr persönlich eure bisherige Entwicklung und eure Zukunft seht. Dies kann chronologisch oder psychologisch sein. In einer Viertelstunde erläutert ihr einem Gesprächspartner, was die Linie für euch bedeutet. Als Zuhörer befragt ihr den Erzähler so lange, bis euch die Bedeutung vollständig klar ist.“

Sie schlossen sich zu Paaren zusammen, und alsbald waren alle miteinander im Gespräch vertieft. Lina bedauerte es sehr, nicht bei Konrad zu sein. Sie wusste eigentlich so gut wie gar nichts über ihn, außer dass er Personaltrainer war und gerne wanderte. Aber Julia hatte sich sogleich an sie gewandt, und sie brachte es nicht übers Herz, ihr einen Korb zu geben. Julia hatte eine zackige Linie gezeichnet, ein stetes Auf und Ab. Im Moment war sie ziemlich unten, jedenfalls hatte sie sich im Minusbereich eingezeichnet.

„Weißt du was, Julia. Wir hacken und bohren jetzt gar nicht in deiner Vergangenheit herum. Stelle dir vor, du machst etwas aus deiner Kochkunst. Du könntest regelmäßig Leute einladen, oder dich beim Fernsehen bewerben, oder an der Volkshochschule Kurse geben, oder einfach mit Olaf kochen und einen schönen gemeinsamen Abend verbringen.“

„Wenn ich mir all das vorstelle, setze ich gerne hier im Plusbereich einen Punkt für mein Befinden“, sagte Julia mit geröteten Wangen.

„Und ich sehe mich auch hier oben im Plusbereich, das tiefe Tal liegt hinter mir“, erklärte Lina.

Nebenan unterhielten sich Anni und Eva im Flüsterton miteinander. Eva hatte sich auf dem unteren Papierrand mit einem dunkelroten Stift verewigt. „Ich sehe nur noch rot, blutrot für Regula.“

„Und blutrot für meine Arbeitskollegin“, flüsterte Anni. „Wir müssen die Sache wirklich angehen, sonst kommen wir nie mehr aus unserem Tief.“

„Alles zu seiner Zeit. Nur ein perfekter Mord ist ein guter Mord.“

Kurz vor halb sechs rief Jens noch einmal zur Ruhe auf. „Leute, als wirklich Allerletztes stelle ich nun einige Fragen, die ihr zu Hause beantworten könnt. Es ist quasi eine Hausaufgabe, die ihr nur für euch macht.

Aus Erfahrung rate ich euch, lest eure Aufschriebe immer wieder durch. Je öfter ihr etwas vor Augen habt, desto eher wird es Realität. Also erstens: Was kann ich tun, um einen Schritt auf der Zufriedenheitsskala weiterzukommen? Zweitens: Welche Personen können mich dabei unterstützen? Drittens: Welche Fähigkeiten, Ressourcen und Kompetenzen können mir helfen? Viertens: Was ist der erste konkrete Schritt, den ich heute noch tun kann, also, wie ist mein sogenannter Babystep? Und fünftens: Wenn dieser Schritt geschafft ist, was kann sich dann ändern? Mit diesen Fragen erkläre ich unser Seminar für beendet."

An jenem letzten Abend weilte Waltraud neben Richard beim Abendessen. „Mona sitzt aber weit weg", eröffnete Waltraud das Gespräch.

„Jede wie sie mag", sagte Richard ruppig.

„Weißt du, was mich schon seit Tagen wirklich interessiert", fragte Waltraud. Sie schob sich eine Gabel Kopfsalat in den Mund und kaute genüsslich.

„Ich weiß es nicht, und es interessiert mich auch nicht."

Plötzlich wurde es still, zuerst an diesem, danach an den umliegenden Tischen. Alle blickten auf Richard.

Sie schluckte ihren Salat hinunter. „Wieso", fuhr Waltraud fort, „macht ein Stinktier wie du solch ein Seminar?"

Richard legte sein Besteck weg. Wandte seinen Oberkörper Richtung Waltraud. Sah sie ungläubig an. Zuckte mit dem Mundwinkel und begann zu lachen. „Das kann ich dir sagen", dröhnte er, „hahaha! Ich bin hier, weil meine Frau mich dazu gezwungen hat!"

„Sie denkt vermutlich, dass du nach so einem Seminar anders zurückkommst."

„Aber da hat sie falsch gedacht", sagte nun Olaf am Nebentisch.

„Sie enterbt ihn, wenn er sich nicht ändert!" schrie Mona.

Richard stand auf und schob unwirsch seinen Stuhl zurück. „Mit euch rede ich doch gar nicht mehr. Ich habe das nicht nötig." Erhobenen Hauptes stapfte er hinaus.

Waltraud hatte inzwischen ihren Salatteller geleert. Mit zufriedener Stimme erklärte sie: „Den sind wir los."

Daraufhin legte Olaf einen Arm um Julias Schulter. „Und wir beide haben uns gefunden!"

Julia zwinkerte verlegen. „Ja. Und damit nicht genug. Wir wollen zusammen mit Frank ein Restaurant eröffnen. Wenn wir keines zur Pacht finden, machen wir vielleicht ein eigenes auf."

„Was sagt man dazu", rief Martina fröhlich, „wenn ich euch helfen kann, tue ich das gerne!"

„Und wenn es soweit ist", sagte Frank, „seit ihr alle zur Einweihung eingeladen!"

Ein fröhliches Juhu und Klatschen setzte ein, Glückwünsche für Julia und Olaf, viele freudige Menschen verbrachten diesen letzten Abend mit beneidenswerter Zuversicht. Den Dozenten wurde überschwänglich gedankt, es war fast ein wenig, als ginge ein ganzes Schuljahr zu Ende. Doch nicht alle fühlten dasselbe. So einige blickten mit gemischten Gefühlen in die Zukunft, manche sogar voller Sorge und Niedergeschlagenheit.

15

Lina stieß einen entsetzten Schrei aus. Einbrecher hatten gewütet wie die Berserker. Einige Möbel fehlten, und kahle Lücken an den Wänden gafften ihr entgegen. Sofakissen, Decken, Bücher und verschiedenste Accessoires lagen zerstreut auf dem Fußboden. In der Küche standen einzelne Schranktüren und Schubladen auf, und selbst in ihrer Putzkammer herrschte ein wüstes Durcheinander.

Sie traute sich kaum in das obere Stockwerk, überlegte, ob sie gleich die Polizei rufen sollte oder erst Jutta, doch dann fasste sie sich ein Herz und stieg beherzt die Treppe hinauf. Die Diebesbande hatte kein Zimmer verschont, in jedem herrschte dasselbe Chaos; in Joachims waren Schubladen durchwühlt, Bücher aus den Regalen gerissen, Bettwäsche lag zerknüllt und zerstreut herum. Bei Leonie war es nicht ganz so schlimm, doch auch hier hatten die Einbrecher ihre Spuren hinterlassen. Das größte Chaos herrschte in ihrem eigenen Schlafzimmer. Ihre Kleidung türmte sich auf dem Fußboden, das Bettzeug war herausgerissen, und die Matratzen lagen quer. Sie bewegte sich wie in Trance nach unten, wählte die Nummer der Polizei, sagte, sie wäre aus dem Urlaub zurück, und jemand habe eingebrochen. Bis zum Eintreffen der Streife wollte sie keinesfalls alleine bleiben. Sie wählte Juttas Nummer, die einen schrillen Schrei ausstieß, als sie hörte, was passiert war. Sie habe zwar Besuch, doch sie käme sofort. Lina beendete das Gespräch mit brüchiger Stimme und starrte auf ihren Koffer. Sie musste ihn ausräumen und die Wäsche waschen. Bis die Polizei käme, könnte die erste Waschmaschine laufen. Oder sie könnte ihre Wanderschuhe bürsten und einfetten. Ihre Kosmetiktasche auszuräumen, wäre auch eine gute Ablenkung. Noch während sie ihre Pläne schmiedete, klingelte es. Einen Moment dachte sie, die Einbrecher kämen zurück, doch dann sah sie den Streifenwagen durch den Spalt der Gardine. Erleichtert riss sie die Haustür auf. Eine Polizistin und ein Polizist, beide sehr jung, grüßten sie freundlich. Lina dachte, dass die beiden einen gefährlichen Beruf erwählt hatten und dass ihre Kinder glücklicherweise nicht bei der Polizei waren. Sie beantwortete eine Menge Fragen, hinterher hätte sie nicht mehr sagen können, welche und schon gar nicht, was sie darauf geantwortet hatte.

Die beiden gingen durch das ganze Haus, inspizierten sämtliche Fenster, die Balkontür und die Haustür, schüttelten immer wieder den Kopf und tuschelten miteinander. Lina stand ratlos herum und hätte am liebsten geheult. Bis das alles aufgeräumt war, das würde dauern. Und wie sollte sie feststellen, was alles gestohlen worden war. Sie war nur froh, ihr Sparbuch mitgenommen zu haben, es ruhte sicher in ihrer Handtasche am Garderobenhaken. Dann schloss Jutta die Tür auf, stürzte ihrer Mutter entgegen, schloss sie innig in die Arme.

Die Polizistin räusperte sich. Jutta ließ die Arme sinken, schaute sich im Wohnzimmer um, lief die Treppe hoch, rannte von Raum zu Raum, als sie wieder unten bei den anderen angelangt war, sagte sie keuchend: „Ich verstehe das nicht, ich habe am Freitagabend noch einmal die Post aus dem Briefkasten genommen, die Blumen gegossen und ein wenig Brot, Wurst und Käse in den Kühlschrank gelegt. Ich dachte, dass du was für den Anfang hast, wenn du wieder zurück bist. Jedenfalls war da noch alles in Ordnung."

„Was ich nicht verstehe", meinte der Polizist, „an keinem Schloss sind auch nur die geringsten Spuren. Auch die Fenster sind fest verschlossen, niemand ist hier mit Gewalt eingedrungen, soviel steht fest."

„Frau Pohl, hat denn jemand außer der Familie einen Hausschlüssel?"

„Papa", entfuhr es Jutta, „er muss hier gewesen sein."

Lina wurde noch bleicher. Alle schauten sie fragend an.

„Er hat sich von meiner Mutter getrennt. Ich denke, er war gestern hier. Er hat doch noch einen Schlüssel, oder?" Jutta blickte vorwurfsvoll auf Lina.

Diese nickte, sodann schüttelte sie den Kopf, nickte und schüttelte einige Male hintereinander, es sah absurd aus. „Das würde er nicht tun, hier alles so zu durchwühlen, das ergibt doch keinen Sinn."

„Und was ist mit den fehlenden Sachen?“ fragte die Polizistin freundlich.

Lina hob die Arme unbeholfen nach oben und ließ sie sodann kraftlos wieder fallen. „Seine Sachen hat er doch bereits.“

„Aber keine Möbel, schau doch nur, der Fernseher, die Stereoanlage, das Sideboard und die ganzen CDs. Er hat es sich geholt, da mache ich jede Wette.“

„Aber er war auch in den Kinderzimmern, da ist doch nichts von ihm.“

„Vielleicht war er nicht alleine hier, und jemand wollte dich zusätzlich ein wenig ärgern.“

„Frau Blümer, vielleicht hat die was gesehen, die kehrt doch tagaus, tagein den Gehweg.“ Lina deutete mit einer Kopfbewegung zum Nachbarhaus.

„Das ist doch was“, sagte der Polizist. „Wir müssen die Nachbarn ohnehin befragen, dann fangen wir gleich mal bei dieser Frau Blümer an.“

Während die beiden die Anwohnerin aufsuchten, füllte Jutta in der Küche zwei Gläser mit Wasser, reichte eines davon Lina und trank das andere in einem Zug leer. „Und wie war dein Urlaub?“

Ein Leuchten erfüllte Linas Augen. „Ein Traum. Aber wie mir scheint, ist er jetzt zu Ende.“

Kurz darauf klingelten die Uniformierten, Frau Blümer im Schlepptau, die sogleich ins Haus stürmen wollte. „Bitte warten Sie hier“, sagte der Polizist, und Frau Blümer blieb folgsam unter der Haustür stehen.

Sie schielte neugierig herein, stand nun Lina und Jutta gegenüber und legte sogleich los: „Gestern ist er gekommen, Ihr Mann, mit einem Möbelwagen. Ich dachte noch, wieso ziehen die Pohls um und sagen kein Wort zu mir! Außerdem dachte ich, dass Sie nichts mehr von mir wissen wollen, weil ich die Blumen nicht gießen durfte und den Briefkasten nicht leeren, während sie weg waren. Na ja, das hat ja die Jutta regelmäßig erledigt. Aber ein wenig sauer war ich schon, ja und dann kam da gestern also dieser Möbelwagen, und ihr Mann hat mich noch so freundlich gegrüßt. Ich war draußen und habe gefegt. Und er hat noch zu mir gesagt: Ja, Frau Blümer, das ist gut, wenn Sie hier nach dem Rechten schauen. Aber keine Sorge, meine Frau weiß Bescheid. Da dachte ich, es wird schon richtig sein, er holt seine restlichen Sachen, solange Frau Pohl nicht da ist, dann muss sie nicht so leiden.“

„War er denn alleine?“

„Nein, eine Frau hat ihm geholfen und noch zwei andere Männer. Die waren auch ruckzuck fertig.“

„Vielen Dank, das war alles“, sagte die Polizistin freundlich, aber bestimmt. Widerwillig zog Frau Blümer von dannen.

„Ich werde das mit meinem Mann regeln“, sagte Lina, „danke, dass Sie sich bemüht haben.“

„Sind Sie sicher, dass Sie keine Anzeige wegen Sachbeschädigung erstatten wollen?“

„Ich werde doch nicht meinen eigenen Mann anzeigen.“

Die Polizisten schauten sich kurz an, nickten, erklärten etwas von einem Protokoll in den nächsten Tagen, dann verabschiedeten sie sich.

„Mama, ich helfe dir aufräumen.“

„Schatz, das ist lieb von dir, aber ich muss mich jetzt erst einmal ausruhen. Ich rufe dich an, wenn ich dich brauche.“

„Aber ich kann dich jetzt nicht einfach alleine lassen.“

„Bitte, ich möchte mich wirklich zuerst hinlegen, ja.“

Nur ungern verabschiedete sich Jutta. Als sie endlich alleine war, setzte sie sich erschöpft auf einen der beiden übriggebliebenen Sessel. Sie wollte ohnehin schon seit langem eine neue Couchgarnitur, das fehlende Sofa war deshalb nicht so schlimm. Sie würde auch die anderen Dinge ersetzen. Und zurückfordern, was Albert zu Unrecht mitgenommen hatte, vor allem die Sachen, die den Kindern gehörten. Das ließ sich alles regeln. Doch er war mit seinem Pferd in ihre Wohnung eingedrungen, dazu zwei fremde Männer, sie hatten ihr persönliches Eigentum in die dreckigen Hände genommen. Diese Verletzung der Intimsphäre war nahezu unerträglich. Und überhaupt. In diesen letzten paar Wochen hatte sich mehr ereignet als in manchen Jahren zuvor. Sie sah Konrad, Albert und wieder Konrad vor sich. Welch ein Unterschied! Der eine war bereit, ihr zu geben, der andere nahm. Sie konnte jederzeit Konrad anrufen. Er hatte ihr bei der Verabschiedung auf dem Festplatz seine Telephonnummer zugesteckt. Sie hatten sich umarmt, kurz und heftig, keiner hatte etwas gesagt. Es war überhaupt eine große gegenseitige Umarmung gewesen, manche aus der Gruppe hatten Tränen in den Augen. Manche wurden abgeholt, andere gingen alleine ihres Weges. Sie war auch alleine ihres Weges gegangen, sie hatte es abgelehnt, nach Hause gebracht zu werden. Zwanzig Minuten war sie gelaufen, den Koffer hatte sie hinter sich hergezogen, und die Leute hatten ihr blöde nachgeguckt. Doch sie brauchte diesen Gang vom Festplatz zum Vorderen Ochsen, um ihren Kopf freizubekommen.

Um durchzuatmen. Um diesen Druck loszuwerden, der sich in Konrads Arm aufgebaut hatte. Und dann dieses Chaos hier!

Lina wischte die Tränen aus dem Gesicht. Das Wasser nahm etwas Schweres mit, und sie spürte eine gewisse Erleichterung. Sie würde gleich am nächsten Morgen ein neues Türschloss einbauen lassen. Entschlossen erhob sie sich aus ihrem Sessel, ging in die Küche, inspizierte. Die schönsten Teile des Geschirrs fehlten, das sah sie sofort. Auch die teure Kaffeemaschine. Aber sie hatte noch einen alten Filter aus Porzellan und Filtertüten und kochte sich ihren Kaffee wie in früheren Zeiten. Sie belegte sich ein Brot mit Wurst, dankte Jutta im Stillen für den weitsichtigen Einkauf.

Nach der Stärkung ging Lina in den Keller. Ihre Marmeladengläser standen aufgereiht, offensichtlich schien Albert ihr Fruchtmus nicht zu mögen. Ihre Konfitüre hatte er jedenfalls dagelassen, auch die Waschmaschine. Doch der Wäschetrockner war weg. Lina seufzte.

Sie stieg die Treppe wieder hoch, fing systematisch an, die Zimmer in Ordnung zu bringen. Das bereitete ihr mit der Zeit sogar Spaß, sie entdeckte Dinge, die sie längst vergessen hatte. Während sie alle möglichen Gegenstände an den Platz zurück stellte, die Kleidung wieder ordentlich einräumte, schaffe es zugleich ununterbrochen in ihrem Gehirn. Irgendwann huschte ein Lächeln über ihr Gesicht. Sie hatte eine Entscheidung getroffen, würde Konrad anrufen. Nächstes Wochenende mit ihm in die Berge fahren, den Mindelheimer Klettersteig testen.

Paula gehörte zu denen, die vom Festplatz abgeholt wurden. Ernst hatte große, erwartungsvolle Augen, und Paula schloss ihn etwas unbeholfen in ihre Arme. Ernst fragte, ob Eva nicht auf einen Kaffee mitkommen wolle, er habe zur Begrüßung einen Apfelkuchen gekauft. Eva hatte keine Lust auf Familienkaffee, wollte lieber alleine sein, hatte aber auch große Angst vor dem Betreten der einsamen Wohnung. So nahm sie die Einladung an. Sie war zwei Wochen in Gesellschaft gewesen, manchmal war es ihr zuviel geworden, doch nun, da sie in ihre öde Behausung sollte, war ihr doch mulmig. „Na gut“, meinte sie, „ich fahre euch hinterher. Aber nur für ein Stündchen“, sagte sie.

Auf der Fahrt nach Vogt hatte Eva alle Mühe, die Tränen zu unterdrücken. Der Abschied gerade war arg gewesen. Regula hatte ihr die Hand gereicht und kühl genickt. Von oben herab, wie die Queen. Doch das konnte sie verkraften. Jens jedoch hatte den Vogel abgeschossen. Er hatte sie ignoriert. Schlicht und einfach übersehen. Er hatte zu allen nette Abschiedsworte gesagt, hatte seinen Arm um Rücken und Schultern gelegt, Hände geschüttelt, gelacht und geschwatzt. Aber Eva war er aus dem Weg gegangen. Hatte sie links liegenlassen. Wie eine stinkige Socke. Eva und Jens waren die Einzigen, die sich nicht voneinander verabschiedet hatten.

Während Lina sich mit dem verwüsteten Haus auseinandersetzte, Eva mit ihren Eltern Kaffee trank und Kuchen aß, räumten Konrad, Jens und Regula ihre Koffer aus, ebenso Anni und all die anderen. Anni fand das Haus verlassen vor. Insgeheim hatte sie gehofft, Dieter wäre noch hier und erwarte sie mit einem leckeren Essen und überschwänglichen Liebesschwüren. Insgeheim hatte Eva gehofft, Jens ginge mit ihr direkt ins Büro, um das Seminar auszuwerten. Insgeheim hatte Regula gehofft, die Schmierblutung, die am Morgen eingesetzt hatte, bliebe eine solche, doch daheim musste sie die blutbefleckte Unterwäsche wechseln. Insgeheim hatte Konrad gehofft, Lina würde mit ihm gemeinsam den restlichen Sonntag verbringen wollen. Und insgeheim hatte Paula gehofft, der Rentenbescheid ihres Mannes sei ein Versehen gewesen. Mit all diesen heimlichen Hoffnungen gingen die Menschen schlafen. Das Glücksseminar war vorbei.

16

„Persönlichkeiten, nicht Prinzipien bringen die Zeit in Bewegung, sagte Oscar Wilde. Und du, Eva, hast dich tapfer geschlagen und einiges in Bewegung gebracht“, erklärte Jens am nächsten Morgen im Büro.

„Erstens“, antwortete sie grantig, „was heißt tapfer geschlagen! Ich war doch ausgegrenzt von allem.“

„Es tut mir leid, wenn du das so siehst. Aber du hast diese Kochnachmittage initiiert, und daraus sind immerhin zwei Liebesbeziehungen hervorgegangen.“

„Ach was, die hätten auch so zueinandergefunden“, sagte sie mürrisch.

„Stell dein Licht nicht unter den Scheffel, liebe Eva.“

„Jetzt auf einmal wieder die liebe Eva!“ rief sie aufgebracht.

„Wie meinst du das?“

„Das ist das zweite, was ich loswerden muss. Du hast dich auf dem Festplatz von allen verabschiedet, nur mich hast du ignoriert. Wieso?“

„Du, Eva, ich kann nichts dafür, dass Regi so eifersüchtig ist.“

Sie seufzte. „Gehen wir an die Arbeit, ich habe einen Riesenstapel an Post und Unmengen an E-Mails zu bearbeiten.“ Sie spürte, dass dieses Gespräch nichts bringen würde, jedes ihrer Worte war wie Perlen vor Säue geschmissen.

Die Putzfrau hatte regelmäßig den Briefkasten geleert und die Post auf Evas Schreibtisch gestapelt. Es war tatsächlich ein stattlicher Berg zusammengekommen.

„Regula hätte dir gerne geholfen, sie sagte heute Morgen noch, dass gewiss vieles aufzuarbeiten wäre. Aber sie musste ins New Age.“

Eva schüttelte den Kopf. „Die Post erledige ich lieber alleine. Da könnte deine Frau mir ohnehin nicht helfen. Ich bringe nachher alles rüber, was für dich ist.“

„Was würdest du denn dazu sagen, wenn Paula hier einsteigen würde?“ hakte Jens nach. Er stand nach wie vor an Evas Schreibtisch, sie musste den Kopf in den Nacken legen, um ihn anzusehen. „Ehrlich gesagt, bisher lief doch alles bestens hier. Du weißt ja, viele Köche verderben den Brei.“

„Hm, nun ja, mal sehen. Ich bin dann in meinem Büro. Heute dürfte nicht allzu viel los sein.“

Doch, dachte Eva, der Teufel war los. In ihr spukte es geradezu. Es sah böse aus. Regula jeden Tag vor der Nase zu haben war einfach unerträglich. Auch für Jens, den Armen. Er hatte einfach nicht das Format und die Kraft, sich gegen Regula durchzusetzen. Es half wirklich alles nichts. Sie musste etwas unternehmen.

Lina rief zu jener Stunde Albert in seinem Büro an. Sie hatte gar nicht damit gerechnet, ihn gleich beim ersten Mal an die Strippe zu bekommen. „Albert, was soll das alles?“ fragte sie, um sachlichen Ton bemüht.

„Was meinst du?“

„Du hast ein Schlachtfeld hinterlassen.“

„Ich weiß nicht, wovon du redest.“

„Frau Blümer hat euch gesehen, die Polizei hat alles aufgenommen. Wenn du den Einbruch abstreitest, machst du alles noch schlimmer.“

„Ich kann wohl kaum in meinem eigenen Haus einbrechen“, polterte er durchs Telephon. „Ich habe nur genommen, was mir gehört.“

„In den Kinderzimmern! Was bitte sollte da dir gehören!“

„Lina, ich sage dir jetzt mal was. Die Kinder sind keine mehr, sie sind erwachsene Menschen, und sie brauchen dich schon lange nicht mehr. Und was weiß ich, was alles in deren Zimmern liegt! Du hast doch all die Jahre alles Mögliche hinten und vorne in sie reingesteckt, ich schätze, dass so mancher Schein ohne mein Wissen geflossen ist. Sie bekommen jedenfalls keinen Cent mehr. Sie sollten längst einen Job annehmen, um diesen Luxus des ewigen Studierens selbst zu finanzieren. Jetzt ist Schluss mit der Hätschelei, das versichere ich dir!"

Lina bebte. Was Albert da gesagt hatte, regte sie mehr auf als alles, was bisher geschehen war. Wenn er sie betrog, musste sie selbst damit fertig werden. Aber wenn er jetzt anfing, das Leben der Kinder zu beschneiden, dann Gnade ihm Gott! Die Kinder waren tabu.

„Albert, damals, als du ausgezogen bist, hast du gesagt, dass du für das Studium aufkommen würdest."

„Damals ist damals, und heute ist heute. Was interessiert mich mein Geschwätz von gestern."

„Hör zu, ich mache dir einen Vorschlag", sagte sie, sämtliche letzten Bedenken über Bord werfend. „Es sieht tatsächlich so aus, dass du kein Geld mehr hast, was ich zwar nicht verstehe bei deinem Verdienst, aber gut. Vielleicht lebt ihr ja jetzt auf großem Fuß. Wie auch immer. Du willst das Haus verkaufen. Du willst mein Sparbuch. Und ich will dich nach wie vor zurück. Wir machen einen letzten Versöhnungsversuch, du verbringst mit mir einen Tag bei einer Bergwanderung, wir können reden und haben Zeit nur für uns. Wenn du danach immer noch nicht zu mir zurückkommen willst, bin ich einverstanden, wir verkaufen das Haus, und von meinem Sparbuch bekommst du auch die Hälfte. Ich bestehe jedoch auf diesem letzten Versuch mit einem gemeinsamen Tag."

Albert blieb hart: „Lina, es hat keinen Sinn. Das wäre verschwendete Zeit."

„Kein Tag, keine Zustimmung. Und du weißt, dass du ohne meine Zustimmung das Haus niemals verkaufen kannst."

„Wieso willst du dir das antun?"

„Solange ich einen Funken Hoffnung in mir trage, gebe ich dich nicht auf, Albert."

„Also meinetwegen, schlag einen Termin vor", meinte er nach einer kurzen Pause.

„Könntest du unter der Woche einen Tag freimachen, am Wochenende sind mir zu viele Menschen unterwegs."

„Ausgeschlossen!"

„Deine Freundin würde am Wochenende wohl nur ungern auf dich verzichten, oder?"

„Verdammt, dann schlag was vor."

„Übernächsten Mittwoch bei schönem Wetter. Wir treffen uns am besten hier, ich weiß ja nicht, wo du jetzt wohnst.“

„Meinetwegen, einverstanden“, grunzte er mürrisch.

„Bei Regenwetter eine Woche später, tschüss dann“, sagte Lina rasch und legte auf. Zufrieden lehnte sie sich zurück. Sie wusste natürlich, dass er in Baindt mit seinem Pferd zusammen hauste. Aber wenn er hierher käme und sie gemeinsam wegfuhren, würde jeder denken, dass sie sich wieder versöhnt hätten. Und das war unbedingt von Vorteil.

Als Nächstes rief sie Konrad an. Auch er war daheim. Sie fühlte sich ein wenig schlecht, da sie ihn für ihren Eigennutz einsetze. Ihre Bereitschaft, mit ihm den Mindelheimer Klettersteig zu überqueren, entlockte Konrad einen regelrechten Freudenschrei. In Anbetracht seiner wenigen Termine könnten sie auch sofort los, doch wettermäßig war es bei dem derzeitigen Regen zu riskant. „Du könntest fallen“, sagte Konrad, „erst im letzten Jahr gab es eine Serie tödlicher Abstürze, es ist besser, wir gedulden uns noch. Andererseits, ich möchte keinen Tag länger warten, bis ich dich wiedersehen kann.“

„Konrad, wir gehen, sobald sich das Wetter gebessert hat.“ Sie vereinbarten, noch einmal zu telephonieren und dann alles fest auszumachen.

Anni hatte eine entsetzliche Nacht hinter sich, als sie an diesem Morgen in die Werbeagentur fuhr. Dieter war nicht aufgekreuzt. Es sah allerdings auch nicht danach aus, dass er ausgezogen war. Zwar war grob aufgeräumt worden, doch im Aschenbecher dümpelten stinkende Kippen, Hefte stapelten sich auf der Couch, im Bad hingen feuchte Handtücher. Im Kühlschrank lagen ein Ring Schwarzwurst und ein Stück Goudakäse. In der Küchenecke stand ein Kasten Bier, der drei viertel voll war. Den hätte er niemals so zurückgelassen. Anni konnte Lina beim Anblick dieser Hinterlassenschaften besser verstehen denn je, so fühlte man sich also, wenn man verlassen worden war und hoffte, der andere käme wieder. Es war eine ständige Gratwanderung zwischen Wut und Hoffnung. Bestimmt hatte er sich mit dem Flittchen noch länger hier vergnügt, und kurz vor ihrer Ankunft hatten sie das Feld geräumt. Da seine Kleidung im Schrank war, musste er auf alle Fälle noch einmal kommen. Womöglich, wenn sie bei der Arbeit war. Wenn sie ein anderes Schloss einbauen ließe, könnte er nur in ihrer Anwesenheit rein. Sie war erstaunt, schon in Kehrenwies angelangt zu sein, so gedankenverloren hatte sie die Fahrt zurückgelegt. Sie knallte die Autotür zu und blieb stehen, betrachtete die lindgrünen Wiesen und die satten Obstbäume. Sie genoss das sanfte Morgenlicht, lauschte eine Weile dem Singsang der Amseln, inhalierte tief die frische, klare Luft, dann erst betrat sie die Werbeagentur.

Bernd begrüßte sie geradezu überschwänglich, als sie das Büro betrat. „Wie schön, dass du wieder hier bist, Anni. Du hast uns gefehlt!"

Das konnte sie sich denken. Die Kaffeeköchin war in Urlaub gewesen. „Guten Morgen, Bernd. Wo ist denn Sabrina?" fragte sie hoffnungsvoll. Vielleicht hatte sie gekündigt.

„Oh, sie kommt immer später. Sie hat herausgefunden, dass sie in der Nacht besser arbeitet."

„Ach ja", sagte Anni mit gemischten Gefühlen. Sie wusste nicht, wie diese Tatsache einzuordnen war. „Was gibt es denn Neues?"

„Stell dir vor, Sabrina hat einen Großauftrag von Semmelmann an Land gezogen. Wir machen die komplette Werbung für ihn."

„Semmelmann, das sind doch diese Bäckereien, die jetzt überall wie Pilze aus dem Boden schießen."

„Ja, so ist es."

„Aber das Zeug von denen schmeckt nicht. Das dürfte schwierig werden, es überzeugend zu bewerben."

Bernds Mimik plättete sich schlagartig, so, als fahre ein heißes Bügeleisen über sein Gesicht. „Fängst du schon wieder an!" maulte er Anni an, „ich glaube bald, Sabrina hat recht."

„Womit denn?" fragte sie dünn.

„Dass du alles, was sie tut, niedermachst."

In diesem Moment betrat Sabrina das Büro. „Morgen", sagte sie, ging zu Bernd und drückte ihm einen Kuss auf den Mund. Dann wandte sie sich Anni zu. „Gut siehst du aus, richtig erholt. Da kannst du gleich loslegen, ich habe eine Menge Arbeit auf deinen Schreibtisch gelegt."

Es war genau so, wie sie befürchtet hatte. Lauter Müll, den sie erledigen sollte. Einige Beschwerdebriefe von Kunden galt es zu beantworten, säumige Zahlungen mussten angemahnt werden, vieles gehörte in die Ablage. Zunächst suchte Anni jedoch in den gelben Seiten einen Schlüsseldienst, den sie auf halb eins bestellte. Die Mittagszeit war günstig für ein neues Türschloss. Danach fing sie an, den Stapel unerledigter Post abzuarbeiten. Ein Gedanke beschäftigte sie den ganzen Vormittag über ganz besonders. Wie brachte sie Sabrina dazu, mit ihr im Rösslerweiher zu schwimmen?

Am Freitag der ersten Arbeitswoche nach dem Seminar erzählte Jens beiläufig bei einer Kaffeepause, dass seine Frau im New Age gekündigt habe. Diese Nachricht traf Eva, als habe man bei ihr ein Karzinom diagnostiziert.

„Wieso das denn?"

Jens stellte seine leere Tasse auf Evas Schreibtisch. „Du kennst die Antwort."

„Sie will mit aller Gewalt hier im Büro mitarbeiten, oder?"

„So ist es. Eva, ich kann mir das aber nicht leisten. Sie verdient dann nicht mehr dazu."

„Das heißt, ich kann abdanken?" Eva schaute ihn fragend an.

„Ich weiß nicht, ich muss mir das alles noch einmal durch den Kopf gehen lassen."

„Sag mal", begann Eva vorsichtig, „wer hat bei euch eigentlich das Sagen?"

Jens wurde knallrot. „Schau, sie liebt mich halt. Da kann man schwer was dagegen tun."

Eva verkniff sich eine Antwort. Sie stellte ebenfalls ihre Tasse ab, neben seine. Ab sofort ließe sie alle Kaffeetassen stehen, keine einzige mehr würde sie abspülen. Sie hatte einen Idioten vor sich stehen, einen verblödeten blinden Deppen. Aber auch sie liebte ihn. Da konnte man wirklich nur schwer etwas dagegen tun. Sie war froh, dass er am Nachmittag einen Außentermin hatte. Kaum war er zur Bürotür raus, wählte sie Annis Nummer und hoffte, dass sie reden könnten.

„Agentur Däubler, mein Name ist Lindinger", meldete sie sich nach kurzem Tuten.

„Anni, ich bin's. Kannst du grade?"

„Guten Tag, Frau Mertens. Was kann ich für Sie tun?"

Eva verstand. Anni war nicht alleine. „Ich wollte nur sagen: Lass dich nicht unterbringen und halt die Ohren steif."

„In Ordnung. Auf Wiederhören."

Nachdem sie aufgelegt hatte, fragte Sabrina spitz: „Was war das denn, du weißt doch, keine privaten Anrufe, nicht wahr!"

„Falsch verbunden", antwortete Anni, ohne zu ihr rüberzuschauen. Sie kam sich elend vor, Sabrina sprühte Gift, und Bernd war von Blindheit geschlagen. Daheim war es noch schlimmer. Dieter war am Dienstagabend Sturm klingelnd vor der Haustür gestanden, hatte geschrien und getobt, weil er nicht reinkonnte. Der Nachbarn wegen hatte sie ihm schließlich geöffnet. Sturzbetrunken war er auf sie losgegangen, hatte sie an den Armen gepackt und sie geschüttelt. „Du kannst mich hier nicht einfach rauswerfen, ich zahle genauso Miete wie du!“

„Und ob ich das kann, du gehst fremd in unserem Bett und glaubst, das habe keine Konsequenz, du tickst wohl nicht ganz gescheit!“ hatte sie geantwortet. Sie hatte es wirklich in anständigem Ton gesagt, darauf hatte er ihr eine Ohrfeige verpasst. Die war so wuchtig und unerwartet gewesen, dass sie rückwärts hingefallen und sich den Kopf böse an die Tischkante geschlagen hatte. Blut war gespritzt, und anstatt ihr zu helfen, trat er mit seinem Schuh in ihre Seite.

„Du kriegst mich hier nicht raus, wenn jemand verduftet, dann bist du das!“ hatte er mehr gespuckt als gesagt, sie liegenlassen, und dann war er einfach die Treppe hochgegangen und ins Bett gefallen. Anni schauderte noch jetzt, drei Tage später, wenn sie nur daran dachte. Sie hatte ein Loch im Hinterkopf, musste mutterseelenallein ins Krankenhaus, um es nähen zu lassen. Sie wollte keine Anzeige erstatten, wollte nur noch eins, diesen üblen Typen loswerden. Anderntags hatte er das Haus nicht verlassen, war nicht zur Arbeit gegangen. Als sie am Abend von der Agentur gekommen war, sah es aus wie in einem Schweinestall. Dieter hatte seine Saufkumpane um sich versammelt, es stank nach Rauch und Bier, und Anni war auf der Stelle zu ihrer Freundin Eva geflüchtet und hatte dort übernachtet.

An jenem Freitagabend nun verließ Dieter erstmals das Haus wieder, er hatte Fußballtraining. Anni fand einen Zettel auf dem Tisch: Wenn ich heute Nacht nicht reinkomme, schlage ich Radau. Sie seufzte. Da hatte sie ein neues Türschloss einbauen lassen, und es nutzte so gut wie gar nichts. Es war eine nahezu unerträgliche Woche gewesen, am liebsten wäre sie wieder ins Allgäu gefahren und hätte den ganzen Bettel hingeschmissen. Sie rief Eva an, kurz darauf trafen sie sich in der Lupe, wo sie einen Tisch in der Ecke bekamen.

„Eine Katastrophenwoche!“ sagte Anni.

„Absolut“, bestätigte Eva.

Sie berichteten sich gegenseitig von ihrem allerneuesten Ärger, tranken dazu reichlich Rotwein, und Eva fragte zu fortgeschrittener Stunde, ob Anni am Sonntag Lust habe, Paula zu treffen.

„Gerne, dann muss ich Dieter nicht sehen.“

Sie beschlossen, auch Lina anzurufen, so dass das Quartett vollständig wäre. Eva zückte ihr Handy, die Nummer war längst eingespeichert. Lina war ganz außer sich, dass die neuen Freundinnen an sie dachten. „Aber ich gehe Sonntag mit Konrad in die Berge."

„Holla, darf man gratulieren!"

„Zu meiner wiedergewonnenen Lebensfreude, ja. Zu einer neuen Beziehung, nein", frohlockte Lina.

„Ihr wärt ein tolles Paar."

„Reden wir ein andermal, ja."

„Ja. Bis bald, und viel Spaß beim Wandern."

Konrad holte Lina Sonntagmorgen um sechs Uhr mit seinem silbermetallenen Skoda ab. Laut Wetterdienst war das Tief Richtung Osten abgezogen, es sollte trocken bleiben und täglich wärmer werden. „Wir fahren mit der Fellhornbahn bis zur Mittelstation. Die erste Bahn geht morgens um acht, da wollen wir auf alle Fälle vor Ort sein", hatte er am Telephon erklärt. So gondelten sie nun in aller Herrgottsfrühe Richtung Kleinwalsertal. Obwohl sie zeitig zu Bett gegangen war, hatte Lina große Mühe, die Augen aufzuhalten. Sie sprachen kaum miteinander. Kurz vor Oberstdorf sagte Konrad: „Lina, du kannst dir nicht vorstellen, wie sehr ich mich auf diesen Tag gefreut habe."

„Ach, Konrad. Ich mich auch, aber du weißt, nur freundschaftlich, ja!"

„Hm."

Da sie bereits vor acht an der Bahnstation waren, meinte Konrad, man könne die Zeit zum Vespern nutzen. Lina war froh, dass er nicht zum Küssen sagte. Konrad hatte einen doppelt so großen Rucksack dabei wie sie, und sie fragte ihn, was um alles in der Welt er mitschleppe.

„Sicherungsgurte, Helme, Proviant, eben alles, was man so braucht."

„Im Leben nicht werde ich einen Helm aufsetzen. Da bekomme ich Zustände!"

„Aber Lina, wenn dir ein Gesteinsbrocken auf den Kopf fällt, hast du keinerlei Schutz!"

„Und ein Seil, also Konrad, wenn das so gefährlich ist, möchte ich diese Tour nicht machen. Du hast doch behauptet, der Klettersteig wäre mäßig schwierig, man müsse nur schwindelfrei und trittsicher sein und Kondition für gute sechs Stunden haben. Und jetzt kommst du mit Helm und Seil daher!"

„Also pass auf, wenn wir von der Mittelstation aus starten und du die Berge vor Augen hast, kannst du dich immer noch anders entscheiden. Es führt auch eine Tour außen um den Klettersteig herum, es ist eine nette Wanderung, und wir müssen überhaupt nicht klettern."

„Das klingt beruhigend", sagte sie. Die Idee, Albert hier umzubringen, erschien ihr inzwischen völlig absurd. Womöglich würde sie selbst abstürzen, gerade jetzt, wo sie dabei war, ein neuartiges Lebensgefühl zu entdecken.

Während sie mit der Seilbahn zur Mittelstation fuhren, erklärte Konrad, dass man auf der Fiderepasshütte übernachten könne, dann würde es bis zum Einstieg in den eigentlichen Klettersteig nur eine halbe Stunde dauern. „Der Steig ist in drei Abschnitte aufgeteilt, dazwischen sind normale Wege. Anfangs kommt ein Stück, da müssen wir eine kleine, steile Wand überwinden."

„Ach du meine Güte! Ich denke, wir nehmen die bequeme Route außen herum."

Konrad lachte. „Keine Sorge, die Wand ist gut gesichert mit Eisenhaken und Drahtseilen. Wer dieses Stück schafft, schafft auch den Rest. Es gibt höchstens noch eine abenteuerliche Stelle etwas vor der Mitte. Wir müssen über eine Leiter, welche eine rund vier Meter breite Felsspalte überbrückt."

„Jesus!"

Oben war es auffallend still. Sie atmete tief durch, blickte fast andächtig um sich. „Konrad, wie wundervoll!"

„Ja", antwortete er. Doch seine Augen betrachteten weniger das Bergpanorama, sein Blick haftete auf Lina.

„Es ist so schön, so mächtig. Ich fühle mich hier wie ein Fingerling."

Konrad erklärte: „Im letzten Drittel des Steigs gibt es eine Stelle, wo man sich nicht auf dem Grad bewegt, sondern seitlich auf der Westseite läuft, aber auch dieser Weg ist mit Seilen abgesichert."

„Konrad, ich fahre mit der nächsten Bahn hinunter, und du machst die Tour alleine", sagte sie bleich. „Ich schaffe das nicht."

„Unsinn! Du glaubst doch nicht, dass ich dich mitgenommen hätte, wenn ich nicht von deiner, nennen wir es mal Bergtüchtigkeit, überzeugt wäre."

Sie sah ihn an, den jungen Mann im karierten Hemd und in den grünen Bundhosen, mit Wanderstiefeln, die bestimmt schon Tausende von Kilometern zurückgelegt hatten. Er strahlte eine Zuversicht aus, die sich auf sie übertrug, ohne dass sie etwas dafür oder dagegen tun konnte. Sie machten sich auf den Weg.

Sie waren schon ohne Gefolge mit der Bahn hochgefahren, und ohne irgendwelche weiteren Wandersleute legten sie nun das erste Stück zurück. Der immer wiederkehrende Gedanke an Albert jagte ihr Schweißbäche den Rücken hinunter, was in Anbetracht ihres Rucksacks allerdings nicht auffiel.

Konrad zeigte sich als meisterlicher Bergkenner. „Wir laufen jetzt ein gutes Stück an der Oberen Bierenwang-Alm bis zur Kühgund-Alm. Das ist ein sehr angenehmer Weg, er ist nahezu eben."

Sie liefen zügig und redeten kaum. Nach gut einer Stunde führte ein Pfad bergauf, die Sonne hatte sich inzwischen durch die Wolken geschoben, und Lina fand den Anstieg recht anstrengend. Sie hatte das Gefühl, noch niemals in den Bergen gewesen zu sein, obwohl sie gerade erst diese zwei intensiven Wochen hinter sich hatte. Ihre Stiefel, die sie extra für diese Tour gekauft hatte, wogen an den Füßen schwer wie Wackersteine. Doch sie wollte nicht ununterbrochen jammern, und als nach einer weiteren Stunde die Hütte in Sicht kam, machte ihr Herz einen Hüpfer. Hier saßen bereits einige Wanderer, vesperten an einladenden Holztischen, und Lina ließ sich erleichtert auf eine freie Bank sinken. Konrad setzte sich neben sie, sie packten ihre Brote aus, löschten den Durst, Lina hatte eine Plastikflasche mit Wasser dabei und Konrad eine Thermoskanne Tee. Er bot ihr einen Becher voll an, doch sie lehnte dankend ab. „Ich bin froh, wenn meine Flasche leichter wird. Dann muss ich nicht so schwer tragen."

Eine Gruppe fünf junger Leute erhob sich von der Nebenbank, sie sahen gar nicht nach typischen Wanderern aus. Nicht einmal alle besaßen einen Rucksack, zwei Frauen trugen hautenge Jeans und sogar Turnschuhe, und Lina dachte, so schlimm könnte es nicht werden. Sie unterstellte Konrad im Stillen, maßlos übertrieben zu haben, um vor ihr anzugeben.

„Ich dachte", sagte Konrad, „dass heutzutage keiner mehr in Turnschuhen loszieht. Es ist doch unglaublich."

„Die sind selbst groß."

„Schon, aber trotzdem. Nun ja, wir sind auf alle Fälle gut gerüstet."

„Jo denn, gemmer!"

„Fein", sagte Konrad. Sie schulterten ihre Rucksäcke und begaben sich Richtung Einstieg. Sie hätte nun die Möglichkeit des alternativen Weges wählen können, doch die Verlockung des Klettersteigs siegte. Von den Fünfen, die zehn Minuten vor ihnen aufgebrochen waren, war weit und breit nichts mehr zu sehen. Lina setzte gehorsam den Helm auf, obwohl sie ahnte, wie lächerlich das aussehen musste. Einen Gurt würde sie erst später benötigen, meinte Konrad.

So wie sie Angst gehabt hatte, der Anforderung nicht gewachsen zu sein, so sehr begeisterte sie nun die Kletterei. Tapfer stieg sie vor Konrad Leitern hoch, erklomm eine Wand nach der andern, marschierte mit Trittsicherheit, von den schweren Stiefeln keine Spur mehr, und erst nach gut drei Stunden legten sie die erste Pause ein. Sie wählten eine Stelle, wo ein breiter, gerade verlaufender Weg genug Platz ließ, sich hinzusetzen, ohne andere Wanderer zu behindern, setzten sie sich an die äußerste Kante mit dem Rücken zum Abhang. Sie hatten in der Zwischenzeit einige überholt, auch das Fünfergespann, und sie rechneten damit, dass diese nun wiederum an ihnen vorbeikämen.

„Konrad“, schmatzte sie mit vollem Wurstbrotmund, „ich bin begeistert.“

„Ich auch, Lina. Du schlägst alle meine Vorstellungen.“

„Wirklich?“

„Ja. Ich habe dir schon von Anfang an zugetraut, dass du diesen Steig schaffst, aber nicht, dass du es mit solch einer Selbstverständlichkeit tust. Du bist wirklich unglaublich.“

„Danke. Aber es ist schließlich auch ein Erfolg eures Seminars. Ich sage nur mentale Einstellung! Was man wirklich will und wirklich verfolgt, klappt auch. Es ist alles nur eine Frage der Zeit.“

„Ja. Ich hoffe, es klappt auch irgendwann mit ...“

„Nein, nicht. Nur freundschaftlich. Du bist und bleibst zu jung, Punkt. Ich frage mich“, sagte sie nach einer bedrückenden Stille, „weshalb uns niemand überholt. Sind wir so schnell oder alle anderen so lahm?“

„Beides, nehme ich an. Wir sollten auch weiter, du willst doch nicht bei Nacht hier rumklettern.“

„Bewahre!“ Lina packte ihre Reste zusammen, trank ihre Flasche leer, zügig setzten sie ihre Marschroute fort. Am frühen Abend erreichten sie die Mindelheimer Hütte. Konrad schlug vor, hier zu übernachten, doch Lina wollte heim. Während sie auf den Bus warteten, der sie zurück zum Parkplatz der Fellhornbahn bringen würde, nahm sie dankbar seinen restlichen Tee. Erst beim Einsteigen in den Bus bemerkte sie wieder die schweren Stiefel an ihren Füßen.

Paula, Anni und Eva trafen sich Sonntagmittag am Rösslerweiher auf der Liegewiese. Der Juli zeigte sich in sommerlicher Bestform, sie ließen sich auf ihren Badematten nebeneinander nieder. Paula hatte eine Thermoskanne Kaffee mitgebracht, Eva hatte einen Streuselkuchen gebacken, und Anni trumpfte mit einer Flasche Prosecco und drei Gläsern auf.

Es war recht belebt, Familien mit schreienden Kindern und sich einölende Liebespaare lagen bunt gemischt, aufgeblasene Badebälle flogen durch die Gegend, ständig klatschte jemand auf stechmückenbesetzte Körperteile, niemand nahm groß Notiz von den drei Frauen.

Sie ließen die vergangene Woche Revue passieren. Dieter, Jens und Regula mussten ganz gehörig die Ohren klingeln. Paula hörte aufmerksam zu und schüttelte immer wieder fassungslos den Kopf. Schließlich berichtete sie von sich: „Ernst und ich, wir hatten ein langes Gespräch. Ich habe ihm vieles von dem erzählt, was wir im Glücksseminar gehört haben, vor allem, dass man die Gegenwart genießen muss. Ich habe ihm auch gesagt, dass ich einen aktiven, unternehmungslustigen Mann will und keinen Greis, der nur hinterm Ofen hockt. Da hat er mich ausgelacht! Wisst ihr, ich hätte mir meine ganzen Sorgen sparen können, hätte ich doch nur früher mit Ernst geredet. Aber so ist es, man knurrt in sich hinein, denkt, der andere weiß, was in einem vorgeht, dabei hat er eine völlig andere Wahrnehmung. Kurz und gut, ich hatte völlig falsche Vorstellungen. Ernst will keinesfalls zum Sesselfurzer verkommen. Er möchte endlich einen Malkurs machen, vielleicht auch mehrere, stellt euch das vor. Ich hatte keine Ahnung, dass ihn die Malerei interessiert. Er will sich ein Atelier einrichten, und wenn er gut genug ist, will er sich sogar an eine Ausstellung wagen. Wenn er das durchzieht, dann bin ich richtig stolz auf ihn!"

„Mama", sagte Eva, „den Psychostress hättest du uns wirklich ersparen können!"

„Stimmt. Aber in Zukunft werden wir wieder viel mehr miteinander reden. So gesehen hatte diese Geschichte auch ihr Gutes."

Sie öffneten die Flasche und tranken auf Ernst, die Malerei und auf das Miteinanderreden. „So", sagte Paula, „welchem Problem wenden wir uns als Erstes zu?"

„Dieter."

„Könntest du dir tatsächlich vorstellen, ihn im Lauratal zu überfahren?" fragte Paula.

„Nein. Natürlich nicht, das war alles nur Spinnerei. Ich werde ihn verlassen, kurz und schmerzlos!" Die Tränen kullerten über Annis Wangen.

Paula sah sie entsetzt an. „So schlimm?"

„Schlimmer. Ich fürchte nur, dass er sich nicht rauswerfen lässt, weil er keine Wohnung suchen will. Und ehrlich gesagt, möchte ich auch nicht ausziehen."

„Wie wäre ein neues Türschloss?"

„Habe ich doch schon anbringen lassen. Daraufhin hat er die Nachbarschaft zusammengebrüllt. Ich halte das nicht aus."

„Du könntest vorübergehend bei uns wohnen", sagte Paula. „Und von Vogt aus hast du es obendrein näher in deine Agentur."

„Das ist nett. Ich überlege es mir, danke."

„Wenden wir uns nun Sabrina zu", fuhr Eva fort, „vielleicht gibt es hierfür eine Lösung in Verbindung mit Regula."

„Vielleicht sollten beide hier im See ertränken", sagte Anni.

„Larifari", antwortete Paula, „jede Angelegenheit muss für sich gelöst werden. Alles andere wäre zu auffällig."

„Wir haben nun schon so oft über dieses Thema spekuliert, vielleicht sollten wir doch Nägel mit Köpfen machen", überlegte Eva.

Paula und Anni sahen sie mit großen Augen an. „Eva, sei so gut", antwortete nun Paula in mütterlichem Ton. „Und zudem, heute ist ein viel zu schöner Tag zum Morden."

„In Ordnung. Wenden wir uns den schönen Dingen des Lebens zu. Wer kommt mit ins Wasser!"

Und während die drei Frauen sich im Rösslerweiher erfrischten, kletterte Lina mit Konrad zur Probe.

Mittwoch, zweieinhalb Wochen später. Sie befanden sich im ersten Abschnitt des Mindelheimer Klettersteiges. Sie hatte Albert nicht erzählt, was ihn erwartete, hatte nur von einer netten Tour gesprochen, die sie neulich schon einmal gemacht habe. Für einen Augenblick hatte sie geglaubt, in einiger Entfernung Konrad gesehen zu haben. Doch wieso sollte er schon wieder diese Tour machen, das war gewiss ein Wanderer, der ihm sehr ähnlich sah. Lina hatte vier Kilo abgenommen, einen flotten Haarschnitt, eine neue Kniebundhose, und sie hatte Albert im Rücken, der stöhnte und ächzte wie eine alte Schopftür. „Schau", schwatzte sie, den Kopf nach hinten ihm zu gewandt, „wie selbst auf dieser Höhe Blumen durch die trockenen Ritzen im Gestein spitzen. Ist das nicht unglaublich!"

„Unglaublich ist, was wir hier tun", schimpfte er. „Ich hätte mich niemals darauf einlassen sollen. Lina, wir beide sind am Ende. Ich sehe nicht die geringste Chance auf einen Neubeginn."

„Albert, was ist mit unserem Geld geschehen, wie kann es sein, dass nichts mehr da ist?"

„Ich habe doch schon erklärt, dass ich mich in Aktien verspekuliert habe."

„Welche Aktien hast du gekauft, die dermaßen an Wert verloren haben?"

„Frag nicht!" Albert wischte sich den Schweiß von der Stirn. „Können wir kurz rasten? Ich kann einfach nicht mehr."

„Ein kleines Stück noch, über diese Leiter müssen wir hochsteigen, dann kommt ein breiter Weg, auf dem wir ein wenig ausschnaufen können."

Sie hatte sich diese Stelle eingeprägt. Dort hatte sie mit Konrad ein Brot gegessen. Dort würde sie auch mit Albert ein Brot verzehren. Ein verdientes Brot, nicht nur der Anstrengung des Tages wegen. Es war weitaus anstrengender, was sie ertragen hatte. Während der letzten beiden Wochen war sie jede Nacht aufgewacht, schweißüberströmt. Sie hatte sich täglich in detektivischer Weise als Beobachterin postiert, vor der Firma, in Baindt vor und hinter seinem Liebesnest, war den beiden hinterhergefahren, wenn sie abends ausgegangen waren. Und einmal hatte sie bei ihrem nächtlichen Streifzug ums Haus gehört, wie das Pferd erst gebrüllt und dann gestöhnt hatte, und kurz darauf auch Albert. Dieses Gebrüll und Gestöhne hing ihr seither im Ohr. Albert hatte bei ihr nie einen Mucks gemacht, höchstens einmal etwas heftig geschnauft. Dieses Gejohle und die Tatsache, dass er den Kindern den Geldhahn abdrehen wollte, war eine unerträgliche Zumutung.

Sie erreichten besagte Stelle und setzten sich ganz genau dort hin, wo sie mit Konrad gesessen hatte. Während sie ein hart gekochtes Ei schälte, sagte sie: „Albert, ich liebe dich noch immer. Du kannst doch nicht all die Jahre so mir nichts dir nichts über Bord werfen. Glaubst du, dass diese Affäre auch nur die geringste Chance hat, mehr als ein Jahr zu überstehen?"

Albert wischte erneut über seine schweißnasse Stirn. Er war offensichtlich am Ende seiner Kräfte. „Ich kann nicht mehr, wie kannst du mich hierherführen, es ist unverantwortlich."

„Ich habe dich gefragt, ob du denkst, dass …"

„Hör auf! Ich habe gehört, was du gesagt hast. Und ich sage es dir hiermit in aller Deutlichkeit. Es gibt kein Zurück zu dir. Ich liebe Sabine mehr, als ich dich jemals geliebt habe."

Sie kniete vor ihn hin, blickte geschwind nach links und rechts, sah keine Menschenseele, drückte ihren Mund fest auf seinen. Dabei hielt sie seine Oberarme fest. Ihr ganzer Körper presste sich an seinen. Er sah sie verdutzt an, hinterher dachte sie oft, sie hätte ihm dabei nicht in die Augen sehen sollen. Ihr Mund ließ von seinem ab, sie packte seine Waden, riss beide Beine hoch und drückte ihn nach hinten. Sein Schrei zerriss die Stille, markerschütternd, sie war dankbar, dass sie nicht auch noch seinen Aufprall hörte. Abermals sah sie sich um, außer einem fernen Knacken war nichts zu vernehmen. Sie hörte Gespenster, vielleicht auch Wanderer, die demnächst hier aufkreuzen würden. Sie schulterte ihren Rucksack, schnappte seinen und hielt ihn vor sich fest wie ein Baby. Wenn sie beide Hände zum Klettern benötigte, schob sie die Träger von vorne über ihre Schultern, trotz der Last lief und kraxelte sie, als ginge es nun um ihr Leben. Lina heulte, lachte, schluchzte, hetzte immer weiter, sie hatte den stürzenden Albert vor Augen, das Pferd namens Sabine, das nun trauern würde und ihre Kinder, die keinen Vater mehr hatten, aber einen Anteil aus der fetten Lebensversicherung bekämen. Das war sie ihnen schuldig. Sie hatten sich auf Gegenseitigkeit versichert, damals, als sie das Haus gekauft hatten. Jetzt war sie Besitzerin von einer Million Euro. Damit ließe sich vorerst auskommen. Sie dachte an Konrad, der in ihr Gefühlsleben geplatzt war, so dass sie nicht mehr wusste, ob sie nun einen Freund, einen zusätzlichen Sohn oder einen Geliebten haben wollte.

Nicht eine Menschenseele begegnete ihr. Sie hörte auch keine Schritte mehr hinter sich, kein Wunder, bei ihrem Tempo! In der Mindelheimer Hütte angekommen, berichtete sie unter Tränen, ihr Mann sei abgestürzt, ob jemand die Bergwacht rufen könne. Er habe etwas getrunken, dabei vielleicht den Kopf etwas zu weit nach hinten gebeugt, jedenfalls sei er plötzlich rückwärts gekippt, so schnell sei alles gegangen, sie könne es immer noch nicht glauben. Sie habe geschrien, aber er habe nicht geantwortet, und auch sonst schien meilenweit keiner gewesen zu sein, der hätte zu Hilfe eilen können. Auf den Bauch habe sie sich gelegt und sich so weit über den Abgrund geschoben, doch sie habe ihn nirgends sehen können. Der Wirt telephonierte, Lina bekam einen heißen Tee vorgesetzt, dann begann das Warten.

Zwei Männer der Bergwacht kamen, Lina erzählte ihre Geschichte abermals, genauso überzeugend. Man wollte sie gar nicht fahren lassen, doch sie ließ sich nicht überreden, in den Bergen zu übernachten. Sie versicherte, sich beruhigt zu haben und absolut fahrtüchtig zu sein. Der

Leichnam, wenn er gefunden werde, würde vom Bestatter überstellt werden, da konnte sie im Moment ohnehin nichts tun. Es war bereits dunkel, als Lina endlich zum Parkplatz gebracht wurde, wo sie erschöpft und erleichtert den Mercedes erblickte. Der gehörte jetzt auch ihr. Albert hatte den Schlüssel in einem Seitenfach seines Rucksacks deponiert. Und nicht nur den, Lina zog ein in eine Klarsichtfolie gerolltes DIN A 4 Papier heraus. Es war der Scheidungsantrag.

Die Kinder, die schon erwachsen waren und für Lina dennoch ein Leben lang Kinder bleiben würden, heulten erbärmlich, als der Sarg in die Grube gelassen wurde. Lina hielt sich tapfer. Ihre neuen Freundinnen und Konrad, Frau Blümer und viele Bekannte und Verwandte waren gekommen. Lina sah auch das Pferd, das sich plump unter die Trauernden gemischt hatte. Sie hatte eine eigene Todesanzeige in der Tageszeitung aufgegeben, das musste Lina schwer verdauen. Doch kondolieren taten alle ihr, keiner schüttelte die Pferdehand. Lina hatte sich lange überlegt, ob sie Anni, Eva und Paula die Wahrheit sagen sollte. Die Freundinnen waren nach ihrem Anruf sofort zu ihr gekommen, hatten auf Alberts tödlichen Absturz fassungslos reagiert. Doch dann, Lina hatte Tee gekocht und Kekse hingestellt, dann hatte Paula gefragt, ob es wirklich ein Unfall gewesen sei. „Es ist passiert, mehr kann ich nicht sagen“, hatte sie geantwortet. Sie hatten sich alle angeschaut, ahnend, ein verhuschtes Lächeln in den Gesichtern. Niemals würde jemand die ganze Wahrheit erfahren.

17

Sie schlief bereits, als er vor dem Haus krakeelte und gegen die Tür donnerte. Anni hatte sämtliche Rollläden heruntergelassen, damit er keine Scheibe einschlagen konnte. Entschlossen wählte sie die Nummer der Polizei. Sie schickten einen Streifenwagen, das Ende des Gastspieles war, dass sie ihn in die Ausnüchterungszelle mitnahmen. Doch am Samstagmittag stand er wieder vor der Tür, klingelte Sturm, und Anni riss ein Fenster im oberen Stockwerk auf.

„Anni, ich bitte dich, wir sind solch ein tolles Team, ich will und kann ohne dich nicht sein“, sülzte Dieter, „ich schwöre dir, dass ich nicht mehr trinke.“

„Wenn es nur das Trinken wäre“, rief sie hinunter, wohl wissend, dass sämtliche Nachbarn die Ohren spitzten.

„Komm, Süße, gib mir noch eine Chance!"

„Vergiss es!"

„Anni, wenn du mich jetzt nicht reinlässt, wirst du es bereuen!" Dieter ballerte mit der Faust an die Scheibe.

„Wenn du das Glas zerdepperst, dann wirst du es bereuen!" brüllte sie lauthals, das „Du" besonders betonend, aus dem Fenster. „Ich rufe gleich wieder die Polizei, das sage ich dir!"

„Gut, dann lass mich wenigstens ein paar meiner Sachen packen. Dann verschwinde ich wieder."

„Versprochen?"

„Versprochen!"

Kaum stand er ihr im Flur gegenüber, packte er sie abermals an den Oberarmen, quetschte zu und fauchte: „Du verfluchtes Weib, ich lasse mich nicht rauswerfen!" Er stank fürchterlich aus dem Mund.

„Dieter, es hat doch keinen Sinn. Pack deine Sachen und verschwinde."

„Niemals. Du kriegst mich hier nicht raus!"

„Dann ziehe ich aus." Anni ging die Treppe hoch, er folgte auf dem Fuß.

„Du wirst auch nicht ausziehen. Du wirst nirgendwo hingehen ohne mich, hast du verstanden, nirgendwo!"

„Es reicht jetzt." Anni öffnete ihren Kleiderschrank und nahm wahllos einige Stücke heraus. Dieter schlug den Stapel aus ihrer Hand und verpasste ihr einen Hieb ins Gesicht.

„Es war das letzte Mal, dass du mich geschlagen hast", brachte sie mit erstickter Stimme hervor. „Das allerletzte Mal."

Dieter postierte sich unter der Zimmertür. „Du kommst hier nicht raus, nicht, bevor du mir schwörst, dass wir zusammenbleiben."

„Was ist denn mit deinem Flittchen?" fragte Anni kühl.

„Die zählt doch gar nicht."

„Selbst wenn, ich kann nicht mit einem Mann zusammen sein, der prügelt. Und das hast du jetzt schon öfter getan. Ich lasse das nicht mit mir machen, verstehst du!"

Dieter brach in sich zusammen, krümmte sich, beteuerte ihr, dass es niemals mehr vorkomme. Er würde ein anderer Kerl werden, nicht mehr saufen, nicht mehr schlagen, er wäre ab sofort der treueste Mensch der Welt. Anni gab ihm noch eine allerletzte Chance.

Mitte August erklärte Jens, dass Regula Anfang Oktober ebenfalls täglich ins Büro käme, die Frauen müssten sich die Arbeit dann teilen. „Ich könnte mir gut vorstellen, dass du nur noch halbtags für mich arbeitest."

„Das Geld reicht mir dann ja hinten und vorne nicht", antwortete Eva gereizt, „und jetzt mal offen gesagt, ich glaube nicht, dass es mit Regula und mir funktioniert."

„Tja dann", erklärte er freundlich, „kann ich dir gerne ein Zeugnis schreiben."

Seither war eine Woche vergangen, sie redete nur das Nötigste mit ihm, konnte ihn kaum ansehen, kochte freiwillig keinen Kaffee, und wenn er einen anforderte, machte sie ihn entweder viel zu stark oder viel zu schwach. Eva litt mit jedem Tag mehr, und aus lauter Verzweiflung stellte sie an diesem Vormittag ihren Urlaubsantrag für vier Wochen am Stück. „Und zwar möchte ich gleich ab kommenden Montag", sagte sie und wedelte mit dem Wisch vor seiner Nase herum.

„Wie stellst du dir das vor, das ist dein gesamter Jahresurlaub?"

„Eben, ich hatte in diesem Jahr noch überhaupt keinen, das Glücksseminar war schließlich Arbeitszeit. Deine Frau springt gewiss gerne für mich ein, dann kann sie sich schon einmal einarbeiten."

„Eva, sei doch nicht kindisch. Was ist denn nur los? Seit dem Glücksseminar hast du dich total verändert."

„Seit diesem Kurs bin ich nicht mehr glücklich hier", sagte sie. Seit diesem dämlichen Seminar war ihr klar, dass sie Jens mehr liebte als ihr lieb war. Und dass dies, solange Regula das Zepter in der Hand hielt, völlig aussichtslos war. „Unterschreibst du nun?" fragte sie mit Nachdruck in der Stimme. „Ich brauche diesen Urlaub wirklich dringend. Bestimmt geht es mir danach wieder besser."

Jens atmete hörbar aus. „Gib her." Ohne weiteren Kommentar setzte er seine Unterschrift drunter.

So kam es, dass Eva vier Wochen Urlaub hatte und krampfhaft überlegte, was sie damit anfangen sollte. Anni bekäme erst im Oktober frei, also rief sie Lina an.

„Oh Eva", rief Lina entzückt, „deine Idee, dass ich ein wenig Ablenkung brauchen könnte, ist genial. Was hältst du von einem Ferienhaus irgendwo am Meer!"

„Wir können es versuchen, obwohl es im August gewiss nur noch teure Angebote gibt."

„Mach dir keine Gedanken darüber. Eva, du bist mit einer reichen Frau unterwegs! Ich weiß noch gar nicht, was ich mit dem vielen Geld mache, die Versicherungstypen meinten, sie würden es für mich anlegen, doch ich traue denen nicht so ganz. Die Kinder bekommen auf jeden Fall ein paar Zehntausender, mir bleibt dann immer noch genug."

„Lina, ich möchte dich nicht ausnutzen!"

„Eva", sagte Lina mit ruhiger Stimme, „dass eins klar ist, die Zeiten, in denen ich mich ausnutzen ließ, sind ein für allemal vorbei. Wenn ich dir einen Urlaub spendiere, mache ich das mit größter Freude."

Sie besuchten einige Reisebüros, recherchierten im Internet und buchten schließlich über selbiges ein sündhaft teures Ferienhaus am Mittelmeer. Der Beschreibung nach lag es zwischen den Städten Rom und Latina, so hatte man Meer und Kultur eng beisammen. „Mit dem Mercedes sind wir im Handumdrehen runtergedüst", sagte Lina, „packen wir die Koffer."

Dieter trank genau vier Tage lang keinen Alkohol. Er bekam wieder einen Hausschlüssel, sagte öfter Annimirl, es war fast ein bisschen wie früher. Anni kochte abends, Dieter war freundlich. Danach gingen sie miteinander ins Bett, Anni bemühte sich, nicht an die andere zu denken, während sie miteinander schliefen. An diesem vierten Abend brachte er sogar drei Sonnenblumen mit, die er auf einem Feld geschnitten hatte. „Du bist meine Sonne, du scheinst nur für mich."

Anni, die soeben Spaghetti mit Tomatensoße zubereitete, legte den Kochlöffel zur Seite. Sie zuckte ein wenig, als er das sagte. Nur ein wenig, doch er bemerkte es sofort. „Oder nicht?" sagte Dieter eine Spur zu forsch.

„Ich glaube, niemand gehört jemand."

„Diese Hirnscheiße haben sie wohl auch in diesem blöden Seminar verbreitet", schimpfte er daraufhin.

„Dieter, ein Mensch kann doch kein Eigentum sein. Hast du noch nie was von persönlicher Freiheit gehört?"

„Wenn es so ist, brauchst du doch keinen solchen Zirkus zu veranstalten, wenn ich mal mit einer anderen poppe."

Anni schüttelte den Kopf. „Willst du mich nicht verstehen, oder bist du tatsächlich so blöd?"

„Pass bloß auf, was du sagst!" drohte er. Alsdann ging er erhobenen Hauptes in den Keller und kam mit einer Flasche Wein zurück.

„Kein Alkohol war ausgemacht", sagte sie säbelrasselnd, als er den Korkenzieher aus der Schublade kramte. Sie rührte die Soße um und schaute ihn von der Seite her böse an.

„Halt doch den Mund. Du schwafelst was von Freiheit, gleichzeitig willst du mir das Trinken verbieten."

Mit einem Plopp zog er den Kork aus dem Flaschenhals, goss ein Wasserglas voll, leerte es in einem Zug.

Anni schnappte nach Luft. Energisch klopfte sie den Kochlöffel an den Topfrand, stemmte die Hände in ihre Hüften und schimpfte: „Du genießt den Wein nicht einmal, du fängst schon wieder mit der Sauferei an!"

Dieter kippte das zweite Glas hinunter. „Glotz nicht so!"

„Ich glotze dich nicht mehr an. Ich nehme jetzt ein paar Sachen mit und gehe zu Paula." Sie schaltete den Herd aus und wandte sich der Tür zu.

„Du", schnaubte er, „du gehst zu keiner Paula. Du bleibst hier."

In Sekundenschnelle änderte sie ihren Plan. Genaugenommen war es nur der Bruchteil einer Sekunde. „Einverstanden, vertragen wir uns. Das Essen ist fertig", säuselte sie, Dieter grunzte zufrieden.

Zwei Tage darauf. Dieter käme erst später nach dem Training zum Essen. Anni stand in der Küche und füllte zwei Flaschen durch einen blauen Plastiktrichter ab. Die Flüssigkeiten blubberten in einem Rinnsal hindurch, hübsche Perlen blieben am inneren Flaschenhals hängen, rieselten schließlich im Schneckentempo nach unten. Die trübe, flüssige Masse erinnerte Anni vage an ihre schulischen Chemiestunden. Eine Flasche würde sie garantiert benötigen, die zweite war zur Reserve. Der Cocktail bestand aus hochprozentigem Alkohol, den sie in der Apotheke besorgt hatte, aus Korn, Wodka, Whisky und Anisschnaps. Aus einer grünen Plastikflasche nahm sie nur wenig, da sie befürchtete, er könne etwas schmecken. Sie wusste nicht, ob Unkrautvernichter sofort wirkte oder erst später, womöglich auch gar nicht. Beide Cocktails schüttelte sie kräftig durch, stellte sie sodann in den Kühlschrank. Den restlichen Hochprozentigen und das Unkrautgift schüttete sie ins Klo. Wodka und Korn fand sie zu schade zum Ausleeren. Das Leergut brachte sie zum Flaschencontainer zwei Straßen weiter. Danach brutzelte sie sechs Hähnchenschenkel knusprig an, wusch den Eissalat, schnitt eine Salatgurke in Scheiben und richtete alles schön an.

Als sie später gemeinsam zu Abend aßen, langte er tüchtig zu und verdrückte fünf Schenkelchen. Seine Henkersmahlzeit schmeckte ihm prima.

Solange er auf ihr lag, ging ihr vieles durch den Kopf. Der letzte Sex seines Lebens, da wollte sie noch einmal so tun, als sei er der Tollste. Sie war eine glänzende Schauspielerin, nicht nur als vermummter Lauratalgeist auf der Bühne. Hätte er sie nicht geschlagen, hätte alles noch einmal werden können. Aber so war die Sache aussichtslos. Sollte der Leichnam wider Erwarten obduziert werden, würde sie einfach sagen, er habe die Cocktails vom Fußballtraining mitgebracht, sie wüsste auch nicht mehr. Anni flüsterte nach dem Beischlaf in sein Ohr: „Wir wollen heute eine Ausnahme machen. Es ist wieder so großartig mit dir, darauf wollen wir trinken."

„Langsam wirst du wieder vernünftig", grunzte er, streckte sich und gähnte.

Sie holte die beiden Cocktailflaschen und eine weitere mit Mineralwasser, stellte alle neben ihr Bett. „Ich brauch zuerst etwas Wasser, ich bin so durstig", lächelte sie, füllte die Gläser entsprechend und wartete gespannt, wie ihm das Mischgetränk mundete.

Er kippte es mit zwei gierigen Schlucken runter, sie schenkte nach. Sie blieben im Bett. Das war geschickt, dann hatte sie ihn schon an Ort und Stelle, wenn er die Augen endgültig schloss. Es war viel einfacher, als sie befürchtet hatte. Es schmeckte ihm, er trank freiwillig, und er trank alles, was sie ihm reichte. Als er beide Buddeln geleert hatte, schlief er endlich ein. Das letzte, was er von sich gab, war ein entsetzlicher Darmwind.

Anni spülte die beiden Flaschen erst mit kochend heißem Wasser, danach mit Wodka aus, stellte sie sodann neben seine Schlafstatt. Erschöpft schlurfte sie hinüber in ihr eigenes Zimmer und legte sich in ihr Ausweichbett. Sie war so müde, immer wieder döste sie ein, unterbrochen von wirren Gedanken und Erinnerungen an ihre Kindheit und Jugend, an ihre Eltern, an Dieter. Wenn er sie nur nicht geschlagen hätte.

Zur selben Zeit saßen Eva und Lina bei einem Glas Rotwein unterm italienischen Sternenhimmel. „Eigentlich solltest du hier mit Konrad sitzen", sagte Eva.

„Und du mit Jens."

Sie lachten gekünstelt, was wohl daran lag, dass beide an Albert dachten. Eva überlegte sich die ganze Zeit, ob sie fragen solle, wie er schlussendlich abgestürzt sei. Lina grübelte darüber nach, ihr Geheimnis doch zu verraten.

Vorerst jedoch schwiegen sie, sie nippten an den Weingläsern und genossen die zirpenden Grillen und den lauen Abendwind, den das Mittelmeer ihnen schickte. Ihr Ferienhaus war ein Traum, groß genug für eine fünfköpfige Familie, konnten sie sich darin nach Herzenslust ausbreiten. Wände und Decken waren weiß getüncht, die Bodenfliesen schwarzweiß marmoriert. An den hohen Fenstern waren rundum dunkelgrüne Holzläden angebracht, die am Tag die Hitze und in der Nacht die Einbrecher draußen hielten. Zur einen Seite gab es einen Swimmingpool mit Blick zum Meer. Im dazugehörigen Garten hatte jemand ein Kräuterbeet angelegt. Statt der in Oberschwaben üblichen Apfel- und Zwetschgenbäume reckten sich einzelne Palmen am Wegesrand, dazwischen wucherten knorrige Kakteen und blühender Oleander.

Ein Weg mit lilienweißen Kieselsteinen führte vom Pool zur Terrasse und von dort rund um das Haus. Schlanke und bauchige Tongefäße mit verschiedensten südländischen Pflanzen reihten sich aneinander. Als sie hier eingetroffen waren, hatte ihnen eine dicke Donna den Schlüssel überreicht. Eva sprach nur einige Worte italienisch und Lina überhaupt nicht, doch soweit sie verstanden hatten, käme die Donna in drei Wochen wieder. Seither hatte niemand nach ihnen geschaut, und sie konnten tun und lassen, was sie wollten.

„Wir könnten morgen nach Rom fahren, aber ich fürchte, es wird sehr schweißtreibend."

„Ich bin fürs Meer. Stadtbesichtigung können wir immer noch einlegen, wenn es nicht mehr so heiß ist."

„Dann müssen wir den Mietvertrag verlängern bis in den Spätherbst hinein", lachte Lina.

„Meinetwegen gerne, mich vermisst niemand."

„Also jetzt aber, deine Eltern lieben dich über alles."

„Das war es aber schon."

„Und ich habe dich auch in mein Herz geschlossen."

Eva schlich ein Lächeln über die Lippen.

„Und Anni ist deine allerbeste Freundin, oder?"

„Ja, Anni. Um Anni mache ich mir große Sorgen, weißt du. Ich fürchte, Dieter wickelt sie wieder um den Finger. Sie kommt von diesem Monstrum einfach nicht weg."

„Wir können ja mentale Unterstützung ins Universum entsenden, auf dass sie ihn ein für allemal los werde."

„Ja, das tun wir“, feixte Eva mit theatralischen Gebärden. Sie reckte ihre Arme empor und sagte mit dunkler Stimme: „Entsenden wir unsere Gedanken, auf dass der Kosmos sich gütig zeige und Anni von diesem Scheusal erlöst werde.“

Sie schlossen die Augen und taten hochkonzentriert. Eva sagte: „Huu, mir wird schon ganz gruselig“, und Lina kicherte. Plötzlich wurde es absonderlich still, die Zikaden hielten mit ihrem Nachtgesang inne, der Wind legte eine Verschnaufspause ein, nicht das geringste Lüftchen war zu spüren. Zu jener Stunde machte Dieter seinen letzten Atemzug.

Kurz nach sechs am andern Morgen wurde Eva durch das Gesumme ihres Handys geweckt. Sie hatte es neben ihrem Bett liegen, normalerweise schaltete sie es über Nacht aus, doch anscheinend hatte sie das gestern vergessen. Hätte nicht Anni auf dem Display gestanden, hätte sie den Anrufer kurzerhand weggedrückt. So jedoch streckte sie sich in ihrem Bett und sagte gähnend: „Guten Morgen, liebste Anni, schön, dass du mich so früh weckst.“

„Eva, es ist etwas passiert.“

„Was um aller Welt kann so schlimm sein, dass du mich jetzt anrufst?“

„Ein Todesfall.“

Eva schnellte hoch und setzte sich aufrecht ins Bett. „Was?“

„Dieter ist heute Nacht gestorben.“

Eva ließ den Hörer auf die Zudecke fallen. Eine Gänsehaut zog sich in Sekundenschnelle über ihre Oberarme, und sie zitterte, als sie den Hörer wieder nahm. „Um Himmels Willen, was ist denn geschehen?“

„Er hat sich zu Tode gesoffen.“

„Wo, wie, Mensch Anni, jetzt sag doch!“

„Eva, ich weiß nicht, was ich tun soll. Er liegt tot im Bett, er ist schon ganz kalt.“

„Du musst einen Arzt anrufen.“

„Ja, ich muss einen Arzt anrufen.“

„Anni, du kannst auch meine Mutter anrufen. Sie wird mit Sicherheit sofort alles stehen und liegen lassen und zu dir kommen.“

„Ja, ich kann auch deine Mutter anrufen.“

„Anni, hörst du mich noch? Du hast einen Schock. Ich werde mich sofort mit Lina auf den Heimweg machen, und jetzt rufe bitte Paula an, ja!“

„Ja, bis später.“ Pause. „Und danke, dass du kommst.“

Keine zwei Stunden später jagten Eva und Lina über die Autobahn. Sie waren beide nicht wirklich abergläubisch, doch sie würden Zeit ihres Lebens keine Scherze mehr über das Universum machen.

Anni rief erst Paula an und dann ihren Hausarzt Dr. Pöschl. Beide kamen sofort, der Arzt begab sich direkt ins Schlafzimmer, Anni sagte, sie werde unten warten. Kurz darauf traf Paula ein, sie nahm Anni mütterlich in den Arm und sagte gar nichts. Anni war dankbar. Keine Fragen, keine falschen Antworten. „Eva und Lina kommen auch zurück."

„Sie kommen aus Rom zurück?"

„Ja. Ich habe sie angerufen."

„Sehr gut. Das nenne ich wahre Freundschaft. Anni, soll ich uns einen Kaffee kochen", fragte Paula sodann, „oder einen Tee?"

„Gehen wir zusammen in die Küche. Ich weiß gar nicht, was ich tun oder nicht tun soll."

Anni schaltete die Kaffeemaschine ein, und Paula suchte im Kühlschrank nach etwas Essbarem, obwohl sie nicht annahm, dass jemand etwas runterbringen würde. Beide schraken zusammen, als Doktor Pöschl plötzlich in der Küche stand.

„Er ist schon einige Stunden tot. Was war denn heute Nacht los?"

„Ich weiß nicht", sagte Anni, „Dieter hat wie jeden Abend eine Menge getrunken. Er hat sich gestern noch einen Schlummertrunk mit ins Bett genommen. Wissen Sie, Herr Doktor, wir haben ein gemeinsames Schlafzimmer, und zusätzlich hat jeder ein eigenes. Nun ja, ich habe diese Nacht in meinem eigenen Zimmer verbracht. Wenn er so viel trinkt, schnarcht er immer so sehr. Erst heute Morgen, als ich Dieter zum Frühstück holen wollte, habe ich ihn so aufgefunden." Sie fing zu plärren an, Rotz und Wasser, und Paula schloss sie abermals in ihre Arme.

„Tut mir wirklich leid", sagte Doktor Pöschl. „Ich weiß nicht, was ich auf den Totenschein schreiben soll. Hat er denn öfter getrunken?"

„Schon, ja."

„Was hat er gestern zu sich genommen?"

Anni sagte, von heftigen Schluchzern unterbrochen: „Er trank harte Sachen, gestern wohl auch."

Sie warf sich an Paulas Brust und jammerte wie ein geprügelter Hund.

„Zwei Flaschen stehen oben, riechen beide nach Wodka. So wie es aussieht, ist er an einer Alkoholvergiftung gestorben."

„Das habe ich schon lange befürchtet", sagte Paula trocken, „was der alles zusammengetrunken hat, das war doch nicht mehr normal."

Annis Geheul steigerte sich, und Doktor Pöschl fragte, ob sie ein Beruhigungsmittel brauche.

„Das nicht, aber vielleicht eine Krankmeldung fürs Geschäft."

Er schrieb sie für vier Tage krank und sagte, er würde bei Bedarf eine Verlängerung ausstellen. Anni nickte dankbar. Sie putzte geräuschvoll die Nase. „Bitte sagen Sie mir, ob er lange leiden musste."

„Nein, ich denke, er schlief friedlich ein." Der Arzt setzte sich an den Küchentisch, Anni und Paula standen hinter ihm. So konnte er die unbeschreibliche Erleichterung in Annis Gesicht nicht sehen, als er den Totenschein ausfüllte und unterschrieb. Dieter hatte sich offiziell zu Tode getrunken.

Später wurde er vom Bestatter abgeholt. Anni rief Dieters Eltern an, die Mutter tat entsetzlich am Telephon. Sie schrie, wie es sein könne, der arme Junge, er sei doch erst am Beginn seines Lebens gestanden. Anni wusste, dass die Beziehung zwischen Dieter und seinen Eltern miserabel war, sie blieb deshalb ziemlich ungerührt und sagte, wenn der Beerdigungstermin feststehe, bekämen sie Bescheid. Dann legte sie einfach auf.

Danach rief sie in der Agentur an. Sabrina sprach ein kühles Beileidswort, Anni sagte, sie schicke die Krankmeldung mit der Post. Der Fall Dieter war abgeschlossen, sie musste nicht zur Arbeit, bis zum Abend hätte sie ihre Freundinnen um sich versammelt. Das Leben begann wieder schön zu werden.

Dieter kam nach einer Formalitätenschlacht in das Familiengrab zu seinen Großeltern auf dem Aulendorfer Friedhof. Anni erlitt am Grab einen schlimmen Zusammenbruch, erst wurde sie von einem Heulkrampf geschüttelt, dann sackte sie zusammen, so dass sie beinahe in die Grube gestürzt wäre.

Anderntags suchte sie Doktor Pöschl auf. Sie erklärte ihm, dass sie am Ende ihrer Kräfte sei, dass sie nicht mehr schlafe, kaum etwas esse, und er schrieb sie für weitere drei Wochen krank. Er könne sie so schnell zwar nicht in eine Kur schicken, aber sie könne sich auch zu Hause erholen. Dieters Eltern nahmen alle seine Sachen in einem kleinen Laster mit. Damit war diese Geschichte für Anni beendet.

Eva und Lina fanden, dass Anni im Süden schneller zu Kräften käme. Die Miete für das Ferienhaus hatte Lina im Voraus bezahlt, so dass sie dort noch einmal für anderthalb Wochen wohnen konnten. So düsten sie abermals über die Autobahn. Keine wusste, ob Anni tatsächlich so schrecklich litt oder ob es ihre schauspielerischen Künste waren, und keine fragte. Anni saß auf dem Rücksitz, schweigsam, ihre Augen verborgen hinter einer großen Sonnenbrille. Nie würde ein Mann sie schlagen dürfen, das hatte sie sich einst geschworen. Sie hätte bereits nach dem ersten Mal durchgreifen sollen. Anni hatte bisher mit keinem Menschen darüber geredet, nicht einmal mit Eva. Ihre Mutter hatte oft blaue Flecke gehabt, fast jedes Mal, wenn der Vater gesoffen hatte. Als kleines Mädchen hatte sie sich fortgesetzt hinter dem bodenlangen Vorhang versteckt und keinen Mucks von sich gegeben. Dass die Mutter sich nie gegen den groben Mann gewehrt hatte, war für Anni das Unerträglichste gewesen. Sie lebten beide nicht mehr, aber Anni war sich sicher, dass ihre Mutter das verstanden hätte. Dieter hatte seine gerechte Strafe erhalten.

Zwischen Mailand und Florenz fuhren sie eine Raststätte an. Nachdem Bäuche und Tank gefüllt waren, wechselten Lina und Eva den Fahrersitz. Auf der Autobahn herrschte dichter Verkehr, für die Fahrerin bedeutete das höchste Konzentration. So sprachen sie kaum ein Wort, dafür lief eine CD mit Hits von Eros Ramazotti und Gianna Nannini. Wenigstens kannten sie nun den Weg schon. Beim ersten Mal hatten sie sich mehr als einmal verfahren und Mühe gehabt, das Ferienhaus zu finden. Doch nun steuerten sie es zielstrebig an.

Anni stieß einen Schrei der Begeisterung aus, als sie Garten und Swimmingpool sah. „So vornehm habe ich noch nie Urlaub gemacht." Sie rannte wie ein kleines Kind durchs ganze Haus, ihre Euphorie durch Adjektive wie „wahnsinnig, sagenhaft, wundervoll" bekundend.

Es war spät geworden, der Imbiss war längst verdaut, sie hatten einen Bärenhunger und gingen in eine nahe gelegene Pizzeria. Bis das Essen serviert wurde, saßen die drei schweigsam da. Anni sagte: „Ich weiß, was ihr denkt. Es stimmt. Ich habe ihn umgebracht."

Das saß wie ein Schuss im stillen Wald.

„Also doch", sagte Lina schließlich.

Anni nickte.

„Wie?"

„Mischgetränk. Es war viel einfacher, als ich dachte."

„Bei mir auch", meinte Lina.

Annis und Evas Köpfe schnellten gleichzeitig Richtung Lina.

„Ich ahnte es, aber ich konnte es mir nicht wirklich vorstellen."

„Lina, das hätte ich dir nicht zugetraut", sagte Anni. „Du siehst so harmlos aus, ich kann es einfach nicht glauben."

„Glaube es oder glaube es nicht. Ich habe ihn den Berg runtergestoßen.“

„Aber warum hast du ihm nicht einfach den Laufpass gegeben?“ fragte Eva.

„Er wollte den Kindern das Studium nicht weiterfinanzieren. Das konnte ich nicht zulassen. Die Zukunft der Kinder ist wichtiger als alles andere.“

Eva pfiff durch die Zähne. „Und reich bist du jetzt dank der Lebensversicherung obendrein.“

„Ja. Und ich weiß noch gar nicht, was ich mit meinem vielen Geld anfangen werde.“

„Ausgeben, was denn sonst.“

Somit war das Thema Männerbeseitigung erledigt. Anderntags flirrte die Luft, und es war so heiß, dass das Trio den ganzen Tag zwischen Pool und beschatteten Liegestühlen pendelte. Sie hatten in aller Früh einen Großeinkauf im nahe gelegenen Dorf getätigt, Früchte, Käse, Brot, Wasser und Wein besorgt. Abends wollten sie wieder in ein Restaurant essen gehen, da sie keine Lust hatten zu kochen. Lina schlug vor, den Strand entlang zu laufen, damit niemand des Fahrens wegen auf den Wein verzichten musste.

Es war ein hübsches, typisch italienisches Lokal, etliche Tische waren bereits belegt. Bewundernde Blicke, unverständliche Bemerkungen und einige Pfiffe wurden den Dreien zugeworfen. Sie setzten sich etwas abseits und kicherten. „Wie früher“, sagte Anni, „ist doch zu schön hier. Ich wusste gar nicht mehr, wie es ist, wenn Männer einem nachschauen.“

Eva zwinkerte einem rassigen dunklen Typen zu, der sie ununterbrochen anstrahlte.

„Tut was ihr wollt. Aber klagt ja nicht, wenn wir wieder zurück nach Deutschland müssen“, meinte Lina belehrend mütterlich.

„Mamma mia“, lachte Eva, „mit deinem Geld könntest du glatt und sauber hierbleiben!”

„Könnte ich, wenn ich wollte. Aber was soll ich hier? Ich überlege mir schon die ganze Zeit, was ich zu Hause tun werde. So wie bisher möchte ich nicht weiterleben. Geputzt habe ich jetzt genug, es gibt bestimmt etwas Spannenderes.“

„Ach Lina, darüber denkst du am besten nach, wenn der Urlaub zu Ende ist. Lass uns einfach die Zeit hier genießen, sie geht ohnehin viel zu schnell vorbei.“

„Meinetwegen, Eva. Schwelgen wir im Rausch des Südens“, sagte Lina, ihren Blick Richtung Ober gerichtet. „Fangen wir an mit einem schönen dunklen Roten.“

„Un litro rosso“, rief Eva, „am besten für jede von uns, und mangare per favore!“

Sie ließen nichts aus, nahmen Bruschetta mit viel Knoblauch als Antipasti, die Primi Piatti nahmen sie in Form von Spaghetti ai frutti di mare zu sich und als Secondi Piatti wählten sie Arrosto die vitello, einen Kalbsbraten. Lina nahm dazu Peperoni alla griglia, gegrillte Peperoni, Eva und Anni ließen sich Patatine fritte, Pommes frites, schmecken. Obwohl sie pappsatt waren, langten sie auch beim Dessert noch einmal tüchtig rein. Sie bestellten Frutti fresca, frische Früchte und Panna cotta. Sie tranken Unmengen Wein, lachten, erzählten sich Geschichten aus der Vergangenheit und vergaßen, dass zwei von ihnen in Trauer waren.

„Ich werde auf jeden Fall einen Italienischkurs an der Volkshochschule besuchen“, erklärte Lina. „Alleine schon der Essensbestellung wegen.“

„Fein, wir schließen uns an“, sagten Anni und Eva. „Der nächste Urlaub kommt bestimmt.“

Sie verbrachten eine wundervolle Zeit miteinander. Tagsüber lagen sie am Pool, oder sie gingen ans Meer, sie aßen, wann sie Lust hatten, tranken Wein und Wasser, beides in großen Mengen. Abends besuchten sie verschiedene Restaurants, und wenn sich die Gelegenheit ergab, flirteten sie abwechselnd mit italienischen Machos.

An einem Morgen zeigte sich der Himmel bedeckt, sie beschlossen, mit der Besichtigung Roms zu beginnen. Eva fragte mit ihren bescheidenen Italienischkenntnissen beim Kauf der Frühstücksbrötchen den Bäcker, wie man am besten nach Rom gelange. Das Ergebnis war, dass sie mit dem Auto zum nahe gelegenen Bahnhof in Latina fuhren und dort parkten. Es gab zwei Fahrkartenschalter, an jedem wartete bereits eine lange Menschenschlange. Sie hörten den Zug einfahren, doch ohne Karte trauten sie sich nicht. Schwarzfahren in Italien wurde womöglich mit Knast geahndet. „Wir nehmen den nächsten“, meinte Lina, „wir haben ja Zeit.“ Unter großem Palaver kauften sie, als sie endlich an der Reihe waren, drei Tagestickets. Mit denen konnten sie dann auch in Rom sämtliche öffentlichen Verkehrsmittel benutzen.

„So“, sagte Eva, fröhlich mit dem Ticket winkend, „jetzt auf in die große Stadt!“

Auf einer Wartebank vor dem Bahnhofsgebäude machten sie es sich bequem. Der nächste Zug käme in zwanzig Minuten. Sie scherzten, alberten, zogen viele Blicke auf sich. Mittlerweile hatte sich ihre Haut zu knackigem Braun gefärbt, sie trugen luftige Sommerkleider, ihre Urlaubslaune verlieh ihnen jenen besonders attraktiven Touch, den man nur an fernen Orten hat. Es war wie mit dem Wein. Wenn man sich diesen aus dem Urlaub mitbrachte, schmeckte er im heimischen Garten nie so gut wie in südlichen Gefilden. Es wurde durchgesagt, der Zug habe Verspätung. Sie fanden das lustig, warteten die angekündigte Viertelstunde schnatternd ab. Der Zug habe weitere fünfzehn Minuten Verzögerung, übersetzte Eva. Lina fand das jetzt nicht mehr allzu komisch. Ihre Gespräche erlahmten. Nach eineinhalb Stunden fuhr der ersehnte Zug ein. Natürlich hatte sich inzwischen eine stattliche Menschentraube gebildet.

Eva maulte: „Alle, die am Schalter in der Schlange gestanden haben, drängeln jetzt in den Zug hinein. Und wir werden mitgedrückt!" Die Waggons quollen über vor Menschen. Wären die Freundinnen nicht so konsequent von hinten in den Zug geschoben worden, wären sie gar nicht eingestiegen. Doch dann wurden die Türen geschlossen, sie standen zwischen den schwitzenden Körpern, um Luft ringend, hechelnd, Lina war einer Ohnmacht nahe. In einem Waggon wurde gesungen und gegrölt, von irgendwo her strömte Zigarettenrauch.

„Das Rauchen hier ist doch verboten."

„Wen kümmert das?"

Lina legte eine Hand auf ihre Brust. „Wenn ich hier nicht ersticke und heil herauskomme, gebe ich eine Runde Eis aus!"

„Nur ein Eis?" Eva verdrehte die Augen, rümpfte die Nase und fügte hinzu: „Und kann mir jemand sagen, weshalb dieser kreuzdumme Zug immer noch steht? Wir sind wie Bücklinge in einer Dose zusammengepfercht, hier drinnen herrschen gewiss vierzig Grad, und dieses verdammte Ding macht keinen Mucks."

Als hätte der Verantwortliche das gehört, setzte sich der Zug in Bewegung. Sie hatten angenommen, nun bis Rom durchzufahren, doch dem war nicht so. An zwei weiteren Bahnhöfen in Cisterna di Latina und Campoleone drängelten sich weitere Reisende hinzu. Hätte jemand, der nicht in nächster Nähe der Zugtür stand, aussteigen wollen, wäre dies unmöglich gewesen.

„Ich weiß nicht, was schlimmer ist. Die Hitze oder der Gestank."

„Signora, das ist eine Ausnahme“, antwortete ein junger Italiener mit glänzendem Borstenhaar.

„Sie sprechen Deutsch?“ fragte Anni. Dabei musterte sie den Mann, der dicht bei ihr stand, neugierig. Für ihren Geschmack zu viel Macho, aber zugegebenermaßen fabelhaft aussehend.

„Si, ein wenig. In Neapel sind einige Züge ausgefallen. Deshalb sind alle Leute in diesem.“

„Das erklärt wenigstens die Lage.“

„Und was macht eine Signora wie du in diesem Zug?“ Seine Zähne blitzten weiß.

„Ferien mit meinen Freundinnen.“ Anni deutete mit einer Kopfbewegung auf Eva und Lina.

„Ich spucke gleich“, sagte Lina, „über alles und jeden, wenn ich hier nicht rauskomme.“

„Ist nicht mehr weit bis Rom Termini“, erklärte der Italiener.

„Halte durch, du schaffst das. Du hast schon ganz andere Dinge geschafft.“

Lina schloss die Augen. Eva hatte soeben den Knopf gedrückt: Albert an. Lina hatte eine Gärtnerei mit der Grabpflege beauftragt. „So ist es immer schön gerichtet“, hatte sie den Kindern erklärt. Doch Lina wollte jetzt nicht daran denken. Sie drückte den Knopf wieder aus.

Der Zug ratterte in den Bahnhof ein. Statt vierzig Minuten waren sie über eine Stunde unterwegs gewesen. Mit einem erlösenden Zisch öffneten sich die Türen. Wie anfangs in den Zug hinein-, wurden sie jetzt hinausgeschoben. Sie ließen sich mit der Menschenmasse bis zum Hauptausgang mittreiben. Auf dem Bahnhofsplatz eilten die Leute zu Bussen und zur U-Bahnstation. Wer nicht irgendwo hin rannte, wartete auf die Weiterfahrt an einer der vielen Haltestellen. Lina, Anni und Eva beschlossen, sich erst einmal zu stärken.

„Aber wo?“ fragte Anni mit einem suchenden Blick.

„Darf ich die Signoras begleiten?“ Der Italiener aus dem Zug hatte sich zu den Frauen gesellt, als gehöre er dazu.

Ohne die Antwort der anderen abzuwarten, sagte Anni „gerne“.

So zogen sie los, zu viert. Luigi, so stellte er sich vor, führte sie zu einem kleinen Restaurant an einer stark befahrenen Straße. Anstatt eines Eises gab Lina eine Runde Wasser und jedem eine Pizza aus, auch Luigi ließ sich nicht lange bitten.

Er erzählte in sehr gutem Deutsch, er habe in Germania Tourismus studiert, in einem kleinen Ort, den niemand kenne. Jetzt habe er in Rom eine Stelle als Reiseleiter, er mache Führungen in der Stadt, er könne ihnen die Sehenswürdigkeiten zeigen. Nur nicht heute, er müsse am Nachmittag arbeiten. Aber in zwei Tagen, da habe er Zeit. Annis und seine Augen suchten ununterbrochen Kontakt. Nur höflichkeitshalber wandte Luigi ab und zu den Blick Eva und Lina zu. Bevor er aufbrechen musste, tauschte er mit Anni die Handynummer aus. „Wir treffen uns am besten am Hauptbahnhof, am Eingang, wo wir vorher waren", sagte Anni.

Luigi zeigte zum Abschied seine perlweißen Zähne. „A presto!" rief er überschwänglich, dann eilte er davon.

Anni sagte: „Knackarsch, schaut euch nur diesen Knackarsch an."

„Bedanken hätte er sich schon können", meinte Lina säuerlich.

Und Eva sprach in gestrengem Ton: „Anni, das war gerade kein Lächeln, das war ein Biss, wenn du mich fragst."

„Ich frage dich aber nicht." Sie spähte immer noch die Straße hinunter, obwohl von Luigi längst nichts mehr zu sehen war.

„Bevor die Stimmung vollends den Bach runtergeht, besichtigen wir lieber das Kolosseum, was meint ihr?" sagte Lina. So zogen sie los, mit einem faltbaren Stadtplan ausgerüstet, eilten vom Kolosseum zur Spanischen Treppe, hetzten zum Trevibrunnen.

„Man muss eine Münze reinwerfen, dann kommt man ein zweites Mal an diesen wundervollen Ort."

„Ich dachte, dann kann man sich etwas wünschen."

„Ich denke, es stimmt beides", meinte Eva und warf großzügig ein Zweieurostück ins Wasser. Sie glaubte, je wertvoller das Geldstück, desto sicherer. Schließlich wollte sie noch einmal hierherkommen, und zwar mit Jens.

„Eine umwerfende Stadt. Aber ich kann nicht mehr. Den Petersdom sparen wir uns für übermorgen auf."

„Ich weiß noch nicht, ob ich da schon wieder eine Stadtbesichtigung möchte", antwortete Eva, „so viele Menschen überall, und obwohl es bewölkt ist, bringt mich diese Hitze schier um."

„Ich habe für heute auch genug. Vor allem, wenn ich an diesen elenden Zug denke!" erklärte Lina entschieden.

Also fuhren sie mit dem Bus zurück zum Bahnhof, begaben sich ans entsprechende Gleis, wo bereits unzählige Menschen warteten. Doch gar so dramatisch gestaltete sich die Rückfahrt nach Latina nicht mehr. Sie mussten zwar wieder stehen, doch immerhin nicht Körper an Körper gedrängt, sondern mit ein wenig Freiraum um sich. So brachten Lina und Eva diesen Weg weitaus entspannter hinter sich. Anni war enttäuscht. Luigi war nicht im Zug, er musste offensichtlich noch arbeiten.

Den nächsten Tag verbrachten die Freundinnen faul am Strand, Anni hatte stets das Handy neben sich liegen. Mit jeder Stunde sank ihre Laune um einige Grad, am Abend war sie dermaßen auf dem Tiefpunkt, dass sie um neun grantig zu Bett ging.

Am darauffolgenden Morgen, noch während sie auf der Terrasse frühstückten, wählte Anni Luigis Nummer. Eva schimpfte, sie sei eine Kuh, dass sie diesem Typen hinterherrenne. „Wenn er es nicht nötig hat, dich anzurufen, vergiss ihn am besten!"

Doch Anni war fest entschlossen.

„Pronto."

„Luigi, hier ist Anni."

Augenblicklich verfiel er in einen Redeschwall, palaverte von Überstunden, viel Arbeit, er hätte noch angerufen, wann sie sich sehen könnten, ob die Freundinnen auch mit kämen.

Die Freundinnen kamen murrend mit, da sie Anni nicht alleine mit diesem Schwerenöter ziehen lassen wollten. Wenigstens war der Zug nur mäßig voll, sie bekamen sogar einen Sitzplatz.

„Wir bleiben zusammen", sagte Lina.

„Auf jeden Fall", setzte Eva hinzu.

„Egal, was er will", meinte nun wieder Lina.

Anni schwieg. Sie würden schon sehen.

Zwei Stunden später. Luigi stand, wie vereinbart, am Bahnhof. Er trug Shorts und ein rotes T-Shirt mit dem schwarz-weißen Druck eines Fußballs darauf. Anni erschrak. Sie erschrak so sehr an diesem Fußball, dass sie kein Wort herausbrachte. Nicht einmal eine einzige Silbe zur Begrüßung. Dafür sprudelte Luigi wie der Trevibrunnen, verteilte Komplimente und feuchte Wangenküsschen und fuchtelte wild mit den Armen.

„Fehlt nur noch eine Flagge, die er hochhält, damit wir ihm folgen können", flüsterte Eva Lina zu.

„Luigi, wir möchten in den Petersdom. Könntest du uns auf dem kürzesten Weg dorthin führen? Es ist so heiß, dass wir es rasch hinter uns bringen möchten."

„Nicht auf dem kürzesten, auf dem schönsten Weg, Signoras! Ich bin kein Freund der U-Bahn, wir fahren mit dem Bus und gehen ein Stück."

„Egal, mach wie du denkst."

„Nichts im Leben ist egal", sagte Luigi. Er fasste Anni um die Taille, und sie ließ es geschehen. Eva und Lina trotteten hinterher. Luigi machte seine Sache wirklich gut. Er bugsierte sie durch Touristenströme, bahnte gekonnt einen Weg an den Kontrollen vorbei in den Petersdom hinein. Es verschlug ihnen gleichermaßen die Sprache. Lina meinte, sie sei schon von der Basilika zu Hause beeindruckt, aber das hier stelle alles in den Schatten. Luigi erklärte, gestikulierte, zeigte ihnen das Grab von Petrus, und selbst Eva und Lina mussten zugeben, dass es mit Luigi weitaus mehr Spaß machte und viel interessanter war als ohne.

Als Dankeschön luden sie ihn zum Abendessen ein. „Aber nicht in Rom", meinte er, „da kann man nicht gut, sondern nur teuer essen."

Nach einigem Hin und Her schlug er vor zu kochen. Rasch war geklärt, wo. Seine Wohnung war bescheiden, also schloss er sich dem Trio an. Sie fuhren gemeinsam mit dem Zug nach Latina, wo der Mercedes am Bahnhof stand. Luigi wollte sofort hinters Steuer, doch Lina schüttelte entschieden den Kopf. Dafür durfte er im Supermarkt bestimmen, was eingekauft wurde. Selbstbewusst füllte er den Wagen, sparte auch nicht mit Getränken. Lina bezahlte alles.

Das Ferienhaus versetzte Luigi in regelrechte Ekstase. Noch nie in seinem Leben habe er den Fuß in solch ein wundervolles Haus gesetzt. Es sei ihm eine große Ehre, darin für die Signoras zu kochen. Ob er sich denn vorher etwas erfrischen dürfe. Natürlich durfte er. Mit drei Griffen entledigte er sich seines Shirts, der Hose und der Unterhose und hopste im Adamskostüm in den Pool. Prustend und wild um sich schlagend forderte er die Zuschauerinnen auf zu folgen. Eva und Anni kamen dieser Aufforderung bereitwillig nach. Doch Lina wollte sich vor Luigi nicht gänzlich ausziehen, und als Einzige im Bikini zu schwimmen, fand sie auch absurd. So goss sie sich ein Glas Rotwein ein, setzte sich in den Schatten und überlegte, wie Luigi am besten nach Hause käme. Sie wollte ihn nur das Mahl zubereiten und essen lassen und ihn dann flugs zum Zug bringen.

Nach der Erfrischung versammelten sie sich in der Küche.

„Ich koche für euch Conchiglie mit Brokkoli und Anchovis", sprach Luigi hoheitsvoll. Während er konzentriert die in einem großen Topf vor sich hin blubbernde Pasta beobachtete, hieß er die Signoras Zwiebeln und Knoblauch schälen, feinhacken, Brokkoli in kleine Röschen schneiden und diese in kochendem Wasser zu blanchieren.

„Die Conchiglie müssen den richtigen Biss haben“, erklärte Luigi. Er kaute bedächtig auf der Probenudel, befand sie für perfekt, tropfte die Pasta ab und schüttete sie wieder in den Topf. „Am praktischsten sind die in Öl eingelegten und in kleinen Dosen oder Gläsern abgepackten Anchovis“, erklärte er, während er die Anchovisfilets mit Zwiebeln und Knoblauch andünstete. „Das Fleisch sollte rosa sein und nicht grau. Die einzelnen Filets muss man noch klar erkennen können. Wem der Anchovisgeschmack zu intensiv ist, kann sie dreißig Minuten in Milch einlegen. Danach abbrausen und mit Küchenkrepp abtupfen, das ist perfekt.“

Die Tatsache, dass er sich tatsächlich in der Kunst des Kochens auskannte, verschaffte ihm bei Lina einen großen Pluspunkt. Anni durfte die Sahne in einem Topf aufkochen, Eva bekam die Order, die blanchierten Brokkoliröschen hineinzuschütten, er selbst würzte das Ganze mit Salz und schwarzem Pfeffer.

Mittlerweile hatte Lina den Tisch auf der Terrasse hübsch gedeckt, Karaffen mit Wasser und Wein und die passenden Gläser sowie ein Körbchen mit Weißbrot und Kräuterbutter hingestellt. Als alle um den Tisch saßen, übernahm Luigi das Schöpfen. „Man muss die Soße und die Pasta gut vermengen. Die Muscheln müssen das Feuchte gut aufnehmen und vollständig bedeckt sein.“

Anni kicherte.

„Wenn ihr keine Conchiglie habt“, fuhr Luigi fort, „könnt ihr auch Makkaroni oder Farfalle nehmen.“

„Woher weißt du das alles?“ erkundigte sich Lina beeindruckt.

„Essen ist mein Hobby.“

„Und da bist du so schlank?“

„Giocare a calcio ist mein anderes Hobby.“

„Fußball?“ fragte Eva.

„Si, ich liebe es!“

Anni saß aufrecht da, verzog keine Miene, für einen kurzen Moment blickten sich die Frauen erschrocken an. Wie auf Kommando griffen alle zum Besteck.

„Luigi, das ist das Beste, was ich seit langem gegessen habe“, sagte Lina kauend.

„Es ist himmlisch.“

„Du kannst kochen wie ein König.“

Anni und Luigi sahen sich an, Anni mit strahlend blauen Lapislazuliaugen, Luigi mit Siegerlächeln im Gesicht. Er langte tüchtig zu, schöpfte zweimal nach, trank reichlich Rotwein, seine prächtige Laune übertrug sich alsbald auf die Signoras. Luigi erzählte von seinen Stadtführungen, von den Touristen und vom Fußball.

Lina interessierte sich für die typisch italienische Mentalität, Luigi referierte aufs Ausführlichste: Die Italiener wären ganz anders, als weithin angenommen. Sie liebten die geordneten, regelmäßigen, klaren Strukturen im Alltag. Sie wechselten ungern ihre Arbeitsstelle und blieben den Freunden oft ein Leben lang treu. Am liebsten würden sie immer mit dem gleichen Bus zur Arbeit fahren und stets zur selben Zeit die Mahlzeiten einnehmen. Er zählte seine Lieblingsspeisen auf, huldigte seine Mama, redete über die letzten Filme, die er im Kino gesehen habe und sagte, dass er auf Gianna Nannini stehe. „Wir sind lebensfroh und grübeln nicht so viel wie die Deutschen", beendete er seine Ausführungen.

Anni sprang zum Mercedes, holte die CDs, legte Gianna Nannini auf, Luigi griff Anni an der Hand, sie tanzten unterm Sternenhimmel. Vielmehr, sie schmiegten sich aneinander und bewegten sich in harmonischem Gleichmaß.

Lina und Eva gingen zu Bett. Die Absicht, Luigi zum Bahnhof zu bringen, hatte Lina schon vor Stunden aufgegeben. Um diese Zeit würde kein Zug mehr fahren, und sie hatte viel zu viel getrunken.

Anni und Luigi schliefen allerdings erst viel später ein, eng beieinander in Annis Bett. Sie wollte nicht daran denken, dass sie in einigen Tagen wieder zurück nach Deutschland fuhren. Dafür war der Abend viel zu schön gewesen. Vor allem nachdem die Freundinnen sich vom Acker gemacht hatten. Luigi war ein zärtlicher und zugleich wilder Liebhaber, er küsste so ungestüm, wie Dieter es niemals getan hatte. Überhaupt, mit Dieter hatte sie niemals Sex an einem Swimmingpool gehabt, es war eine schweißtreibende Übung gewesen und hinterher rollten sie quiekend ins Wasser, so wie sie früher als Mädchen im Schnee die Hügel runtergekugelt war. Das Wasser perlte über ihre Haut, waberte um ihre erhitzten Körper, erregend, reizend, es dauerte keine fünf Minuten, und Luigi war wieder bereit.

Gegen halb zwölf trafen sie sich zum Frühstück. Großen Hunger hatte niemand, dafür tranken sie zwei Kannen Kaffee. Lina presste frische Orangen aus, der Saft sei gut gegen Kopfweh. Alle wollten davon. Luigi hatte offenbar frei, jedenfalls machte er keinerlei Anstalten, zur Arbeit zu gehen. Lina fragte, woher er wisse, dass die Deutschen soviel grübelten.

„Ich habe doch in Deutschland ein paar Semester Tourismus studiert."

„Wo denn?“ fragte Anni. Sie schmachtete ihn schon wieder an.

„Ach, eine kleinere Stadt, die kennt niemand“, sagte er, „in Ravensburg, es gibt dort eine gute Berufsakademie.“

Sie schrien alle gleichzeitig auf, Luigi sah sie der Reihe nach verwundert an.

„Wir kommen von dort“, rief Eva, „vielmehr aus der Nachbarstadt Weingarten!“

„Das gibt es doch gar nicht! Weingarten kenne ich auch! Da sind wir manchmal abends hin, in die Lupe!“

„Das ist doch verrückt. Ich meine, wir haben dich dort nie gesehen, in die Lupe gehen wir nämlich öfter mal!“

Es folgte ein freudiger Austausch, sie zählten bekannte Straßen und Häuser auf, Luigi hatte sogar einmal den Blutritt gesehen, die größte Reiterprozession zu Ehren des Heiligen Blutes mit tausenden von Pferden. Er fand das alles unglaublich. Die Signoras waren ganz hingerissen.

„Sag mal“, fragte Lina, „wenn du so ein Studium hast, weshalb arbeitest du dann als Fremdenführer? Du könntest doch bestimmt eine anspruchsvollere Arbeit finden.“

„Es macht mir Spaß. Und soviel freie Arbeit gibt es nicht, ich bin froh, dass ich das habe.“

„Es ist wie bei uns. Man muss zufrieden sein mit dem, was man hat.“

„Erinnere mich nicht! Sabrina sehe ich noch früh genug“, warf Anni ein, „und du bist mit deiner Regula auch demnächst im selben Käfig eingesperrt.“

„Wie eingesperrt?“ fragte Luigi.

„Das ist eine Redewendung“, erklärte Anni. Sie drückte ihm einen Kuss auf die Backe. „Sprechen wir nicht mehr davon. Wann musst du denn wieder los?“

„Ich habe heute freigenommen. Morgen früh muss ich wieder eine Gruppe führen.“

„Wie fein, dann haben wir den ganzen Tag für uns!“ freute sich Anni.

„Ja, und die ganze Nacht dazu“, sagte Luigi wollüstig. „Jetzt gehen wir schwimmen.“

Als Anni und Luigi im Meer abtauchten, sagte Lina zu Eva: „Hoffentlich gibt das kein böses Ende mit den beiden.“

„Wieso, denkst du, dass er ihr etwas antut?“

„Unsinn. Ich denke, sie ist so verliebt, dass sie nachher leidet ohne Ende.“

„Ach Lina, ich finde, man sollte nicht auf all das Schöne verzichten, nur weil es hinterher schmerzen könnte, wenn man es nicht mehr hat."

„Na ja, so gesehen! Und zudem haben wir einen guten Koch. Also, wenn er heute schon hier ist, fahre ich jetzt zum Einkaufen."

„Ich komme mit. Lassen wir die Turteltauben eine Weile alleine", sagte Eva. Dabei dachte sie neidisch, dass sie für ihr Leben gerne an Annis Stelle wäre. Natürlich nicht mit Luigi, sondern mit Jens.

Anni und Luigi trafen sich noch dreimal, vielmehr, Luigi fuhr jedes Mal mit dem Zug nach Latina, wo er von den Signoras abgeholt wurde. Sie mochten ihn, seine unbeschwerte Art, sein Entzücken, selbst der Sprung in den Pool war bei ihm eine turbulente Paradenummer mit Gejohle und Trara. Vor allem seine Kochkünste waren bei Lina und Eva sehr angesehen. Anni liebte diese selbstverständlich ebenso. Doch am meisten begehrte sie das Dessert, wenn sie mit Luigi alleine war. Am letzten Abend sagte Luigi: „Ich komme euch besuchen, versprochen!"

Sie tauschten Anschriften aus, Umarmungen, Küsse, Tränen bei Anni.

Vor der Abreise kam die dicke Donna wieder vorbei, sie übergaben den Schlüssel und verabschiedeten sich schweren Herzens.

„Ich möchte nicht mehr alleine wohnen", sagte Lina während der Heimfahrt melancholisch. „Es war so großartig, könntet ihr euch vorstellen, dass wir eine Wohngemeinschaft gründen?"

„Wieso nicht", sagte Anni, „ich wäre auf jeden Fall dabei."

„Ich auch!"

„Gut, dann suchen wir zu Hause eine große Villa, in der jede von uns genügend Freiraum hat. Ich denke, das wäre praktisch und zugleich eine gute Geldanlage."

„Es klingt wundervoll", meinte Eva, „eine Villa an einem See mit einem verwilderten Garten, das wäre schon was."

„Ja. Und vielleicht könnten wir dort solche Seminare anbieten wie dieses Glücksseminar", schwärmte Anni.

Eva, die das erste Stück hinterm Lenkrad saß, lachte. „Wir könnten in die Wellnessbranche einsteigen. Das liegt voll im Trend."

„Genau, wir suchen uns Angestellte, Physiotherapeuten, Köche, Künstler, was man eben so braucht, damit es einem gut geht. „Wir sorgen dafür, dass die Menschen bei uns für zwei oder drei Wochen glücklich sein können."

„Genial", sagte Eva, „ich wüsste auch schon, wen wir als Referenten engagieren könnten."

„Ach ja?“ neckte Anni.

„Ach ja“, wiederholte Eva, „Jens, Konrad und Frau Tsutsu. Das wäre ein guter Beginn.“

„Und Luigi als Koch“, sagte Anni dünn.

„Schaun mer mol“, antwortete Lina. In ihrem Kopf arbeitete es bereits fieberhaft.

18

Anni hatte schweres Magenweh, doch sie zwang sich in die Agentur. Ihre bunten, fröhlichen Shorts und Sommerkleider verstaute sie im Schrank, dunkel und gedeckt verließ sie das Haus. Der September war der erste Monat mit dem „ber“, also ein Herbstmonat. Im Volksmund hieß es, dass man in diesen Monaten keine Betten mehr zum Lüften raushängen sollte, da sonst die Feuchtigkeit in die Federn krieche. Das Wetter war jedoch noch ganz passabel, zwar nicht so heiß wie in Italien, doch angenehm warm. Nach dem Waldstück hinter Weingarten offenbarten die grünen Wiesen ein Stück oberschwäbische Schönheit, Wiesenschaumkraut am Wegesrand neigte sich sanft im Wind. Anni inhalierte tief, bevor sie in Kehrenwies die Agentur betrat.

Sabrina saß am Schreibtisch von Bernd. „Auch wieder da, und so braungebrannt.“

Anni ging gar nicht darauf ein. „Wo ist denn Bernd?“

„Bei einem Kunden.“

Anni setzte sich an ihren Platz. Sie hatte einen Berg von Arbeit erwartet, doch ihr Schreibtisch gähnte vor Leere. „Was steht denn an?“

„Nichts, wie du siehst. Kannst eigentlich wieder nach Hause gehen.“

„Aber ...“

„Du warst krankgeschrieben und hast dir ein paar faule Wochen gemacht“, giftete Sabrina durch den Raum, „hältst uns wohl für blöde.“

„Wie kommst du zu solch einer Behauptung“, empörte sich Anni. „Du hast ja keine Ahnung, wie es ist, wenn einem der Freund stirbt.“

„Du siehst nicht gerade allzu traurig aus. Bernd wollte dich einige Male besuchen. Warst nie da.“

„Ich denke, das geht dich nichts an.“

„Jetzt wirst du auch noch unverschämt! Nimm dich lieber in Acht, Anni, ich werde ihn schon noch davon überzeugen, dass er auf deine Mitarbeit verzichten kann."

Anni schluckte eine Antwort hinunter. Sie nahm die Gelben Seiten aus ihrer Schreibtischschublade und suchte nach einem Koch, einem Physiotherapeuten und einem Masseur. Nicht mehr lange, dann könnte die blöde Kuh ihr den Buckel runterrutschen.

Ähnlich erging es Eva an ihrem ersten Arbeitstag. Regula hatte im New Age früher aufgehört als ursprünglich geplant und war für Eva eingesprungen. Regulas überdimensionalen Schreibtisch hatte jemand in die Mitte des Raumes geschoben und Evas an die Wand neben dem Eingang. Das sah so aus wie wenn ein ungezogenes Kind in die Ecke musste.

„Jens kommt heute nicht", sagte Regula, nachdem sich die Frauen kühl begrüßt hatten. „Er ist zwei Tage bei einem Seminar. Ich soll dir Arbeit geben", setzte sie gebieterisch hinzu.

„Wo ist er denn?" fragte Eva, nach wie vor im Raum stehend.

„Sigmaringen. Wir haben umgestellt, wie du siehst."

„Es ist ungeschickt, da hinten habe ich kein Tageslicht, und ich glotze den ganzen Tag eine Wand an."

„Eva. Liebes, du sollst keine Wände betrachten, sondern deinen PC. Du kannst bei der Agentur für Arbeit und all den Bildungsträgern anrufen, ob Bedarf an einer Schulung besteht."

„Ich muss schon konkret wissen, was wir anbieten."

„Du meinst, was Jens anbietet. Die Wir-Form erscheint mir nicht angebracht. Du kennst seine Inhalte doch, oder hast du in deinem Urlaub alles vergessen?"

„Ich habe nichts vergessen. Ganz im Gegenteil, ich habe dazugelernt. Zum Beispiel, dass man im zwischenmenschlichen Bereich positive Erlebnisse braucht, um Positives leisten zu können."

„Schwatz nicht herum, mach dich an deine Arbeit. Du wirst nicht fürs Rumstehen bezahlt."

„Ist ja gut, ich lege gleich los. Aber um zurückzukommen auf positive Erlebnisse, sag mal, Regula, hättest du vielleicht Lust, in den nächsten Tagen mit mir im Rösslerweiher zu schwimmen?"

Regula sah erstaunt hoch. „Wieso das denn?"

„Nun ja, das mache ich öfter, vielleicht würde es dir auch Spaß machen. Man fühlt sich hinterher wirklich gut."

„Ich überleg's mir. Jetzt aber an die Arbeit."

Lina marschierte an diesem Tag zum Immobilienbüro Jentsch. Sie war am Abend zuvor bei ihrer Tochter Jutta zum Essen eingeladen gewesen und hatte bei dieser Gelegenheit von den Plänen erzählt, die sie in Italien mit ihren Freundinnen gestrickt hatte. Jutta war begeistert davon. „Mama, das ist so toll, dass du den Mut nicht verlierst, jetzt, wo Papa nicht mehr da ist."

„Ja, mein Kind. Das sagen Leonie und Joachim auch. Ich habe mit den beiden telephoniert. Sie wollen demnächst ein paar Tage zu Besuch kommen, noch bevor das neue Semester anfängt."

„Dann musst du jetzt nur das richtige Haus finden."

Genau dazu war Lina fest entschlossen. Sie hatte zwar ihre Kinder in ihre Pläne eingeweiht, doch sie war realistisch genug, keine Hilfe zu erwarten. Das würde auch nicht nötig werden, sie hatte jetzt Freundschaften geschlossen. Ausführlich hatte Lina vom Glücksseminar, von ihrem Aufenthalt in Italien und von den neuen Freundinnen erzählt. Nur Konrad hatte sie bisher nicht erwähnt.

Marcel Jentsch war ganz Kavalier der alten Schule. Er trug ein Sakko mit Goldknöpfen, ein herb riechendes Herrenparfüm und einen gepflegten Schnauzbart. Er schob Lina den Stuhl zurecht, bevor sie sich setzte, fragte, ob sie Kaffee oder Tee wolle, orderte entsprechend bei seiner Sekretärin.

„Ich brauche ein großes Haus mit viel Platz drum herum. Die Umgebung muss so schön sein, dass die Menschen schon alleine deshalb gerne dorthin kommen."

„Es gibt alles, natürlich ist es eine Frage der Kosten", meinte Marcel Jentsch mit bedächtigem Blick auf Lina.

„Ich sehe zwar nicht so aus, aber ich habe genug Geld. Zeigen Sie einfach, was sie haben."

Er nahm einen orange leuchtenden Ordner und begann darin zu blättern. „Das sind meine Schmuckstücke. Hier sind einige Objekte auf dem Lande", meinte er. Doch nichts davon erschien Lina passend. Das meiste waren Einfamilienhäuser, die für ihre Zwecke zu klein waren. Da sie nicht unhöflich sein wollte, sagte sie, er könne sich gerne bei ihr melden, wenn er eine große Villa auf dem Lande habe.

In den folgenden Tagen klapperte sie einige Maklerbüros ab, und ihre Zuversicht wurde immer geringer. Sie hätte nicht gedacht, dass es so schwierig werden könnte. Ihr eigenes Haus war weitaus größer, komfortabler und obendrein besser gelegen als alles, was sie gezeigt bekam. Am

Samstag kämen ihre Kinder, bis dahin hätte sie gerne etwas Brauchbares vorgezeigt. Am Samstag wollte auch Konrad vorbeischauen. Sie hatte ihn angerufen und ihn darum gebeten. Am Samstag würde sie Konrad ihren Kindern vorstellen. Sie wusste nur noch nicht genau, als was. Freund oder Verehrer, Wandergefährte oder Liebhaber. Seit Alberts Bestattung hatte sie ihn nicht mehr gesehen. Damals hatte sie ihn gebeten, ihr Zeit zu lassen. Konrad hatte sich daran gehalten und sie nicht weiter belästigt. Nun wollte sie sich entscheiden, und zwar intuitiv, wenn sie ihm wieder gegenüberstand.

Paula und Ernst verbrachten in jener Zeit so etwas wie den zweiten Frühling. Ernst war gelassen und fröhlich wie lange nicht, der Druck der Arbeit war von seinen Schultern genommen, diese enorme Erleichterung spiegelte sich in all seinem Tun wider. Einmal wöchentlich besuchte er einen Volkshochschulkurs, er hatte sich ein Atelier eingerichtet, in dem er sich stundenlang aufhielt. Paula staunte über sein Talent, es imponierte ihr, dass Ernst tatsächlich seinen alten Traum verwirklichte. Paula sprach oft mit ihm über vergangene Zeiten, sie kramten in Erinnerungen an Wohngemeinschaften und Studententräume. Paula dachte mit Wehmut an ihre eigenen Ideale, sie wollte nun, da Ernst an die Verwirklichung seiner gegangen war, dasselbe tun. Ihr Traum von einem eigenen Buch vielleicht, oder von einer monatelangen Weltreise. Sie bedauerte jetzt fast, nach wie vor so viele Artikel unter großem Zeitdruck produzieren zu müssen. Hätte ihr das jemand vor einem halben Jahr gesagt, hätte sie schallend gelacht. Doch nun, da sie die Leichtigkeit ihres Mannes erlebte, wünschte sie sich selbige. Sie überlegte, nur noch stundenweise oder als freie Mitarbeiterin für die Zeitung zu schreiben, so wie sie es gemacht hatte, als Eva noch klein war. Sie müssten sich vielleicht finanziell einschränken, die Weltreise wäre dann nicht unbedingt Traum Nummer eins, den sie verwirklichen könnte. Doch sie könnte sich ihren anderen Illusionen zuwenden, vielleicht sogar etwas Neues beginnen. Sie dachte oft an das Glücksseminar, was sie gelernt hatte, auch, das Unmögliche in den Bereich des Möglichen zu hieven. Eine kreative Beschäftigung wie Ernst sie nun ausübte, reisen, vielleicht ein kulturelles ehrenamtliches Engagement, mehr Zeit mit den Freundinnen verbringen, es gab so vieles, was das Leben attraktiver machte.

Eva hatte das rezeptfreie Schlafmittel Sedariston in der Apotheke gekauft und trug dieses stets in ihrer Handtasche mit sich. Man konnte schließlich nie wissen. Der Sommer war Mitte September noch einmal auf Touren gekommen, und Eva erinnerte Regula an die Schwimmerei im Rösslerweiher. „Regula, was hältst du davon, heute in der Mittagszeit eine Runde zu schwimmen?“ fragte sie freundlich. Sie hatte sich mit ihrem Platz in der Ecke arrangiert, die Stimmung war schlechter denn je, Jens so gut wie nie mehr im Büro.

„Muss es in diesem verdreckten See sein? Mir wäre das Freibad lieber.“

„Die Wasserqualität ist sehr gut, erst neulich habe ich es in der Zeitung gelesen.“

„Ich habe kein Badezeug dabei.“

„Na ja, wenn morgen schönes Wetter ist, könnten wir da gehen. Schwimmen ist gesund und macht Spaß.“

„Meinetwegen. Baden wir morgen im See. Aber jetzt wird geschafft.“

Eva hatte sich entschieden mehr Überzeugungsarbeit vorgestellt, dass es so einfach sein würde, brachte sie beinahe ins Wanken. Mit dem Sedariston würde Regula das andere Ufer auf keinen Fall erreichen.

Lina kannte diese Vorfreude allzu gut, denn sie hatte sie jedes Mal, wenn Leonie und Joachim kamen. Es war dann stets wie früher, als sie noch zu Hause gewohnt hatten. Der letzte Besuch anlässlich Alberts Beerdigung war trostlos und tränenreich gewesen. Trotz der Trennung und der Tatsache, dass er so gut wie keinen Kontakt zu den Kindern gehabt hatte, er war der Vater gewesen. Sie wussten auch nichts von seinem Vorhaben, sie finanziell kaltzustellen. Die beiden waren nur kurz geblieben, hatten noch Zwischenprüfungen zu schreiben gehabt. Diesmal planten sie einige Tage ein, und Lina hatte den Kühlschrank aufgefüllt. Sie hatte in den Zimmern, die sie immer noch Kinderzimmer nannte, abgestaubt, gelüftet, die Betten frisch bezogen und jedem einen Topf mit blühenden Astern auf den Fenstersims gestellt.

Joachim reiste mit dem Zug aus Frankfurt an, Lina holte ihn am Ravensburger Hauptbahnhof ab. Da sie nicht im Mercedes warten wollte, stellte sie sich vor die ausladende Treppe der Unterführung. Sie dachte an jene Zugfahrt, als sie Luigi kennengelernt hatten. Ein dermaßen überfüllter Zug würde hier wahrscheinlich gar nicht fahren dürfen. Arme Anni! Sie hatte gewiss eine gesalzene Telephonrechnung am Monatsende.

„Mensch Mama, du siehst phantastisch aus!“ sagte Joachim, der gleich zwei Stufen auf einmal genommen hatte, „es freut mich riesig, dass es dir wieder gut geht!“ Er schloss Lina in seine Arme und drückte sie fest an sich.

„Mein Kleiner!“ neckte sie ihn, „sagst du das jetzt als angehender Arzt oder als Sohn?!“

„Beides!“ lachte er. „Ist Leonie schon da?“

„Sie müsste auch bald eintreffen. Anscheinend kann sie bei einer Freundin mitfahren. Und Jutta kommt, sobald sie Feierabend hat.“ Lina ging neben ihrem Sohn her, schloss den Wagen auf, stellte im Stillen Vergleiche an zwischen ihm und Konrad. Sie könnten wirklich Brüder sein. Rein altersmäßig gesehen. Äußerlich, na ja. Irgendwo hatten die jungen Männer alle eine gewisse Ähnlichkeit miteinander, wenn sie zum selben Typ zählten. Kurze Haare, markante Gesichtszüge, sportliche Kleidung. Joachim würde allerdings im Leben keine Kniebundhose tragen.

„Sag mal, dein Polo, was machst du mit dem?“ fragte Joachim, als Lina in die Garage fuhr.

„Nichts, du siehst ja, er steht hier nur herum. Jutta hat selbst ein Auto, Leonie fährt in Konstanz lieber mit dem Rad, sie braucht ihn nicht. Wieso, willst du ihn haben?“

„Wäre nicht schlecht.“

„Nimm ihn, er gehört dir.“

„Ähm, also wenn die anderen dann nicht sauer sind!“

„Ich gebe dir nachher die Papiere und den Schlüssel.“

Joachim drückte ihr einen Kuss auf die Backe. „Danke, Mama! Dann kann ich gleich mal eine Runde fahren.“

So fegte Joachim, kaum dass er eingetroffen war, gleich wieder davon. Lina spürte den Stich sehr deutlich. Andererseits, sie würden ja alle zusammen zu Abend essen. Da hatte sie noch eine Menge vorzubereiten. So stürzte sie sich in der Küche in die Arbeit.

Es klingelte. „Leonie, Schatz!“ rief Lina freudestrahlend, nachdem sie die Tür geöffnet hatte. Doch Leonies Begrüßungsumarmung war recht schlaff, das spürte Lina sofort.

„Es scheint, dir geht es gut“, sagte Leonie mit einem unterschwelligen Tadel. Lina verstand sofort, es hatte ihr gefälligst schlecht zu gehen als Witwe. Doch sie drückte ihre Tochter extra fest an sich und ging gar nicht darauf ein. Leonie kam nach dem Auspacken ihrer Reisetasche immerhin in die Küche und half bei den Essensvorbereitungen mit.

Konrad brachte einen Strauß dunkelroter Rosen. Lina nahm den Strauß mit einer Hand, legte die andere um seinen Rücken, drückte ihn an sich, küsste ihn auf den Mund. Fest, die Lippen ein wenig geöffnet.

„Lina, wie darf ich diese Begrüßung verstehen?“ flüsterte er, unter der Haustür stehend.

„Wie würdest du gerne?“

Er küsste sie gleich noch einmal. Schob seine Zunge in ihren Mund, entschlossen, gierig. Er konnte kaum von ihr lassen. „So, so würde ich es gerne verstehen.“

„Ja. Ich weiß, es ist ein abgedroschener Satz, aber ich sage ihn dennoch. Lieber Konrad, willkommen in meinem Leben.“ Sie fühlte jene Freiheit in sich, die sie so lange vermisst hatte, jene Ungebundenheit, die Seele, Herz und Verstand benötigen, um offen zu sein für eine neue Beziehung. Zwar wusste sie nach wie vor nicht viel über ihn, doch das spielte keine Rolle. Nicht an jenem Abend. Sie liebte ihn und wollte dies endlich zulassen. „Komm rein! Du wirst schon erwartet.“

Konrad schaute fragend drein.

„Meine drei Kinder wollen dich kennenlernen.“

„Grundgütiger! Wieso hast du mir nichts davon gesagt?“

„Es hat sich so ergeben. Jetzt komm ins Wohnzimmer.“

Sie schob ihn vor sich her in die gute Stube. Jutta, Joachim und Leonie saßen auf der neu angeschafften Sitzgarnitur und blickten erwartungsvoll drein. Lina hatte lediglich einen Besucher angekündigt, den sie während des Abendessens kennenlernen sollten.

„Darf ich euch einander vorstellen“, sagte sie nun, „Jutta, Leonie und Joachim, meine Kinder. Und das ist Konrad, mein Freund.“ Mit einer Handbewegung deutete sie Konrad den Sessel an.

Folgsam nahm er Platz. „Das ist also meine Musterung.“

Jutta sah von ihrer Mutter zu Konrad, schüttelte ungläubig den Kopf und räusperte sich. „Mama, was heißt das, dein Freund?“

„Das heißt, dass wir jetzt zusammen sind, Konrad und ich.“

Lina beugte sich zu ihm und drückte ihm einen Kuss auf die Wange. „Wir haben uns beim Glücksseminar kennengelernt. Konrad war dort Dozent. Na ja, das ist eigentlich schon alles. Jedenfalls, jetzt wisst ihr Bescheid. Konrad, was möchtest du trinken?“

„Ein Bier bitte“, sagte er mit belegter Stimme.

Da sich keines ihrer Kinder bewegte, ging sie selbst in die Küche.

„Bist du hinter ihrem Geld her?“ fragte Joachim geradeheraus, während Lina das Bier holte.

„Was?“

„Du brauchst dich nicht zu verstellen“, sagte nun Leonie, „wir sind nicht blöde.“

„Ich weiß nicht, was ihr denkt“, sagte Konrad, „aber Gefühle haben wohl kaum etwas mit Geld zu tun.“

„Lass die Finger von ihr“, fegte Jutta ihn an, „du könntest ja unser Bruder sein. Mama braucht weder ein viertes Kind noch einen zweiten Mann, verstanden?!“

Lina kam mit einer Flasche Pils und einem Glas herein. „Ich habe gehört, was ihr gesagt habt. Und es gefällt mir nicht. Meine liebe Jutta, du hast mir selbst vor nicht allzu langer Zeit geraten, noch einmal durchzustarten, damals, als Albert mich verlassen hat. Du hast gesagt, ich solle verreisen, erinnerst du dich, und zwar mit jemandem anderem.“

„Aber Mama, doch nicht mit ...“

„Schluss jetzt. Ihr lebt schon lange euer Leben, und ich fange endlich an, mein eigenes zu entdecken. Anstatt sich für mich zu freuen, habt ihr nichts Besseres zu tun, als Konrad zu beleidigen. Ihr seid mein ein und alles, das wisst ihr“, sagte sie, während sie das Bier einschenkte, „aber ich treffe meine Entscheidungen in Zukunft selbst. Also haltet euch bitte raus aus meinem Liebesleben, ja. Ich mische mich in eures schließlich auch nicht ein.“ Demonstrativ setzte sie sich auf die Armlehne von Konrads Sessel.

„Du hast noch ein Trauma wegen Papas Tod“, sagte Joachim, „du bist doch momentan gar nicht fähig, Entscheidungen zu treffen.“

„Ach Junge, mein größtes Trauma war dein Vater. Und falls ihr Sorge habt wegen des Geldes, jeder von euch bekommt einen großzügigen Betrag aus der Lebensversicherung. Was ich mit dem Rest mache, ist meine Angelegenheit.“

Jutta schüttelte ungläubig den Kopf. „Seit du im Allgäu warst und dieses komische Seminar gemacht hast, kenne ich dich nicht mehr.“

Lina lachte. „Dann musst du mich nun eben neu kennenlernen. So, und nun möchten wir zusammen essen.“

„Ich muss gehen“, sagte Jutta, „ich kann leider nicht länger bleiben.“

Auch Leonie und Joachim hatten anscheinend Verabredungen, so saß Lina schließlich mit Konrad alleine am Tisch vor gefüllten Rindsrouladen mit Knödeln. „Sie werden sich an den Gedanken gewöhnen müssen, dass ihre Mutter mit einem anderen Mann zusammen ist. Mit einem Mann, den sie liebt", setzte sie zart hinzu.

„Es ist so großartig, dass ich es kaum glauben kann. Lina, ich werde alles tun, um dich glücklich zu machen."

„Du hast schon unendlich viel dazu beigetragen. Mehr, als du ahnst."

Konrad verdrückte eine Riesenportion, ließ sich ein zweites Mal nachschöpfen und verspeiste auch das bis auf den letzten Bissen. Nach dem Essen lehnte er sich auf seinem Stuhl zurück, strich über seinen Bauch und sagte: „Lina, wenn du immer so gut kochst, müssen wir jedes Wochenende eine Bergtour machen."

„Gerne, und nun erzähle ich dir von meinen weiteren Plänen. Ich möchte nämlich ein Haus kaufen, und du sollst darin Seminare abhalten."

Konrad folgte Linas Plänen mit wachsender Begeisterung. Er hörte an diesem Abend erstmals, wie reich Lina inzwischen war, und er hörte erstmals, dass sie ihn fest in ihr weiteres Leben einplante. Beides gefiel ihm außerordentlich gut.

Regula und Eva tranken einen Ananas-Apfelsaft im Stehen. Eva hatte ihn von zu Hause mitgebracht und die Tropfen erst im Büro, kurz vor dem Verzehr, unauffällig in Regulas Glas gerührt. Die Wirkung setzte laut Beschreibung nach ein bis drei Stunden ein. Regula trank in großen Schlucken.

„Eva", sagte sie, das leere Glas vor sich haltend, „bekomme ich noch ein wenig? Ich habe solchen Durst."

Eva füllte nach und lachte gekünstelt. „Wer viel arbeitet, muss viel trinken."

Regula schüttelte den Kopf. „Unsinn, es ist nicht die Arbeit. Ich bin schwanger."

Ein fetter Knallkörper explodierte. Das Blut toste. Ihre Gedanken überschlugen sich. Regula im Rösslerweiher unter Wasser zu drücken wäre schon schwierig genug, aber eine schwangere Regula, das brächte sie nicht fertig. Ausgeschlossen. Anstatt Regula fiel nun ihr Plan ins Wasser.

„Schwanger? Von Jens?"

„Von wem denn sonst?!"

„Natürlich. Von wem denn sonst. Entschuldige die Frage."

„Bekomme ich jetzt noch etwas Saft oder willst du den Rest alleine trinken?"

Eva goss das Glas abermals voll und sagte dabei: „Wenn du schwanger bist, sollten wir lieber auf die Schwimmerei verzichten. Du hast recht, es könnten tatsächlich Keime im See sein, die dir nicht guttun würden."

„Eva, ich danke dir für deine Aufmerksamkeit", sagte Regula, und es klang wirklich echt.

„Ach ja", sagte Eva, bevor sie sich wieder ihrem Schreibtisch zuwandte, „herzlichen Glückwunsch auch! Wann ist es denn soweit?"

„Danke für deine Glückwünsche. Ich bin noch ganz am Anfang, erst in der sechsten Woche."

Eva rechnete nach. Es war jetzt Ende September. Regula musste sofort nach dem Glücksseminar schwanger geworden sein. Sie würde ihr Baby im Frühsommer bekommen.

Nach einer Weile begann Regula zu gähnen. Sie schüttelte sich immer wieder, als würde so das Schlafbedürfnis abfallen. „Ich glaube, ich fahre jetzt nach Hause. Ich bin auf einmal todmüde."

„Schaffst du es bis in die Weststadt, oder soll ich dich heimfahren?" fragte Eva mit schlechtem Gewissen.

„Das schaffe ich schon. Aber ich bin so schlapp, ich werde heute nicht mehr kommen."

Sie verabschiedete sich, und Eva dachte, wie wundervoll sich manche Probleme doch von alleine lösten. Wenn Regula erst einmal einen Säugling daheim hatte, konnte sie garantiert nicht mehr ins Büro kommen. Dann hätte sie Jens wieder für sich.

Am Abend trafen sich die vier Frauen in der Lupe. Paula berichtete von den wiedererwachten Lebensfreuden, Eva von der schwangeren Regula, Lina vom neuen Mannsbild und Anni von der nervigen Sabrina.

„Das Schlafmittel, das ich gekauft habe, wirkt wunderbar", sagte Eva zu fortgeschrittener Stunde, nachdem sich Lina und Paula verabschiedet hatten und sie mit Anni alleine dasaß. „Wenn man genug davon genommen hat, schafft man bestimmt keine Schwimmrunde im Weiher."

Anni stieß einen entsetzten Schrei aus. „Nicht schon wieder ein Todesfall."

„Ich meine ja nur. Die Sache mit Regula hat sich ja nun von selbst erledigt, somit ..."

Anni sah ihrer Freundin tief in die Augen. „Somit", beendete sie den Satz, „könnte statt ihrer jemand anders im See ertrinken."

„So ist es."

„Ich weiß nicht, Eva, wenn jetzt schon wieder jemand stirbt, wird es auffällig.“

„Überleg’s dir. Die Tropfen stehen in meinem Bad.“

„Lina, wir könnten das Wochenende bei mir verbringen, was meinst du?“ fragte Konrad am Telephon.

„Keine Sorge. Joachim und Leonie sind schon wieder abgereist, und Jutta kommt, wenn überhaupt, höchstens auf einen kurzen Besuch vorbei. Wir sind also ungestört.“

„Möchtest du denn nicht meine Welt ein wenig kennenlernen? Jetzt, wo wir ein Paar sind, solltest du alles über mich wissen.“

Lina lachte. „So gesehen, meinetwegen. Wir könnten zusammen einkaufen und etwas Feines kochen, was meinst du?“

„Ja. Und dann werden wir zur Abwechslung keine Wanderschuhe schnüren, sondern durch die Gegend fahren und nach einer schönen Villa Ausschau halten.“

„So machen wir es.“

Nachdem Lina aufgelegt hatte, zog sie eine nagelneue Jeansjacke an. In ihrem Kleiderschrank war ein regelrechter Klamottentausch erfolgt, etliche biedere Stücke hatte Lina durch flotte Mode ersetzt. Ebenso ließ sie regelmäßig den Kurzhaarschnitt erneuern, blonde Strähnchen machen, und anstatt fetter Leberwurst kaufte sie Magerquark und Magerjoghurt.

Frau Blümer, wieder einmal mit Besen und Kehrschaufel auf dem Gehweg zugange, hielt mit ihrer Arbeit inne. „Also Frau Pohl, seit Sie Witwe sind, sehen Sie jeden Tag jünger aus.“ Dabei hatte sie einen Arm in die Hüfte gestemmt. „Wie machen Sie das nur?“

„Frau Blümer, nur kein Neid. Im Prinzip ist das Rezept einfach.“

„Tatsächlich. Könnte ich es vielleicht auch bekommen?“ sagte Frau Blümer etwas spitz.

„Aber gerne“, lächelte Lina, „tauschen Sie doch einfach den Besen aus gegen ein gutes Buch oder gegen irgendetwas anderes. Hauptsache, es ist etwas, das Ihnen gefällt. Ein Sprichwort sagt: Träume nicht dein Leben, sondern lebe deine Träume.“

Frau Blümer schüttelte den Kopf und fegte weiter. Lina hörte im Gehen, wie die Nachbarin vor sich hin murmelte. „Jetzt ist sie vollends durchgedreht.“

Konrad bewohnte in der Ravensburger Südstadt ein Häuschen mit einem hübschen Vorgarten, zu einer äußerst günstigen Miete, wie er erklärte. „Dafür repariere ich die kleineren Sachen selbst“, sagte er stolz. Wohnzimmer und Küche waren etwas altmodisch eingerichtet, doch alles war sauber. Im oberen Stockwerk gab es zwei Zimmer mit Dachschräge und das Bad. Im Schlafzimmer hatte Konrad ein niederes Wasserbett stehen, helle Schränke und eine Kommode, was so gar nicht zu ihm passte. Lina hätte eher ein massives Gestell mit Bauernmalerei erwartet und ein Bild mit einem Bergmassiv darüber. Den nebenanliegenden Raum nutzte er als Büro.

„Hast du alles selbst eingerichtet?“ fragte Lina neugierig.

„Nicht ganz. Ich hatte eine gute Beratung.“

Lina und er saßen inzwischen nebeneinander auf dem Wasserbett. „Ich habe noch nie in einem solchen Ding geschlafen“, sagte Lina, „ich fürchte, es wirkt sich auf meine Blase aus, und ich muss die halbe Nacht aufs Klo rennen.“

Konrad lachte und legte einen Arm um ihre Taille. „Da wärst du die Erste.“

„Ach, wie darf ich denn das verstehen?“

„Ich meine, nicht die Erste in diesem Bett. Ich meine, die Erste überhaupt, also die Erste mit einer solchen Reaktion.“

Lina entzog sich seiner Umarmung und stand auf. „Konrad, du musst dich nicht herausreden. Sag doch einfach, wie es ist. Du hattest schon mehrere Frauen hier in diesem Bett, oder?“

Konrad blieb sitzen, schaute sie an, lächelte und nickte. „Mehrere nicht gerade, aber natürlich bist du nicht meine allererste Freundin. Lina, ich bin immerhin 36 Jahre alt. Es wäre doch fatal, wenn ich noch nie mit einer Frau geschlafen hätte.“

„Auch wieder wahr“, sagte sie. Trotzdem, etwas störte sie sehr, sie konnte es nur nicht definieren. „Und wie viele Frauen hattest du nun vor mir?“

„Drei. Um genau zu sein vier. Aber die vierte zählt nicht, die war ein Irrtum.“

„Ach, wieso das denn?“

„Die war nach ein paar Wochen wieder weg.“

„Und die anderen?“

Konrad stand auf. „Sag mal, willst du mich verhören oder wollen wir nun runter gehen und etwas kochen?“

„Natürlich will ich dich nicht verhören, es geht mich ja auch nichts an. Gehen wir in die Küche." Schließlich, sagte sie sich, musste man vom anderen nicht gar alles wissen. Sie hatte ja auch ihr süßes kleines Geheimnis.

Nach dem Essen wollte Konrad ein Mittagsschläfchen mit ihr halten. Doch Lina drängte darauf, die Gegend nach einer Villa abzusuchen. Sie wollte absolut nicht in seinem Wasserbett liegen. Sie wollte keine Zärtlichkeiten und Liebesschwüre, wo er schon mit anderen vor ihr zusammen war. Am Ende würde er sie dann messen, und sie hatte ja keine Ahnung, wer die Verflossenen waren. Garantiert waren sie jünger als sie, faltenloser und schlanker. Abgesehen davon, beim letzten Mal hatte er sich beklagt, er hatte auch nicht in ihrem Ehebett liegen wollen, und sie waren daraufhin ins Zimmer von Joachim ausgewandert. Lina grinste in sich hinein und stellte sich vor, was ihr Sohn dazu gesagt hätte, dass sie Liebe in seinem Bett gemacht hatte. Sie würde ein komplett neues Schlafzimmer kaufen, so einfach war dieses Problem zu lösen.

So stiegen sie nach einem Espresso in ihren Mercedes, Konrad durfte fahren, sie setzte sich zufrieden neben ihn. Es war ein wenig wie früher, als sie mit Albert Ausflüge unternommen hatte. Zwischen Friedrichshafen und Aulendorf wollte sie etwas kaufen, weiter weg durfte das Gebäude nicht sein. Konrad sah sich bereits als Coach in einem weiß getünchten Bungalow mit Park und See. In Friedrichshafen legten sie eine Fahrpause ein und schlenderten Hand in Hand an der Uferpromenade des Bodensees entlang. „Lina, du bist das Beste, was mir jemals passiert ist."

„Das ist schön." Sie wusste, dass sein Kompliment recht abgedroschen war, doch sie hörte es dennoch gerne. Konrad war kein Poet, er war ein bodenständiger Mensch mit vernünftigen Ansichten. Er wollte mit ihr zusammen sein, weil er sie liebte. Dass sie so was noch einmal erleben durfte, war einfach grandios.

„Konrad, erzähle doch ein wenig aus deinem Leben!"

„Was soll ich sagen. Ich bin Sozialpädagoge, habe mich selbständig gemacht als Lebensberater, tue im Grunde dasselbe wie Jens, nur eine Nummer kleiner. Ich erledige den Schreibkram zu Hause und kann mir keine Angestellte leisten. Manchmal jagt ein Auftrag den anderen, dann wieder habe ich kaum Butter fürs Brot."

„Hast du noch Eltern oder Verwandte?"

„Meine Eltern besuche ich dann und wann, sie wohnen bei Stuttgart. Dort lebt auch meine jüngere Schwester mit ihrer Familie. Ansonsten will ich von Verwandtschaft nicht viel wissen, es gibt ein paar Onkels und

Tanten, zu denen ich keinen Kontakt habe. Warum, möchtest du wissen, wen wir zur Hochzeit einladen sollen?“ scherzte er.

Lina blieb stehen. Sie waren an der breiten Treppe zum See angelangt, einige Leute fütterten die Schwäne.

„Hochzeit? Konrad, du weißt, dass ich in Trauer bin.“

„Lina, es war ein Scherz.“

„Damit scherzt man nicht. Gehen wir wieder zurück zum Auto. Es wird doch irgendwo eine Villa geben, die auf mich wartet.“

„Auf uns“, verbesserte er, sie hakte ihren Arm bei ihm unter.

Weit und breit entdeckten sie nichts, was ihr vorschwebte. „Gut Ding will Weile haben“, sagte sie am Abend. Etwas unentschlossen saßen sie bei einem Glas Wein in Konrads Küche. Lina hatte ihm erklärt, nicht in seinem Bett zu übernachten, woraufhin er vorgeschlagen hatte, im Wohnzimmer auf dem Fußboden zu nächtigen. „Auf Luftmatratzen womöglich“, sagte sie. Konrad gefiel diese Idee, das sei mal etwas anderes. Lina fühlte sich nicht gerade wohl beim Gedanke an solch ein Lager. Ihr würde der Rücken wehtun, zudem sah es doof aus, wenn man sich hochstemmen musste, um aufzustehen. Vielleicht war sie doch zu alt für Konrad. Am Ende überzeugte er sie jedoch, sie stimmte ein, und so pumpten sie zwei alte Luftmatratzen, die er aus dem Keller daherschleifte, auf. Sie moderten, Lina schauderte. Konrad fand es einfach nur phantastisch. Gewiss fühlte er sich wie auf dem Mount Everest in einem Iglu, sie wollte ihm die Freude nicht verderben.

Bevor sie sich schlafen legte, schüttete sie im Bad eine Ladung von Konrads Rasierwasser über ihre Unterarme. Sie hoffte, so den Modergeruch zu übertönen, doch Konrad rümpfte, kaum dass sie neben ihm lag, die Nase. „Um Himmels Willen, hast du in meinem Rasierwasser gebadet?“

„Findest du den Duft nicht prima?“

„Lina, du stinkst wie ein ganzer Drogeriemarkt.“

„Na dann musst du wohl woanders schlafen“, meinte sie beleidigt. Sie drehte sich nach außen und steckte die Arme unter die Zudecke.

Konrad schob sich von hinten dicht an sie heran. Eine Moderwolke stieg empor, und seine Matratze rutschte weg, so dass er halb auf dem Fußboden und halb auf ihrer Luftmatratze lag. Doch Lina rührte sich nicht einmal, als seine Hände ihre Brüste umfassten. „Konrad, wenn ich so stinke, was soll das dann?“ fragte sie bissig.

Er küsste ihren Nacken und schnurrte wie ein Kater in ihr Ohr. „Sei nicht beleidigt, ich habe es nicht böse gemeint. Jetzt komm, wir wollen den schönen Tag nicht im Streit beenden."

Nein, das wollte sie nicht. Sie wandte sich ihm zu, dabei rutschten sie beide vollends von der Pustematratze. Liebe auf dem harten Fußboden, dachte sie, konnte schön sein. Zumindest wenn man jung war.

An jenem Wochenende holte Anni bei Eva das Sedariston ab. „Ich ertrage Sabrina einfach nicht mehr. Ich bin am Ende mit meinen Nerven."

„Ist sie denn bereit, mit dir schwimmen zu gehen?" fragte Eva. „Mit dem Mittel alleine richtest du nicht viel aus."

„Und wenn ich sie in den See zerren muss. Die geht mit mir, das andere Ufer wird sie aber nicht erreichen."

So brachte Anni am Montagmorgen einen Saftcocktail mit in die Werbeagentur. Sie wollte erst einmal testen, ob das Mittel überhaupt Wirkung zeigte. Bernd und Sabrina waren zwar erstaunt über diese ungewöhnliche Stärkung, doch sie tranken ihre Gläser mit Genuss leer. Natürlich hatte nur Sabrina das Sedariston beigemischt bekommen, und wie zuvor schon Regula, wurde auch sie nach einer guten Stunde so müde, dass sie nach Hause ging.

Es traf sich bestens, dass Bernd für die restliche Woche auf Außenterminen und sie mit Sabrina alleine im Büro war. So schlug Anni vor, man könne die Mittagszeit doch nutzen und im See eine Runde schwimmen. Sabrina fand wider Erwarten sofort Gefallen daran, so kamen am nächsten Tag beide mit Bikini und Handtuch zur Arbeit. Abermals gab es eine Stunde vor der Mittagspause Ananas-Apfelsaft, dann fuhr Anni mit ihrem Auto ans gegenüberliegende Ufer zur Badestelle, wo sie gemeinsam mit Sabrina ins Wasser ging. Einträchtig schwammen sie ein gutes Stück hinaus, einige andere Badegäste weit hinter sich lassend.

„Ich schwimme zurück", sagte Sabrina schwer atmend, „mir reicht es."

„Ich dachte, wir schwimmen bis zum Auslauf ans andere Ufer."

„Ich drehe um. Ich kann wirklich nicht mehr."

Da schrie Anni unerwartet auf. „Sabrina, hilf mir, ich habe einen Krampf in meiner Wade!" Wild geworden schlug Anni um sich, prustete, strampelte, umklammerte die fassungslose Sabrina, drückte sie unters Wasser. Die Gegenwehr war sehr schwach, selbst ohne Schlafmittel hätte Anni Sabrina ertränken können. Doch sie brachte es nicht über sich. Sabrina war nicht Dieter. Sabrina war eine Nervensäge, doch sie hatte noch nie Hand an sie gelegt und würde es auch niemals tun. Anni packte die erschöpfte Frau und schleppte sie ans nächstliegende Ufer ab. Dort kniete sie nieder, patschte behutsam auf die Wangen. Als sie die Augen öffnete, rollten Anni Tränen der Erleichterung übers Gesicht.

„Du hast mir das Leben gerettet", sagte Sabrina schwach, „danke. Das werde ich dir nie vergessen."

Eines Tages erhielten Lina und ihre Kinder die Einladung zur Testamentseröffnung. Allerdings hatten weder Leonie noch Joachim Zeit, so ging sie mit Jutta zum Notariat. Lina dachte hinterher oft, dass der Spruch stimme: Wo bereits ein Berg Geld ist, kommt immer noch ein Haufen obendrauf. Albert hatte gelogen. Er hatte sich nicht verspekuliert, sondern das Erbe seiner und Linas Eltern sehr gewinnbringend angelegt. Lina und Jutta schauten sich mit großen Augen an, als der Notar die Summe vorlas. Sie konnten sich über 700.000 Euro freuen. Zusätzlich zur Lebensversicherung. Lina war fassungslos. Er hätte sie nicht nur um das Erbe ihrer Eltern betrogen, sondern ihr letztes Erspartes für sich abgezogen und sie samt den Kindern verhungern lassen. Der Einfluss seines Pferdes, anders konnte sie sich das nicht erklären!

Lina schalt sich noch lange nach dieser frohen Botschaft eine blöde Kuh. Albert hatte etwas aus der Luft Gegriffenes behauptet, und sie hatte blind geglaubt! Dass sie nicht selbst recherchiert hatte, konnte sie nicht begreifen. Einzig die Tatsache, dass sie seelisch am Boden war, zählte als Entschuldigung für ihre Dummheit. Das würde ihr eine Lehre fürs Leben sein: Traue niemandem außer dir selbst! Jedenfalls erklärte sie, dass diese 700.000 Euro durch vier geteilt würden und die Kinder somit etwas auf der hohen Kante hätten. Sie selbst musste sich endlich um einen Anlageberater kümmern, so langsam wuchs ihr das viele Geld über den Kopf.

19

Sabrina ließ ab jenem Badeunfall Anni in Ruhe, diese durfte wieder in alter Weise arbeiten. Konrad und Lina waren damit beschäftigt, sich zu lieben und verschiedenste Anwesen zu besichtigen. Sie besuchten sich gegenseitig, oft über Nacht, allerdings hatte Lina sowohl für Konrad als auch für sich ein neues Bett angeschafft. Linas Sprösslinge fanden sich nach und nach mit Konrad ab, vor allem, als die zusätzlichen Tausender auf ihren Konten eingingen.

Die schwangere Regula zog sich aus dem Büro zurück, kümmerte sich hauptsächlich um ihren wachsenden Bauch und um sich selbst, so dass Jens intensiv die Nähe Evas suchte. Er ging mit ihr zum Essen aus, rein geschäftlich natürlich, rief sie öfter zu Hause nach Feierabend an, um ihren Ratschlag einzuholen, Eva arbeitete auf sein Geheiß hin am Schreibtisch von Regula.

Luigi schrieb Anni ein paar flammende E-Mails, Anni rief ihn alle zwei Tage an. Sie sagte bei Begrüßungen nicht mehr „Hallo" oder „Servus", sondern nur noch „Ciao", ihre Einkäufe tätigte sie mit Vorliebe im Italomarket, ihre Schuhe kaufte sie nur noch im italienischen Schuhgeschäft in Wilhelmsdorf ein.

Paula reduzierte nach zähen Verhandlungen mit dem Verlag ihre Arbeit auf fünfzig Prozent und schrieb in der so gewonnenen Zeit an einem Buch über das Glück der Menschen. Ernst suchte einen geeigneten Rahmen für seine erste Ausstellung, rief sämtliche Galeristen an, die Banken, Rathäuser und bekam schließlich in der Lupe zwei Wände für seine Gemälde zur Verfügung gestellt.

Lina, Anni und Eva besuchten einmal wöchentlich einen Italienischkurs an der Volkshochschule. Eva, die bereits einige Grundkenntnisse besaß, belegte dennoch den Anfängerkurs, damit sie mit ihren Freundinnen gemeinsam büffeln konnte. Nach dem Unterricht gingen sie immer in die Lupe und bestellten italienischen Rotwein. Anni stellte sich jedes Mal vor, Luigi käme hereinspaziert. Doch dem war nicht so.

Ende Oktober begann Lina mit einer Ausbildung zur Lebensberaterin. Sie fuhr zweimal in der Woche nach Ulm und hörte sich dort in einem Seminar an, wie die Menschen zufriedener wurden. So hatte sie stets eine Menge Gesprächsstoff mit Konrad, was die Beziehung ungemein bereicherte. Bei schönem Wetter gingen sie in die Berge, mal zu zweit, mal mit dem Alpverein. Manchmal schlossen sich Anni oder Eva an. Auch Paula und Ernst waren schon dabei gewesen, doch Ernst war ein schlechter Läufer. Einmal hatte er seine Staffelei mitgeschleppt, sich am Fuß des Pfänders hingestellt und gemalt, während die anderen hochtigerten.

Es ging auf Weihnachten zu. Lina hatte an Heilig Abend ihren Nachwuchs und Konrad zu Gast, diesmal war es richtig harmonisch. Jutta brachte ihren Neuen namens Patrick mit. Sie verkündeten, dass sie auf der Suche nach einer passenden gemeinsamen Wohnung wären. Lina fand das wundervoll. Sie überlegte, ob sie zu Konrad übersiedeln sollte, so dass die beiden hier einziehen könnten. Doch sie wollte diesen Schritt einfach nicht tun. Sie fand den Zustand mit zwei Häusern ideal, sie konnten sich zurückziehen und freuten sich stets aufeinander. Wohnten sie zusammen, käme der Alltag wieder, wie das mit Albert geendet hatte, das brauchte sie nicht noch einmal.

Eva und Anni feierten Heilig Abend mit Paula und Ernst. Anni war enttäuscht, sie hatte insgeheim gehofft, Luigi würde sie überraschend besuchen, doch seine E-Mails waren selten und lieblos geworden und schließlich ganz ausgeblieben. Wenn sie ihn anrief, ging er nicht ans Telephon. Eva meinte, Luigi habe gewiss eine taufrische Signora aufgetan, am besten solle Anni ihn vergessen. Eva selbst ging es an diesem Weihnachtsfest sehr gut. Jens gab ihr zum ersten Mal, seit sie für ihn arbeitete, ein wirklich persönliches Weihnachtsgeschenk. In all den Jahren hatte er ihr einen Weihnachtsstern auf den Schreibtisch gestellt, vermutlich von Regula gekauft. Diesmal war es eine goldene Halskette mit einem kleinen, herzförmigen Anhänger daran.

Anfang Januar kam ein Anruf des Maklerbüros. Marcel Jentsch erzählte von einem perfekten Objekt. Lina staunte nicht schlecht, als sie zwei Tage später gemeinsam zur Besichtigung fuhren. Es war die Werbeagentur Däubler in Kehrenwies. Bernd Däubler geriet ein wenig in Verlegenheit, als der Makler mit Lina das Büro betrat. Lina und Anni begrüßten sich herzlich und überrascht, ein jeder sah, dass die beiden sich sehr gut kannten.

„Anni, ich habe es noch nicht übers Herz gebracht, dir zu sagen, dass ich die Agentur im Sommer dichtmachen werde“, sagte Bernd.

„Was?“

„Ja. Sabrina und ich, wir wandern aus, nach Neuseeland, falls es dich interessiert. Ich verkaufe das Haus, weil ich das Geld dort für einen Neuanfang brauche. Anscheinend kennst du die Interessentin?“

„Das kann man sagen. Wieso sagst du mir das nicht früher, vielleicht könnte ich die Agentur übernehmen?“

„Anni, sei mir nicht böse. Ich dachte eine Zeit lang auch daran, doch es hat wenig Sinn. Du könntest dir weder das riesige Haus noch die Ablöse für die Agentur leisten. Zudem müsstest du unsere beiden Techniker Hans und Andreas weiterbeschäftigen, also das wäre alles etwas viel auf einmal, meinst du nicht?“

Lina sagte gutgelaunt: „Anni, du brauchst keine Ablöse für die Agentur zu bezahlen. Du brauchst überhaupt nicht mehr in der Werbebranche zu arbeiten. Wir bauen uns das auf, was wir schon lange im Sinn haben. Unser Glückshaus! Es ist genau das, wonach ich mit Konrad schon seit Monaten suche."

„Hier?"

„Anni, die Lage ist traumhaft, das Haus ist groß genug, so dass wir eine Wohngemeinschaft gründen können und Seminarräume zur Verfügung haben. Es ist einfach perfekt!"

„Herr Däubler, machen Sie Ihre Agentur dicht. Ich denke, Ihre Techniker bekommen auch woanders eine Stelle. Ich kaufe dieses Haus ohne Wenn und Aber. Mit dem Preis bin ich einverstanden." Lina strahlte wie ein Honigkuchenpferd, als sie den Herren die Hand drückte.

Zum ersten Juli wanderten Bernd und Sabrina aus. Lina ließ das Haus für ihre Zwecke umbauen, mit einbezogen wurde das alte Stallgebäude. Ein Dreivierteljahr später, Anfang April war es soweit. Entstanden war ein Bauwerk, welches auf geniale Weise das moderne Gesicht der ehemaligen Werbeagentur mit dem nostalgischen Flair des alten Stallgebäudes vereinte. Lina hatte in Absprache mit der Gemeinde einen Erholungspark anlegen lassen. Der Weg wurde gesäumt von jungen Zypressen und anderen südländischen Gewächsen, von denen der Gärtner versichert hatte, dass diese allesamt den strengen oberschwäbischen Winter sehr gut überstünden. Großflächige dazwischenliegende Wiesenstücke mit knorrigen Streuobstbäumen standen in buntem Kontrast dazu. Linas Idee, Italien mit Oberschwaben zu verbinden, hatte ihr Gartenarchitekt perfekt umgesetzt. Ein angelegter See mit Fröschen und Seerosen, Sitzbänke mit Holztischen verteilt aufs gesamte Gelände, Klangkörper in den Bäumen, Blumenbeete und ein Gartenstück fürs Gemüse rundeten das Bild ab. Der Architekt hatte ganze Arbeit geleistet. Alles erschien hell und großzügig, die urige Treppe und das Fachwerk im alten Trakt waren original dunkelholzig belassen worden.

Lina, Anni und Eva hatten am Ende jeweils eine Wohneinheit, bestehend aus zwei Zimmern mit eigenem Bad für sich. Die Küche und einen ausladend gestalteten Salon nutzten sie gemeinsam. So konnten sie sich je nach Wunsch zurückziehen oder sich im Gemeinschaftsraum aufhalten. Außerdem gab es zwei kleine Zimmer eigens für Joachim und Leonie, darauf hatte Lina bestanden. Konrad wäre sehr gerne mit eingezogen, doch Lina meinte, sie hätten viel länger den Kick in ihrer Beziehung mit zwei

Heimstätten. Ihr eigenes Haus im Vorderen Ochsen vermietete Lina an Jutta und ihren Freund, wobei die Miete lächerlich gering und eher symbolischer Natur war.

Die Seminarräume lagen im Erdgeschoss. Lina dachte, wenn das Glückshaus gut liefe und die Nachfrage groß wäre, könnten sie vielleicht ein kleines Hotel dazu bauen. Die Baugenehmigung wäre nicht einfach zu bekommen, doch wenn dadurch Arbeitsplätze entstünden, wäre das gewiss hilfreich. Doch vorerst sollte das Angebot quasi ambulanter Natur sein, für einen Tag oder für Stunden, je nachdem, was gebucht wurde. Es gab zwei Massageräume, ein Fitnessstudio, zwei Seminarräume, einen kleineren Raum zum Basteln, Toiletten, eine Küche und ein Bistro. Mit zwanzig Gästen wären sie ausgebucht. Im Bistro wurden einfache Speisen angeboten. Die Ausschankgenehmigung war unter der Bedingung erteilt worden, einmal jährlich ein Fest für die Bevölkerung zu veranstalten.

Die Eröffnung wurde groß gefeiert. Annis Theatertruppe wartete überraschend mit einigen Sketchen auf, was Lina zu Tränen rührte. Joachim, Leonie und Jutta sangen ein selbstgedichtetes Lied, das Juttas Freund Patrick auf der Gitarre begleitete. Der Bürgermeister und einige Gemeinderäte weilten unter den Gästen, natürlich auch die Architekten, Handwerker, Bekannte, Freunde und viele Neugierige. Konrad, Jens und Martina, allesamt freie Teilzeitmitarbeiter auf Honorarbasis, kamen zur Eröffnungsfeier, ebenso die meisten Teilnehmer aus dem Allgäuer Glücksseminar. Selbst Julia war da, sie hielt sich zurück mit Kritik und zeigte sogar ein Lächeln, als sie die Räume unter Linas Führung besichtigten. Frank trug eine neue Brille und sah fabelhaft damit aus. Paula erschien in redaktioneller Funktion, sie durfte zwei ganze Seiten über das Glückshaus schreiben, nachdem Lina sämtliche Handwerker überzeugt hatte, eine Werbung im Schwäbischen Tagblatt zu schalten. Ernst schenkte zur Einweihung ein wundervolles Aquarellbild, er hatte den Weg entlang des schattigen Stillen Baches verlängert und diesen direkt vor dem in Sonne badenden Glückshaus enden lassen. Die Symbolik berührte Lina zutiefst, sie versicherte, dass dieses Werk einen Ehrenplatz erhielte.

Olaf fragte, ob sie keinen Koch bräuchten. Lina meinte, sie könnten es ja miteinander versuchen, und so kam auch Olaf mit ins Team. Lina hatte ein Gewerbe angemeldet, sie war jetzt Arbeitgeberin und hatte neben den Honoraren der Referenten zwei freiberufliche Masseure und eine Putzfrau zu bezahlen. Anni war fest angestellt fürs Büro und für die Werbung. Eva unterstützte sie so gut es ging. Sie wurde dafür nach Stunden bezahlt, da sie ihre Stelle bei Jens nicht aufgeben wollte.

Jens und Regula waren jetzt glückliche Eltern des kleinen Lukas. Regula hatte, zumindest während der ersten Zeit, keinerlei Interesse an einer außerhäuslichen Beschäftigung, da sie ihre Erfüllung gänzlich in der Erziehung von Lukas sah. Doch zur Einweihungsfeier kam sie mit, bot sogar an, ihre Feng-Shui-Kenntnisse kostenlos zur Verfügung zu stellen, als Dreingabe zu den Seminaren ihres Mannes. Eva verdrehte nur die Augen, und Jens zwinkerte Eva heimlich zu. Lina jedoch nahm das Angebot gerne an, und so setzte Regula in den folgenden Tagen einige gestalterische Akzente.

Das Konzept des Glückshauses war einfach: „Bei uns kann jeder glücklich sein, wenn er nur will." Dazu gehörten eine gute Küche, sportliche Aktivitäten, jede Menge Theorie und dass sich niemand einsam fühlte. Lina wollte kein Haus für weltfremde Spinner, sondern eines, in welches ganz gewöhnliche Menschen kamen. Solche, die einmal ausruhen wollten vom Alltag oder vom Partner. Solche, die unzufrieden waren und etwas dagegen tun wollten. Solche, die niemanden hatten, mit dem sie ihre Freizeit oder einen Urlaub verbringen konnten. Und natürlich solche, die das Ganze bezahlen konnten.

Eva, Anni und Lina hatten in den ersten Monaten alle Hände voll zu tun. Eva, da sie für Jens am Tag und für das Glückshaus am Abend arbeitete. Anni, da sie eine Unmenge Zeit in die Bürotätigkeit und vor allem in die Werbung steckte, schließlich sollte das Glückshaus weit über Oberschwaben hinaus bekannt werden. Und Lina, weil sie überall das Sagen hatte. Sie erstellte mit Olaf den Speiseplan, koordinierte die Seminare, überwachte den gesamten Ablauf mit großem Eifer. Jens, Martina und Konrad teilten sich den Inhalt wie im Allgäu. Jens unterrichtete hauptsächlich Theorien, Konrad spezialisierte sich als Begleiter für Wanderungen, Martina setzte den Schwerpunkt auf den kreativen Bereich. Jens und Konrad belegten in der Regel zwei ganze Tage in der Woche und Martina zwei bis drei Nachmittage, je nach Bedarf.

Konrad fragte eines Abends, ob Lina ihm vielleicht einen Vorschuss bezahlen könne. Lina wunderte sich ein wenig, denn Konrad unterrichtete ständig irgendwo, zumindest hatte er das behauptet. Doch sie gab ihm 2.000 Euro, und er bedankte sich. Lina hatte für die Löhne ihrer Angestellten 100.000 Euro auf die Seite getan. Für den Fall, dass die Kunden ausblieben, musste sie dennoch die Gehälter bezahlen, dafür wollte sie keinen Kredit aufnehmen. Anni und Eva gaben jede dreihundert Euro Miete, obwohl Lina sie großzügig auch umsonst hätte wohnen lassen. Doch beide fanden, dass es so besser wäre und sie nicht in Linas Schuld stünden.

Alles lief wundervoll. Es sprach sich in Windeseile herum, dass dieses Glückshaus ein optimales Angebot zu einem fairen Preis biete. Die Seminare, der Fitnessraum, die Massagen und sonstigen Angebote waren ständig ausgebucht, vor allem an den Wochenenden kamen sehr viele Paare, die gemeinsam etwas unternehmen wollten. Auch Frau Blümer hatte schon einen Kurs bei Jens zum Thema „Jammern und Klagen“ besucht und war begeistert. Sie meinte, dass es schade sei, dass Lina nicht mehr nebenan wohne. Da habe sie niemanden mehr für ein Schwätzchen, denn Jutta und diesen Patrick sehe sie so gut wie nie. Und der eigene Mann wolle auch immer seine Ruhe. Wenn sie mit dem mehr als zehn Sätze am Tag rede, sei es schon viel. Lina gab ihr das Kursangebot für die nächsten Monate, Frau Blümer meldete sich für alle Seminare bei Jens und Konrad an.

In der Wohngemeinschaft der drei Frauen lief alles bestens, die Lebensmitteleinkäufe erledigten Lina und Olaf gemeinsam. Wenn sie keine Lust zu kochen hatten, aßen sie einfach bei Olaf, der inzwischen fest als Koch angestellt war. Alle waren glücklich. Na ja, fast. Anni hatte die Hoffnung auf Luigi aufgegeben. Sie hatte immer wieder Verehrer unter den männlichen Seminarteilnehmern, doch der Funke sprang nicht über. Eva stellte sich, wenn sie morgens aufwachte, oft vor, Jens liege neben ihr, sie verzehrte sich dann regelrecht nach ihm.

Eines Abends, Lina saß mit Konrad beim Abendessen auf der Terrasse, da sagte er: „Lina, so geht es nicht weiter mit uns.“

„Aber Konrad, es ist doch alles perfekt, so wie es ist.“

„Nein. Ich möchte mit dir ganz zusammenwohnen. Ich möchte mit dir eine Familie sein.“

„Konrad, ich kann keine Kinder mehr bekommen, ich bin viel zu alt dafür.“

„Ich sagte nichts von Kindern. Ich möchte mit dir zusammen sein. Immer.“

„Schau, du bist so oft hier, übernachtest in meinem Bett, ab und zu bin ich bei dir, uns fehlt nichts.“

„Ich könnte meine Miete sparen.“

„Konrad, hast du Geldsorgen?“

„Lina, ich bin einfach für ganz oder gar nicht.“

„Was soll das heißen?“

„Du flirtest mit allen Männern.“

„Was?!“

„Hörst du schlecht. Lina, ich beobachte dich seit Wochen. Die Männer, die hierherkommen, haben alle ein Auge auf dich.“

„Konrad, du spinnst!“

„Es ist wahr. Ich verfolge das sehr aufmerksam. Selbst Olaf will was von dir.“

Lina lachte. „Ich denke, wir lassen dieses Gespräch lieber. Konrad, ich liebe dich, und ansonsten interessierten mich die Männer nur als gute Freunde oder als Kunden. Ich bin zu den Frauen genauso freundlich, falls dir das noch nicht aufgefallen ist.“ Lina nahm sein Gesicht zärtlich zwischen die Hände und küsste ihn sanft auf den Mund.

Doch der Friede war von kurzer Dauer. So gleichgültig, wie Albert ihr gegenüber geworden war, so eifersüchtig wurde Konrad im Laufe der Zeit. Konrad führte die Teilnehmer nach Wolfegg und nach Waldburg, ins Fuchsenloch und nach Weißenbronnen. Konrad hatte oft schlechte Laune, kaum dass er mit Lina alleine war. „Lina, du musst einfach mitkommen, ohne dich sind diese Touren allesamt nichts.“

„Wie stellst du dir das vor. Ich muss einkaufen, im Bistro servieren, unsere Putzfrau unterstützen, mit den Leuten reden, Anni im Büro helfen, ich weiß oft gar nicht, wo mir der Kopf steht.“

Irgendwann beklagten sich Anni und Eva. Sie wollten Konrad nicht mehr so oft in der Wohngemeinschaft haben. „Seine miese Laune ist ja unerträglich“, sagte Anni.

„Schick ihn zum Teufel!“ meinte Eva.

Doch Lina stellte sich vor ihn. Ohne Konrad hätte sie das alles nicht geschafft, sagte sie. „Er hat an mich geglaubt, er hat mir das alles zugetraut, und deshalb habe ich es so weit gebracht.“

„Aber er will dich vereinnahmen, er will dich für sich alleine, das geht zu weit.“

„Ich weiß mich zu wehren“, lächelte Lina. „Konrad beruhigt sich schon wieder.“

Konrad beruhigte sich nicht wieder. Es wurde so schlimm mit seiner Eifersucht, dass Lina in seiner Anwesenheit nicht mehr mit den männlichen Gästen reden konnte. Er warf ihr vor, sie kümmere sich nicht mehr um ihn, sie habe nur das Glückshaus im Kopf. Sie schlafe kaum noch mit ihm, was stimmte, denn meist war Lina viel zu müde, und ihr fielen die

Augen zu, kaum dass sie im Bett lag. Schließlich wandte Lina sich an Jens und bat ihn um Rat. „Zusammen arbeiten und eine Beziehung haben ist immer schwierig“, sagte Jens, „ich bin ehrlich froh, dass Regula wieder ein eigenes Leben führt.“

„Ja, aber was soll ich tun? Konrad klammert sich an mich und lässt mir kaum Luft zum Atmen.“

„Soll ich einmal mit ihm reden?“

„Das wäre sehr nett von dir, danke.“

So saßen die beiden Männer sich einige Abende später bei einem Glas Bier im Wohnzimmer gegenüber. Jens hatte Konrad zu sich nach Hause auf neutrales Territorium eingeladen. Regula sang Lukas oben im Kinderzimmer mit einer Serie Schlaflieder platt, jedes Mal, wenn sie ihre Tonfolge einstellte, fing er zu krähen an. So blieben die Männer für eine Weile unbehelligt.

„Konrad, wie geht es dir eigentlich mit Lina?“ fing Jens geradeheraus an.

„Wieso fragst du?“

„Sie macht keinen fröhlichen Eindruck, und du auch nicht.“

„Seit sie Erfolg hat, bin ich nicht mehr gefragt.“

„Mensch Konrad, du leidest unter Wahrnehmungsstörungen!“

„Nein, sie legt mich ab wie eine stinkige Socke.“

„Unsinn, wie kommst du darauf?“

„Sie hat keine Zeit mehr für uns, reden, wandern, Sex, einfach alles fällt flach.“

„Sonst sind es meist die Frauen, die sich in diesen Punkten über ihre Männer beschweren, bei euch ist es umgekehrt. Sag mal, kann es auch sein, dass du sie als Chefin nicht akzeptieren magst?“

Konrad wurde rot. „Na ja, leicht ist es nicht für mich.“

„Lina hat eine rasante Entwicklung hingelegt. So schnell findest du keine Frau, die so an sich schafft und positive Änderungen herbeiführt. Sie ist wie ein Musterbeispiel aus dem Handbuch der Psychologie. Sie ist einfach klasse“, Jens holte zwei neue Bierflaschen aus der Küche.

„Was hilft es mir, wenn sie jetzt keine Zeit mehr hat?“

„Du führst dich auf wie ein Kind, entschuldige, wenn ich so direkt bin. Anstatt dich für sie zu freuen, stellst du dich bockig und stur an. Immerhin hat sie ihren Mann verloren, und sie hat sich deswegen nicht fallen lassen, sondern etwas Neues geschaffen. Wenn du für sie zum lästigen Klotz am

Bein wirst, wird ihr das nicht gefallen. Am Ende wirft sie dich noch ganz aus dem Haus."

„Sie hat ihren Mann verloren. Ja. Aber hast du dich noch nie gefragt, ob das so ganz mit rechten Dingen zugegangen ist."

„Was redest du bloß? Du solltest dich mal hören!"

Konrad setzte sich aufrecht. „Jens, hast du dir noch nie Gedanken darüber gemacht, dass sie durch seinen Tod zur reichen Frau geworden ist. Wäre er nicht gestorben, hätte sie jetzt gar nichts."

„Hör auf, bitte. Nur weil du in deiner Eitelkeit gekränkt bist, brauchst du keinen solchen Unsinn in die Welt zu setzen."

„Na, ihr beiden", sagte Regula, das Wohnzimmer betretend, „unterhaltet ihr euch gut?"

„Ja, mein Schatz. Schläft Lukas endlich?"

„Ja, er sieht zum Fressen süß aus." Sie setzte sich neben ihren Mann. „Konrad, wie geht es dir denn so?"

„Gut, danke. Aber ich bin müde, ich verabschiede mich jetzt besser."

„Schade, ich habe noch kaum etwas mit dir geredet", sagte Regula.

„Ein andermal wieder." Konrad hauchte ihr einen Kuss auf die Wange, drückte Jens die Hand und stakste davon.

Auch Jens hatte noch am Schreibtisch zu tun, doch so richtig konzentrieren konnte er sich nicht. Immerzu musste er an das Gespräch mit Konrad denken. War es wirklich möglich, dass der Tod von Linas Gatten kein Unfall war? Absurd. Unvorstellbar. Doch damit Konrad sich beruhigte, würde er einmal mit Eva darüber reden. Mit Eva zu reden war ohnehin wunderbar. Das tat er gerne. Viel zu gerne. Und schließlich wohnten Lina und Eva zusammen, da konnte er davon ausgehen, dass Eva in Linas Leben mehr Einblick hatte als sonst jemand.

Regulas Schrei riss ihn aus seinen Gedanken. Sie wollte wissen, wie lange er denn noch an seinem Schreibtisch hocke. Manchmal nervte Regula schon gewaltig. Jens grübelte nicht länger nach. Er ging rüber zu seiner Frau, küsste sie und schlich mit ihr ins Bett, damit der Kleine nicht aufwachte. Sie liebten sich, seit der Bub da war, sehr leise und sehr aufmerksam. Vor allem Regula, sie war höchst konzentriert, nie mehr ganz bei Jens, hatte stets ein halbes Ohr aufs nebenanliegende Kinderzimmer gerichtet.

Eine Stunde später atmete Regula tief und gleichmäßig. Jens betrachtete sie im Schlaf. Sie war schön, ihre schwarzen Haare lagen ausgebreitet auf dem Kissen, ihr feines Gesicht erinnerte ihn an einen Engel. Obwohl

Engel stets blonde Locken hatten, zumindest die Engelsbilder, die er im Kopf hatte. Regula war sein Engel. Sein Lebensengel. Eva war auch ein Engel. Sein Arbeitsengel. Ohne Engel, philosophierte er in sich hinein, wäre das Leben ärmer. Er könnte einmal ein Seminar halten über Schutzengel und über Glücksengel. Das wäre mal etwas Neues. Und Lina? Sollte sie ein Todesengel gewesen sein? Jens lächelte. Eine idiotische Idee. Armer Konrad, er war wirklich ein Simpel. Unbeschwert schlief er ein.

20

Das erste Jahr im Glückshaus war rasend schnell vorübergegangen. Viele Besucher, die aus reiner Neugierde auf eine Tasse Kaffee ins Bistro gekommen waren, meldeten sich daraufhin zu einem Seminar an, oftmals in Verbindung mit einer Massage. Die Atmosphäre im Haus war sehr offen und freundlich, Lina verstand es, die Menschen für sich zu gewinnen. Ihre warmherzige Art und ihr Talent für ungezwungene Unterhaltungen in Verbindung mit dem qualitativ anspruchsvollen Seminarprogramm überzeugten. Sie führte eine Abonnementenkarte ein, so dass die mehrmalige Anmeldung mit verbilligten Gebühren verbunden war. Das gefiel den Leuten, so mussten sie nicht wie in einem Verein Mitglied werden und lästige Pflichten übernehmen, vielmehr konnten sie ähnlich einer Volkshochschule ein individuelles Wunschprogramm zusammenstellen. Es entwickelten sich Freundschaften unter den Teilnehmern, das Bistro war stets gut besucht, und Lina dachte immer wieder an ihren Plan mit dem Hotel.

Dieser August zeigte sich recht launisch, mal war es brütend heiß, zwei Tage später herbstlich kühl. Eva saß an ihrem Schreibtisch. Sie hatte die Fenster weit geöffnet, eine noch frische Morgenluft, durchtränkt von ersten wärmenden Sonnenstrahlen, strömte herein. Eva war damit beschäftigt, die Unterlagen für das kommende Wochenende zusammenzustellen. Jens gab ein Seminar im Glückshaus mit Inhalten der Transaktionsanalyse. Eva hatte sich bereit erklärt, ihm zu assistieren. Das tat sie öfter, wenn Jens im Glückshaus unterrichtete, und das ohne Stunden dafür zu schreiben. „Ich bin ja praktisch zu Hause, das geht so nebenher“, hatte sie einmal gesagt.

Auf dem Löwenplatz unten krakeelte ein Kind Zeter und mordio, kurz darauf schrie eine Frau, vermutlich die Mutter, so dass Eva aufstand und aus dem Fenster schaute. Offenbar war das Kind von einem niederen

Mauervorsprung gefallen, jedenfalls lag es brüllend auf dem Boden. Doch die vermeintliche Mutter half dem Schreihals nicht auf, vielmehr stand sie wie ein General da und zeterte. „Ich habe dir gesagt, dass du da nicht raufklettern sollst! Jetzt sieh zu, dass du auf die Beine kommst, wir wollen weiter. Los jetzt!“

Eva hatte Mitleid. Der Junge war vielleicht vier oder fünf Jahre und hatte gewiss noch keinerlei Einschätzungsvermögen für Gefahren. Am liebsten wäre sie hinuntergegangen, um sich des Kerlchens anzunehmen. Die Frau zerrte nun an dem Ärmchen, worauf hin der Bub noch lauter schrie. Für einen Moment war Eva drauf und dran, das Fenster zu schließen. Doch aus einem Impuls heraus rief sie hinunter: „Müssen Sie das Kind so quälen!“

Die Frau blickte wild um sich, doch keiner der Passanten zeigte großes Interesse an ihr. Eva hatte nicht bemerkt, wie Jens hinter sie getreten war. Sie schrak fürchterlich zusammen, als sie eine Hand auf ihrer Schulter spürte.

„Eva, lass gut sein. Diese Frau wird nur noch wütender, wenn du sie kritisierst. Diese Wut gibt sie dann an ihr Kind weiter, damit wäre niemandem geholfen.“

Eva drehte sich um. Sie stand dicht an dicht mit Jens, sie roch sein betörendes Rasierwasser, spürte seine Wärme, hörte vom Platz unten das leiser werdende Geschrei, Mutter und Sohn waren jetzt wohl auf dem Weiterweg. Eva und Jens hatten sich nie mehr berührt, es war bei diesem gehauchten Kuss während des Glücksseminars geblieben. Es hatte seither unzählige Möglichkeiten gegeben, hier im Büro und auch in Kehrenwies bei den Seminaren. Doch die Beziehung war geschäftlich geblieben, beide hatten jenes Prickeln ignoriert, hatten der Versuchung schweigend widerstanden. Keine Küsse, keine Umarmungen, keine körperlichen Annäherungen. An diesem Morgen durchbrach das Verlangen sämtliche Schranken. Eva und Jens umarmten sich unter dem offenen Fenster, sie pressten ihre Körper aufeinander, als seien diese bandagiert, die Sonne und seine Hände streichelten Evas Nacken, ihre Lippen fanden sich, und ihre Zungen tänzelten wie aufeinandertreffende Schlangen.

Das Telephon klingelte. Es klingelte so nachhaltig, dass Eva sich schließlich löste und dranging. „Ja?“ sagte sie kurzatmig. „Er ist in seinem Büro, ich stelle durch.“

Es war Regula. Regula, die ihren Mann sprechen wollte. In einer dringenden Angelegenheit. Regula mit dem siebten Sinn. Eva war wütend und erleichtert. Was war nur in sie gefahren, wie konnte es dazu kommen? Jens ließ hilflos die Schultern fallen und trottete in sein Zimmer. Als er wenig später wieder heraustrat, sah er Eva mit großen Hundeaugen an. „Eva, entschuldige. Das vorher, es tut mir sehr leid."

„Ja, mir auch."

„Also, ich muss nach Hause, Regula macht sich Sorgen um Lukas. Er hat Fieber."

Eva nickte. Mit einem fiebrigen Kind ging man zum Arzt und rief nicht seinen Mann von der Arbeit weg. Doch jetzt war Eva wenigstens sicher, dass Jens genauso empfand wie sie. So küssen konnte man nur, wenn man wahre Gefühle in sich trug. Sie beide liebten sich. Daran änderte auch die Tatsache nichts, dass Jens nun Vater war.

Als er zwei Stunden später zurückkam, war er wie ausgewechselt. Höflich und distanziert. „Eva, bring mir doch bitte die Unterlagen zum Wochenendkurs in mein Büro."

„Was ist denn mit Lukas?"

„Oh, nichts Schlimmes. Er hat das Dreitagefieber."

„War Regula mit ihm beim Arzt?"

„Wir beide, ich habe sie natürlich begleitet. Weißt du, Regula braucht mich einfach."

„Das scheint mir auch so."

„Bist du jetzt so lieb, die Unterlagen?!" Er verschwand in seinem Zimmer, schloss die Tür hinter sich, würdigte Eva wenig später keines Blickes, als diese den Ordner auf seinen Schreibtisch legte.

„Ach, was ich noch sagen wollte, am Wochenende kann ich dir leider nicht assistieren, tut mir leid."

Endlich sah er hoch. „Wieso nicht?"

„Das geht dich nichts an." Sie stolzierte hinaus, setzte sich wieder an ihren Platz und redete an jenem Morgen kein Wort mehr mit ihm.

Konrad schnarchte. Lina wälzte sich von einer zur anderen Seite. Sie hätte ihn am liebsten aus ihrem Bett gestoßen, hätte ihn am liebsten ganz verstoßen. Er hatte sich sehr verändert. Aus dem liebenswürdigen Bergsteiger war ein Jammerlappen geworden. Er beschwerte sich täglich über irgendetwas. Seine Wanderungen waren nicht sonderlich gefragt, die Teilnehmer sagten hinterher oft, dass sie auch alleine nach Wolfegg laufen könnten, da bräuchten sie keinen teuren Begleiter. Konrad hätte sich nur ein wenig vorbereiten müssen, etwas über die Landschaft und die Geschichte recherchieren, den Leuten spannende Details erzählen, doch alles war ihm zu viel Arbeit. Ständig verlangte er nur. Vor allem Geld. Lina war gewiss nicht geizig. Aber seine andauernden Vorschussforderungen gingen ihr auf den Keks.

Dabei hätte alles so schön sein können. Mit Anni und Eva zusammenzuwohnen, war perfekt. Jede führte ihr eigenes Leben, die Freundschaft zwischen Anni und Eva schien gefestigter denn je, es gab keine Eifersüchteleien zwischen den drei Frauen. Abends spielten sie öfter Karten, oder sie würfelten. In regelmäßigen Abständen kamen Jutta und Patrick zu Besuch, selten Joachim und Leonie. Sie kochten manchmal zusammen, meist jedoch aßen sie mit Olaf und den Masseuren oder den Dozenten im Bistro. Olaf hatte einmal die Idee, eine Art Wettkochen zu veranstalten, ähnlich dem perfekten Dinner im Fernsehen. So standen nacheinander Anni, Eva, Lina und Olaf in der Küche. Sie luden prominente Gäste aus Politik und Kultur zum Bewertungsessen ein, die dafür soviel bezahlten, wie ihnen die Mahlzeit Wert erschien. Den Erlös spendeten sie an ein Kinderheim. Diese Aktion machte allen sehr viel Spaß, bei Olaf kam die größte Summe zusammen.

Die anregenden Gespräche fand Lina ungemein bereichernd. Geistige Nahrung war für sie ebenso bedeutungsvoll geworden wie das Essen. Olaf hatte sich als formidabler Koch erwiesen, und Lina nahm nur deshalb nicht zu, weil sie soviel arbeitete. Alles hätte so bleiben können. Das Glückshaus brachte ihr wirklich Glück. Und eine Menge Gewinn. Die Menschen kamen von weit her, demnächst würde sie die Idee mit dem Hotel in Angriff nehmen.

Nur er, der so selig neben ihr schnarchte, wollte nicht mehr in ihr Leben passen. Konrad, dem sie ihre Stärke und ihre Zuversicht eigentlich verdankte, vermasselte mit seiner ewigen Nörgelei einfach alles. Lina konnte nicht sagen, was genau in seinem Kopf vorging. Aber es war nichts Gutes. Neulich hatte er so eine Andeutung gemacht. Von wegen, dass mit einem noch lebenden Albert ja keine derartige Lebensweise möglich wäre. „Gut, dass er gestorben ist, nicht wahr?“ Das genau waren seine Worte gewesen. Lina spürte sogar unter ihrer Zudecke eine Gänsehaut, wenn sie an den Blick dachte, den Konrad bei jenen Andeutungen aufgesetzt hatte. Sie fühlte einen Stachel in ihrem Herzen wachsen, und wenn Konrad so weitermachte, wäre er die längste Zeit ihr Lebenspartner gewesen.

Einige Abende später saßen Lina und Eva auf einer Holzbank vor dem Haus. Die Vögel pfiffen vergnügt, allen voran eine dicke Amsel, die sich täglich näher ans Haus herantraute und sämtliche Brosamen und Krümel aufpickte, die sie fand. Lina nannte sie bereits die Glückshausamsel. Ein lauer Wind spielte mit den Blättern. Schäfchenwolken standen am Himmel, die Sonne neigte sich, für den kommenden Tag war Regen angesagt. Die Frauen tranken Apfelsaft, genossen die Stimmung und den Blick hinüber zum Rösslerweiher. Anni joggte ihre Runden, Konrad hatte sich an diesem Abend Anni angeschlossen.

„Mit euch beiden läuft es grade nicht so, hm?"

„Merkt man das?"

„Sogar ein Blinder mit Krückstock."

„Was soll ich tun?"

„Wirf ihn raus."

„Ich bringe es nicht übers Herz. Weiß du, Konrad hängt wirklich an mir."

„Er hängt an dir wie ein Klotz."

„Eva, ich habe einfach nicht vergessen, dass Konrad es war, der mir aus meinem Tief geholfen hat."

„Und wenn du es zulässt, verhilft er dir zu deiner nächsten Flaute. Mensch Lina, du könntest an jeder Hand zwanzig Männer haben, was plagst du dich mit Konrad?"

Lina schaute Eva von der Seite an. „Vielleicht aus dem selben irrationalen Grund wie du dich schon seit einer Ewigkeit mit Jens plagst?"

„Hör mir auf mit dem!"

„Wieso, ist etwas geschehen?"

Eva schnaubte. „Regula hat die Hosen an. Und er ist ein Weichei. So sieht es aus!"

„Aber seine Seminare hält er super, das bestätigen mir die Leute oft genug."

„Theorie und Praxis", sagte Eva verächtlich. „Aber er muss ja wissen, was er tut."

Sie betrachteten eine Weile den Horizont, verfolgten aufmerksam den Lauf der Wolken. „Konrad hat neulich Andeutungen gemacht. Wegen Albert", sagte Lina sehr leise.

„Mit Jens muss er auch gesprochen haben. Jedenfalls hat Jens neulich etwas in dieser Richtung verlauten lassen."

Lina stieß einen Schrei aus.

„Ich wollte dich nicht beunruhigen, deshalb habe ich nichts gesagt."

„Was hat Jens gesagt?"

„Nun ja, Konrad habe wohl gemeint, dass etwas nicht mit rechten Dingen zugegangen wäre, damals bei Alberts Tod."

„Ich fasse es nicht. Konrad läuft durch die Gegend und gibt solche Sachen von sich. Na warte, wenn der zurück ist!"

Eva fasste sie am Handgelenk. „Lina, ich an deiner Stelle würde erst einmal gar nichts dazu sagen. Lass ihn doch. Wenn du seinem Geschwätz keinerlei Beachtung schenkst, hört er bestimmt am schnellsten wieder auf damit."

„Und wenn nicht?"

Eva atmete tief durch. „Dann muss er wohl Albert folgen."

Bevor Lina etwas antworten konnte, kamen Anni und Konrad zurück. Sie keuchten, ihre Gesichter waren feurig rot. Konrad blieb demonstrativ vor Lina stehen. „Lina, du solltest unbedingt auch mitjoggen. Das macht wirklich Laune", sagte er.

„Ja, mein Lieber, irgendwann einmal."

„Ja, mein Lieber", äffte Eva, nachdem Konrad und Anni ins Haus zum Duschen gegangen waren.

„Eva, ich möchte eins klar stellen", sagte Lina, „wir werden uns niemals eines Mannes wegen streiten. Unsere Freundschaft bedeutet mir wirklich sehr viel."

Eva sah Lina direkt in die Augen. „Meine Rede. Lieber ohne Konrad als ohne dich."

Die Frauen drückten sich kurz die Hände. Lina fuhr fort: „Ich habe nicht vergessen, wie einsam ich oft war. Als die Kinder noch klein waren, machte ich mir nie Gedanken über mein Leben. Immer stand das von Jutta, Joachim und Leonie im Vordergrund. Aber ich erinnere mich noch sehr gut, wie es mir ging, als das Haus irgendwann leer war. Ich hätte tagelang nur heulen können, so verlassen fühlte ich mich. In nichts mehr sah ich einen Sinn, weiß du. Albert hat es nicht gemerkt, und wenn ich etwas in dieser Richtung gesagt habe, hat er mich zu allem auch noch ausgelacht. Dann stürzte ich mich in Garten- und Putzarbeiten. Meine schönsten Glücksmomente waren, wenn ich mit den Kindern telephoniert habe oder wenn sie zu Besuch gekommen sind. Und hinterher ging es mir dafür wieder umso miserabler. Dass ich jetzt Freundinnen habe, auf die ich mich verlassen kann, dass ich mich nicht mehr alleine fühle, dass mein Leben wieder einen Sinn hat, dieses Glückshaus, Eva, all das lasse ich mir nicht mehr wegnehmen. Von niemandem, auch nicht von Konrad, verstehst du das?"

„Allzu gut. Lina, niemand wird dir je etwas anderes beweisen können. Es war ein Unfall und fertig.“

„Und wenn Konrad doch etwas weiß? Eva, damals, auf besagter Tour mit Albert, nun ja, es klingt jetzt ziemlich weit hergeholt, aber, wie soll ich sagen, ich hatte einige Male den Eindruck, Konrad gesehen zu haben.“

„Lina, wenn, und ich betone das wenn, Konrad auch auf dem Klettersteig gewesen wäre, dann hätte er dich niemals alleine weiterlaufen lassen, nachdem Albert abgestürzt war.“

„Eben, das sage ich mir auch. Zudem, er hätte schon viel früher darüber gesprochen, es macht keinen Sinn, dass er jetzt davon anfängt“, sagte Lina.

„So ist es.“

„Andererseits, wenn er doch etwas gesehen hat?“

„Unsinn. Konrad bläht sich auf. Nichts als Luft. Er macht sich wichtig, um dich einzuschüchtern. Er will dich für sich alleine haben, er ist ein kleiner Junge, der nicht teilen kann. Je mehr ich darüber nachdenke, desto sicherer bin ich.“

Lina entspannte sich etwas. „Ja. Eigentlich sehe ich es auch so. Aber man weiß ja nie.“

„Psst. Da kommt er.“

Konrad und Anni gesellten sich hinzu, sie plauderten, lachten. Lina betrachtete Konrad von der Seite, seine aufrechte Haltung, die für seine Geradlinigkeit sprach, sein hübsches Gesicht, seine wundervollen Augen, nein, sie wollte ihn nicht verlieren. Sie liebte ihn, sie hatten gewiss nur eine kleine Krise, die sich bald wieder legte.

Eine Woche später sagte Konrad beim Frühstück, dass er keine Wanderungen mehr führen könne. Es ginge ihm so schlecht, er wolle am liebsten den ganzen Tag nur schlafen. Lina zwang ihn zum Doktor, der Konrad körperlich für gesund erklärte. Der ärztliche Rat, Urlaub zu machen und irgendwo am Meer oder im Gebirge Kraft zu tanken, erschien Lina sinnvoll. Sie würden vielleicht wieder zueinanderfinden, ihr selbst täte eine Erholungszeit auch ganz gut. Im Glückshaus mussten sie eben für zwei Wochen ohne sie auskommen. So fuhren die beiden Mitte September nach Italien in jenes Ferienhaus, wo sie mit Anni und Eva schon einmal war. Da Konrad zu erschöpft war, saß Lina die ganze Strecke selbst hinter dem Steuer.

Konrad war begeistert, als er das Anwesen erblickte. Er blühte regelrecht auf, hüpfte umher und küsste Lina auf die Wangen. Die dicke Donna war wieder zur Stelle mit dem Schlüssel, sie begrüßte Lina wie eine alte Freundin. Lina war froh, dass sie den Italienischkurs mit Eva und Anni bewältigt hatte, so verstand sie nun wenigstens ein paar Worte. Nachdem sie das Haus besichtigt hatten, wollte Konrad das größte aller Zimmer mit Lina zusammen belegen.

„Konrad, was hältst du davon, wenn wir in zwei Kammern schlafen. Dann hättest du mehr Ruhe."

Sofort klappte seine Kinnlade runter. „Fängt ja schon gut an!"

Doch Lina ging gar nicht darauf ein. „Das heißt doch nicht, dass wir keine Zärtlichkeiten austauschen können. Aber in einem eigenen Zimmer kann jeder schlafen gehen und aufstehen, wann er will, ohne den anderen zu stören." Sie drückte ihm einen Kuss auf den Mund und trug ihren Koffer in den nebenanliegenden Raum.

Danach lud sie ihn ein in jene Pizzeria, in welcher sie schon einige schöne Abende mit ihren Freundinnen verbracht hatte. Da es eine laue Nacht war, nahmen sie auf der Terrasse Platz, wo noch drei weitere Tische besetzt waren. Einige Lampions hingen an einem Seil, sie schaukelten sanft mit dem Wind und verliehen der Atmosphäre etwas Sommerliches. In der Nachsaison schien es ruhig zu sein. Sie wurden schnellstens bedient. Lina bestellte einen Liter Rotwein und eine Karaffe Wasser dazu, als Antipasti nahmen sie eine bunte Salatplatte. Konrad wählte eine Pizza mit Thunfisch und Lina eine mit Oliven und Mozzarella. Es schmeckte köstlich. Sie kauten bedächtig und mit Genuss. „Wollen wir noch einen Espresso trinken?" fragte Lina.

„Ja." Konrad strahlte übers ganze Gesicht. Wenn Lina so spät einen Kaffee trank, schlief sie nicht so schnell ein. Das verhieß Gutes.

Später, zurück im Ferienhaus, verabschiedete sich Lina jedoch sofort. „Konrad, du verstehst sicher, dass ich nach der anstrengenden Fahrt todmüde bin." Sie küsste ihn fahrig und ließ ihn einfach stehen. Konrad verstand das nicht. Er war ausgeruht und voller Lust. Missmutig entschloss er sich zu einem nächtlichen Bad im Pool, strampelte dort die Bahnen in rasantem Tempo auf und ab, viel später erst fiel auch Konrad erschöpft auf seinem Nachtlager darnieder.

Kaffeeduft stieg in Linas Nase. Sie blinzelte erst vorsichtig aus einem Auge, bevor sie beide öffnete. Konrad saß an ihrem Bett, was sie für einen Augenblick ärgerte. Sie empfand es als Eindringen in ihre Intimsphäre. Aber sie konnte schließlich die Tür nicht zuschließen, das hätte ihn zutiefst verletzt. Als sie seine strahlenden Augen sah, verdrängte sie diese Gedanken. Konrad hatte ihr ein Tablett gebracht mit zwei Tassen Kaffee und einem Teller mit Zwieback. Er entschuldigte sich, dass nichts anderes im Haus wäre.

Lina lachte. „Ja, die Signora stellt gerne eine Notration in die Küche. Nachher fahren wir ins Dorf einkaufen." Sie rutschte zur Seite, so dass Konrad neben sie kroch. Er hatte ein weißes T-Shirt und geblümte Bermudas an, was Lina recht witzig fand. Genüsslich schlürften sie ihren Kaffee, knabberten auf Zwieback herum, krümelten das Bett voll. Schließlich trug Konrad das Tablett mit dem Geschirr in die Küche hinunter. Lina hörte lautes Gurgeln, er putzte seine Zähne. Munter hüpfte nun auch sie aus dem Bett, ging zu ihm ins Bad. Konrad pinselte sein Kinn dick mit Rasierschaum ein, zog bei ihrem Eintreten eine Grimasse. Sie lachte, bürstete kurz die Zähne, kroch wieder zurück in ihr Bett und wartete auf Konrad. Er kam im Adamskostüm, zog etwas ungeschickt Linas Nachthemd über deren Kopf, legte sich noch ungeschickter auf sie. Lina spürte die Zwiebackkrümel an Rücken und Po und bedauerte sehr, nicht in seinen Federn zu liegen. Konrad, der sich vorgenommen hatte, als wilder, brausender Liebhaber aufzutreten, brachte durch seine gymnastischen Übungen mehr Heiterkeit als Erotik ins Bettgestell. Doch sie schätzte seine Bemühungen, gab sich irgendwann erregt und dann befriedigt. Konrad küsste sie mit dem Lächeln eines Siegers und schleppte später die Einkaufstüten ins Haus.

Den ersten Tag verbrachten sie am Pool, Konrad fragte immerzu, ob sie Wünsche habe. Er servierte nachmittags Kaffee, schmierte Baguette, kochte zum Abendessen Spaghetti mit Tomatensoße. Als Nachtisch bereitete er einen Vanillepudding zu. Konzentriert ließ er das Päckchen in eine Schüssel mit kalter Milch rieseln, er rührte mit einem Schneebesen, weil er der Meinung war, dass dies effektiver als ein elektrisches Rührgerät sei. Es klumpte, doch Konrad behauptete, das müsse so sein. Lina deckte den Tisch auf der Terrasse. Sie hatte eine eigenartige Wehmut in sich, trauerte den Ferientagen mit ihren Freundinnen nach. Sie waren unbeschwert gewesen, leicht wie das Flair des Südens, ohne Anstrengung und ohne unnötige Verrenkung. Doch sie hatte eigentlich keinerlei Grund für derartige Melancholie, schalt sie sich. Konrad mühte sich rührend. Aber eben, mühte! Lina ahnte, dass Konrad lieber faul herumliegen würde. Seine Spaghetti waren ein wenig verkocht, doch die Soße hatte er sehr gut hingekriegt. Lina ließ sich zweimal schöpfen und aß mit großem Appetit. Sie redeten nicht viel. Gerade hatte sie einen Löffel voller Puddingklumpen im Mund. Da fragte Konrad feierlich: „Lina, möchtest du mich heiraten?“

Sie sah ihn ungläubig an. Ihr erster Impuls war ein deutliches „Nein“. Doch das konnte sie so natürlich nicht bringen. Sie schluckte, lächelte, nahm seine Hand in ihre, legte das Handpaar auf den Tisch neben die Wasserkaraffe. Ganz wie im Film, ging es ihr durch den Kopf. Aber im Liebesfilm sagten die Gefragten immer: „Ja“. Sie wollte Konrad keinesfalls heiraten. „Konrad, es ehrt mich, dass du das fragst. Aber es geht nicht.“

Konrad runzelte die Stirn. Seine Hand zuckte leicht, doch Linas umfasste sie mit sicherem Griff. Ich bin seine Sicherheitsabdeckung, jagte es durch ihren Kopf. In jeder Beziehung. Wenn er mich heiratet, hat er ausgesorgt. Das würde ihm so gefallen. Dann bräuchte er nichts mehr zu tun, könnte mit meinem Geld ein behagliches Leben führen.

„Würdest du mir sagen, weshalb?“ fragte er mit kehlig rauem Ton.

„Ich habe beim Sarg Alberts geschworen, nie wieder zu heiraten.“

Konrad zog seine Hand weg. „Du liebst mich nicht wirklich.“

Sie dachte: Ich bin mir nicht sicher. So sieht es aus. Ich war mir früher nicht sicher, ob Freund, Sohn oder Geliebter. Ich habe den Geliebten zugelassen, dich in meinem Leben eine wichtige Rolle spielen lassen. Und jetzt klappt es einfach nicht mehr. Ich kann den genauen Grund nicht sagen, aber ich spüre, dass wir uns dem Ende nähern. Ich brauche dich nicht mehr. Viel mehr, ich brauche dich so nicht mehr. Besitzergreifend, launisch, wehleidig. Doch all das zu sagen brachte sie nicht übers Herz. Er hatte auch seine positiven Seiten. Er war rührend, hilfsbereit, wenn er wollte zumindest. So sagte sie: „Konrad, wir beide brauchen doch keinen Papierfetzen für unsere Geschichte. Wir sind zusammen, das genügt. Komm, lass uns noch einen Abendspaziergang am Meer machen.“

„Du gibst mir also einen Korb.“ Er schob seinen Stuhl weg, trottete davon , ließ Lina einfach sitzen.

Sie widerstrebte dem Impuls, ihm nachzulaufen. Stattdessen deckte sie den Tisch ab, spülte das Geschirr, sie putzte den Fußboden in der Küche, trug den Müllbeutel in die dafür vorgesehene Tonne hinter dem Haus. Beim Zuknallen des Blechdeckels hielt sie inne. Jetzt war sie wieder genau da, wo sie nie mehr sein wollte. Sie putzte wie besessen, weil ein Mann ihr Stress bereitete. Konrad lief am Meer spazieren, glotzte in den Nachthimmel, weidete sich an seinem Selbstmitleid. Und sie schrubbte wieder! Entschlossen stampfte sie über den noch feuchten Küchenboden, hinterließ prächtige Tappen, griff sich eine Flasche Wein und ein Glas, setzte sich damit hinaus auf die Liege am Pool. Sie rief in der Wohngemeinschaft an. Anni war dran.

„Oh Anni, ich gäbe etwas drum, wenn ihr hier wärt."

„Das hört sich nicht gut an, was ist passiert?"

„Konrad hat mir einen Heiratsantrag gemacht. Wir sind doch auch ohne Schein ein glückliches Paar, habe ich ihm gesagt. Jetzt ist er stinksauer und rennt durch die Gegend."

„Der kriegt sich schon wieder ein. Oh Lina, wenn hier nicht soviel los wäre, würde ich glatt ins nächste Flugzeug nach Rom steigen."

„Ich sitze gerade ganz alleine da und trinke Rotwein. Ich vermisse euch wirklich sehr, und das schon am ersten Tag."

„Er nervt, nicht wahr?"

„Ja."

„Weißt du was, du ignorierst sein Getue einfach, schließlich brauchst du den Urlaub dringender als er."

„Na ja, ich halte euch auf dem Laufenden. Und wenn es gar nicht mehr geht, fahren wir einfach früher zurück."

Am nächsten Morgen spähte Lina durch einen Türspalt in Konrads Schlafzimmer. Er lag zusammengerollt wie ein Embryo unter seiner dünnen Zudecke. Leise zog sie die Tür zu, ging nach unten und brühte einen starken Kaffee. Sie hoffte, dass Konrad nicht so schnell aufwachte, wollte einfach den wundervollen Morgen genießen. Nach dem stärkenden Gebräu lief sie hinunter ans Meer. Sie hatte zu Hause im Sommerschlussverkauf einen Bikini erstanden, den sie nun freudestrahlend zum ersten Mal trug. Obwohl sie genug Geld hatte, freute sie sich an Schnäppchenkäufen wie ein Kind. Der Sand wärmte ihre Fußsohlen, sie ließ sich ins Wasser gleiten, genoss jeden Atemzug und empfand eine große Dankbarkeit. Sie legte sich auf den Rücken, die Wellen umwogten sanft ihren Körper, das Meer sang ein Morgenlied. Ein Schatten tat sich über ihr auf. Lina ahnte, wer der Verursacher war.

„Morgen", brummte Konrad. Er setzte sich in den Sand.

„Guten Morgen, Konrad", sagte sie fröhlich, den Blick seitlich ihm zugewandt. Konrad trug wieder seine bunten Bermudas und ein T-Shirt. „Willst du dich nicht ausziehen und eine Runde schwimmen?"

„Ich ziehe mich nicht mehr aus vor dir."

„Oh."

Es folgte ein Tag des Schweigens. Lina spürte eine seltsame Mischung aus Ärger, Humor und auch Mitleid für Konrad. Wenn er sich den Urlaub vermiesen wollte, bitteschön! Sie würde Annis Rat befolgen und dieses Verhalten ignorieren. Sie hatte genügend zum Lesen dabei, außerdem fand sie Spaziergänge am Strand auch alleine sehr schön.

Konrad verkrümelte sich mit einer Fachzeitschrift über Wandern und Zubehör in eine schattige Ecke auf der Terrasse. Am Abend fragte sie ihn, ob er mitkäme, sie wolle wieder in die Pizzeria. Konrad verneinte, er habe keinen Appetit. So machte sie sich alleine auf den Weg, sie ahnte, dass Konrad zutiefst bedauerte, nein gesagt zu haben.

Früher hätte sie nur ungern ohne Begleitung ein Restaurant aufgesucht. Heute scherte sie sich nicht um die anderen Gäste. Sie aß mit Genuss, trank ein Glas Wein, danach einen Traubensaft, da sie noch fahren musste. Als sie bezahlte, fragte der Wirt auf Italienisch, ob alles geschmeckt hatte. Stolz antwortete sie: „Si, molto bene, grazie." Daraufhin schüttete er einen italienischen Wörterregen über ihr aus, fuchtelte mit den Händen, lachte, drückte einen Grappa in ihre Hand, den sie trinken musste. Dann war sie umringt von Italienern. Lina hatte den Eindruck, sie seien aus dem Nichts aufgetaucht. Jeder wollte ihr ein Getränk spendieren, sie sagte, dass sie noch fahren müsse. Einer, ein besonders Hübscher, meinte in gebrochenem Deutsch, er fahre sie nach Hause, ihre Maschina könne sie am nächsten giorno abholen. Lina dachte an Konrad, stellte sich vor, wie er mit seinem Bergheft dasitze, sein düsteres Gesicht, hatte keine Lust darauf, ließ sich einen Grappa nach dem anderen schmecken.

Der junge Mann palaverte während der ganzen Heimfahrt, Lina musste einige Male seine Hand von ihrem Knie nehmen. Als das Ferienhaus vor ihnen lag, stieg er mit aus. Konrad stand da, ebenfalls wie aus dem Nichts aufgetaucht. Alle Männer tauchen heute aus dem Nichts auf, aber da bekam der Italiener schon einen Kinnhaken von Konrad verpasst. Es ist ein schlechter Film, dachte Lina. Ein zweiter Haken wurde gesetzt, diesmal umgekehrt. Konrad sank sofort zu Boden. Der Italiener fuchtelte mit den Händen, auf einmal hatte er keine deutschen Wörter mehr in seinem wilden Repertoire, ehe Lina sich versah, preschte er mit seiner Karre davon.

Sie beugte sich über Konrad, dabei wurde ihr schwindelig. Er hatte die Augen zu, blutete aus der Nase. Sie war überwältigt von Mitleid und auch von Verzückung. Konrad hatte sich ihretwegen geschlagen, das hatte noch nie jemand getan. Sie wischte ihm das Blut mit ihrem Rockzipfel weg, küsste ihn sanft auf den Mund. Er öffnete die Augen. Wie im Film, dachte sie abermals, dann zog er sie zu sich herunter. Sie schliefen miteinander, an Ort und Stelle, auf der noch warmen Erde, unter den Sternen, das Meeresrauschen im Hintergrund. Ob diese Romantik, Konrads Tapferkeit oder der viele Grappa es ausmachten, vielleicht auch die Summe all dessen? Letzten Endes war es ihr egal. Es war auf jeden Fall der aufregendste Sex, den sie je mit Konrad gehabt hatte.

Sie wachte auf. In seiner Koje. Wusste nicht mehr, wie sie da hineingekommen war. Ihr Schädel brummte. Konrad schnarchte. Er lag eng an sie gedrückt. Der Schweiß lief ihr am Rücken hinunter. Sie bewegte sich ein wenig von ihm weg, worauf hin sich ein wüster Brechreiz einstellte. Sie rannte zur Toilette, spuckte sich die Nacht aus dem Leib. In ihrem Kopf hatte sich das Brummen zu einem Hämmern verstärkt. Konrad tauchte auf, sie schickte ihn weg. Es war ihr unangenehm, wie sie vor der Kloschüssel kniete, sich übergab, das Elend in Person, da brauchte sie keinen Zuschauer. Später schlich sie zurück ins Bett, und zwar in ihres, sie schloss die Fensterläden, konnte vor lauter Kopfweh und Übelkeit nicht schlafen. Konrad brachte ihr eine Tasse Tee, die sie nicht anrührte. Dafür zwang sie sich immer wieder einen Schluck Wasser zu trinken. Sie lag den ganzen Tag. Konrad ließ sie gänzlich in Ruhe. Am Abend, als sie blass auf der Terrasse auftauchte, saß Konrad da, mit seinem Bergheft. Lina hatte im Stillen gehofft, er habe das Auto abgeholt, etwas zu Essen gekocht, doch nichts von alledem war geschehen. Sie hätte vielleicht seinen Tee am Morgen trinken sollen, bestimmt hatte er diese Ablehnung seines Gebräus als Undankbarkeit verurteilt. Lina setzte sich ihm gegenüber. Er legte sein Heft auf seinen Schoß.

„Na, wieder auferstanden?“ fragte er mit einem klitzekleinen Lächeln.

„Ja. Das war schlimm heute.“

„Was hast du gestern getrunken?“ fragte er. Das klitzekleine Lächeln war gestorben.

„Oh je, erinnere mich nicht. Jede Menge Grappa. Zeit meines Lebens werde ich dieses Gesöff nicht mehr anrühren. Wie geht es deiner Nase?“

„Tut weh, was denn sonst.“

„Danke.“

„Wofür?“

„Dass du dich für mich geschlagen hast.“

„Ha“, rief Konrad, „bitte. Gerne!“

„Wir könnten eine Kleinigkeit essen und danach einen Spaziergang zum Auto machen. Es steht noch vor der Pizzeria.“

„Du, meine Liebe, kannst einen Spaziergang dahin machen."

Für eine Sekunde überlegte sie, ob sie das mit dem tollen Sex der letzten Nacht geträumt hatte. Er führte sich nicht gerade liebevoll auf, wie man das hinterher in der Regel tat. Sie ging in die Küche, brach ein großes Stück trockenes Brot ab, aß es im Gehen. „Na dann, bis später", rief sie ihm zu. Er hatte sich wieder in sein Heft vertieft.

Anni, Eva und Paula saßen mit Olaf im Bistro. Die Seminarteilnehmer des Tages waren alle gegangen. Olaf hatte eine Quiche Lorraine zum Abendessen zubereitet, und Paula, die überraschend zu Besuch gekommen war, ließ sich gerne einladen. „Wenn Lina nicht da ist", erklärte Olaf, „fehlt das Herzstück."

„Ja stimmt", sagte Anni, „ich habe heute nicht gewusst, wo ich als Erstes hinrennen soll."

„Ich kann von Jens bestimmt ein paar Tage frei bekommen, dann werde ich hier mehr helfen", meinte Eva mit vollem Mund.

„Und falls ich euch irgendwie unterstützen kann, zwischendurch habe ich schon Zeit", bot Paula an.

Anni nahm die Angebote gerne an. Olaf, der mit seiner weißen Bistroschürze dasaß, schwieg eine ganze Weile. Erst als die Teller leergeputzt waren, meinte er schüchtern: „Ich weiß ja nicht, also falls ihr noch mehr Hilfe benötigt, Julia wäre gewiss auch gerne bereit, zumindest, wenn sie Feierabend hat."

„Julia?" Anni sah ihn groß an. „Du meinst doch nicht etwa unsere Dauernörglerin?"

Olaf wurde krebsrot hinter den Ohren. „Na ja, sie hat sich ziemlich geändert. Für Lina schwärmt sie ohnehin."

„Ihr geht miteinander, wie es im Volksmund so schön heißt?" fragte Paula. Sie sah Olaf über ihren leeren Teller hinweg mütterlich an.

„So kann man sagen."

„Falls sie Lust hat, beim Bedienen zu helfen, gerne", sagte Anni. „Das wäre eine wirkliche Erleichterung. Und noch was ganz anderes, Konrad hat Lina einen Heiratsantrag gemacht."

„Ach, davon weiß ich ja noch gar nichts", sagte Eva. „Woher hast du denn diese Neuigkeit?"

„Gestern Nacht hat sie angerufen. Und heute habe ich gar nicht daran gedacht, es zu erzählen. Ich hatte einfach zu viel zu tun, tut mir leid."

„Schon gut. Und, hat sie angenommen?"

„Lass mich raten", fuhr Paula dazwischen, „sie hat bestimmt abgelehnt, oder?"

„Wieso das denn?" fragte Olaf. „Die beiden passen doch sehr gut zusammen."

Paula schüttelte den Kopf. „Das Zusammenpassen ist das eine. Aber Lina wird nicht so blöd sein, sich derartig festzulegen. Konrad rennt ihr auch ohne Trauschein nicht davon."

„Zudem", sagte Eva, „hat Konrad sich sehr verändert. Ich finde, er lässt sich ziemlich gehen."

„Finde ich gar nicht", sagte Olaf, „er ist so oft hier. Er folgt Lina auf Schritt und Tritt."

„Ja eben, das ist ja das Problem. Er nimmt Lina die Luft zum Atmen. Er bedrängt sie. Er will sie besitzen. Das geht nicht. Unter uns gesagt, er macht denselben Fehler, den Regula macht. Man kann einen Menschen nicht zu seinem Eigentum erklären."

„Da stimme ich meiner Tochter zu", sagte Paula. „Aber Anni, sag, hat Lina nun seinen Antrag angenommen, oder nicht?"

„Sie hat wohl dankend abgelehnt. Ich hoffe nur, dass sie trotzdem einen schönen Urlaub miteinander verbringen. – So, Leute, ich drehe jetzt noch eine Runde um den Rösslerweiher. Rennt jemand mit?"

Eva schloss sich an, während Paula mit Olaf die Küche fertig machte. Die Freundinnen rannten mit den vollen Bäuchen nicht besonders flink. Beim Auslauf des Sees ließen sie sich keuchend auf einer Holzbank nieder. In die Lehne war ein Herz eingekerbt mit einem Pfeil mittendurch. „Wenn das nur uns jemand schnitzen würde", seufzte Anni, „wir wären auch mal wieder an der Reihe."

Eva verdrehte die Augen. „Vielleicht hat man mehr Lebensqualität ohne Mann. Wenn ich an Lina und Konrad denke, also ich kann nur sagen, da stinkt es gewaltig. Konrad ist hinter ihrem Geld her. Erst seine Andeutungen, bei Alberts Tod sei es nicht mit rechten Dingen zugegangen. Dann seine Arbeitsverweigerung. Dann der Heiratsantrag. Da kann man doch eins und eins zusammenzählen."

„Hoffen wir, dass es kein schlimmes Ende nimmt. Komm, lass uns weiterlaufen, deine Mutter sitzt sonst ganz alleine mit Olaf da."

Eva kicherte. „Na und, sie werden sich schon unterhalten."

Sie joggten die zweite Hälfte der Strecke nebeneinander, an den schmalen Stellen hintereinander her. Eine jede hing ihren Gedanken nach. Und ihren Sehnsüchten. Eva träumte nach wie vor davon, dass Jens und sie ein Paar wären, dass es keine Regula und keinen Sohn gäbe, und wenn, dann sollte es ihrer sein. Anni träumte von einem Mann, der mit ihr durch Dick und Dünn gehen wollte. Nicht, dass keine attraktiven Mannsbilder bei den Seminaren wären, ganz im Gegenteil. Doch attraktiv alleine war zu wenig. Sie wollte einen klugen Mann, einen, der sich für mehr als Fußball und Autos interessierte. Sie wollte einen, der im Bett nicht nach Bier stank und einen, der ihre Interessen teilte. Einen, der verständnisvoll und rücksichtsvoll war. Der Persönlichkeit ausstrahlte. Der nicht davon ausging, das gesamte Universum drehe sich nur um ihn.

Nachdem sie die ganze Strecke zur Pizzeria zu Fuß zurückgelegt hatte, war sie hungrig und durstig. Ein Stück trockenes Brot als Mahlzeit, das reichte ihr nicht. So war es für sie keine Frage, dass sie sich zuerst stärkte. Einige der gestrigen Italiener lungerten an der Theke, zum Glück nicht der Niedergestreckte, sie hoben ihre Gläser und prosteten ihr zu, als sie vorbeiging. Lina nickte freundlich, setzte sich sodann hinaus in den Garten an einen freien Tisch in der Ecke. Der Wirt brachte ihr eine besonders große Portion Tortellini und das bestellte Wasser. Auf den Wein verzichtete sie lieber. Auf seine Frage, wie es ihr ginge, lächelte sie gezwungen. „Belissimo." Es ging ihr immer noch schlecht, zwar war das Kopfweh erträglich geworden, der Brechreiz hatte sich gelegt, doch sie fühlte sich schlapp und erschöpft. Es war nicht nur die letzte durchzechte Nacht, es war nicht nur der Fußmarsch, es war Konrad. Er lähmte sie. Er zwang sie, sich schlecht zu fühlen. Er war ein verschlossener sturer Bock. Sie kaute bedächtig, trank reichlich Wasser, als der Teller leer war, fühlte sie sich besser. Die Tortellini weckten ihre Lebensgeister so sehr, dass sie sogar den Grappa trank, den der Wirt ihr brachte. Es hätte garantiert eine Wiederholung des Vorabends gegeben, wenn sie gewollt hätte. Doch sie dachte an Konrad, wollte ihn nicht noch grantiger machen, so bezahlte sie und fuhr zurück.

Er hatte die Musik aufgedreht. So laut, dass sie es schon vom Parkplatz aus hörte. Alphornbläser. Wo, dachte sie fassungslos, hat er die bloß ausgegraben? Als sie in den Wohnraum trat, stand er unter der Terrassentür, in Kniebundhosen und kariertem Hemd. Lina trat dicht hinter ihn, da die Alphornbläser so mächtig laut waren, hatte er sie nicht kommen gehört. Als sie ihre Arme um seine Taille legte, zuckte er zusammen.

„Ich bin es nur." Lina legte ihren Kopf auf seine Schulter.

„Und, wie geht es deinem Macker?" Konrad bewegte sich nicht von der Stelle.

Lina löste sich von ihm, ging kopfschüttelnd in die Küche, schenkte sich ein Glas Wasser ein und kam zurück. „Konrad", sagte sie eisig, „wenn du Krieg mit mir willst, kannst du das gerne haben."

Endlich wandte er sich ihr zu. Sie standen sich mitten im Zimmer gegenüber. Alphörner tönten. Konrad sah sie an wie ein geprügelter Köter. Sie hasste diesen Blick. Sie hasste wehleidige Männer. Masochisten. Kleinmütige. Zweiflerische. „Ich bitte dich. Sei nicht kindisch."

Konrad packte sie an den Oberarmen. Sein Augenspiel änderte sich mit seinem harten Griff. Sie würde blaue Flecke bekommen. „Lina, ich habe dich längst durchschaut!" Sie spürte seinen Spuckeregen in ihrem Gesicht. „Du nimmst dir alles, was dir in den Weg kommt. Und was dir im Weg ist, räumst du fort."

„Bist du jetzt völlig durchgedreht!"

Er drückte noch fester zu. „Glaube ja nicht, dass ich nicht Bescheid weiß. Ich sage nur Albert!"

So hatte sie Konrad noch nie erlebt. Seine Augen waren schwarz, von Gift durchtränkt, Lina glaubte entsetzt, er habe den Verstand verloren.

„Konrad, ich denke, wir gehen jetzt schlafen. Bitte lass mich los."

Für einen Augenblick fürchtete sie, er würde seine zupackenden Hände nun an ihre Gurgel schieben. Doch er ließ sie sinken. Auch die Alphornbläser gaben endlich Ruhe, das Spiel war zu Ende.

Konrad trottete nach oben, ohne ein weiteres Wort ging er in sein Schlafzimmer. Lina war erleichtert, als sie die Tür in ihrer Kammer abschloss. Zweimal drehte sie den Schlüssel, das Fenster kippte sie nur. An Schlaf war nicht zu denken. Was sollte sie mit diesem Irren nebenan tun? Sie konnte nicht zulassen, dass er sie tyrannisierte. Sein Gerede war nicht zu dulden. Sie musste sich etwas einfallen lassen.

Am nächsten Morgen begegneten sie sich in der Küche. Lina setzte gerade die Kaffeemaschine in Gang, als er eintrat. Sein fröhlicher Gutenmorgengruß klang, als sei nichts gewesen. Lina hätte ihm am liebsten ihre blau gefärbten Oberarme unter die Nase gehalten. Er gab ihr einen Kuss auf die Wange. „Hast du gut geschlafen, meine Liebe?"

„Danke, ja. Und du?"

„Ich war sehr einsam. Ich finde, wir sollten ab jetzt jede Nacht nebeneinander liegen." Konrad lächelte sie süß an. „Überhaupt sollte sich einiges ändern in unserem Leben. Lina, wir müssen einfach mehr zusammen tun. Ich habe die ganze Nacht nachgedacht. Schau, das ganze Glückshaus ist einfach zu viel für dich. Du trägst die Verantwortung für alles. Dabei kann ich dir eine Menge abnehmen."

Lina stellte Tassen und Teller auf ein Tablett. „Wie meinst du das?"

„Du solltest mir eine Vollmacht ausstellen. Mich offiziell als Prokuristen einsetzen."

Lina hielt abrupt inne. „Konrad, ich brauche keinen Prokuristen. Aber danke für deinen guten Willen."

„Oh, ich denke schon, dass du mein Angebot annimmst. Weißt du, wenn ich mir vorstelle, jemand forscht in deiner Vergangenheit, nun ja ..."

„Ach Konrad, du und deine Phantasien. Falls du auf die Idee kommen solltest, mich zu erpressen, aus welchen unsinnigen Gedanken heraus auch immer, so lass es lieber. Ich habe nichts zu verbergen. Aber mir scheint, bei dir tun sich so langsam Abgründe auf. Kannst du mir vielleicht erklären, weshalb du in permanenter Geldnot bist?"

„Lina, ich habe keine Geldsorgen. Nur du solltest dich sorgen. Was du nämlich nicht weißt, ich habe dich in jener Zeit, nun ja, ich nenne es mal beschattet. Ich wollte wissen, was du mit wem tust. Einige Male dachte ich, du hättest mich gesehen, aber dem war nicht so. Lange Rede, kurzer Sinn, ich bin dir in die Berge hinterhergefahren, dir und deinem Albert. Und ich bin die ganze Zeit hinter euch her geklettert. Ich habe genau gesehen, wie er zu Tode gekommen ist."

Lina lachte. Vielleicht eine Spur zu schrill. „Wenn das stimmt und du uns nachgestiegen bist, wieso um alles in der Welt bist du nicht zu mir gekommen, nachdem Albert abgestürzt ist?"

„Mein Gott, ich konnte dich nicht als Mörderin und mich nicht als eifersüchtigen Spion bloßstellen."

„So so. Ja, dann erzähle doch mal, was du gesehen hast."

„Lina, es war genau die Stelle, an der wir beide auch gevespert haben."

„Das ist ja kein Geheimnis. Das habe ich dir schließlich selbst erzählt."

„Du hast ihn gepackt und hinuntergestoßen."

„Konrad, du bist ganz schön durchgeknallt. Es ist ungeheuerlich, dass du mir so etwas zutraust."

Er trat dicht vor sie hin. „Provoziere mich nicht noch mehr." Sein Ton war messerscharf, sein Blick ebenso. In jenem Augenblick wurde ihr klar, dass sie handeln musste. Sie würde niemals mehr Ruhe haben, egal, ob Konrad tatsächlich etwas gesehen hatte oder nicht. Letzten Endes war es nicht wichtig, denn ein richtiger Zeuge war genauso lästig wie ein falscher.

„Meinetwegen. Wenn schon kein Ehemann, dann eben Prokurist. Ein Prokurist kann ja nicht schaden. Aber nun lass uns frühstücken."

Der Anruf platzte wie eine Bombe über Kehrenwies herein. Konrad war beim Baden im Meer ertrunken. Es würde einige Zeit dauern, bis Lina sämtliche Formalitäten bis hin zur Überführung des Leichnams erledigt hätte. Doch sie hörte sich am Telephon stark an und versicherte, sehr gut alleine zurecht zu kommen.

Konrads Beerdigung fand in aller Stille statt. Konrad hatte, so erfuhr sie durch einen überraschenden Anruf nach dem Erscheinen der Todesanzeige in der Tageszeitung, eine uneheliche Tochter, für die er Unterhalt bezahlen musste. Und für die Mutter, die zur Beerdigung gekommen war, berappte er auch jeden Monat eine ganz schöne, stattliche Summe. Damit war Lina auch klar, wofür er die Vorschüsse gebraucht hatte. Sie konnte nicht verstehen, weshalb er ihr nie von seiner Tochter erzählt hatte. Schließlich war diese acht Jahre alt und somit einiges vor ihrer Zeit gezeugt worden. Ob er damals wirklich im Klettersteig war oder ob er die Behauptung erfunden hatte, würde sie nie erfahren. Aber das spielte jetzt alles keine Rolle mehr. Tote sollte man in Frieden ruhen lassen.

Einige Tage nach der Bestattung saßen Paula, Anni, Eva und Lina im Bistro. Eine Flasche Rotwein hatten sie nahezu geleert. Zwar fragte keine, doch Lina sah es den Gesichtern an. „Ihr wollt hören, was genau geschehen ist, nicht wahr?"

„Wir wissen doch, was war", sagte Eva.

„Konrad ist zu weit hinausgeschwommen, er hat den Rückweg nicht mehr geschafft. Er war einfach zu erschöpft und zu müde. Mehr musst du nicht erzählen", meinte Paula.

„Schön. Dann wenden wir uns nun wieder dem Alltag zu." Lina sah ihre Freundinnen mit festem Blick an.

„Nur noch eins", sagte Eva, „gibt es in der Nähe des Ferienhauses eigentlich eine Apotheke?"

„Überall in Italien gibt es Apotheken, wie bei uns eben auch."

Paula, Eva und Anni sahen einander verstehend an. „Es gibt einen wunderbaren Spruch", sagte Eva, ihr Glas in der Hand haltend, „ich glaube, er ist von Epikur. Unter allem, was zu einem glücklichen Leben beiträgt, gibt es kein größeres Gut, keinen größeren Reichtum als die Freundschaft."

Lina ergriff ebenfalls ihr Glas: „Unser Haus soll den Menschen Glück bringen. Uns selber und allen, die zu uns kommen.“

„Und wir werden niemals etwas anderes zulassen“, erklärte Anni.

Sie stießen mit den Gläsern zusammen, der Wein schimmerte blutrot, bevor er die Kehlen hinunterfloss.

Mein besonderer Dank geht an „Esperanza-Training-Beratung-Coaching“

Verwendete Unterlagen aus deren Seminaren:
- Lebens- und Laufbahnplanung.
- Typentheorie nach C.G. Jung.
- Fragebogen zur Analyse Ihres Persönlichkeitstyps (Analog dem Myers-Briggs Typenindikator).
- Lösungsfokussiertes Arbeiten nach Steve d' Shazer.
- Die-Walt-Disney-Strategie.

sowie
- TZI – Regeln für eine gute Zusammenarbeit auf der Basis einer Partnerschaft nach Ruth Cohn.